btb

Aus Freude am Lesen

Wo ist der dunkelste Ort Deutschlands? Und ist es noch möglich, mit den eigenen Augen einen Kometen zu entdecken? Zwei junge Männer begeben sich auf eine ungewöhnliche Reise. Philipp, ein Zeichner, der sich von Job zu Job treiben lässt. Und Tom, der sich mit Haut und Haaren der Jagd nach Himmelskörpern verschrieben hat und im tiefsten Inneren ein Abenteurer ist. Gemeinsam sind sie auf der Suche nach dunklen Himmeln, fernab der Städte, ihre Reise führt von Süddeutschland nach Kalifornien und weiter nach Arizona. Die Freunde müssen nicht nur erkennen, dass sich manche Frauen von den Wundern da oben partout nicht beeindrucken lassen. Sondern vor allem, dass es gar nicht so einfach ist, unter den Sternen einen Platz im Leben zu finden.

Marc Deckert, Jahrgang 1970, studierte Journalistik und Kunstgeschichte. Er arbeitete als Magazinredakteur, schrieb Reportagen, Musikkritiken und Feuilletons für unterschiedliche Zeitungen und lebte als freier Journalist in den USA. »Die Kometenjäger« ist sein erster, preisgekrönter Roman. Marc Deckert lebt mit seiner Familie in München.

Marc Deckert

Die Kometenjäger

Roman

btb

FSC
www.fsc.org
MIX
Papier aus verantwortungsvollen Quellen
FSC® C083411

Verlagsgruppe Random House FSC® N001967
Das für dieses Buch verwendete FSC®-zertifizierte Papier *Lux Cream* liefert Stora Enso, Finnland.

1. Auflage
Genehmigte Taschenbuchausgabe Januar 2014

Umschlaggestaltung: semper smile, München
Umschlagmotiv: plainpicture / Cultura; Shutterstock / Matt LaVoie
Druck und Einband: CPI – Clausen & Bosse, Leck
UB · Herstellung: sc
Printed in Germany
ISBN 978-3-442-74669-9

www.btb-verlag.de
www.facebook.com/btbverlag
Besuchen Sie auch unseren LiteraturBlog www.transatlantik.de

Für Ö und ö

Sehen ist schwieriger als Glauben. Ohne meinen Freund Tom hätte ich das wohl nie begriffen, also muss ich ihm für etwas dankbar sein. Ich schätze, er selbst hatte gar nicht die Wahl. Natürlich musste er immer *sehen*, sonst hätte er ja einfach religiös werden können, anstatt mit den Augen versteckten Objekten in der Nacht hinterherzujagen. Es hätte für ihn einiges erleichtert und für mich auch, so viel ist sicher, aber erzählen müsste ich davon kaum. Es gibt ja ohnehin schon zu viele Geschichten über Leute, die einen Glauben finden.

Tom verließ sich nur auf seine Augen, und das gerade zu den ungewöhnlichsten Zeiten. Fast niemand kannte sich im Dunkeln so gut aus wie er. Er war eigentlich ein Experte der Dunkelheit. Ohne ihn wäre mir zum Beispiel für immer verborgen geblieben, wie viele Phasen, Nuancen, Zwischenräume sie hat: Vom ersten Anflug der Dämmerung, wenn das Blau des Himmels seine Leuchtkraft verliert und zu einem fahleren Taubenblau wird, bis zu jenem Moment, in dem sich die letzten Konturen in der Nacht auflösen wie in einer undurchdringlichen Flüssigkeit. Ich hätte nie den Unterschied kennengelernt zwischen der »nautischen Dämmerung« – der Phase, in der das Meer am Horizont mit dem Himmel verschmilzt – und der »astronomischen Dämmerung«, dem letzten Übergang in die Nacht. Und erst recht hätte ich niemals erfahren, was wirklich danach kommt. Natürlich kommt die Nacht, so viel steht fest. Aber mir war nie klar gewesen, wie viele Möglichkeiten dieses eine Wort »Nacht« umfasst und wie viele Fragen erst der Satz »Es ist dunkel« aufwirft. Wie dunkel?, hätte

Tom sofort gefragt. Von welcher Art Dunkelheit ist die Rede? Von der stumpfen, undurchdringlichen Dunkelheit der Hinterhöfe oder der Dunkelheit einer Winternacht in den Bergen? Von der safranfarbenen, glühenden Dunkelheit über der Großstadt oder der Dunkelheit einer Landstraße, dort, wo deine Autoscheinwerfer nicht hinreichen? Wie hell war das Mondlicht? Konntest du die Farbe Gelb noch erkennen? Gab es elektrisches Licht in der Nähe? Und wie sah der Himmel aus? Wie viele Sterne hast du gesehen?

Ohne Toms Hilfe sollte ich mich lieber nicht weiter in dieses Territorium vorwagen. Nur kann ich nichts daran ändern: Jetzt wo er weg ist und mein Leben, vor allem nachts, wieder in etwas regelmäßigeren Bahnen verläuft, denke ich oft an diese Geschichte und an die vielen seltsamen Ereignisse, bei denen mir nur die Rolle des Beobachters zukam. Übrigens hatte auch Tom nur die Rolle des Beobachters. Er benutzte seine Augen, und ich schaute ihm dabei zu – ich vermute, das macht ihn trotzdem wichtiger als mich.

Teil I

LANDSBERG AM LECH

KAPITEL 1

Unsere Geschichte begann auf einem Schiff. An jenem Abend im August lehnte ich an der Reling und sah zu, wie der Bug der »Herrsching« die silbrig-glatte Oberfläche des Ammersees zerschnitt. Es war einer der wenigen schönen Abende in einem verregneten Spätsommer, in dem es sich bis dahin kaum gelohnt hatte, die Stadt zu verlassen. Hinter den ansteigenden Hügeln des westlichen Seeufers hatte sich der Himmel purpurrot verfärbt. Die Tönung reichte bis hinauf in hohe Regionen, wo matt glühende, halb durchsichtige Wolkenstreifen das Blau durchzogen. Sie schwebten parallel über mir wie Rippen eines riesigen Brustkorbs.

Wir machten gute Fahrt hin zur Mitte des Sees. Die undramatische Uferlandschaft mit ihren Schilfmatten, Holzschuppen, Ausflugslokalen und kleinen Marinas glitt in beruhigender Regelmäßigkeit vorüber. Mückenschwärme flirrten noch über den Anlegestegen am Ostufer, vor denen Segelboote in den Wellen unseres Dampfers schaukelten. Die letzten Segler des Abends kamen gerade herein. Ein paar Knirpse winkten von ihren Nussschalen aus zu uns herüber. Ihre Schwimmwesten leuchteten in der Dämmerung, ein Schwarm phosphoreszierender Käfer in Signalorange.

Das Schiff, ein hübscher älterer Dampfer mit weiß-blauem

Schornstein und einer weiß-blau gestreiften Markise über dem Achterdeck, war an diesem Abend nur für unsere private Gesellschaft reserviert. Die meisten der Leute an Bord kannte ich mindestens mein halbes Leben lang. Ein paar Ehemalige meines Jahrgangs und ich organisierten die Dampferfahrt nun schon zum neunten Mal. Jedes Jahr, immer gegen Ende der Sommersemesterferien, verschickten wir Einladungen an den gleichen Mail-Verteiler, und jedes Jahr erreichten uns ein paar Zusagen weniger und dafür neue Meldungen über unbekannte Empfänger. Viele meiner Freunde studierten oder arbeiteten in großen deutschen Städten, einige hatte es ins Ausland verschlagen, und dann gab es noch diejenigen, die bislang in unserer gemütlichen Kleinstadt hängengeblieben waren. Zu dieser schrumpfenden Gruppe gehörte ich: Philipp Steimle, achtundzwanzig, ungelernte Arbeitskraft in der Logistikbranche.

Ich schloss meine Augen und versuchte vergeblich, den Gedanken wiederzufinden, auf den ich mich hatte konzentrieren wollen. Die zwei großen Schaufelräder in den Flanken des Schiffs konnte man nicht sehen, nur hören und fühlen. Ein stetes, kraftvolles Zermahlen von Wasser, dazu das Zittern des Dieselmotors, das in den Füßen kribbelte, wenn man still dastand. Vom Oberdeck aus hörte ich außerdem ein heiseres Brüllen, das mit der Sommerbrise an- und abschwoll. Das war die Rockband, die gerade begonnen hatte, auf dem Achterdeck zu spielen. Auch Freunde von mir. Um der Fahrt einen Anflug von Extravaganz zu verleihen, hatte ich sie zu dem Auftritt überredet. Mein Eindruck war, dass diese Idee die Gäste und die heimischen Wasservögel in gleicher Weise verstörte. Die Blässhühner und Haubentaucher hatten sich bereits vor einer Weile in die Nähe des Ufers zurückgezogen, die Gäste drängten mit ihren Gläsern in den vorderen Bereich des Schiffs. Ich selbst begann inzwischen, an meinem Konzept zu zweifeln.

In dem Wind, der von achtern herüberwehte, lag ein höhenlastiges Scheppern, asynchron und ohne Verbindung zu den Herzschlägen des Schiffsmotors, die ich beruhigend unter mir spürte. Je lauter die Band spielte, desto mehr bekämpften sich die beiden Takte, und dort wo ich jetzt stand, vermischten sie sich zu einem unangenehmen Holpern.

Selbst die Möwe auf dem Blechdach neben mir sah mich vorwurfsvoll an. Ein etwas mageres Exemplar mit dunklen Flecken hinter den Augen. Ich nahm einen Pappdeckel mit einem halb gegessenen Stück Sandkuchen von einer Sitzbank, brach einen großen Krümel ab und warf ihn vor ihr auf das Dach. Mit drei, vier Schritten war sie bei ihm und pickte ihn auf.

Den zweiten Krümel warf ich weiter weg, er flog quer über das Blechdach. Die Möwe flatterte halb rennend, halb fliegend hinterher – wieder ein rasches Zucken des Halses, und der Krümel war weg. Hatte sie die Flugbahn gesehen oder verfügte sie über ein anderes Sinnesorgan, ein spezielles Möwenradar? Ich brach einen noch winzigeren Krümel ab und ließ ihn rasch in die entgegengesetzte Richtung fliegen, er landete hinter ihren Schwanzfedern. Das konnte sie nicht gesehen haben. Doch – sie flatterte und pickte.

Drüben auf dem Achterdeck entdeckte ich Vera, meine Freundin. Der Gedanke, auf den ich mich konzentrieren wollte, hatte mit ihr zu tun, das fiel mir jetzt wieder ein. Sie stand unter der weiß-blauen Markise inmitten einer Gruppe junger Männer – den ersten Firmengründern unseres Jahrgangs, nur eine kleine Klitsche in der Innenstadt, aber mit einem Eintrag ins Handelsregister, irgendeine Computersache, der Zweck (»3D-Visualisierungen«) war mir mehrfach erklärt worden, ohne dass ich ihn verstanden hatte. Vera trug ein ausgeschnittenes graues Top unter einer dieser knitternden weißen Retro-Windjacken, dazu einen knielangen blauen Rock, der mir sehr maritim vorkam. Ihr Lächeln wirkte im bunten Licht der Lampions etwas festgefroren. Wir hatten uns kurz gestritten, vorhin im Auto, wie immer wenn wir zu spät dran waren – kaum möglich, dass sie darüber noch nachdachte.

Vera und ich waren eine Jugendliebe. Wir hatten uns schon während der Schule gekannt; meine alten Freunde waren deswegen auch ihre – zumindest hoffte ich das, sicher war ich mir da nicht mehr. Vera hatte ihre Kreise vergrößert, sie wohnte seit einigen Jahren in München, kaum eine Dreiviertelstunde auf der Autobahn entfernt. Wir sahen uns vor allem an Wochenenden, eine Beziehung mit Lücken. Immer wenn sich ihr Kleidungsstil, ihre Frisur, manchmal auch ihr Lieblingsgetränk veränderte, passierte es für mich mit einem Sprung, unangekündigt und rätselhaft, und vielleicht war das auch der Grund für meine plötzliche Idee, dass unsere Verbindung gestärkt werden musste, dass es Zeit war für eine besondere Geste.

Ich verließ meinen Posten und ging zu ihr hinüber. Sie bemerkte mich erst, als ich ihre Hand nahm, und ließ sich von mir auf eine Sitzbank ziehen.

»Gute Idee mit der Band, oder?« Ich musste laut rufen, um die stümperhafte Coverversion von »Seven Nation Army« zu übertönen.

»Ja. Es ist toll«, sagte sie.

»Was ist?«

Sie kniff die Augen zusammen und sah zwischen mir und der Band hindurch aufs Wasser.

»Es sind so viele Leute da, die ich noch nie gesehen habe.«

»Wir mussten die Gästeliste ein bisschen auffüllen. Sonst wäre die Fahrt unbezahlbar gewesen.«

»Dann hätten wir eben mehr bezahlt«, sagte sie betont missmutig.

»Das sind alles Freunde von Freunden. Ich find's gar nicht schlecht. So lernen wir mal neue Leute kennen.«

Vera erwiderte nichts. Ihr Schweigen berührte mich unangenehmer als ihre Worte: Die Idee, hier neue Bekanntschaften zu machen, schien ihr absurd vorzukommen, keiner ernsthaften Diskussion würdig.

Ich drückte ihre Hand. »Hast du das Kloster gesehen?«

»Das kenn ich von allen Seiten.« Sie schenkte mir ein pflichtschuldiges Lächeln.

»Hast du es heute Abend schon gesehen? Du musst nur zwei Schritte zur Reling machen.«

»Ich hab's gesehen.«

Eine Weile starrten wir beide über die Reling hinaus in die hereinbrechende Dunkelheit. Von unserer erleuchteten Stelle unter den Scheinwerfern aus war nur noch Zwielicht zu erkennen. Ich streichelte Veras Hand. Über uns zitterten die farbigen Glühbirnen in der leisen Vibration des Diesels, und die Abendbrise fegte leere Pappbecher über das Deck.

»Sollen wir uns noch etwas unter die Gäste mischen?«, rief ich.

»Ja«, sagte sie und versetzte mir einen sanften Schubs. »Sieh mal nach deinen Freunden.« Bevor ich etwas erwidern konnte, steuerte sie schon auf eine Gruppe von Frauen zu, die an der Treppe zum Oberdeck lehnten. Die Frauen grinsten zu mir herüber, als wären sie in etwas eingeweiht, von dem ich wiederum nichts ahnte. Veras Freundinnen gaben mir immer dieses Gefühl.

Ich stand auch auf und vertrat mir ein wenig die Beine. Der Weg nach vorne führte durch die Hauptkabine, vorbei an der Küche. Ein Pulk von Gästen balgte sich um eine kleine improvisierte Bar. Von dort gelangte ich über eine Treppe hinunter auf das fast menschenleere Vorderdeck. Es war stiller und dunkler als der Rest des Schiffs. Eine Kette aus blauen, roten und grünen Glühlampen, die zwischen dem Flaggenmast und dem Göschstock am Bug gespannt war, überzog das Deck mit einem matten Farbglanz und ließ es wie ein exklusives Hinterzimmer wirken.

Mit dem Rücken zur Reling musterte ich diskret die Runde. Zwei Paare hielten Händchen. Ewige Paare, vereint seit der Mittelstufe. Es war typisch, dass sie sich bereits von der Party separierten. Zwei andere Gäste standen nahe der Schiffsglocke: Den jungen Mann kannte ich. Tobi Niermann. Ich hatte ihn immer für einen schrecklichen Langweiler gehalten, aber seit drei Jahren war er »Berater«, und er hatte schon für ein Jahr in Riga gearbeitet. Das änderte wohl einiges. Das Mädchen, in Jeans und Kapuzenpulli, war sehr hübsch. Schwarzhaarig, aber blass mit Sommersprossen. Typ israelische Wehrdienstleistende. Ihr nicht ganz schulterlanges Haar fiel in dichten kleinen Locken herab. Ich fragte mich, wer sie mitgebracht haben konnte. Auf keinen Fall Tobi Niermann.

Eine Weile blieb ich stehen und konnte nicht anders, als das Schauspiel zu betrachten. Sein verstohlener Seitenblick, als Blick in die Ferne getarnt, ging klar in ihre Richtung.

Ich war mir fast sicher, dass er nach einem Einstieg suchte – wer weiß, wie lange er hier schon neben ihr stand und vergeblich sein Beraterhirn plagte. Fast hätte er mir leidgetan. Die Situation war so einfach, aber aus eigener Erfahrung wusste ich, dass Einfachheit niemals half. Im Gegenteil, die allzu offensichtliche Gelegenheit konnte den Krampf nur noch schlimmer machen. Und wenn der Moment verflogen war, in dem jedes Wort passte, klang plötzlich jedes Wort falsch.

Derart beschäftigt mit Dingen, die mich nichts angingen, vertrödelte ich meine Zeit auf dem Vorderdeck. Der Dunkelheit nach mochte es ungefähr neun sein. Das Schiff war mindestens noch zwei Stunden lang unterwegs. Also beobachtete ich weiter Tobi und das Mädchen an der Reling. Wie ein Empfänger, der nur zufällig auf eine Frequenz eingestellt ist, fing ich ihre Wellen auf. Eine leichte Modulation in der Luft, Unsicherheit und ahnungsvolle Erwartung. Wie eine Empfindung aus einem früheren Leben, dachte ich.

Eine Hand legte sich um meinen Hals. Ich drehte mich zur Seite und bekam wieder einen Schubs. Diesmal mit der Hüfte.

»Oh, du bist ja schon … wieder da«, sagte ich zu Vera. Ein paar Menschen unterbrachen das Küssen und wandten sich zu uns um.

»Ja, warum nicht?«

»War es nicht so lustig hinten?«

»Doch, aber du stehst schon den ganzen Abend alleine herum.«

»Komisch, ich dachte dasselbe von dir.«

Ich lehnte an der Reling und sah sie an. Ich fragte mich, warum ich verlegen war.

»Hörst du das?« Sie schien schon wieder abgelenkt.

Das Geräusch, das sie meinte, war die Musik im hinteren Teil des Schiffs, die lauter geworden war. Vielleicht setzte die Band zum großen Finale an. Allerdings verzerrte sich der Klang auch immer mehr, aus dem an- und abschwellenden Scheppern, das der Wind zu uns trug, wurde jetzt ein massives Krachen, das wehtat. Das konnte keine Absicht mehr sein. Es hörte sich an, als wäre ein Betrunkener über das Mischpult gefallen. Vera sah mich fragend an. Ein paar Sekunden später brach der Lärm mit einem Schlag ab, und im selben Moment gingen alle Lichter aus. Ein »Aaaah« kam von der Menge auf den oberen Decks, dann war nur noch das Schäumen in den Schiffsflanken und darunter das gleichmäßige Brummen der Motoren zu hören.

»Scheiße«, sagte Vera. »Was ist jetzt los?«

»Ich hab keine Ahnung.«

Das Deck lag in vollkommener Dunkelheit. Nur in der kleinen Steuerkabine über uns glomm noch gelbliches Licht. Ich hörte, wie die Tür aufging und ein Mann eiligen Schritts in Richtung Achterdeck lief. Er fluchte in derbem Bayrisch, ich verstand etwas von »Ochsen« und »Hirschen« und war mir sicher, er meinte die Band. An der Reling über uns sah ich die Silhouetten einiger Gäste, starr mit ihren Drinks in der Hand. Wie elektrische Puppen, die darauf warteten, dass jemand den Strom anschalten und ihre Glieder wieder in Bewegung bringen würde. Plötzlich verstummten auch die Schiffsmotoren.

Eins der Paare, das sich vorhin geküsst hatte, lachte.

»Ein Stromausfall auf einem Schiff!«, stöhnte Vera. »Das gibt's doch gar nicht.«

»Was weiß ich. Die Sicherungen wahrscheinlich.«

»Vielleicht ist die Batterie kaputt.«

»Keine Ahnung. Haben solche Schiffe überhaupt eine Batterie?«

Ich befühlte mit der rechten Hand meine Jackentasche. Die Ecken des Kästchens zeichneten sich spitz unter dem Stoff ab.

»Die Band hat zu laut gespielt«, sagte Vera. »Das hat bestimmt die Sicherungen rausgehauen.«

»Ist doch jetzt egal. Warum warten wir nicht einfach ab, was passiert? Ist doch ganz schön hier.«

»Es muss die blöde Band gewesen sein.«

»Wieso sagst du jetzt ›blöd‹? Weil es meine Idee war?«

»Entschuldige, vergiss das ›blöd‹. Aber sie sind halt bestimmt schuld.«

»Das kann gar nicht sein.«

»Warum nicht?«

»Weil sie ihren eigenen Generator haben.«

»Der Kapitän war schon sauer auf dich, weil sie zu laut gespielt haben.«

»Sauer auf mich?« rief ich etwas zu laut. Ich hatte das Gefühl, dass sich in der Dunkelheit Köpfe nach uns umdrehten.

Mit einem Ruck nahm ich das Kästchen aus der Tasche und wog es in der Hand, die glatte Oberfläche war aus Plastik. Schwarzes Plastik, es kam mir im Augenblick etwas zu billig vor. Ich hätte stärker auf das Kästchen achten sollen, dachte ich ärgerlich, es hätte genauso sorgfältig ausgewählt sein müssen wie der Ring, dachte ich. Vera neben mir fröstelte. Meine Rechte umklammerte das Kästchen fester, nur Zentimeter von Veras Bein entfernt. Die Ecken bohrten sich in meine schwitzige Handfläche. Mit einer beiläufigen Bewegung der Linken öffnete ich den Deckel, nahm den Ring heraus, ließ das Kästchen verschwinden und legte den Ring auf meine offene Handfläche, direkt zwischen uns. Es kam mir so vor, als sei dort ein winziges Blinken oder Blitzen des Steins zu sehen, vielleicht eine Reflexion von Sternenlicht, aber vielleicht bildete ich mir das auch nur ein. Vera hatte es ganz sicher noch nicht bemerkt. Sie sah zu den Lichtern des Ufers hinüber, die kaum heller waren als die Sterne über uns. Aufgespannt in der Schwärze ringsum schienen all die Lichtpunkte dem gleichen leeren Raum anzugehören, auch der helle Stern, dessen goldene Färbung sich auffällig von den anderen abhob. Vielleicht war es sein Glanz, den ich auf dem Stein gesehen hatte. Ein Glücksstern. Solange er über uns leuchtete, würde alles was ich Vera sagte, richtig sein, die ganze Idee, die mich selbst noch zutiefst verwirrte.

Ein leiser Knall und ein Summen bereiteten die Rückkehr des Stroms vor, dann, noch ehe ich verstand, was passierte, und unter allgemeinem Gejohle, nahmen die bunten Glühbirnen ihren Dienst wieder auf. Auf allen Decks gingen Laternen und Scheinwerfer an.

Wir standen blinzelnd in dieser elektrischen Klarheit, Vera, ich, Tobi Niermann und die anderen. Ein Bild in ausgeblichenen Farben. Von Achtern her tönte das lauter werdende Pfeifen einer akustischen Rückkopplung. Ich ließ das glänzende Ding rasch in meiner Tasche verschwinden, und ein paar Leute spendeten Applaus.

KAPITEL 2

Der Sommer war schnell vorüber, abgehakt wie eine verworfene Idee. Bald nahm der Himmel über der großen Kreisstadt Landsberg seine klarste Bläue an, und die Luft bekam diese Durchsichtigkeit, die alles deutlich macht und den Blick nicht aufhält. Morgens auf dem Weg zur Arbeit, wenn ich mit dem Fahrrad über die Karolinenbrücke am Lechwehr fuhr, flogen mir abwechselnd kleine Wärme- und Kältewellen entgegen. Ich jobbte zu dieser Zeit im Schichtdienst für eine Logistikfirma. Das Gebäude befand sich außerhalb der Stadt, mitten auf der grünen Wiese, und war so groß wie ein Flugzeugträger. Ich saß in einem Glashäuschen neben einem großen Tor und war dafür zuständig, Container, die hereinkamen, richtig »einzuchecken« – das heißt ihre Kennziffern per Laserstrahl mit den Daten im Computer abzugleichen und zu gewährleisten, dass sie den richtigen Weg nahmen. Den Job hatte ich über Beziehungen meiner Eltern bekommen, und zu sagen, dass er langweilig war, wäre stark untertrieben. Aber, ich muss zugeben, ich hatte gerade auch nichts Besseres zu tun. Schon ziemlich lange hatte ich nichts Besseres zu tun.

Unmittelbar nach der Schule wusste ich nicht, was ich wollte. Ich war froh gewesen, zu den wenigen jungen Männern meines Jahrgangs zu gehören, die vom Kreiswehrersatzamt eingezogen wurden. Ich meldete mich zum Zivildienst in einer »Seniorenresidenz«, und das verschaffte mir noch ein Jahr Zeit. Nachdem das Jahr zu Ende war, beschloss ich, dass ich noch etwas mehr Zeit brauchte. Auf keinen Fall wollte ich zu denjenigen gehören, die sich vorschnell zu einem Studium anmeldeten, das ihnen nicht zusagte. Ich begann für eine Elektronikfirma im Ort zu jobben, die Platinen herstellte. Mein Job war in der »Endkontrolle«. Das heißt, ich saß an einer großen Lupe und prüfte die goldenen Leiterbahnen der Platinen mit den Augen auf Unterbrechungen, mehrere Jahre lang, bis ein anderer Job daherkam und schließlich mein jetziger Job.

In meiner Freizeit tat ich, was ich schon immer getan hatte: Ich saß an meinem Schreibtisch und zeichnete. Meistens erfand ich Figuren für Geschichten, die noch nicht geschrieben waren, oder Trickfilme, die irgendwann gedreht werden würden. Einer meiner wiederkehrenden Charaktere war ein Franzose namens Monsieur Lamarre. Er war ein sehr normaler Mann, wie er in Schulbüchern für Anfänger vorkam. Er kaufte auf dem Markt ein, er fragte Fremde nach dem Weg, er hatte Autopannen. Zumindest am Anfang war das so gewesen. In letzter Zeit genoss ich es, ihm immer merkwürdigere Dinge zustoßen zu lassen. Monsieur Lamarre landete in einem Terrorcamp, Monsieur Lamarre wurde von Ufos entführt oder ihm wuchsen Brüste.

Wenn ich abends genug davon hatte, ihn zu quälen, ging ich in die Bars und Cafés, die wir schon zu Schulzeiten besucht hatten, die Art von Cafés, in denen alle Gruppen zusammenfanden, mangels Alternativen: die Intellektuellen und die Sportler, die Kleinstadtpunks und Emos, die Langweiler, die Künstlertypen. Insgeheim zählte ich mich zu den Künstlertypen. Ein leicht durchschaubarer Schwindel. Mehr als einen Roman im Monat las ich nicht, und in manchen davon kamen katholische Geheimbünde vor. Am liebsten las ich amerikanische und französische Comics, die meine Eltern und auch die wenigen Mädchen, zu denen ich offen sein konnte, Schund nannten. Ich nannte sie »Graphic Novels« und war stolz darauf, nicht zu den bedauernswerten Idioten zu gehören, die kleine bunte Mangas im Taschenbuchformat verschlangen.

Einer der Hauptgründe, warum ich immer noch hier war, war natürlich reine Bequemlichkeit. Der Druck, mich zu verändern, war denkbar gering. Im Haus meiner Eltern stand mir eine Einliegerwohnung zur Verfügung, die meine Mutter nur einmal im Monat betrat, um im Bad eine Art Grundreinigung durchzuführen. Das Arbeitszimmer und den Schreibtisch tastete sie nicht an. Wäre ich ausgezogen, ich hätte mich nur verschlechtert.

Sozialen Druck hatte ich nie gekannt. Mit den meisten Menschen meines Jahrgangs – oder sogar meiner Generation – verstand ich mich gut. Ich wurde auf die meisten Partys eingeladen. Ich fühlte mich wohl in der Stadt. Manchmal erkannte ich sogar einen eigenen Reiz darin, immer noch hier zu sein, den Status quo zu erhalten und diese merkwürdige kleine Welt am Auseinanderbrechen zu hindern, solange es möglich war. Eine Art Fin-de-Siècle-Stimmung hüllte mich ein, und ich ergab mich ihr, weil man darin so herrlich müde und erhaben aussah. Manchmal ging ich abends durch die Straßen meiner Stadt und sah mich selbst wie in einer filmischen Rückblende. Ich dachte dann daran, wie ich mich einmal an all das erinnern würde, obwohl ich ja immer noch hier war.

Mit dem Herbst aber kündigte sich – ohne mein Zutun – eine Abwechslung an. Eines Abends saß ich mit meinem Freund Ulrich Holstein zusammen. Sein Vater Dr. Werner Holstein war Mitarbeiter des Wissenschaftsressorts einer großen Tageszeitung und schrieb nebenbei Sachbücher für Kinder. Es waren diese »Erklär mir dies, erklär mir das«-Bücher, von denen es mindestens viertausend Bände gab, gefüllt mit Wissen, das sich jeder in fünf Minuten selbst auf Wikipedia zusammenkopieren konnte. Dr. Holstein war bei seinen Themen nicht sehr wählerisch, er schrieb über so gut wie alles: Elektrizität, Dinosaurier, das Wetter oder Schnellzüge. Das nächste Buch, erzählte mir Ulrich, werde von Astronomie handeln, es werde nur noch ein Illustrator gesucht, denn der übliche Zeichner der Reihe sei ausgefallen.

»Aha«, sagte ich und bestellte ein Bier.

»Ausgefallen«, wiederholte Ulrich. »Der Zeichner.«

Es dauerte etwas, bis ich schaltete.

»Meinst du, ich könnte was für deinen Vater zeichnen?«

Ulrich tat netterweise so, als verblüffte ihn meine Idee: »Na ja, weißt du, die lassen da meistens nur Profis ran, die so was schon tausendmal gemacht haben.«

»Ich könnte deinem Vater ja mal ein paar Zeichnungen zeigen. Ich meine, ich habe so was schon tausendmal gemacht. Nur bisher für mich.«

Überraschend kam Ulrichs Vater wirklich auf das Angebot zurück. Als ich Dr. Werner Holstein das nächste Mal über den Weg lief, stand er in kurzen Hosen in seinem Garten und blies mit einer dieser lärmenden Maschinen Laub durch die Gegend. Er rief mich zu sich und schlug mir vor, ihm ein paar Zeichnungen zur Probe anzufertigen. Er würde sie selbst begutachten. Versprechen könne er mir natürlich nichts. Man müsse prüfen, ob Text und Bild harmonierten und außerdem, ob der Stil zur Reihe passe. Und schließlich müsste man sich beim Honorar einigen, er kenne meine üblichen Sätze ja nicht.

Mein Honorar? Vielleicht hielt er das alles für einen Witz. Auf jeden Fall legte ich mich ins Zeug wie ein Verrückter. Noch bevor ich die ersten Texte von Dr. Holstein geliefert bekam, begann ich ein bisschen herumzuspinnen. Ich nahm alle meine Kenntnisse über den Weltraum zusammen. Ich warf Sonnen mit eitel strahlenden Gesichtern aufs Papier, Monde, die beleidigt dreinschauten, weil sie mit Raketen beschossen wurden, und rasende Kometen, deren Kleidung hinten Feuer gefangen hatte. All das hatte wenig mit Astronomie zu tun, aber mir selbst gefiel es sehr gut. Und da ich nicht vorhatte, mich ernsthaft mit den Sternen zu beschäftigen, kam mir der Märchenstil sehr zupass.

Die ersten Texte von Dr. Holstein holten mich sofort auf den Erdboden zurück. Sie schüchterten mich nicht nur ein, sie erschreckten mich. Sie waren weder klar noch inspirierend, und wie irgendein Kind all das verstehen sollte, wollte mir erst recht nicht in den Kopf. Holstein ratterte bloß Fakten herunter über elliptische Bahnen, Sonnendurchmesser, schwarze Löcher und Lichtgeschwindigkeit – er schien sein Buch für Kinder mit abgeschlossenem Physikstudium zu schreiben. Ich bekam allmählich eine Ahnung davon, wie die Arbeitsteilung an solchen Büchern üblicherweise funktionierte. Der Autor war nur für das Wissen zuständig. Den ganzen kreativen Part, also die Suche nach kindgerechten Bildern und Metaphern, überließ er anderen. Und so saß ich nicht nur morgens und nachmittags an meinem Zeichentisch und mühte mich ab, ich saß auch noch abends zu Hause und steckte den Kopf in astronomische Bücher. Die dunkle Materie drohte mich aufzusaugen. Wie machte man aus den Kepler'schen Gesetzen ein verständliches Bild? Mit Murmeln? Hula-Hoop-Reifen? Radrennfahrern auf einer elliptischen Bahn?

An einem Freitagabend Ende September stand ich niedergeschlagen von meinem Zeichentisch auf. Ich hatte trotz stundenlangen Brütens nichts Vernünftiges zustandegebracht. Durch mein Dachfenster strömte warme Luft ins Zimmer. Ein paar lachsfarbene Wolkenbänder hoch oben waren dabei sich aufzulösen. Wahrscheinlich würde es eine klare Nacht werden. Ich kam auf die Idee, meine Recherche auszuweiten.

Unter einer Sternwarte hatte ich mir immer eine weiße Kuppel auf einem Berg vorgestellt, demgegenüber war die Realität enttäuschend. Die Volkssternwarte der Stadt München lag an einer Ausfallstraße im Osten der Stadt, in einem ehemaligen Industrieviertel, dessen alte Hallen und Speicher nun als Großraumdiscos vor sich hin vegetierten. Schilder an der Einfahrt des schlichten Bürogebäudes warben für Sonnen-, Fitness- und Karatestudios. Für Besucher stand ein Lastenaufzug in einer kleinen Eingangshalle bereit. Neben dem Knopf für das oberste Stockwerk war ein abgewetzter Aufkleber mit der Aufschrift: »Sternwarte«. Wahrscheinlich brauchte der Weltraum kein weiteres Marketing. Nachdem ich oben meine drei Euro Eintritt »für Nichtmitglieder« entrichtet hatte und eine Broschüre zum Vortrag des Abends (»Ein chaotisches Universum«) erhalten hatte, durfte ich über eine Wendeltreppe am Ende des Flurs aufs Dach hinausgehen. Auf dem Dach verlor ich vorübergehend die Orientierung. Es war so dunkel, ich hätte nicht einmal sagen können, ob ich im Freien oder noch in einem Raum war. Also blieb ich auf der Stelle stehen und wartete so lange, bis ich etwas Wind auf meinem Gesicht spürte. Irgendwo in meiner Nähe sprach ein Mann mit einer hohen, raspelnden Stimme.

»Wir hatten uns etwas mehr von ihm versprochen«, hörte ich ihn sagen. »Es gab ja ein paar wilde Prophezeiungen. Aber so wie es jetzt aussieht, war das schon alles. Es sei denn, er hat noch mal einen unerwarteten Helligkeitsausbruch.«

Ich fragte mich, wovon er sprach. Er klang ein wenig wie ein Produzent, der von seinem Nachwuchstalent enttäuscht worden war.

»Für das bloße Auge hat er nicht viel hergegeben«, fuhr der Mann fort. »Aber wir haben ja immerhin ein paar gute Aufnahmen gemacht... Vor etwa einer Woche hat er den sonnennächsten Punkt durchschritten. Bis zum nächsten Frühjahr bleibt er wohl noch beobachtbar.«

Das war es also. Das Sternchen sah nicht gut genug aus, außer auf Fotos. Immerhin war es wohl einmal der Sonne ganz nah gewesen. Es hatte seine Chance gehabt.

Ich konnte jetzt ganz in meiner Nähe eine Gruppe aus fünf oder sechs schattenhaften Gestalten ausmachen. Sie hatten sich um eine kastenförmige Apparatur versammelt, die an ein Münzfernglas erinnerte. Als ich mich näherte, ging einer aus der Gruppe zu dem Instrument und spähte hindurch. Dann nickte er wissend oder zustimmend und reihte sich kommentarlos wieder in den Halbkreis um den Sprechenden ein. Bereitwillig wurde auch ich zu dem Apparat durchgelassen. Um hindurchsehen zu können, musste ich in die Knie gehen und gleichzeitig den Hals recken. In dieser Verrenkung wagte ich den ersten Blick, kniff unwillkürlich ein Auge zu, öffnete es wieder, da der Apparat Okulare für beide Augen hatte, aber als es mir nach einigen Sekunden gelang, ein Bild zu sehen, war da immer noch nicht viel. Ich starrte in eine fischgraue Suppe. In der Mitte des kreisrunden Ausschnitts schwamm ein kleiner milchiger Fleck, verhangen wie ein Leuchtturmlicht bei Nebel. Betrachtete man ihn länger, drohte der Fleck manchmal ganz hinter Dunstschleiern zu verschwinden, dann trat er wieder leicht hervor.

»Ich glaube, nächstes Jahr bekommen wir eine bessere Show«, sagte der Mann. »Bradley soll sehr hell werden. Vielleicht der beste seit zehn Jahren.«

In der Gruppe wurde zustimmendes Gemurmel laut.

»Was ist das?«, wagte ich in die Runde hinein zu fragen.

»Ein Komet.«

»Oh.« Ich ging erneut in die Knie und sah mir den traurigen Fleck noch einmal an.

»Haben Sie mehr erwartet?« Der Mann sprach mich zum ersten Mal direkt an, so dass ich aufblickte. Er war um die vierzig, seine schlaffen Wangen und die streng abfallenden Mundwinkel erinnerten mich an die adligen Damen in englischen Ausstattungsfilmen, dazu trug er einen Pagenkopf, der eher zu einem kleinen Jungen als zu einem Erwachsenen gepasst hätte.

»Sehen Sie, wir sind hier in der Großstadt«, sagte er.

»Ach so«, erwiderte ich, ohne den Sinn seiner Worte zu verstehen.

»Wir arbeiten hier unter schwierigsten Bedingungen. Wir sind ja froh, wenn wir überhaupt etwas sehen. Schauen Sie sich doch nur um.«

Seiner Anweisung Folge leistend blickte ich mich um. Das Gebäude, auf dem wir standen, war durch einen quadratischen Innenhof und ein weiteres hohes Gebäude von der Hauptstraße getrennt, die Fassaden der Büros auf der anderen Seite wurden von violetten Scheinwerfern angestrahlt, deren Licht sich über die Dächer hinaus fortsetzte und den Himmel über uns bläulichlila einfärbte. In dem Hof musste sich irgendein Vergnügungsbetrieb befinden. Bis zu uns konnte man das Röhren von Motoren hören, das sich mit dumpfer Musik vermischte. Auch auf der anderen Seite des Dachs, hinter einer weißen Kuppel, die wohl ein größeres Teleskop beherbergte, lauerte das Vergnügen. Hier begann das eigentliche Nachtclubareal mit seinen Neonfassaden und flutlichtbeschienenen Parkplätzen. Von den Dächern der Großraumdiscotheken gingen Strahlenkränze zum Himmel, streiften über uns hinweg und schufen ein geisterhaftes Zwielicht, das weder Tag noch Nacht war. In der Ferne des westlichen Horizonts war das Abendrot inzwischen abgeklungen, auf den Wolken lag der schmutzig goldene Widerschein der Stadt.

»Es ist diese ganze Gegend«, seufzte der Astronom. »Wenn man bei Nacht ein Buch lesen kann, wissen Sie, dann ist etwas verkehrt.«

»Wieso sind Sie überhaupt hier?«, fragte ich.

»Die Sternwarte war zuerst hier«, sprach er – jetzt auch mit dem Tonfall einer Gräfin. »Wo sollen wir denn hin? Aufs Land?«

»Warum nicht?«

»Na, weil wir eine städtische Sternwarte sind. Wissen Sie ...«

Weiter kam er nicht, denn in diesem Augenblick war ein anschwellendes Tosen zu hören wie bei einer sich nähernden Welle. Wir konnten noch einen Blick tauschen, dann platzte auch schon mit viel Geschrei eine Masse von Kindern aus der Luke wie ein angreifender Insektenschwarm. Ein schnaufender Mann, der als Letzter und mit schweren Schritten die Wendeltreppe heraufgekommen war, rief: »He, ihr seid nicht allein hier!« Aber um uns herum tobte schon der Kampf. Einige der Schüler drängten sofort auf das Fernglas zu, während der Astronom versuchte, sich mit schrill quengelnder Stimme Gehör zu verschaffen: »Sehr gut, sehr gut, herzlich willkommen«, hörte ich ihn aus dem Pulk. »Niemand braucht zu drängeln. Wir gehen gleich alle rüber in die Kuppel. Wie viele von euch waren schon einmal in der Sternwarte?« Als Antwort gab es nur noch mehr Geschrei. Ein Knirps, der Kleinste der Gruppe mit einem leuchtend rotblonden Schopf, kämpfte sich durch die geschlossenen Reihen zu dem Fernglas durch, stellte sich auf die Zehenspitzen und begann sofort mit professionell konzentrierter Miene zu spähen. »Ich seh nix«, krähte er und war sofort wieder verschwunden. Nach und nach drängten sich andere Schüler zu dem Fernglas, stießen einander weg, und das Ritual wiederholte sich. Der brave Astronom kniff die Augen zusammen, als würde er durch einen Schwarm entgegenkommender Piranhas tauchen. »Wir gehen jetzt in die Kuppel«, rief er. »Wer will, soll mir bitte folgen.« Dann löste er sich aus dem Pulk, und die Schüler schubsten einander weiter umher. Einige folgten ihm in einer lärmenden Polonaise, andere hatten sich bereits abgesetzt und lungerten an den Rändern des Daches herum. Der Lehrer sammelte sie einzeln ein. Und schließlich war der ganze Spuk verflogen, so schnell wie er gekommen war.

Ich war allein auf dem Dach. Die Erwachsenengruppe von vorhin hatte sich zerschlagen oder war geflohen. Neben mir stand einsam der Fernglaskasten und ließ den Kopf hängen. Als ich ihn ein wenig bewegte, lieferte er nur sanften Widerstand und blieb klaglos an der neuen Position stehen. Ich sah hindurch, aber da war diesmal gar nichts außer einer grauen Fläche. Vielleicht eine Wolke …

Ich blinzelte und erschrak. Für einen winzigen Augenblick war das Bild sehr hell geworden. Als hätte jemand vor dem Fernglas mit einem glühenden Wattebausch gewedelt. Ich zuckte zurück und in meinem linken Auge pulsierten farbige Blumen.

»Hey!«, hörte ich jemanden rufen. Eine Jungenstimme. Meinte er mich? »Hey«, rief er noch mal. »Hast du was gesucht?«

Zaghaft öffnete ich mein rechtes Auge und versuchte, den Rufer zu orten. Die Stimme, meinte ich, war vom Rande des Dachs hergekommen, wo einige rätselhafte kleine Häuschen, eigentlich nur Verschläge, aufgereiht standen wie eine zweidimensionale Filmkulisse. Immer noch halb blind tappte ich darauf zu. Ich glaubte zu sehen, wie sich in der Tür einer der Buden eine Gestalt materialisierte.

»Ich hab zu spät gemerkt, wo du hinzielst«, rief die Gestalt und wies mit einer Hand senkrecht nach oben. Dort sah ich, was er meinte, einen wandernden Lichtkegel. Es war einer dieser Flakscheinwerfer, der Strahl kam direkt aus dem Vergnügungsareal und musste eine Wolke gestreift haben, just in dem Moment, als ich sie betrachtete. Benommen blinzelte ich der Leuchtspur nach.

»Ich hab nichts gesucht«, rief ich und machte noch ein paar Schritte auf ihn zu. Im Halbdunkel erkannte ich jetzt einen jungen Mann, der etwa in meinem Alter sein mochte. Die Blechbude, vor der er stand, war niedrig und bestand nur aus Außenwänden, so dass man von oben hineinsehen konnte wie in eine offene Büchse. Das Innere dieses Verhaus wurde vom Bildschirm eines Laptops erleuchtet, dessen grünliche Farbe sich auf dem glatt lackierten Tubus eines Teleskops spiegelte. Auf dem Bildschirm kreuzten sich feine grüne Linien inmitten einer verwirrenden Dichte aus Zahlen und griechischen Buchstaben.

»Was machst du da?«, fragte ich.

»Die Sternwarte bekommt ein neues Teleskop.«

»Gehörst du zur Sternwarte?«

»Nein, ich hab das Teleskop gebaut.« Er lächelte mir freundlich zu und sah sofort wieder zu dem Laptop hin, der seine Aufmerksamkeit zu fordern schien. Linien begannen auf dem Bildschirm zu tanzen und besprenkelten sein Gesicht mit Grün.

»Ich arbeite an einem Astronomiebuch. Für Kinder«, erklärte ich ungefragt. »Das heißt, ich bin nur für die Illustrationen zuständig.«

»Ah.«

»Ja, ich dachte, ein Besuch hier könnte mir helfen.«

»Helfen?« Er tippte und hörte nur mit einem Ohr zu.

»Bei der Recherche, meine ich …«

»Du brauchst keine Recherche. Du brauchst nur deine Augen.«

»Vorhin hab ich einen Kometen gesehen«, sagte ich, ohne auf seine neunmalkluge Bemerkung einzugehen. »Aber er ist wohl nichts Besonderes – hab ich gehört.«

Er sah von dem Bildschirm auf, rappelte sich hoch, wandte sich mir zu und fixierte mich, alles in einer Bewegung.

»Du erwartest ganz schön viel. Denkst du, es passiert ein Weltwunder an dem Tag, wo du hier aufkreuzt?«

»Nein, ich würde nur gern was Richtiges sehen.«

»So. Was Richtiges.«

Mit dem Rücken gegen die Blechwand gelehnt, sah er in den milchigen Himmel, als suchte er den Fleck mit bloßem Auge. Der Beamer zog in weiten Schwenks über der Stadt seine Kreise und zeichnete sinnlose Gemälde auf die Wolken. »Also, was willst du sehen?«

»Ich weiß nicht«, sagte ich. »Womit fängt man denn normalerweise an?«

KAPITEL 3

Tom war ein schneller Fahrer. Sobald wir die Stadt hinter uns gelassen hatten, stieg er aufs Gas und nutzte jede lange Gerade, die sich ihm bot, um auf hundertdreißig zu beschleunigen. Bei diesem Tempo blies mir auf dem Beifahrersitz pfeifende und donnernde Luft um die Ohren. Wir saßen in Toms japanischem Sportcoupé, einem etwas mitgenommenen Wagen aus den Achtzigerjahren mit röhrendem Motor und einem Targadach aus Plastik, das er vor der Fahrt geöffnet hatte (»Dafür warst du doch hier, oder?«). In der Tat, nun konnte ich den Himmel sehen, während die Beschleunigung mich in das abgewetzte Kunststoffleder seiner Sitze drückte. Abwechselnd zischten dunkle Baumwipfel und die Straßenlaternen der Vororte und Dörfer über uns hinweg, dann wieder kam ein Stück offener Landstraße und die zuvor im Lichtschein verborgenen Sterne traten hervor, als hätte jemand einen Vorhang weggezogen. Auf diesen Schwellen pflegte Tom ruckartig zu beschleunigen, was das Brausen des Windes jedes Mal zu einem Donnern anschwellen ließ. Der Mittelstreifen der Landstraße flog förmlich unter uns weg.

»Du hättest Astronaut werden sollen, nicht Astronom«, brüllte ich.

»Wollte ich auch zuerst«, schrie Tom.

»Ich habe Angst, mir ein steifes Genick zu holen. Ist das gesund, in dem kalten Wind immer nach oben zu sehen?«

»Keine Ahnung« rief Tom. »Ich bin auch gar kein Astronom.«

»Was dann?«

»Ich beobachte nur. Ohne Mathematik.« Er nahm den Blick von der Straße, und ich versuchte, interessiert zu nicken, wobei ich einen Schmerz spürte. Mein Hals begann sich wirklich steif anzufühlen.

»Das heißt, du guckst nur so zum Spaß in den Himmel?«

»Nein, so ist es auch nicht.«

»Aber du bist Amateur.«

»Ich mag das Wort nicht so besonders. Wir sagen Beobachter.«

»Ah.«

»Ja …«

Er beschleunigte wieder, diesmal auf geschätzte hundertfünfzig. Wir sprachen nicht sehr viel auf der Fahrt, das Röhren des Motors und das hohle Pfeifen des Windes machten eine anhaltende Konversation schwierig. Dennoch fand ich es nicht unangenehm, mich von einem Fremden durch die Nacht kutschieren zu lassen. In der kühlen Herbstluft nebeneinander zu sitzen, während Kuhweiden und einsame Bushaltestellen an uns vorbeiflogen, das reichte für den Moment. Über das Ziel unserer Fahrt hatte er noch kein Wort verloren. Ich ahnte nur, dass es auf dem Land lag, also da, wo ich gerade herkam. Sicher kam auch er aus irgendeinem Kaff, dachte ich. Die junge Landbevölkerung, man erkannte sie immer am Fahrstil. Ihr Glück, wenn sie ein Auto und kein Motorrad unter dem Hintern hatten.

Bald schossen wir über die letzten Vororte hinaus und glitten über freie dunkle Landstraßen. Mit jedem Kilometer, den wir zwischen uns und die Stadt brachten, vermehrten sich die Sterne. Aber immer wenn ich auf die Straße achtete und ein Schild das helle Licht unserer Scheinwerfer zurückwarf, mussten sich meine Augen von neuem an die Dunkelheit gewöhnen. So experimentierte ich ein wenig herum, aber dann kam es mir vor, als würde Tom mich dabei beobachten, wie ich die Sterne beobachtete, was mir unangenehm war, und ich sah wieder nach vorne.

»Und du bist also Zeichner?«, fragte er.

»Ja, Illustrator.«

»Was macht man als Illustrator?«

»Man kauft Spezialradiergummi und wartet auf Telefonanrufe.«

»Wieso wartet man auf Anrufe?«

»Man zeichnet nicht einfach drauflos. Zuerst mal brauchst du einen Auftrag.«

»Ach so.«

Tom nickte, wirkte aber nicht überzeugt. In die kleine Pause hinein fragte ich ihn: »Und womit verdienst du dein Geld?«

»Ich brauche nicht viel.«

»Studierst du irgendwas oder so?«

»Nein, ich hab's auch nicht vor. Was ich brauche, weiß ich schon. Und studieren …« Er zögerte und schien zu überlegen: »Dann käme ich ja weniger zum Beobachten.«

»Aber Beobachten ist kein Beruf, oder?«

»Ich hatte schon ziemlich viele Jobs: Bootsverleiher. Kioskverkäufer. Ich hab sogar schon auf dem Feld gearbeitet. Und ich kann ja Teleskope bauen. Das bringt auch Geld.«

»Also machst du eigentlich nichts richtig außer … beobachten.«

»Nicht viel.«

Meine Uhr zeigte kurz nach Mitternacht, als die Straße kurvenreicher wurde und leicht anzusteigen begann, was Tom nicht zum Bremsen, sondern zur Erforschung der Fliehkräfte im Grenzbereich veranlasste. Außerdem fragte er, ob ich etwas dagegen hätte, Radio zu hören. Sein Radio war ein altes Modell – mit einem beleuchteten Zeiger auf einer Skala. Niemand besaß mehr so ein Radio. Vielleicht war es schon in dem Auto gewesen, als er es gekauft hatte. Er ließ mich eine Weile an dem Gerät herumspielen, aber ich hörte nur dumpfe Stimmen und fremdartige Sender, der Empfang musste auf Mittel- oder Langwelle eingestellt sein. Ich drehte weiter, bis der Anfang eines alten Stücks erklang, das ich mochte. Ich glaube, es war Soul, so genau wusste ich das nicht, irgendeine Girlgroup. Eine Weile hörten wir beide schweigend den glockenhellen Stimmen zu, die gegen die brausende und pfeifende Luft ankämpften. Das graue Band der Straße in unserem Lichtkegel stieg immer noch leicht an. Sterne tauchten nun auch hinter den Hügelkuppen in unserer Windschutzscheibe auf. Es war eigenartig, wie gut die Musik zu dem Anblick passte. Wahrscheinlich stammte sie aus der Zeit der ersten bemannten Raumfahrt. Und Tom und ich rasten selbst mit Fluchtgeschwindigkeit den Sternen entgegen. Plötzlich merkte ich, wie ich von einer eigenartigen Hochstimmung und Dankbarkeit erfasst wurde. Die Musik in Verbindung mit der Geschwindigkeit in unserer kleinen Kapsel, die sich immer höher hinaufschraubte, beides versetze mich in einen Glückszustand, wie ich ihn lange nicht mehr empfunden hatte. Ich fühlte mich angenehm vage, so als wäre mein Körper in Auflösung begriffen, auf dem Weg von einem Zustand zum nächsten.

Seit vielen Minuten waren wir nicht mehr durch ein Dorf gekommen. Die Lichtfinger unserer Scheinwerfer tasteten jenseits der Straße ins Leere, hier und da strichen sie über eine einsame Scheune. Wenn er so weiterfuhr, würden wir in Kürze in den Alpen ankommen. Aber er bremste bald abrupt. Wir bogen auf einen asphaltierten Forstweg ab, dann holperten wir noch etwa zweihundert Meter durch Schlaglöcher einen Berg hinauf. Schließlich fuhr Tom rechts ran, setzte den Wagen einfach auf die Wiese, schaltete die Scheinwerfer aus, und wir saßen nebeneinander im Stockfinstern. Nur in der Mitte des Armaturenbretts glomm weiter die Skala mit dem Zeiger. Tom drehte die Musik herunter.

»Was machen wir jetzt?«, fragte ich.

»Wir warten ein bisschen.« Er legte die Arme hinter den Kopf und lehnte sich entspannt in den Sitz.

»Worauf warten wir?«

»Na, bis du im Dunkeln siehst.«

Am Horizont lag ein fahler orangefarbener Schimmer – ein letztes Lebenszeichen der Stadt. Rings um uns standen Obstbäume, die ihre verkrümmten Gliedmaßen reckten. Doch all diese Eindrücke waren nebensächlich gegen den Nachthimmel. Es war gar nicht möglich, nicht nach oben zu sehen.

»Wie viele sind das?«, fragte ich.

»Was, Sterne?«

»Ja.«

Er reckte den Hals, als müsste er sich noch einmal vergewissern. »Das sind so tausend. Vielleicht auch zwölfhundert.«

»Was? So wenig?«

»Wir sind noch viel zu nah an der Stadt.« Er sah wieder empor. »Hast du mal auf die Farbe des Himmels geachtet?«

»Was für eine Farbe?«

»Na den Hintergrund, auf dem die Sterne liegen.«

»Schwarz, oder?«

»Nein, du musst nur auf den Hintergrund achten. Du musst dir die Sterne wegdenken.«

»Keine Ahnung ... Blau?«

»Ach was, Blau. Es ist ein mittleres Grau!«

Ich musste ihm Recht geben. Der Himmel sah wirklich grau aus.

»Das nennt man Hintergrundleuchten. Es ist ein Leuchten, das du nur im Dunkeln siehst. Sonst wäre es auf der Erde nachts stockfinster.«

Ich drehte meinen Kopf zu seiner Silhouette.

»Ich dachte, es ist auf der Erde nachts finster.«

»Nein, es wird nie richtig dunkel. Bei Nacht fängt die Ionosphäre an zu glühen. Sonst wäre der Himmel schwarz und wir könnten noch viel mehr Sterne sehen, mehr als ein paar tausend.«

»Und was hat das mit der Stadt zu tun?«

»Nichts, das Licht aus der Stadt kommt noch dazu. Das ist die Lichtverschmutzung. Die macht uns fast überall Ärger.«

»Blöd, dass man nicht auf elektrisches Licht verzichten kann, was?«

Er schwieg, ganz ähnlich wie Vera, wenn ich etwas Dummes gesagt hatte.

»Wie lange müssen wir noch warten?«, fragte ich.

»So zwanzig Minuten.«

»Ich vertret mir mal kurz die Beine, okay?«

»Pass auf, dass du nicht in ein Loch fällst.«

Ich stieg aus und tappte ein wenig über die Wiese, milde verstimmt über Toms letzte Bemerkung. Hielt er mich für einen Trottel? Meine Beine kamen mir schwer vor, als ich so herumlief. Die donnernde Fahrt hatte mich wach gehalten, aber nun spürte ich zusammen mit der Müdigkeit auch ein harsches Gefühl der Einsamkeit. Entfernte man sich von dem Auto und den Stimmen aus dem Radio, wurde es schnell ungemütlich. Der Wind pfiff hier draußen schneidender als in der Stadt. Plötzlich wurde ich mir der Tatsache bewusst, dass ich den Freitagabend auf einer dunklen Kuhwiese verbrachte. Und was sollte das »Bis du im Dunkeln siehst«? Ich sah längst, was zu sehen war. Traktorenspuren, Brennnesseln. Ich sah sogar, dass der Kuhzaun vor mir ein elektrischer war. Die Schönheit des Himmels war fast überwältigend. Aber auch die Einsamkeit hier draußen – man konnte eine Überdosis bekommen. Man konnte überschnappen, wenn man zu lange allein auf so einem Acker herumlief.

»Das mit den tausend kann nicht sein«, rief ich noch einmal laut. »Es sind viel mehr.«

»Nein, das bildest du dir nur ein«, kam es aus seiner Richtung. »Es sieht immer nach mehr aus.«

Als ich wieder beim Wagen war, hatte Tom die Klappe des Kofferraums geöffnet. Aus dem Inneren fiel rotes Licht auf sein Gesicht. Er nahm eine Art Gestänge heraus, stampfte mehrmals mit einem Fuß und stellte mit wenigen Handgriffen ein dreibeiniges Stativ auf. Dann holte er etwas hervor, das aussah wie eine Designerlampe, ein silbern lackiertes Metallobjekt mit einer Öffnung auf der einen Seite und einem kugelförmigen Ende auf der anderen, nicht dicker als eine Flasche Wein. Er setzte es auf das Stativ, schraubte, rüttelte, wirkte zufrieden. Die Gewissenhaftigkeit der Arbeitsschritte kam mir provozierend vor, Tom wusste vielleicht, dass die Dauer der Prozedur meine Neugierde steigern würde, und nun, wo er allein vor dem Teleskop stand und hindurchsah, hätte ich ihn am liebsten weggedrängelt wie ein ungeduldiger Schüler.

»Was siehst du?«

»Wart's doch ab.«

»Klar, aber was siehst du?«

Tom schüttelte den Kopf. Er erinnerte mich an meinen Vater, wenn er an Heiligabend die Wohnzimmertür verschlossen hielt. Aber ich war kein Kind, sondern ein müder Erwachsener. Meine Uhr zeigte dreiviertel eins.

Tom ließ mich noch volle zehn Minuten warten. Zehn Minuten, in denen ich mich wieder ins Auto setzte, Musik hörte und Sternschnuppen zählte. Sie zischten in großen Mengen über uns hinweg, inflationär. Ich hatte schon längst keine Wünsche mehr und war in eine widerstandslose Starre verfallen, als ich bemerkte, dass tatsächlich etwas mit meinen Augen geschehen sein musste. Es fiel mir auf, als ich von neuem auf die Milchstraße achtete. Das blasse Wolkenband von vorhin hatte nun eine Gestalt bekommen, eine eigene Geografie mit Hügeln und Einbuchtungen, Kurven und Schwüngen und einzelnen hellen Ausläufern, die wie leuchtende Pfade ins Dunkel führten. Deutlich sah ich den langen Einschnitt, der das Band zerteilte. Eine weitere Sternschnuppe jagte über den Himmel. Unwillkürlich stieß ich einen kleinen Schrei aus. Sie war quer über das halbe Firmament geschossen, aber anstatt augenblicklich zu verschwinden, hinterließ sie eine Spur, einen goldenen Strahl, der zu Grün verblasste, ausfranste und mir noch einen Moment dramatisch vor den Augen schwebte, um sich schließlich aufzulösen wie Rauch. Der Effekt war mir neu.

»Willst du jetzt mal versuchen?«, rief Tom.

Natürlich wollte ich, aber mein erster Blick durch sein Teleskop war eine einzige Enttäuschung. Die lange Vorbereitungszeit hatte meine Erwartungen wohl ins Unermessliche steigen lassen, und jetzt sah ich: einige Sterne, und, ja, schon wieder einen hellen Fleck. Im Gegensatz zu den punktförmigen Sternen sah er aus wie ein kleines Wölkchen. Und da war eine grünliche oder türkisfarbene Aura, die ihn zu umkränzen schien wie ein Heiligenschein. Oder nicht? Im nächsten Moment verschwand der Eindruck wieder, und es kam mir vor, als hätte ich mir den Schein nur eingebildet.

»Schau noch mehr auf die Umgebung, nicht auf das Ding selbst«, riet er mir.

Ich folgte Toms Rat und umkreiste den Fleck mit meinen Blicken. Nach einigen Runden kam tatsächlich noch etwas zum Vorschein, sogar deutlich. Es war eine Art Schleifspur aus Licht, ein mattglühender, durchsichtiger Strahl, der sich wie ein Schleier vor die Sterne schob und direkt von dem hellen Zentrum des Flecks ausging. Wenn man die Spur erst einmal bemerkt hatte, war sie nicht mehr zu übersehen. Das Objekt zog sie wie eine Brautschleppe hinter sich über den Himmel.

»Ist das auch ein Komet?«

»Ja, derselbe wie vorhin.«

»Ich glaube, ich sehe seinen Schweif.«

»Na also«, sagte Tom.

»Vorhin sah er gar nicht so gut aus.«

»Deswegen sind wir hier. Er hat einen weiten Weg hinter sich. Wäre doch schade gewesen, wenn du ihn verpasst hättest.«

»Hat er auch einen Namen?«

»Livingston.«

Tom erklärte mir, dass Livingston ein berühmter Kometenjäger sei. Dieser Komet sei schon der elfte, der seinen Namen trage.

»Komischer Job«, murmelte ich.

Auch während wir sprachen, ließ ich Livingston, den Kometen, nicht aus dem Auge, so als könnte die Illusion jeden Augenblick wieder verschwinden. Ich versuchte, das Ende des Schweifs zu erkennen. Er verbreiterte sich, verblasste zugleich und endete als nebliger Hauch. Oder endete er nicht? Vor meinen Augen wurde er noch ein wenig länger, zog sich durch ungefähr ein Drittel meines Bildes, drohte abzureißen, doch sobald ich glaubte, seine Spur zu verlieren, sah ich auch dort im Dunkel noch ein kaum wahrnehmbares Restleuchten und er verlängerte sich erneut in die Nacht hinein, bis da nur noch eine Illusion eines Lichthauchs war. Es war wie ein Spiel. Der Komet glaubte, seinen Schmuck vor meinen räuberischen Blicken verbergen zu können, aber ich spürte ihn auf, selbst in den dunkelsten Winkeln. Ein seltsamer Stolz begann sich in mir zu regen. Mit meinem neuen Adlerblick kam ich mir selbst vor wie ein Jäger.

»Wie hat er denn den Kometen gefunden?«, fragte ich. »Ich meine … Mr. Livingston.«

»Mit einem normalen Teleskop. Es ist einfach: Du bemerkst zwischen all den Sternen einen neuen Fleck. Wenn du ihn als Erster siehst, trägt er deinen Namen.«

Ich musste unwillkürlich lächeln.

»Könnte ich das auch?«

»Vielleicht.«

»Du hast gesagt, es ist einfach.«

»Na ja, du musst auch wissen, dass der Fleck da nicht hingehört. Sonst siehst du ihn und denkst dir nichts dabei, verstehst du? Und du musst ihn früh finden. Am besten, wenn er gerade erst angefangen hat zu leuchten. Sonst findet ihn ein anderer.«

»Also ist es eher schwierig.«

»Es kann ein paar Jahre dauern. Wenn du jede Nacht dranbleibst.«

Ich sah weiter durchs Okular, mit gesteigertem Respekt für Livingston, den Mann und den Kometen. Nach einer stillen Minute begann Tom wieder zu sprechen. Seine Stimme nahm einen leise murmelnden Singsang an, und in diesem neuen Ton begann er mir den Kometen zu beschreiben. Sein fester Kern sei sehr klein und gar nicht erkennbar, erklärte er mir. Was man sehe, sei lediglich die große Staubwolke, die ihn umgebe, die »Koma« – und wirklich bildete ich mir jetzt ein, sie als Wolke aus Staub wahrzunehmen. Er sagte auch noch etwas von einem »Kernschatten«, der den Schweif des Kometen teile, von »Streamern« und »Jets« und von »Enveloppen«, aber die könne man leider nicht sehen. Konnte ich nicht? Ich bildete mir ein, dass da wirklich ein Schatten in der Mitte des Schweifs war. Ich konnte mir sogar vorstellen, »Jets« zu sehen, Fontänen aus Licht, die aus dem diffusen Inneren des Kometen hervorbrachen. Mit wachsendem Enthusiasmus stellte ich fest, wie der Schemen vor meinen Augen eine Gestalt bekam. Tom sprach zu mir mit der ruhigen Expertise eines alten Museumsführers. Nur dass das, was ich sah, kein Gemälde an der Wand war, kein unumstößlicher Gegenstand aus Leinwand und Farbe. Dieses Himmelsobjekt materialisierte sich erst, indem Tom von ihm sprach – wie ein Bild, das noch in Arbeit war.

»Mach mal Pause«, sagte Tom. »Du strengst dich zu sehr an.«

»Woher weißt du das?«

»Du atmest gar nicht mehr.«

Er hatte Recht. Ich hielt die Luft an und starrte so konzentriert, dass mir bereits die Augen tränten. Nicht nur mein Sehnerv, jeder einzelne Muskel in meinem Körper war angespannt. Ich machte einen Schritt von dem Teleskop weg.

Tom reckte die Arme in die Luft und vollführte eine kleine Dehnübung. »Du fängst ja gerade erst an. Es werden noch andere kommen.«

»Wann kommt denn der nächste?«

»Der nächste? Das weiß man nie. Es kann jeden Tag ein neuer auftauchen.«

Er versetzte dem Teleskop mit der Hand einen Schubs.

»Möchtest du noch mal?«, fragte er. »Wir müssen nicht den ganzen Abend mit dem Kometen verbringen.«

»Ich bin schon ein bisschen müde. Vielleicht ein andermal?«

»Sicher, fahren wir heim.«

Fünf Minuten später startete er den Wagen, und wir schossen los, dass der Kies hinter uns spritzte. Tom wirkte unverändert wach – vielleicht waren Beobachter immer gegen Müdigkeit –, mich dagegen hatte die Überdosis frischer Luft so schläfrig gemacht, das sogar seine halsbrecherische Raserei nichts mehr daran änderte. Die fahlen Lichter des Armaturenbretts brannten auf meiner Netzhaut, als ich eindämmerte. Irgendwann stieß Tom mich an, und wir parkten unter orangefarbener Straßenbeleuchtung. Ich öffnete die Beifahrertür und sah hinaus. Über den Dächern der Hochhäuser war wieder der alte Stadthimmel. Nicht mehr als ein Dutzend blinkender Sterne in diesem undurchsichtigen Eintopf aus Grauorange, in dem immer noch der Strahler umherrührte. Neonreflexionen schwammen auf gläsernen Fassaden wie hysterische Seerosen.

Ich streckte meine Beine und bedankte mich bei Tom. Es war viel zu spät für lange Reden. Er nickte mir freundlich zu.

»Dann bis zum nächsten Mal«, sagte ich und stieg aus.

»Das nächste Mal ist erst in dreizehntausend Jahren.«

»Was?«

»Livingston. Er kommt erst in dreizehntausend Jahren zurück.«

»Wenn ich dran denke, ruf ich dich trotzdem an.«

»Mach das.« Seine Stimme klang immer noch eigenartig wach. Dann winkte er rasch und fuhr davon.

KAPITEL 4

Am nächsten Morgen setzte ich mich spät an meinen Zeichentisch und ließ kleine Kometen auf das Haus von Monsieur Lamarre fallen. Ich begann mit feuerbeschweiften Sternen, die sein Dach durchschlugen oder Teile der Garage zerstörten, dann wurden meine Visionen apokalyptischer und die gesamte Nachbarschaft von Monsieur Lamarre wurde unter dem schrecklichen Schauer in Mitleidenschaft gezogen – der freundliche Gemüsehändler und seine Waren (»le concombre«, »le haricot vert«), die Werkstatt (»le garage«), die Wäscherei (»la blanchisserie«), das Wirtshaus (»le bistrot«) und die Schule (»le lycée«).

Später versuchte ich mich an realistischen Zeichnungen des Kometen, doch keine davon kam in die Nähe des Objekts, das ich gesehen hatte. Ich schraffierte viel mit dem Bleistift herum, aber es blieb bei einer von Anfang an viel zu konkreten Darstellung, die dem fast magischen Auftauchen des Phantoms auf meiner Netzhaut nicht gerecht wurde. Vielleicht fehlte mir nur Tom, dachte ich. Ohne ihn war es schwierig, den Kometen wirklich zu sehen. Als ich aufstand, rief ich Ulrich Holstein an und erzählte ihm von meinen Recherchen.

»*Du* warst in einer Sternwarte?«, fragte er. Ich fand, er übertrieb es etwas mit der Verwunderung.

»Sicher. Warum nicht?«

»Aber was wollstest du da recherchieren?«

»Die Grundlagen. Hast du schon mal durch ein Teleskop geschaut?«

»Ja, in der Volkssternwarte. Jupiter, Venus und so …«

»Und?«

»Es war ziemlich lahm …«

»Lahm?«

»Im Vergleich zu den Fotos. Alles ist klein und weit weg. Und du kannst fast keine Farben sehen.«

Vera verbrachte den Samstag bei ihren Eltern. Der Samstagabend war unser Abend, und sie hielt sich daran. Wir wollten einen Film im »Corso«, unserem Kleinstadtkino, sehen und weil wir zu früh dran waren, gingen wir am Lech spazieren, vom alten Salzspeicher in Richtung Zollhaus, und sahen dem Wasser zu, das weiß schäumend die Stufen des Wehrs hinabrauschte. Vera trug ihren engen hellroten Anorak, der ihr so gut stand. Gelegentlich durchzuckte sie ein leichter Schauer, und nachdem wir die gepflasterte Gasse mit ihren Sitzbänken und Ahornbäumen einmal auf und ab gegangen waren, schien sie zu frösteln und zog ihre Kapuze über den Kopf.

Vera und ich waren seit vier Jahren ununterbrochen ein Paar. Zum ersten Mal geküsst hatten wir uns in der wirren Endphase eines Klassenausflugs nach Venedig. Danach hatte sie einige andere Freunde gehabt. Und dann wieder mich – was die Sache in gewisser Weise wie Schicksal aussehen ließ, als gäbe es zwischen uns ein unauflösbares Band. Manchmal fragte ich mich in jüngster Zeit aber doch, was genau sie an uns fand außer einer verlässlichen Schnittstelle zu ihrer Vergangenheit. Unsere Gesprächsthemen waren nicht mehr dieselben. Ich schimpfte immer noch über die beschissenen

Filme im »Corso« oder über die steigenden Getränkepreise im »Mahagony«. Vera schimpfte jetzt über ihre Professoren, ihre Kommilitonen und den Wissenschaftsbetrieb. Gerade schrieb sie intensiv an ihrer Doktorarbeit. Außerdem hatte sie eine halbe Stelle an einem Forschungsinstitut für Neuere Geschichte. Die Eifersüchteleien zwischen Historikern, die ich in ihren Erzählungen immer nur als abgefeimte und intrigante Zunft kennengelernt hatte, nahmen einigen Raum in unseren Gesprächen ein. Das heißt sie redete, und ich hörte zu. Manchmal versuchte ich, ihr etwas entgegenzusetzen und sie zu überraschen, zum Beispiel mit einer klugen Bemerkung über die Wissenschaft, die ich irgendwo aufgeschnappt hatte, aber ich merkte selbst, wie peinlich das war. Ich benahm mich dann wie ein Erstsemester im Doktorandenseminar. Und Vera stutzte mich gnadenlos zurecht.

In letzter Zeit aber hatte ich noch eine Veränderung bemerkt. Nach außen hin wirkte sie fast wie eine Rückkehr unseres anfänglichen Glücks. An den Wochenenden, wenn Vera ihre Eltern und mich besuchte, oder an den Abenden nach einem Kinobesuch in der Stadt konnten wir stundenlang nebeneinander hergehen, in einer eigenartigen Vertrautheit, die sehr schön war, mir aber manchmal verdächtig vorkam wie ein Aufguss alter Zeiten. Es schien mir so, als könnte sie diesen Zustand akzeptieren, gerade weil wir nicht redeten.

An diesem Samstagabend mussten wir nicht lange nach einem Gesprächsthema suchen. Ich erzählte ihr von meinen Erlebnissen der Vornacht. Das alles brachte Vera zum Lächeln. Schon die Tatsache, dass ich überhaupt in die Sternwarte gegangen war.

»Ich kannte diese Seite gar nicht an dir.«

»Es ist gar keine Seite von mir. Man kann doch mal etwas machen, ohne dass es gleich zu deinem Charakter wird, oder?«

»Warum, glaubst du, sehen sich Leute das an?«, fragte Vera.

»Ich weiß nicht. Vielleicht weil es nichts mit ihrem Leben zu tun hat.«

Sie lachte. »Das soll ein Grund sein?«

Ich begann nun auch zu frösteln. Dass sie mir so viele Fragen stellte, war meine eigene Schuld. Ich konnte ihr ja selbst nicht erklären, was ich in der Sternwarte gewollt hatte. Aber wenigstens glaubte sie, an mir eine geheimnisvolle Seite entdeckt zu haben. Tom kam bedeutend schlechter weg. Was war von jemandem zu halten, dessen Hobbys Kometen und schnelles Autofahren waren? Vera schien ihn bereits in die Schublade weltfremder Freaks ohne geregeltes Sexualleben einsortiert zu haben. Und dann war da noch das Objekt selbst.

»War der Komet schön?«, fragte sie mich.

»Ja, er war sehr schön«, log ich der Einfachheit halber. Eigentlich hatte ich etwas anderes sagen wollen, aber ich wusste nicht, wie ich es ausdrücken sollte. So umwerfend war seine Schönheit ja gar nicht gewesen. Das Entscheidende war eher, ihn überhaupt zu sehen. Aber wieso unternahm man so große Mühen, etwas zu sehen, wenn es nicht schön oder prächtig war? Einzig weil es schwierig war, es zu sehen?

Am nächsten Tag frühstückten wir lange, dann zog es Vera zurück an ihren Schreibtisch. Ich begann, mein Arbeitszimmer aufzuräumen, was immer darauf hinauslief, dass ich den ganzen Tag alte Comicbücher las. Am Nachmittag, nach zwei Sammelbänden, beschloss ich, mich bei Tom zu melden. Ich hatte das Gefühl, mich zu wenig bei ihm bedankt zu haben. Da ich seine Telefonnummer nicht kannte, versuchte ich es über die Sternwarte. Erst gegen Abend war dort jemand zu erreichen.

»Tom Eisenroth? Der Junge, der das Teleskop gebaut hat?«

Ohne Umstände bekam ich seine Nummer ausgehändigt und wählte noch einmal.

»Hallo?«, knurrte es undeutlich an meinem Ohr. Das war nicht Tom. Als ich nach Tom fragte, folgte ein Knall – mein Gegenüber hatte den Hörer irgendwo hingeworfen – und dann ein leises mürrisches Selbstgespräch. Toms Name wurde gerufen oder vielmehr gebrüllt. Wenig regte sich, bis ich nach einer Weile wieder ein Knurren an meinem Ohr hörte: »Ist nicht da.« Es klickte. Aufgelegt.

Am späteren Abend versuchte ich es erneut. Zu meiner Erleichterung meldete sich diesmal Tom selbst.

»Oh, Philipp, du bist's!«

»Klar, ich wollte mich nur noch mal bedanken«, sagte ich. »Für die ganze Aktion.«

»Keine Ursache.«

»Also es war ...kein normaler Abend für mich.«

»Für mich schon.«

Da ich in Plauderlaune war, erzählte ich ihm von meinen Skizzen. Etwas daran schien ihn zu amüsieren.

»Was ist?«, fragte ich.

»Du hättest ihn gleich am Teleskop zeichnen sollen, nicht aus dem Gedächtnis. Sonst vergisst du das meiste.«

Er gab mir noch alle möglichen Tipps zu Papier und Format, ja sogar zu Bleistifthärten und Federstärken. Es wunderte mich, dass er so viel von meinem Handwerk verstand.

»Hör mal«, sagte ich. »Dienstag habe ich frei. Und es soll einer der letzten warmen Tage werden. Wo wohnst du eigentlich?«

»Am Ammersee.«

»Soll ich dich abholen? Wir drehen eine Runde um den See.«

Es entstand eine Pause in der Leitung. Es war ein Zögern,

dasselbe wie auf dem Dach. Mir kam es vor, als wollte er eigentlich sagen: »Nein, das geht nicht.« Aber dann schluckte er es hinunter.

»Okay, klar«, sagte er.

»Aber ich fahre«, sagte ich.

Toms Adresse lag an der Landstraße, die sich auf westlicher Seite um den See zog. Erst nachdem ich bereits einmal vorbeigefahren war und gewendet hatte, entdeckte ich in einer Kurve das Firmenschild eines Steinmetzes und daneben die Einfahrt. In einer Senke am Ende des abschüssigen Wegs stand ein einzelner Bau mit gelblicher Fassade, halb Wohnhaus, halb Werkstatt. Ein Kleinlaster parkte zwischen aufgestapelten Steinplatten auf dem Hof. Auffälliger aber war der Garten des Hauses, der auf seltsame Art bevölkert war. Aus der Entfernung erkannte ich eine kaum überschaubare Menge weißer Gips- und Steinskulpturen. Es waren wohl Zierfiguren, die für Parks und Vorgärten bestimmt waren –Tiere, Engel, Kinder und Fabelwesen, einige von ihnen fast mannshoch. Sie vermittelten den Eindruck einer Epidemie, die sich in dem ganzen Garten ausgebreitet und alle lebenden Wesen darin in leichenstarre Puppen verwandelt hatte.

In einer kleinen Einfriedung zu meiner Rechten sah ich Grabkreuze. Zunächst hielt ich auch sie für Schaustücke, aber zu meiner Überraschung war dort ein echter Friedhof. Nicht mehr als eine Handvoll klappriger und hagerer Eisenkreuze, die in zwei Reihen unter einigen Blaufichten standen. Geburts- und Todesdaten waren verwittert, verbogen oder herausgebrochen, der Friedhof mochte weit älter als das Haus sein. So bot sich mir, als ich mit dem Auto den Weg hinab- und dem Haus entgegenrollte, der Anblick eines verwunschenen Tals.

Das letzte Stück ging ich zu Fuß. Ein Weg aus Steinplatten

führte zur Haustür, vorbei an krähenden Hähnen, Fröschen, Schwänen, Zwerglöwen, dicklichen Jünglingen, einem sich aufbäumenden Hengst in Ferrari-Pose, ja sogar einem Seehund, der sich am Rande eines echten Teichs aalte. Die Wipfel der Fichten hinter dem Haus schirmten die bleichen Gespenster von der Nachmittagssonne ab.

Der Mann, der auf mein Klingeln hin die Tür öffnete, war vielleicht fünfzig, etwas größer als ich und massig wie ein Bär. Er beäugte mich ohne Wohlwollen von oben.

»Ja?« Das Knurren erkannte ich wieder. Seine Hände sahen aus wie Folterwerkzeuge, als hätten sie all die Figuren mit roher Kraft aus einem Steinbruch herausgeholt.

»Ich bin mit Tom verabredet«, sagte ich und fand, dass das Wort »verabredet« in dieser Umgebung seltsam klang. Der Mann betrachtete mich einen weiteren Augenblick lang misstrauisch, dann deutete er mit einem enormen Daumen über die Schulter:

»Der muss oben sein. Gehen Sie um das Haus rum, da ist der Weg.«

Ich bedankte mich. Noch bevor ich mich von ihm abgewandt hatte, fiel die Haustür ins Schloss.

An den Werkstätten vorbei gelangte ich zur Rückseite des Hauses, wo ein Trampelpfad begann, der direkt den Hügel hinaufführte. Auf einem weichen Nadelteppich unter hängenden Fichtenästen hindurch und schließlich über Stufen, die in den Waldweg gehauen waren, ging ich etwa zwei Minuten schnaufend bergan, bis sich der Wald lichtete und ich weiter oben auf der Hügelkuppe ein Gebäude sah, eine Art Turm, der die Wipfel der Fichten überragte und wie ein Denkmal auf der höchsten Stelle des Hügels stand. Auf dem letzten Stück Weg über die offene Wiese begutachtete ich das seltsame Gebäude. Es hatte ein gemauertes Fundament. In etwa vier Metern Höhe saß auf der graubraunen Bretterfassade ein mit Grünspan und Hageldellen überzogenes Kuppeldach. Das Observatorium sah nicht aus, als wäre es in den letzten fünfzig Jahren gebaut worden.

Tom entdeckte ich auf einem Holzschemel hinter dem Gebäude in ein Buch vertieft. Als ich zu ihm trat, klappte er das Buch zu und zog die Augenbrauen zusammen.

»Du hast es gefunden«, stellte er fest, ohne dass recht klar wurde, ob er sich darüber freute. Ich betrachtete Tom nun zum ersten Mal bei Tage. Er hatte ein ovales Gesicht mit starken Wangenknochen, die seinem Kopf eine gesunde Klarheit und zugleich einen leicht bäuerlichen, geschnitzten Charakter verliehen. Sein kurzgeschnittenes braunes Haar wuchs in unordentlichen Wirbeln, die sich wild herumbalgten. Am auffälligsten aber waren die Augen, die seiner Erscheinung entsprechend eigentlich haselnussbraun hätten sein müssen, tatsächlich aber waren sie grau wie eine Pfütze unter einem Novemberhimmel.

»Wohnst du noch bei deinen Eltern?«, fragte ich.

»Bei meinem Vater. Bist du ihm begegnet?« Er sah besorgt aus.

»Halb so schlimm. Er hat mir den Weg gezeigt.«

»Oh«, sagte er, als überraschte ihn das. »Ziemlich hässliches Zeug bei uns im Garten, oder?«

Ich zuckte nur mit den Achseln. Unter uns schlängelte sich das Band der Landstraße durch ein Gehölz, dahinter lag die stille Fläche des Sees. Das nächste Dorf in südlicher Richtung lag halb versteckt in einer Mulde der lieblichen Wiesenlandschaft mit ihren freistehenden Lindenbäumen. Davor, unweit von uns, ragten zwei gelbe Baukräne in die Höhe, die das Bild recht grob verunstalteten.

»Sollen wir mal reingehen?«, fragte Tom und lenkte meine Aufmerksamkeit wieder auf den Turm.

Er öffnete die Tür, und ich folgte ihm in das halbdunkle Innere eines hohen Raums, in dem es nach Werkstatt roch – eine Mischung aus Öl und altem Eisen. Es war kühler, als ich erwartet hatte, die Holzwände sorgten wohl dafür, dass sich der Raum trotz der Kuppel in der Nachmittagssonne nicht zu sehr erhitzte. Im Zentrum befand sich eine massive Konstruktion aus Stahlrohren, allerdings war sie nur schemenhaft zu erkennen. Einen Moment standen wir vor diesem verschatteten Riesen – bis Tom an einem Seil zog, das von der Decke herabhing, und sich über uns ein heller Spalt öffnete. Sonnenlicht flutete von schräg oben in den Raum, tauchte einen Teil des Kuppelinneren in bronzefarbenes Feuer und streifte die Spitze eines wuchtigen Teleskops. Es war eine beeindruckende Erscheinung – ein altes Gerät auf einem hohen Stahlsockel, der von oben herab direkt in den Boden hineinführte. Als ich zwischen den Streben hindurchgriff und mit der Hand gegen den Sockel klopfte, spürte ich, dass er sehr massiv war. An der Seite stand eine Holztreppe auf Rollen.

»Du kannst gerne raufklettern«, sagte Tom. »Es ist sicher.«

Auf der obersten Treppenstufe konnte man immer noch aufrecht stehen. Staubteilchen wirbelten vor mir durch die Luft, als ich meinen Kopf in die Sonnenstrahlen reckte. Direkt vor meiner Nase war der mattgraue, vielleicht zweieinhalb Meter lange Tubus des Teleskops, mächtig wie eine Kanone. Ich betastete die Metallhaut, die sich glatt und kühl anfühlte, und stieß auf eine kleine silberne Plakette mit der Inschrift »Alvan Clark & Sons, Telescope Manufacturers, Cambridgeport, Massachusetts«. Obwohl ich überhaupt nichts von Teleskopen verstand, glaubte ich das Gewicht und die Präzision der Mechanik unter meinen Fingern zu spüren. Das aus der Domkuppel herabfallende Licht vervollständigte den Eindruck, dass hier eine kostbare Reliquie aufbewahrt war.

»Darauf musst du ganz schön stolz sein«, sagte ich.
»Bin ich auch.«
»Wo hast du das her?«
»Geerbt. Von meinem Großvater.«
»Besser als eine Standuhr.«
»Sicher«, er lachte. »Mein Großvater hatte viele Freunde, die es haben wollten. Sie hätten notfalls sogar das ganze Observatorium gekauft.«
»Aber du wolltest es behalten.«
»Ich wollte mich nicht umgewöhnen. Mir hat es immer gefallen. Mein Großvater hat es aus Kalifornien importiert. Mit dem Schiff. Er ist selbst mitgefahren.«
Ich nahm auf der obersten Stufe der Leiter Platz, während Tom unten stand und zu mir heraufsah. In der Wärme des einfallenden Lichts kam ich mir vor wie auf einem Thron.
»Was kann es?«
»Es ist speziell für Planeten. Mars, Jupiter, Saturn. So ein Teleskop nennt man einen Refraktor, weil es Linsen hat. Die meisten modernen Teleskope haben Spiegel. Aber die alten Refraktoren sind immer noch am besten, wenn du einen Planeten scharf sehen willst.«
»Dann hast du alles von deinem Großvater gelernt?«
»Das meiste.« Auf seinem Mund zeichnete sich ein schiefes Lächeln ab. »Ich musste die Namen von Bergen auf dem Mond auswendig lernen.«
»Was?«
»Er hat nie kapiert, warum Schüler die Namen aller wichtigen Berge und Ozeane auf der Erde lernen müssen, aber fast niemand kennt auch nur einen einzigen Berg auf dem Mond. Also musste ich alle lernen.«
»Oh je…«
»Und dann auch noch die kleineren Hügel.« Er blinzelte lä-

chelnd in das Licht hinauf. Es sah nicht aus, als erinnerte er sich ungern daran.

»Was sind das für Plaketten da?«, fragte ich ihn und zeigte auf zwei matt schimmernde Eisenschilder, die am unteren Ende des Tubus angebracht waren, dort wo Tom stand.

»Das?« Er sah zu mir herauf, und aus dem schiefen Lächeln wurde langsam das größte Grinsen, das ich bisher an ihm gesehen hatte.

»Ja«, sagte ich.

»Das sind die zwei Kometen von meinem Großvater.«

Nun blinzelte ich ihn an. »Nicht dein Ernst.«

»Doch.«

»Sie sind nach ihm benannt!«

»Ja.«

Ich kletterte die Leiter hinunter, um nachzusehen, ob er sich einen Scherz mit mir erlaubte. Im Halbdunkel der unteren Raumhälfte musste ich fast bis auf Nasenlänge an die Schilder herangehen, um die hineingestanzten Inschriften zu erkennen: »Eisenroth 1« und »Eisenroth 2«, dazu jeweils ein Datum, das eine aus den frühen Sechzigerjahren, das andere von 1969.

»Ich hab gedacht, du machst nur Spaß«, sagte ich.

»Wieso Spaß?«

»Die Geschichte mit den Kometenjägern. Es klang zu irre.«

»Ich mache keine Witze über meinen Großvater«, sagte er und sah leicht beleidigt drein.

»Interessiert sich dein Vater auch für Astronomie?«

»Nein. Er hasst sie«, sagte Tom. »Sollen wir zurück zum Haus gehen?« Und damit zog er erneut an der Seilwinde, und der Himmel über uns schloss sich mit einem metallischen Quietschen, bis wir wieder im Dunkeln saßen. Mit einem vagen Bedauern trat ich in die Abendsonne hinaus. Tom verschloss die schwere Holztür von außen. Dann folgte ich ihm den Hügel hinunter.

Als wir das Wohnhaus durch die Hintertür betraten, fühlte ich sofort eine Beklemmung. Die Trockenblumen in einer Vase, die staubige Holzvitrine, die gerahmten Fotografien mit ausgeblichenen deutschen Stadtansichten – all das wirkte, als sei es lange nicht mehr verändert worden, als sei zu einem bestimmten Zeitpunkt das Leben aus diesen Räumen gewichen. Nur in Toms Zimmer herrschte Chaos: Bücher, Papier, seltsame bunte Röhren aus Metall oder Holz, ein angelehntes Fahrrad, eine paar Hi-Fi-Geräte, alles stand im Weg herum. Die Bücher, in Regalen und in Stapeln auf dem Boden, nahmen den größten Teil des Raums ein. Edgar Allan Poe neben einem monumentalen Band mit der Aufschrift »Sky Atlas 2000.0«, Huck Finn neben »Burnham's Celestial Handbook«. Jeweils ein Buch war mir vertraut, das nächste vollkommen fremd. Auf einem Bord standen zwei gerahmte Fotos: Ein Farbfoto von einer hübschen lachenden Frau mit einem Baby auf den Schultern und eine Schwarzweißfotografie von einem etwas hageren, älteren Herrn. Er trug förmliche Freizeitkleidung, einen dunklen Pullunder mit eingestickten Karos und einem Abzeichen auf der Brust. Mit einem Arm stützte er sich auf ein altertümliches Teleskop, das leicht wiederzuerkennen war. Ich betrachtete das Foto mit einer seltsamen Rührung.

»Dein Großvater?«

»Ja. Der große Kometenjäger.«

Er sagte es mit sanfter Ironie. Ich ließ mich auf eine Couch fallen. Unter ihr quoll Papier hervor, ein paar mittelgroße Notizbücher mit grau marmorierten Pappeinbänden rutschten mir entgegen. Die Einbände waren mit Toms Namen versehen. Ohne um Erlaubnis zu fragen, schlug ich eins davon auf und begann, auf einer beliebigen Seite zu lesen. Ein handschriftlicher Eintrag in schwarzer Tinte:

23 Uhr: Beobachtung der Venussichel, dünn wie ein Faden. Seeing: gut bis sehr gut. 23.30 bis 0 Uhr: Deep-Sky-Objekte: M 51 und M 63. Der Jupiter geht gegen ein Uhr morgens auf. Sicht auf den Fleck. Mondschatten unterhalb des tiefen äquatorialen Bandes.

Neben diesem Text war eine kleine Tuschezeichnung, die wohl den Jupiter darstellte. Sie offenbarte kaum Einzelheiten, nur das Rund des Planeten und einige gepunktete Linien, die parallel zum Äquator verliefen. Außerdem erkannte ich den roten Fleck – in diesem pointilistischen Stil nur eine zart hingeworfene Umrandung. Das Datum am oberen Seitenrand bezeugte, dass die Zeichnung in einer Frühlingsnacht vor elf Jahren angefertigt worden war. Tom war also noch ein kleiner Junge gewesen, was in merkwürdigem Gegensatz zur Sachlichkeit des Textes stand, der wie ein wissenschaftlicher Bericht klang. Und auch die minutiöse Skizze wirkte nicht wie die Arbeit eines Elf- oder Zwölfjährigen. Ich blätterte um und sah auf der nächsten Seite eine weitere Zeichnung des Jupiters, fast genau wie die erste, dann auf den nächsten Seiten noch mehr Zeichnungen, ohne den Fleck und mit anders gearteten Wolkenformationen, jede mit einem Datum und der genauen Uhrzeit versehen. Dazu immer wieder kurze Bemerkungen, die die jeweilige Nacht charakterisierten: »Seeing mittelmäßig bis gut«, »Cirrus-Wolken am südlichen Horizont«, »kalt und klar, ruhige Luft«. Aus der Abfolge der Daten ging hervor, dass Tom als kleiner Junge offenbar nahezu jede Nacht unter dem Sternenhimmel verbracht hatte. Und das nicht nur bis Mitternacht, sondern weit darüber hinaus, bis in die Morgenstunden. Alle Aktivitäten waren mit einer stoischen Gründlichkeit notiert. Staunend blätterte ich von Seite zu Seite, sah Planeten, Saturnringe, winzige Pünktchen, die Monde darstellten, und schließlich Objekte, wie ich sie noch nie gesehen hatte. Neblige Phantomgebilde in der Form von Blasen oder Schwämmen, asymmetrische, verzerrte Spiralen und längliche Schwaden, die sich wie Wolken über die Seiten des Logbuchs zogen. Die zeichnerische Akribie war beeindruckend, mehr aber noch verwunderte mich die gesamte Idee dieser Art der Buchführung. Die Gleichmäßigkeit, die Regelmäßigkeit der Einträge, scheinbar unbeeinflusst von den vielen Ereignissen, den Aufs und Abs, die das Leben eines Kindes normalerweise erschütterten. Wahrscheinlich hätte ich die Seiten noch lange betrachtet, wenn mich Tom nicht unterbrochen hätte.

»Bist du hungrig?«

»Was?«

Mit einem seltsamen Schwindelgefühl im Kopf betrachtete ich Tom, der auf mich zukam, mir behutsam das Buch vom Schoß nahm und es zuklappte. Alles Papier wanderte zurück unter das Sofa.

Ich war tatsächlich sehr hungrig.

KAPITEL 5

Dass sich zwischen Tom und mir so etwas wie Freundschaft entwickelte, muss wohl ein seltsamer Zufall gewesen sein. Er passte nicht direkt in mein Schema. Allein schon der Altersunterschied sprach dagegen: Fünf Jahre! Vielleicht keine große Differenz, aber so, wie ich es sah, war er Anfang zwanzig und ich eher Ende zwanzig. An eine Verständigung war da kaum zu denken! Von dem anderen großen Unterschied natürlich ganz abgesehen: Tom beschäftigte sich in seiner Freizeit mit Mondschatten. Nein, wir waren einfach zu weit auseinander. Es fehlten die Gemeinsamkeiten, die eine Freundschaft auch braucht.

Wenn ich mir dagegen meine alten Freunde ansah, die paar Leute, die mir seit der Schulzeit geblieben waren und mit denen ich am liebsten meine Zeit verbrachte, dann fielen mir sofort die großen Gemeinsamkeiten zwischen uns auf. Wir lasen Musikzeitschriften. Das gab uns Format und ein natürliches Überlegenheitsgefühl. Wir waren uns sicher, dass wir zu groß für die Kleinstadt waren. Wir besuchten Konzerte unbekannter Bands, die aber »im Kommen« waren. Wir schnupperten nur an der Welt und hofften, dass die Welt etwas abfärbte. In unserem Jahrgang waren wir die immer etwas Distanzierten gewesen, die geschmeidigen Andersdenkenden. Aber inzwischen war ich ein achtundzwanzigjähriger Andersdenkender, der immer noch in der Kleinstadt saß und dem allmählich die Ideen ausgingen. Unser kleines Abgrenzungsspiel, das wusste ich längst, machte uns kein bisschen besser oder klüger als die anderen. Wir hatten uns immer nur so gegeben. Und langsam musste es auffallen.

Tom hätte sich um die Aufnahme in unseren exklusiven kleinen Club bestimmt nicht geprügelt. Er hätte ja auch wirklich nicht zu uns gepasst. Oder doch? In diesem Punkt war ich mir ehrlich gesagt nicht sicher.

Im Grunde war es mir schleierhaft, wie sich jemand die ganze Nacht mit ein paar einsam funkelnden Lichtern am Himmel abgeben konnte. Das Rätselhafte daran war aber das: Wie ein typischer Naturwissenschaftler kam er mir gar nicht vor. Natürlich deuteten die Protokolle seiner Nächte auf bestimmte Forschereigenschaften hin, in all dem steckte viel Geduld und eine erkennbare Systematik, aber ich fragte mich, ob in den Schriften und Zeichnungen vielleicht noch etwas anderes verborgen lag – irgendein dunkleres Bedürfnis, vielleicht sogar eine exzentrische Begabung. Es musste wohl, dachte ich, etwas an ihm geben, was ich noch nicht ganz erfasst hatte. Und so näherte ich mich ihm mit dieser Neugierde, die man nur für Menschen mit etwas abweichenden Interessen entwickeln kann.

Nach meinem Besuch im Observatorium hatte ich ihn eingeladen mich zu besuchen, falls er in der Nähe sei. Wenige Tage später klingelte er tatsächlich an meiner Tür. Ich kochte uns Kaffee. Als ich mit zwei Tassen aus der Küche zurückkehrte, ging er auf und ab und betrachtete wortlos all die Zeichnungen an meinen Wänden. Das meiste davon waren freie Arbeiten ohne Auftrag – aquarellierte Landschaften, verschnörkelte

Graffiti-Schriftzüge, Cartoon-Figuren. Tom studierte sie, als wollte er sich jede einzelne für sein ganzes Leben einprägen. Als er den großen Krater im Vorgarten von Monsieur Lamarre sah, grinste er.

»Meteoriteneinschlag?«

»Ein großer Komet«, sagte ich.

»Immerhin, die Säugetiere haben überlebt.«

An diesem Abend zogen wir noch durch die Stadt. Ich ging mit ihm in meine Stammbar, und da es der erste wirklich kühle Herbstabend war, tranken wir Wodka zum Aufwärmen. Er trank nur einen einzigen. Ich nahm an, dass er knapp bei Kasse sei, aber er wollte sich nicht einladen lassen, so bestellte ich alleine weiter, trank und fragte ihn aus. Warum zum Beispiel wollte Tom keine akademische Laufbahn einschlagen? War es wirklich möglich, dass er es nicht einmal in Betracht zog? Selbst wenn ihm die Mathematik nicht behagte, wusste er doch bereits sehr viel über die Sterne. Aber aus irgendeinem Grund legte er Wert darauf, Amateur zu bleiben. Das wenige Geld, das er mit seinen flüchtigen Jobs oder mit dem Bau von Teleskopen verdient hatte, steckte in seinem Auto und in der Sternwarte. Ich glaube, er hatte das Abitur gemacht, aber selbst da war ich mir nicht sicher. In den letzten Jahren hatte er einige Zeit damit verbracht, das Erbe seines Großvaters zu pflegen und auszubessern. Ansonsten benötigte er kaum Geld, da er noch bei seinem Vater lebte. Nichts schien ihn weniger zu interessieren als eine Laufbahn. Was wollte Tom? Hatte er irgendwelche Ziele? Jedenfalls keine, die er mir an einem Abend erklären konnte. Immerhin erzählte er mir, dass er davon träume, für längere Zeit zu reisen, durch den amerikanischen Westen, wie sein Großvater, der oft und mit viel Begeisterung von den Wüsten, Prärien und Canyons gesprochen habe.

Mit Tom zu reden, war für mich eine seltsame Erfahrung:

Ich konnte mit ihm nicht über Bands oder über Comics sprechen. Er lebte nicht in meiner Welt, er schien die Dinge, die mich interessierten, kaum wahrzunehmen. Wir redeten eigentlich aneinander vorbei, und gleichzeitig war es unmöglich, sich mit ihm zu langweilen. Die einzige Schnittmenge zwischen uns waren Bücher. Meine intellektuelle Fassade begann aber rasch zu bröckeln, als ich feststellte, wie belesen Tom war. Er bevorzugte raumgreifende Geschichten, angelsächsischen Grusel, Reiseliteratur und klassische Abenteuer. Kaum glauben konnte ich, dass er sogar Moby Dick zu Ende gelesen hatte, ein Buch, bei dem ich nicht über ein paar Seiten hinausgekommen war. Mir war es unverständlich, wie man einer Geschichte folgen konnte, bei der scheinbar jedem Bullauge auf dem Schiff und jedem Mitglied des Kombüsenpersonals ein eigenes Kapitel gewidmet war. Aber Tom ließ nichts auf das Buch kommen, auch nicht auf den Captain, einen braven, mutigen Mann, der höchstens ein paar dunkle Anwandlungen hatte. Ich fragte mich, ob er das Buch richtig verstanden hatte.

»Aber der Captain ist wahnsinnig, oder nicht? Sie sterben alle wegen ihm.«

»Das ist doch egal. Ohne den Captain wären sie nie aus dem Hafen herausgekommen.«

In den folgenden Wochen sahen wir uns öfter. Das Experiment nahm seinen Lauf. Gegen Ende Oktober hatte ich mich offenbar so weit bewährt, dass Tom mir ein Geschenk machte, das, wie ich erst später verstand, ein besonderes Privileg war. Er ließ mich den ersten Blick durch sein großes Teleskop werfen.

Den Planeten Saturn durch den Apparat der Gebrüder Clark zu betrachten, war ähnlich, wie einen Filmstar auf der Straße zu treffen. Nicht dass ich schon viele getroffen hätte, aber von den wenigen zufälligen Sichtungen an Bahnhöfen oder Flughäfen wusste ich: Man erwartet sich vom direkten Anblick des Originals eine neue Perspektive, irgendein »er ist ganz anders, als ich dachte« oder »in Wirklichkeit sieht er noch viel besser aus«, aber das besonders Überraschende und merkwürdig Unerwartete besteht darin, dass das Original haargenau so aussieht, wie es aussehen sollte. Ich hatte den gelblichen Ball mit seinen Ringen sicher tausendmal auf Fotos gesehen, und nun, im Morgengrauen, schwebte genau derselbe Ball provozierend deutlich vor mir, auf seiner dunstig graugelben und konturlosen Oberfläche war nichts Besonderes, aber die Ringe sah ich in einer kristallinen Klarheit, die mich minutenlang gebannt hielt. Die Achse des Planeten war so geneigt, dass man fast von oben auf die Ringe blickte. In ihrer Mitte sah ich den scharfen Riss, der wie mit einem Zirkel gezogen zwei perfekte weiße Bahnen voneinander schied.

»Dein erstes Mal?«, fragte Tom – und ich nickte nur stumm.

»Es ist immer unglaublich«, sagte er nach ein paar Minuten. »Man kann sich nicht vorstellen, wie er früher gewirkt haben muss. Als die Astronomen ihn zum ersten Mal so gesehen haben.«

»Wussten sie überhaupt, was der Saturn ist?«

»Ja, natürlich, er war ja schon im Altertum bekannt. Aber dann hat es noch zweitausend Jahre gedauert, bis es Teleskope gab und die Ringe entdeckt wurden. Huygens, ein Holländer, hat sie als Erster gesehen. Und Cassini, ein Franzose, hat gleich mehrere Ringe gesehen. Deswegen heißt die Spalte zwischen den Ringen Cassini-Teilung.«

»Sie haben sogar die Spalte nach jemandem benannt?«

»Ja.«

Ich musste unwillkürlich lachen. »Wer bestimmt so was?«

»Ich weiß nicht. Vielleicht konnte man den Dingen noch selber Namen geben.«

Wir waren etwa zwei Stunden nach Sonnenuntergang in sein Observatorium gekommen. Tom hatte die Kuppel geöffnet und das große Metallrohr mit einem Seilruck auf einen Punkt in der Nähe des Horizonts gerichtet. Ich war überrascht gewesen, wie leicht sich das Monstrum bewegen ließ. Tom konnte es mit einem einzigen Fingerdruck justieren. Das erste Motiv, das er ausgewählt hatte, sehe ich noch heute so klar in meiner Erinnerung, wie an jenem Abend: Zunächst erkannte ich nur eine unregelmäßig geformte helle Wolke im Zentrum des Ausschnitts. Nach einigen Sekunden löste sich die helle Fläche vor meinem Auge in ein Meer von Lichtnadeln auf, dicht beieinander stehenden Punkten, die so winzig waren, dass das Bild eine fast übernatürliche Schärfe annahm. In der Mitte der Wolke war eine Traube von Lichtnadeln, es waren hunderte, vielleicht tausende, nach außen hin nahm die Dichte der Sterne ab. Es war wie eine ausgedehnte leuchtende Stadt inmitten eines dunklen Kontinents – prachtvoll und unwirklich schön.

»Was ist das?«, fragte ich, ohne meinen Blick abwenden zu können.

»M 11.«

Wie man etwas so Schönes einfach nur »M 11« nennen konnte, war mir unbegreiflich. M 11 sei ein Sternhaufen, erklärte mir Tom. Es gebe eine ganze Menge davon am Himmel. »Willst du noch einen sehen?«

»Warte.« Es war schwer sich von dem Anblick der vielen kleinen Nadeln zu trennen. Immer noch schien sich die Stadt vor meinen Augen zu konkretisieren, neue Details zu entwickeln. Ich versuchte mich auf verschiedene Flecken zu konzentrieren, und wo ich hinsah, lösten sich Lichtballen in Einzelsterne auf. Es war, als würden meine Augen immer schärfer, je länger ich das Bild betrachtete. Tom wartete schweigend auf mein Signal, während das leise mechanische Ticken des Uhrwerks zu hören war, das das Teleskop unmerklich mit den Sternen bewegte. Dann, als ich den Blick endlich abwenden konnte, versetzte er das Kuppeldach in eine Drehbewegung, schwenkte das Teleskop noch einmal, und ich durfte mich wieder auf die Treppe stellen, um ein weiteres M mit einer Nummer zu betrachten. Dieses M, ich glaube es war M 27, ähnelte eher einer halb durchsichtigen Wolke, hell vor dunklem Hintergrund. Solche »Nebel«, sagte Tom, seien in den Regionen unserer Milchstraße zu finden, wo sich immer noch neue Sterne formten. Manchmal auch dort, wo ein Stern gestorben war. Und Nebel konnten, wie ich in der nächsten Stunde erfahren sollte, in den unterschiedlichsten Formen auftreten: als ballonartige Blasen, als flächige Materiestürme, als ausufernde, zerrissene Explosionsgebilde oder als Schlieren ähnlich den Wirbeln einer Flüssigkeit in einem Wasserglas. M 1, der Krebs-Nebel, M 17, der Omega-Nebel, M 20, der Trifid-Nebel, die Wunder nahmen kein Ende, einige M waren diffus oder fast unsichtbar, kosmische Gas-Schwaden, die wie der Atem eines Geistes auf meine Linse gehaucht wurden, andere M ballten sich zu Wällen verdichteter Materie zusammen. Dann wurden drastische Effekte sichtbar, Schwaden aus dunklem Gas und Staub türmten sich vor hellem Hintergrund wie die drohenden Gewitterwolken alter Ölgemälde.

All diese Nebel und Sternhaufen, sagte Tom, lägen im tiefen Weltraum, Lichtjahre von unserem eigenen Stern und seinen Planeten entfernt, daher nenne man sie »Deep Sky«-Objekte. Und noch tiefer lägen die Galaxien, die großen Welteninseln, die alles andere enthielten, zusammengesetzt aus vielen Milliarden Sternen wie unsere eigene Milchstraße. Ich hatte immer angenommen, man bräuchte mindestens einen NASA-Etat, um eine fremde Galaxie zu sehen. Aber wie sich jetzt herausstellte, stimmte das gar nicht. Wieder glitt das Teleskop lautlos an eine neue Stelle, und die grauen Flecken, die ich jetzt betrachtete, ähnelten Fliegenabdrücken auf einer Autoscheibe. Vielleicht deuteten sich Spiralen oder Rädchen an, es war nicht viel, was ich erkannte: Aber war das nicht egal? Es waren fremde Galaxien. Hier und da zeigten sie sich sogar ganz zwanglos in größeren Gruppen, die man Galaxienhaufen nannte. Man konnte mit den Augen in der Nähe beginnen und nach außen reisen, von kleinen Einheiten zu immer größeren, bis hin zu den vielleicht größten Organisationseinheiten im Kosmos. Und diese Ordnung lag einfach so vor uns, die Struktur der sichtbaren Welt. Es kam mir seltsam vor, dass ich erst jetzt hinsah.

»Wann ist das alles entdeckt worden?« Ich löste mich endlich von dem Okular und sah von der Leiter aus zu ihm herab.

»Das meiste vor zweihundert Jahren. Damals wurden die ersten größeren Teleskope gebaut.« Er gab der Röhre einen zärtlichen Stoß und schaltete das Rotlicht wieder an, während ich immer noch oben auf der Leiter saß. »Man konnte plötzlich sehen, dass es noch andere Objekte am Himmel gibt als Sterne und Planeten. Aber sie waren in den Teleskopen von damals meistens zu verschwommen. Man hat sie einfach alle Nebel genannt. Ein Franzose, Messier, hat die ersten einhundertzehn nummeriert. Deswegen das M.«

»Und dann?«

»Dann kamen Männer mit besseren Teleskopen. Und die haben mehr gefunden. Wilhelm Herschel hat zweitausendfünfhundert entdeckt, auch jede Menge Galaxien. Er war Orgelspieler. Kannst du dir das vorstellen?« Tom lächelte. »Es ging Stück für Stück tiefer.«

»So lange, bis der ganze Himmel kartografiert war.«

»Nein, die Entdeckungen gehen ja immer noch weiter. Nur

die Grenzen haben sich sehr weit nach außen verschoben.« Er klopfte mit der Hand gegen das Clark. »Dafür brauchst du was Größeres.«

Sein Gesicht glühte im Schein der roten Lampe, von meinem erhöhten Sitz auf der Leiter sah es merkwürdig aus, wie ein Kopf ohne Körper, der unter mir in der Schwärze schwebte.

»Deine alte Dame leistet noch ganz gute Dienste, was?«

»Sicher«, sagte Tom mit einem Lächeln ins Leere. »Stell dir vor, wir hätten vor zweihundert Jahren gelebt und so was gehabt. Alles was wir heute Nacht gesehen haben, wäre neu gewesen, unentdeckt. Kannst du dir das vorstellen?«

»Ich weiß nicht.«

»Ich kann mir das nicht vorstellen«, murmelte er und fixierte einen Punkt in der Dunkelheit. »Du schaust einfach hindurch, und da ist etwas Neues. Du musst dich nicht mal anstrengen.«

KAPITEL 6

Etwa fünf Wochen nach meinem Besuch in der Volkssternwarte fand ich es an der Zeit, Tom in meine Kreise einzuführen. Die erste Gelegenheit ergab sich ganz von allein: Eine von Veras »neuen« Freundinnen, eine junge Malerin, hatte eine Ausstellung organisiert, die wir besuchen wollten. Das heißt, Vera wollte. Und aus Gründen, die mir selbst nicht ganz klar waren, lud ich Tom dazu ein. Es war Anfang November, und die ganze Woche war grau und verregnet gewesen. Wie ich inzwischen wusste, hieß das, Tom hatte abends nichts vor.

Er wartete bereits vor dem Eingang der Galerie im Münchner Westen, als Vera und ich eintrafen. Zwischen all den Vernissagenmenschen, die vor und hinter den Schaufenstern des hell erleuchteten Raums herumstanden, sah Tom mit seinem praktischen Anorak und den allwettertauglichen Schuhen aus wie die Unschuld vom Lande. Bei der Begrüßung wirkte Vera so freudig überrascht, dass ich fast lachen musste. Ich weiß nicht, was sie erwartet hatte. Ihr Gesicht erinnerte mich an das meiner Mutter, wenn ich neue Freundinnen mit nach Hause brachte. An die hinter der Höflichkeit hervorbrechende, fast überdrehte Erleichterung, wenn die schlimmsten Befürchtungen nicht zutrafen.

Die junge Malerin, die ihre Bilder ausstellte, Veras Freundin Constanze, war in unserem Alter und feierte bereits erste Erfolge. Mir jagte sie Angst ein, seit ich zum ersten Mal von ihr gehört hatte. Mehr noch als ihre Erfolge machte mir ihr Einfluss auf meine Freundin zu schaffen. Wie ich es sah, schleppte sie Vera nur durchs Nachtleben, und da Constanze wusste, was sie ihrer gefährlichen Aura als Künstlerin schuldig war, malte ich mir diese Exkursionen in meinen schlaflosen Stunden als ein einziges hedonistisches Lavabad aus. Einmal hatte ich vorgeschlagen, die beiden zu begleiten. Ich kann mich noch genau an Veras Blick erinnern. Sie hatte mich nie zuvor so angesehen: wie den kleinen Bruder, der fragt, ob er ins Autokino mitkommen darf.

Als die Künstlerin uns am Eingang begrüßte, drückte sie mir zwei mechanische Küsse auf die Wangen. Tom fand etwas mehr Beachtung. Constanze gab ihm die Hand, zog eine scharf nachgezogene Marlene-Dietrich-Augenbraue in die Höhe und setzte einen geübten Ausdruck des Erstaunens auf. Das bedeutete: Ach nein, was für ein hübscher kleiner Kerl.

Ich sah mich um. Das Publikum im Raum bestand aus schwarz gekleideten, bleichen Frauen mit ausdrucksvollen Gesichtern und älteren Herren mit sehr bunten Turnschuhen. Constanzes Bilder waren auf den ersten Blick krude, gegenständliche Kompositionen in Öl, deren dunkle Farben ihnen irgendwie einen Anschein von Gedankenschwere verliehen. Ich glaube, Kreuze, Naziuniformen, Hörner und der amerikanische Weißkopfseeadler spielten eine wichtige Rolle in Constanzes Ikonographie.

Vera hielt sich gar nicht mit der Kunst auf. Sie plauderte mit Tom drauflos und erklärte Constanze, die immer noch in unserer Runde stand, dass er »Astronom« sei. In diesem Moment hatte die Marlene-Augenbraue ausgedient. Plötzlich fixierte

Constanze ihn mit den verträumten Augen des Großstadtmädchens, das einen Cowboy gefunden hat. Es war eine Inszenierung wie in einer alten Hollywood-Komödie, ich hoffte nur, dass auch Tom sie durchschaute.

»Das ist ja schön«, sagte die Malerin mit großen Augen. »Und am Wochenende soll der Himmel noch mal klar werden. Gehst du da Sternegucken?«

»Morgen? Nein, wir haben ja fast Vollmond.«

»Stört dich der Mond?«

»Bei Mondschein sieht man sonst fast nichts.«

»Ach. Dann haben Astronomen nie was vor in Vollmondnächten.«

»Ich bin eigentlich kein Astronom.« Tom erklärte ihr den Unterschied.

»Beobachter.« Constanze wiederholte das seltsam gewichtige Wort amüsiert. »Nimmst du öfter jemanden mit?«

Tom wand sich wie ein Aal im Netz.

»Also ... normalerweise bin ich dabei lieber nur für mich.«

»Du teilst die Sterne nicht gern.«

»Na ja ... ich werde ja nicht oft gefragt.«

»Aber das ist, als würde ich meine Bilder nicht ausstellen.«

Wir alle konnten sehen, dass Constanze begann, ein bisschen mit Tom zu spielen. Warum sie das tat, wusste ich von früheren Begegnungen. Es war ihre übliche Art, mit jungen Männern umzugehen, die ihr die Mühe wert waren. Toms Verhalten verstand ich weniger. Er blieb bei einer irgendwie ungreifbaren neutralen Freundlichkeit, wie ein Wissenschaftler, der Belege für seine Theorie sammelte und sich kein vorschnelles Urteil erlauben wollte. Im Ergebnis wirkte das allerdings, als würde er den Flirt nicht bemerken, und das befeuerte nur Constanzes Ehrgeiz. Sie trieb ihr kokettes Spiel noch ein wenig weiter, wodurch es für alle anderen überdeutlich wurde und den Charakter einer Demonstration annahm.

»Bei Vollmond schlafe ich sowieso schlecht«, seufzte sie.

»Wirklich?«, sagte Tom.

»Ja, da hilft nur Ausgehen.«

»Da hinten ist der Zeitungstyp«, sagte Vera und stieß Constanze an, um Tom eine kurze Pause zu gönnen. »Wie heißt der noch mal?«

»Jaja, habe ich schon bemerkt«, erwiderte Constanze.

»Hat er schon irgendwas zu dir gesagt?«

»Ach, der baggert doch immer nur.«

»Was hat er noch mal über dich geschrieben?«

»Irgendwas über die ›nächste Generation‹ und mein seismographisches Gespür für die ›Erschütterungen der Gegenwart‹« Constanze lächelte so überlegen, als habe sie Kritikerlob bereits nicht mehr nötig.

»Aber das ist doch eigentlich sehr nett«, sagte Vera.

»Es klingt großartig«, bemerkte ich. »Dafür dass es nur Jargon ist.«

»Ich wusste gar nicht, dass du dich für Kunst interessierst«, sagte Vera leise.

»Tu ich ja auch nicht.«

»He ihr da, seid friedlich«, sagte Constanze. Sie legte mir eine Hand auf den Arm. Ich fand die Geste hatte etwas Mütterliches.

»Haben wir überhaupt schon mal über Kunst geredet?«, fragte ich Vera gereizt.

»Aus guten Gründen nicht.«

Plötzlich wandte sich Constanze an mich. »Vera hat gesagt, dass du selber zeichnest«, sagte sie.

»Ja, ähm. Ich illustriere.«

Auf ihrem schönen Gesicht zeigte sich ein wissendes Lächeln. »Na also, ein Techniker. Du hast ganz andere Kriterien.«

Es erstaunte mich, dass Constanze so offen aussprach, was Künstler über den Kunstgeschmack von Illustratoren dachten.

»Aber ich kann meine Kriterien schon überprüfen.«

»Natürlich. Ich habe es nicht so gemeint.«

»Ich habe nie gesagt, dass ich ein Künstler bin.«

In diesem Moment meldete sich Tom zu Wort. »Ich mag das hier«, murmelte er leise und in einem Tonfall, der zeigte, dass er unserem Gespräch gar nicht zugehört hatte. Tom stand dicht an einem großformatigen Bild. Dort wo er hinsah waren nur ein paar flüchtig hingekrakelte Tannen mit schwarzen Stämmen und dunkelgrünen Ästen. Im Mittelpunkt des Tableaus war ein Mann mit einer Art Uniform zu sehen – es konnte ein SS-Offizier, aber genauso gut ein Zugbegleiter der Deutschen Bahn sein –, der von einem kleinen Berggipfel zu einer Herde gehörnter Dämonen – waren es Kühe? – sprach. »Hier ist das Schwarz der Tannenwipfel mit den Fingern gemalt, oder?«, fragte Tom und zeigte auf den nebensächlichen Ausschnitt in der Peripherie des Bildes. »Da zerläuft die Farbe leicht in Streifen. Und hier ist irgendein Tier. Die Farben laufen durch das Tier durch. Es sieht aus, als hätte es gestreiftes Fell. Ist das ein Reh?«

Diesem Kommentar, der für uns bestimmt sein mochte oder auch nicht, hörten alle zu. Vera betrachtete Tom mit großen Augen, aber noch bemerkenswerter war die Veränderung, die mit Constanze vor sich ging. Sie schien zunächst zu überlegen, ob Tom überhaupt zu sprechen befugt war, aber dann begann sie über das ganze Gesicht zu strahlen, und darin war nichts Künstliches mehr. So etwas hatte ich noch nie an dieser Frau gesehen, und es beunruhigte mich zutiefst. Plötzlich kam es mir schäbig vor, dass ich gerade noch darüber nachgedacht hatte, ihr die subtile Kränkung heimzuzahlen. Als sie sich wieder zu Vera und mir umwandte, war etwas Rührendes in ihren Augen. Sie war wie ein Kind, das man gelobt hatte, als wollte sie »Seht ihr?« zu uns sagen. Der Zustand dauerte so lange an, bis er ihr bewusst wurde. Dann besann sich Constanze und fiel wieder in ihr altes Selbst zurück: »Was ist eigentlich dein Sternzeichen?«, fragte sie Tom.

Später schnappten Tom und ich frische Luft im Hof hinter der Galerie. Er hatte sich auf den Rand eines Betonquaders gesetzt. Ich stand halb angelehnt daneben. Zarte Regenfäden fielen aus dem diesigen Himmelsquadrat über uns in mein halbvolles Weißweinglas.

»Du magst sie nicht besonders, oder?«, fragte Tom.

»Es geht«, sprach ich aus der Höhle meiner Parkakapuze. »Ich habe eigentlich nichts gegen sie. Vielleicht bin ich eher selber das Problem.«

»Du hattest Grund, sauer zu sein«, sagte Tom. »Hat sie überhaupt jemals deine Sachen angesehen?«

»Nein. Wieso sollte sie sich meine Sachen anschauen?«

»Weil deine Sachen gut sind.«

»Danke, du musst das nicht sagen. Aber danke.«

Wir blickten beide direkt auf den hellen weißen Raum der Galerie. Er lag hinter einer großen Glasscheibe, die ihn wirken ließ wie eine Projektion an der Wand des Hofs, ein eigenes Kunstwerk, das nur wir beide betrachten konnten. Die vorhin noch frei beweglichen Menschenkörper darin hatten sich zu großen Gruppen verklumpt. Sie waren wie schwarze Ballungen negativer Materie in dem Raum. Der billige Galerien-Weißwein hinterließ einen ekelhaft pelzigen Geschmack auf meiner Zunge. Ich stellte das Glas auf den Boden und schob es mit dem Fuß weg. Es fiel um, ohne zu zerbrechen.

»Ich bin zu leicht beleidigt«, sagte ich und holte tief Luft. »Constanze meint es nicht böse.«

»Ich hatte das Gefühl, dass sie dich an einer empfindlichen Stelle erwischt.« Tom war ein guter Zuhörer.

»Es ist nicht nur Constanze. Weißt du, ich sehe das hier und denke, ich passe gar nicht hierher …« Ich brach ab und begann nach einiger Zeit von neuem. »Kennst du das? Du denkst, dass du noch ewig Zeit hast, um das zu machen, was du eigentlich machen willst. Aber vielleicht stimmt das gar nicht und du bist längst geworden, was du tust. Oder die Pläne waren immer nur Illusionen. Verstehst du, was ich meine?«

»Nein«, sagte er einigermaßen ratlos. »Was hat das mit heute Abend zu tun?«

»Manchmal wird es dir eben klar. Jedes Mal, wenn sich eine Chance verabschiedet, macht sie dir eine kleine Szene. So wie heute. Das Messer wird nochmal rumgedreht, und Constanze ist nur zufällig die Person, die es tut.«

»Wenn sie dir auf den Keks geht, vergiss sie doch einfach. Mach deine eigene Ausstellung!«

Ich drehte meinen verhüllten Kopf, um Tom sehen zu können. Er blickte mich offen und freundlich an, ohne zu lächeln. Er schien volles Vertrauen in mich und die Machbarkeit dieses Plans zu haben.

»Nein, Constanze hat Recht. Ich bin ein reiner Techniker. Manchmal habe ich gute Ideen. Aber die meisten sind durchschnittlich.«

»Und ihre?«

»Sind auch durchschnittlich, aber sie lässt sie wie Kunst wirken, das ist der Unterschied.« Ich fühlte, wie die bittere Mixtur aus Neid und Arroganz erneut aus meiner Magengrube hochstieg, und ich ließ sie heraus:

»Ich könnte so was einfach nicht. SS-Uniformen … oh wie

provokant. Das ist doch bei ihr nur Masche! Verstehst du? Es ist ein Gimmick! Leg dir ein Gimmick zu! Mach aus dir einen Künstler! Mach dich interessant! Ich kann so was nicht. Ich kann nur tun, was ich mag. Aber genauso wie Constanze musst du es machen.«

»Das musst du doch gar nicht.«

»Doch, das musst du leider.«

»Aber für wen?«

»Na, für die Leute da drin. Schau dir die Leute doch mal an!«

»Ach, und für die willst du arbeiten? Armer Philipp!«

Toms ungewöhnlich harter Tonfall ließ mich innehalten. Ich sog die kühle regengetränkte Luft in meine Lungen und schwieg. Die Dämme hielten wieder.

»Du mochtest das Reh, was?«, sagte ich.

»Ich verstehe wenig von Kunst.«

»Es war ein schönes Detail«, gab ich zu. »Vielleicht sollte ich in Zukunft einfach mehr auf die Kleinigkeiten achten.«

»Du kannst dir die Bilder ja alle noch mal genau ansehen«, schlug Tom lächelnd vor und machte Anstalten aufzustehen. Ich musste jetzt auch lächeln.

»Vielen Dank. Ich glaube, ich bleibe lieber noch etwas im Regen stehen.«

Nachdem Tom aufgestanden war, sah ich durchs Fenster, wie er die Galerie betrat. Suchend durchquerte er den Raum und wich den Menschengruppen aus, ohne sich von den schwarzen Körpern einfangen zu lassen.

KAPITEL 7

Charles Messiers um 1780 vollendeter »Katalog der Nebel und Sternhaufen« ist noch heute ein Standardwerk, obwohl er nur die Positionen der einhundertzehn auffälligsten Deep-Sky-Objekte enthält. Ebenso bemerkenswert wie der Katalog selbst sind die Umstände seiner Entstehung.

Messier war der Astronomie schon im Alter von vierzehn Jahren verfallen, als ein großartiger Komet mit sechs Schweifen am Himmel erschienen war. Da der Junge eine besonders schöne Handschrift hatte, fand er eine Arbeit als Zeichner und Schreiber im Marine-Observatorium in Paris. Doch nur zum Schreiben war er viel zu neugierig. Er machte sich mit allen Gerätschaften vertraut und begann erste eigene Studien anzustellen – bis sein Leben unerwartet eine neue Richtung bekam, eines Nachts im August 1758, als er über dem südlichen Horn des Stiers ein Objekt entdeckte, das ihm überhaupt nicht bekannt vorkam. Es war nur ein nebelartiger Fleck, doch dieser Fleck brachte seine Fantasie in Gang. Fünfzig Jahre zuvor war es dem Mathematiker Edmond Halley erstmals gelungen, die Bahnen von Kometen zu berechnen. Seiner Theorie zufolge musste es sich bei den Kometen von 1531, 1607 und 1682 in Wirklichkeit um ein und dasselbe Objekt handeln, das immer wieder in die Nähe der Sonne zurückkehrte. Im Jahr 1759, prognostizierte er, werde man es erneut beobachten können. Halley selbst sollte dieses Jahr nicht mehr erleben, aber die Suche nach seinem Kometen wurde, als das Datum näher rückte, zu einem beliebten Sport. Auch der junge Messier hielt Ausschau nach ihm – und dieser Fleck hatte nun wirklich Ähnlichkeit mit einem Kometen! War es möglich, dass ausgerechnet er, ein kleiner Gehilfe, als Erster Halleys Theorie bestätigen würde?

Messiers Freude währte nur eine Nacht und einen Tag. Schon der erste Kontrollblick in der folgenden Nacht zeigte, dass der geheimnisvolle Fleck noch an genau derselben Position war. Ein Komet hätte sich wenigstens ein Stückchen bewegt. Es musste sich wohl um ein statisches Objekt handeln, vermutlich einen kleinen Nebel. Mit den Teleskopen der Zeit konnte man viele dieser diffusen Erscheinungen beobachten, leuchtende Flecken, die keine Sterne zu sein schienen, aber da sie nur unscharf zu sehen waren, wusste kein Mensch, was sie darstellten. Es mochten Gasblasen sein oder dichte Ballungen von Sternen, die Theorien schossen wild ins Kraut. Vielleicht würde es helfen, dachte Messier, wenn man die diffusen Objekte, die Kometen allzu sehr ähnelten, wenigstens sammelte. Sicher, so könnte man zukünftige Verwechslungen vermeiden. Das Objekt, das ihn so getäuscht hatte, merkte er sich. Er nannte es M 1.

Komet Halley tat Messier nicht den Gefallen, zuerst vor seiner Linse aufzutauchen. Ein sächsischer Bauer fand den kleinen Punkt am Weihnachtstag 1758. Messier selbst sah ihn auch, kurze Zeit später, als die Nachricht noch nicht nach Paris gedrungen war, doch da der Komet nicht an der Position aufgetaucht war, die Messiers Vorgesetzter, der Marine-Astronom Delisle errechnet hatte, verzichtete das Observatorium zunächst auf die Meldung.

Möglicherweise war es diese schmerzhafte Lektion, die Messier noch gebraucht hatte. Der Ehrgeiz des Gehilfen war jetzt geweckt. Wenn er schon nicht den Kometen gefunden hatte, auf den alle warteten, so konnte er doch wenigstens einen eigenen entdecken! Er begann, systematisch zu jagen. Sein vermutlich erster Erfolg, Anfang 1760, wurde noch nicht anerkannt – Delisle sträubte sich dagegen. Doch bis 1764 hatte Messier drei weitere eigene Kometen entdeckt, die seinen Namen erhielten. Dazu hatte er die Positionen von vierzig »Nebeln« in seinem Katalog verzeichnet, und auch viele dieser Objekte waren nie zuvor beschrieben worden. Kometenjagd und der Katalog – eine Arbeit ergab sich aus der anderen. 1771 hatte Messier bereits sieben eigene Kometen entdeckt, zwei davon mit bloßem Auge, er war Mitglied in ausländischen Akademien und ohne Zweifel Frankreichs wichtigster Astronom. Seinen Vorgesetzten, selbst ruhmlos und eifersüchtig bis zur Weißglut, blieb nichts anderes übrig, als ihm ein festes Gehalt zu gewähren. Ludwig der XV. hörte von seinem Marine-Astronomen und verlieh ihm den Spitznamen »das Kometenfrettchen«. Es war nur ein freundlicher Spott, aber in dem, was die Leute und die Konkurrenten über Messier sagten, steckte viel Wahrheit: Tatsächlich trug die Ausschließlichkeit, mit der er seiner Mission folgte, wohl Züge eines inneren Zwangs. Messier konnte nicht anders, als die ganze Zeit zum Himmel zu sehen, bei Tag und Nacht. In einer klaren Nacht, nach einem Bankett beim König, ging der inzwischen hochdekorierte Naturforscher hinaus in den Garten von Versailles, um wieder einmal den Himmel zu durchspähen, und achtete nicht auf den Weg. Er fiel in einen Eiskeller, verletzte sich schwer und wurde nie ganz wiederhergestellt.

Die bleibende Ironie seiner Lebensgeschichte liegt in dem, was wir heute als Messiers Hauptwerk ansehen. Nicht die dreizehn Kometen seines Namens, auf die er so stolz war, zementierten seinen Ruhm, sondern sein Katalog: M1 bis M110, die erste größere systematische Sammlung von Objekten im »tiefen« Weltraum. Einige Forscher äußerten die Vermutung, dass es sich bei den »Nebeln« in Wahrheit um dichte Mengen von Sternen handeln könnte. Viele folgten Immanuel Kants Theorie, sie seien »Welteninseln« draußen im All.

Und so war es an anderen Astronomen, die Kataloge durch immer genauere Beobachtungen fortzuschreiben. Die gesamte Astronomie des 19. Jahrhunderts wurde noch von Amateuren dominiert, manche von ihnen Gentlemen mit Privatobservatorien, manche normale Bürger, deren Geschicklichkeit ihnen reiche oder adlige Gönner verschaffte. Es war das goldene Zeitalter der »beschauenden Astronomie«, eine Ära, in der Bierbrauer, Kaufleute oder Tuchmacher auf die Jagd nach neuen Welten gingen.

Ein Kirchenmusiker namens Wilhelm Herschel wurde zum astronomischen Star. Nicht nur den Uranus hatte der Kantor gesehen und als Planeten erkannt – die erste Planetenentdeckung unserer Zeitrechnung –, er entdeckte auch Unmengen von »tiefen« Objekten. König George III. finanzierte ihm ein Teleskop, das damals größte der Welt, und bestand darauf, gemeinsam mit Herschel zu beobachten. »Sehen ist in mancher Hinsicht eine Kunst, die gelernt werden muss«, schrieb Herschel. »Jemanden mit solcher Kraft zum Sehen zu bringen, ist fast das Gleiche, als müsste ich ihn lehren, eine von Händels Fugen auf der Orgel zu spielen. Viele Nächte habe ich mir beigebracht zu sehen, und es wäre seltsam, hätte ich dabei nicht eine spezielle Geschicklichkeit erlangt.«

All das wusste ich natürlich nicht, bevor ein verspäteter Erbe dieser Herren in mein Leben getreten war. Ich las es in den Büchern, die ich mir von Tom ausgeliehen hatte und die mir abends die Zeit vertrieben, wenn ich allein zu Hause war.

Nacht für Nacht tauchte ich in meiner Bettlektüre in das Zeitalter der Beobachter ein. Galileo, Cassini, Huygens, Messier, Herschel: Ich fragte mich, was es war, das mich an den Geschichten dieser eigenartigen Gelehrten in ihren ungeheizten Türmen fesselte. Vielleicht, dass die meisten Geschichten von einem Aufbruch handelten. Und dann die schiere Unglaublichkeit der Tatsache, dass es eine Ära in der Geschichte des Wissens gegeben hatte, in der ein Kapellmeister tausende von neuen Welten entdecken konnte. War er sich des Privilegs bewusst gewesen, in einer Zeit des Umbruchs zu leben, in der ein einziger Blick eine neue Realität erschließen konnte?

»Jedes Mal, wenn du hindurchsiehst, ist da etwas Neues.« Und während mir Toms Worte beim Einschlafen durch den Kopf gingen, nahm gleichzeitig, schon halb im Traum, ein größeres Bild oder eine Idee Gestalt an. Eine Vorstellung, die vielleicht endlich erfasste, welches Motiv hinter all dem nächtlichen Treiben stand. Es war nicht nur Wissenschaft, sondern im Kern etwas viel Einfacheres: eine Schatzsuche. Eine Unternehmung, die unverschämte Ausdauer erforderte, einen neugierigen Blick und eine besondere Begabung zur Hoffnung. Ich hatte von Anfang an das Gefühl gehabt, dass es diese Begabung sei, die Tom von anderen Menschen unterschied.

Große Gasplaneten waren die ideale Abendgesellschaft. Sie waren geduldig und nahmen mir, anders als meine Freundin, nichts übel. Ausgerüstet mit einem »Dobson«, einem von Tom gebastelten Einfach-Fernrohr, konnte ich sie nun jederzeit auch privat treffen, Jupiter am Abend, Saturn am Morgen. Sie sahen immer noch so ähnlich aus wie in Toms großem Clark-Refraktor, nur verschwommener, aber was machte das schon? Das Besondere an Saturn war vielleicht nicht einmal seine sagenhafte Schönheit. Noch unwahrscheinlicher und eigentlich überraschender fand ich seine Anwesenheit über meinem Balkon.

Ein paar Mal zog ich auf eigene Faust los und fuhr mit dem Auto zehn, fünfzehn Kilometer hinaus auf die Felder. Ich hatte mir Sternkarten von Tom geborgt und außerdem eine »Planisphäre« – eine Pappe, die zu jedem Datum und jeder Uhrzeit die sichtbaren Sternbilder anzeigte. Schwan, Pegasus, Perseus, Cassiopeia – die Sternbilder zu finden fiel mir leicht, die sehenswerten Objekte darin zu finden, war allerdings schwieriger als erwartet. Man musste sich mit dem Auge am Sucher von Stern zu Stern bis zu der angegebenen Position hangeln, verirrte sich meistens unterwegs und landete im Niemandsland wie ein Tourist, der aus Versehen im Vorortzug saß. Mit zitternder Hand auf einer Kuhwiese das Dobson hin und her schubsend, verfluchte ich hundertmal mein Ungeschick und die Tücken der Mechanik, wenn ich trotz aller Mühen entweder gar nichts fand oder das Ziel für den Bruchteil einer Sekunde in meinem Sucher erschien, um dann sofort wieder verloren zu gehen. Die kleinste Erschütterung, der kleinste Fehlgriff konnten dafür sorgen, dass man das Teleskop verriss. Wenn nach langem, vergeblichem Schweifen allerdings doch noch irgendein glitzernder kleiner Haufen ins Blickfeld trudelte, verspürte ich Glück wie ein Bergsteiger am Gipfel. Es fühlte sich jedes Mal an, als wäre ich selbst der Entdecker – und in gewisser Weise stimmte das ja auch, denn niemand hatte mir den Weg gezeigt, und niemand sonst war am Ziel. Es war *mein* Sternhaufen! Wahrscheinlich betrachtete ihn gerade jetzt niemand außer mir. Und doch blieb das Objekt, das durch ein so simples wie unbegreifliches Wunder direkt vor meinem Auge schwebte, Lichtjahre von mir entfernt, unüberbrückbar weit weg, und was sich im Inneren des Teleskops abspielte, war nicht direkt ein Kontakt, sondern wortwörtlich eine Spiegelung, ein Trick, der die Welt näher rückte und den Beobachter zugleich von ihr isolierte und auf sich selbst zurückwarf. Die Erfahrung dieser Isolation war so intensiv, dass sie mir manchmal einen Schauer über den Rücken jagte. Automatisch stellte ich das Dobson immer in der Nähe meines Wagens auf und ließ das Radio laufen, um der Einsamkeit dieser stockdunklen Kuhwiesen etwas entgegenzusetzen, eine Erinnerung an meine Erdenexistenz, die verhindern sollte, dass ich mich selbst in einem Wirbel aus Staub und auseinanderstrebenden Stoffen auflöste.

Tom sagte, ich müsse mir angewöhnen, am Teleskop mit Bleistift und Notizblock zu arbeiten. In früheren Zeiten hätten alle beobachtenden Astronomen gezeichnet. Und an meinem zweiten Abend in seinem Observatorium, begann ich zu verstehen warum: Zeichnen war nicht nur hilfreich, um das Gesehene zu fixieren, es half auch, mehr zu sehen – oder »tiefer«, wie Tom sich ausdrückte. Die Hexenfinger des Cirrus-Nebels wurden unter meinen Bleistiftstrichen plötzlich klarer, bekamen Äderchen, verzweigt und ineinander verschlungen wie Kabelstränge aus Licht. Immer wieder radierte ich grobe Schraffuren aus, ersetzte sie durch Details, ließ den Bleistift arbeiten, bis selbst die allerflüchtigsten Schemen vor meinen Augen Bilder geworden waren. Mehr als einmal dachte ich im Angesicht eines kümmerlichen Nebelfleckchens, dass es die Mühe nicht wert sei. Doch wenn ich trotzdem den Stift ansetzte, gelang es mir, meine Augen auf rätselhafte Art zu disziplinieren, den Fleck im Kopf zu vergrößern und eine Form zu sehen, die sich abbilden ließ. Nie zuvor hatte ich gelernt, dass man seine Augen trainieren kann wie einen Muskel. Und war es nicht so, dass man einen Muskel, den man zum ersten Mal trainierte, in diesem Moment überhaupt erst zu spüren begann?

Oft erzählte er mir von den Nachfolgern Messiers, den Kometenjägern, die in seinen Schilderungen so etwas wie die Samurai der Astronomie waren. Menschen, die zwischen Millionen von Punkten den einen fast unsichtbaren Punkt suchten und fanden, dessen Leuchten sich unterschied. Nur eins konnte er mir auch nicht erklären: Warum man Kometen überhaupt jagen musste. Wenn ich es richtig verstanden hatte, gehörten Kometen zu unserer Sonne und umkreisten sie, genau wie wir – doch ihre Bahnen konnten sie so weit hinaustragen, dass die meisten von ihnen nur alle paar tausend oder zehntausend Jahre unser Blickfeld streiften. Man konnte also nicht einmal sagen, wie viele da draußen noch unentdeckt warteten, und wann sich wieder einer von ihnen offenbaren würde. Neue Kometen fielen einfach eines Tages zu uns herab, aus entlegenen Regionen, die man die »Oort'sche Wolke« oder den »Kuiper-Gürtel« nannte.

Sie zu suchen, war in etwa so, als würde man jeden Tag einen überfüllten Bahnhof besuchen, um dort auf die Ankunft eines Verwandten zu warten. Aber man wusste nicht, wie er aussah und an welchem Tag, geschweige denn an welchem Bahnsteig er ankommen würde. Und wenn man ihn nicht sofort fand, stieg er mit einem Fremden ins Taxi. Aber selbst wer einen Kometen gefunden hatte, konnte noch enttäuscht werden. Manche von ihnen leuchteten in großer Entfernung hell. Und dann wurden sie beim Näherkommen nicht heller, sondern dunkler und schwächer, sie brannten zu früh aus, und mit ihnen verblasste auch der Glanz ihrer Entdecker.

KAPITEL 8

Natürlich hatte Vera Recht. Hätte Tom und mir an all den Abenden jemand zugehört, dann hätte er es durchaus seltsam finden müssen, worüber wir sprachen und worüber nicht. Ich wusste zum Beispiel eine Menge über Toms Beziehung zu Kleinplaneten, wohingegen ich über seine Beziehungen zu Frauen fast nichts wusste. Ich wusste, was er von Reflexionsnebeln hielt, aber ich wusste nicht, was er von seinem Vater hielt. Ich hatte ihn nie gefragt, ob er seine Mutter vermisste, die starb, als er sehr jung gewesen war.

Doch der Zufall wollte es, dass ich eines Nachmittags im November Antworten auf einige der nicht gestellten Fragen bekam.

Als ich wie üblich meinen Wagen am oberen Ende der Einfahrt parkte und den Fußweg zur Werkstatt einschlug, hörte ich bereits von weitem einen lauten Streit, der vor dem Haus ausgetragen wurde. Die Wutausbrüche des Vaters waren wie Keulenschläge. Jedes Mal, wenn ich seine tiefe, kehlige Stimme hörte, wollte ich die Flucht ergreifen. Auch Tom klang bis aufs Äußerste gereizt. Als ich dem Werkstatthof nah genug war, sah ich die beiden und fürchtete, sie könnten aufeinander losgehen. Tom stand mit dem Rücken zu mir an der Ecke des Hauses. Sein Vater, größer aber auch viel breiter als Tom, war kaum eine Armeslänge von ihm entfernt; Das Gesicht hinter seinem dampfenden Atem, der borstig graue Haarschopf, allein seine körperliche Präsenz – einem attackierenden Keiler ähnlich – war so einschüchternd, dass ich kaum darauf achtete, worum es eigentlich ging. Ich erinnere mich aber, dass Toms Vater schrie: »Du bestimmst hier gar nichts! Hörst du, gar nichts!« Und Tom schrie: »Hat sie dir wenigstens früher dasselbe gesagt? Dass du nichts zu bestimmen hast?«

»Red nicht von Mama«, schrie sein Vater nun so laut, dass ich glaubte, er habe den Verstand verloren.

Ich brauche nicht zu erklären, wie unangenehm es mir war, das alles mitzuerleben. Anfangs hatte ich um Tom gefürchtet. Aber die Wut, die von Tom ausging, wirkte in ihrer schneidenden Schärfe weit gefährlicher als das stumpfe Gebrüll des Vaters. Außerdem kam es mir jetzt so vor, als sei der Vater in der Defensive.

»Sag's mir doch«, rief Tom noch einmal höhnisch. »Hat sie dir das Gleiche gesagt?«

»Untersteh dich, von Mama zu reden!«

»Ich red nicht von Mama. Kapierst du das endlich?«

»Untersteh dich«, sagte der Vater noch einmal und machte eine drohende Handbewegung. Er wirkte betrunken und kam mir plötzlich hilflos vor – als könnte er sich nur mit Gebrüll gegen Toms gezielte Attacken zur Wehr setzen.

»Ich red nicht von Mama«, schrie Tom. Seine Stimme verlor das Schneidende und klang fast verzweifelt. »Ich rede von mir«, schrie er. »Verstehst du das? Von mir! Von mir! Von mir!«

Das letzte »von mir« kippte in ein Schluchzen um. Gleichzeitig verlor Toms Körper die Spannung und lockerte sich. Es war wie ein Aufgeben. Einen Moment verharrte er in dieser seltsam schlaffen Haltung. Dann drehte er sich um, als wollte er weglaufen, aber da bemerkte er mich und blickte mir erschrocken in die Augen.

Eine halbe Stunde später gingen wir am Seeufer spazieren. Ich hatte Tom gefragt, ob er lieber allein sein wolle, und er hatte Nein gesagt. Doch es war ihm sichtlich peinlich, dass ich die Szene miterlebt hatte. Wir schwiegen die meiste Zeit. Der See lag dunkel und bewegt unter dem flachen Novemberlicht. Es waren keine Boote draußen, und die Uferlandschaft vor uns, im Süden, wo sich das Wasser zu einer formlosen Schilflandschaft hin verjüngte, sah verlassen und grau aus. Schnell waren wir aus dem Dorf hinaus, und Tom führte mich über knirschende Kiesbänke, an leeren Stegen und Zäunen entlang. Nach einer Weile verließen wir das Ufer und gingen wieder bergan, direkt auf die zwei gelben Baukräne zu, die mir schon bei meinem ersten Besuch aufgefallen waren. Sie ragten vom höchsten Punkt des Hügels auf, so dass sie zwangsläufig auffielen. Was auch immer dort entstand, es musste etwas Großes sein. Zu den Füßen der Kräne zog sich ein Bauzaun um den Berg, den wir entlangspazierten, bis schließlich drüben auf dem nächsten Hügel wieder das Observatorium in Sichtweite kam. Der kleine Turm stand würdevoll an seinem eigenen Platz, er kam mir vor wie ein natürlicher Teil der Landschaft, ein etwas angegrauter Wächter, der seit langem hier festgewachsen war.

»Was wird hier gebaut?«

»Ein Hotel.«

»Ist ja toll.«

»Absolut.« Tom scharrte mit den Füßen im Kies vor dem Bauzaun.

Ich verfiel in einen schwärmerischen Ton: »Tagungen und Wellness in herrlicher Voralpenkulisse ...«

»Bitte, hör auf, Philipp.« Ich merkte sofort, dass er nicht zu Späßen aufgelegt war. Es klang fast flehentlich.

Tom atmete schwer aus. Eine Weile stierte er düster vor sich hin und zeichnete Kiesmuster mit den Füßen. Ich sah an den beiden Kränen hinauf. Vor dem kalten leeren Himmel hoben sich die geblichen Metallstreben hyperplastisch ab. Die kraftlose Novembersonne stand bereits am Horizont, der Tag verging ohne Widerstand. Auf den Spitzen der Kräne, hoch oben in der Luft, begannen rote Lämpchen zu leuchten.

»Die Gegend ist einfach nicht mehr gut genug«, sagte er leise, wie zu sich selbst. »Der Himmel ist schon fast wie in der Großstadt. Im Osten bekommst du das Licht direkt aus der Stadt. Im Westen ist eine Neubausiedlung. Und jetzt im Süden das Hotel …«

»Na ja, du hast ja noch den Norden.«

»Danke Philipp. Du hilfst mir echt.«

Er schwieg eine Weile. Dann sagte er: »Am besten wäre es, ich würde abhauen. Irgendwohin, wo mein Vater mich nicht findet. Weißt du … sein Geschäft läuft nicht. Er redet schon seit zwei Jahren davon, hier alles zu verkaufen.«

»Aber das Observatorium gehört doch dir.«

»Nicht ganz.« Tom lachte bitter. »Mir gehört nur alles, was in dem Observatorium ist. Aber weißt du, was ein hundert Jahre alter Clark-Refraktor wert ist? Mein Vater ist ja nicht blöd.«

»Klingt, als hättest du ein schlechtes Gewissen.«

»Ein schlechtes Gewissen? Meiner Familie ging es mal richtig gut! Das Grundstück, auf dem jetzt die Kräne stehen, hat auch uns gehört. Wir haben nicht mal viel dafür bekommen. Mein Vater hat es verkauft, bevor es Bauland wurde.« Er schnaubte. »Es ist, als würde ihm alles Geld durch die Hände rutschen.«

»Und jetzt? Hat dein Vater noch Geld?«

»Nein. Er hat nichts. Er kann nicht mal die Krankenversicherung bezahlen.«

»Er kann doch Stütze beantragen. Die zahlen für jeden die Krankenversicherung.«

»Nur für Leute, die nichts mehr haben. Verstehst du? Ein Fernseher gehört zu den Grundbedürfnissen. Ein hundert Jahre altes Teleskop nicht.«

Toms Augen waren auf das Observatorium gerichtet. Man konnte leicht sehen, wie es in ihm arbeitete.

Dann wurde er wieder laut: »Was kann ich dafür, dass ihm nie was übrig bleibt? Er ist an allem selbst schuld.«

»Also will er das Clark weggeben?«

»Ja, aber das schafft er nicht allein. Und den Gefallen, ihm dabei zu helfen, werd ich ihm nicht tun.«

Der Novemberwind hatte plötzlich eine unangenehme Schärfe. Tom zog den Reißverschluss seiner Jacke bis unters Kinn. Auch ich spürte den Wind in allen Gliedern und knöpfte meine gefütterte Cordjacke bis obenhin zu. Wortlos und fröstelnd gingen wir zurück in Richtung des Observatoriums auf dem anderen Hügel. Als wir nur noch wenige Schritte davon entfernt waren, kam es mir vor, als hätte sich der Turm während unseres Spaziergangs verwandelt. Von drüben hatte er wie ein mächtiger alter Geist gewirkt. Nun kam er mir klein und windschief vor. Aus der Nähe betrachtet war er viel zerbrechlicher.

KAPITEL 9

Im Handschuhfach von Toms Wagen lag immer eine Landkarte griffbereit. Es war ein rätselhaftes Ding. Die Umrisse von Deutschland erkannte ich zwar, aber da waren weder Straßen noch Ortsnamen, nur Farben: ein ziemlich buntes Gemälde aus vielen roten, gelben und orangefarbenen Feldern. Die roten Gebiete, sagte Tom, seien verlorenes Terrain – zerstört durch Lichtverschmutzung – mit weniger als hundert sichtbaren Sternen in einer mondlosen Nacht. Umgeben waren sie von breiten orangefarbenen und gelben Gürteln, die schwächere Grade der Aufhellung anzeigten.

Schon ein Blick auf die Karte genügte, um zu sehen, dass das ganze Land kontaminiert war. Wie ein in die Enge getriebener Streber war Deutschland mit nervösen Hitzeflecken überzogen. Die letzten dunklen Stellen waren winzig wie Seen auf einer normalen Landkarte: Ein Teil von Mecklenburg-Vorpommern (»Aber die Gegend bekommt zu viel Wetter ab«, hatte mir Tom erklärt. »Beobachter brauchen kontinentales Klima.«). Ein kleines Dunkelgebiet südöstlich von Berlin, in der Nähe der polnischen Grenze (»Das ist der Spreewald, für ein Observatorium wahrscheinlich zu feucht«). In Schleswig-Holstein fand sich ein winziger dunkler Klecks (»Bringt nichts. Auch zu nass.«). Und schließlich irgendwo im nördlichen Bayern oder südöstlichen Hessen. (»Da liegt die hohe Rhön«, vermutete Tom. »Alles Naturschutzgebiet«). Selbst die Flucht in die Alpen half nicht weiter. Höhe brachte vor allem dünnere Luft und damit klarere Sicht, aber nicht notwendigerweise mehr Dunkelheit. Die großen Täler der Nordalpen waren stärker lichtverschmutzt als die Außenbezirke Berlins. Und wie sollte Tom, ein beinahe mittelloser Amateur, auf einem Alpengipfel sein privates Observatorium aufbauen?

Die gleichen Probleme hatte er natürlich selbst schon in Gedanken durchgespielt. Aber sie konnten ihn nicht beeindrucken. Ich glaube, es gab einfach einen Teil von Tom, der nicht bereit war, sich mit Gegebenheiten abzufinden, die er nicht selbst überprüft hatte. Es war der Forscher in ihm, der nicht lockerließ. Oder es war nur sein widerspenstiges Element, das nicht nachgeben konnte. Je nachdem, in welchem Licht man ihn sah.

Manchmal rief er mich jetzt spätabends an und fragte, ob ich etwas vorhätte. Das erste Mal fuhren wir nachts etwa hundert Kilometer weit, in Richtung der tschechischen Grenze, um uns auf einen Hügel mitten im Niemandsland zu stellen. Offensichtlich testete Tom die Bedingungen dort, aber wie er das tat, verstand ich nicht. Er baute nicht einmal sein Taschenteleskop auf. Er stieg einfach nur aus dem Auto, ließ den Blick über die Horizonte schweifen und schließlich nach oben. Dann schien er eine Weile völlig im Anblick der Sterne zu versinken, er stand ganz reglos da und sprach nicht mehr. Ich fragte mich, ob er etwas betrachtete oder nur träumte. Als er genug (wovon?) gesehen hatte, zog er einen Apparat vom Rücksitz, der aussah, wie eine altertümliche Kamera, und machte noch Aufnahmen.

»Was ist das für ein Ding?«

»Ein Photometer. Damit kannst du die Dunkelheit messen.«

»Du misst die Dunkelheit?«

»Ja, warum nicht? Ich sehe ab und zu nach, wo es noch gut ist.«

Wie schon einige Male in Toms Gegenwart fragte ich mich, ob er reinen Unsinn erzählte, oder ob sich mir gerade ein ganz neues Betätigungsfeld auftat.

»Und, ist es gut hier?«

»Nein.«

Bei seiner zweiten Probebeobachtung dieser Nacht machte sich Tom nicht einmal die Mühe, sein Photometer auszupacken. Für mich sah der Sternenhimmel immer noch beeindruckend aus, aber ihm reichte er nicht. Langsam verstand ich seine Art zu denken. Die Nacht war für ihn wie ein Produkt, das ständiger Prüfung bedurfte. Und auch hier war die Nacht eindeutig verschnitten, von minderer Qualität. Er wollte sofort wieder umkehren.

»Du hast ja noch gar nicht gemessen«, sagte ich.

»Brauch ich auch nicht. Das wird hier nichts.«

»Wie kannst du das sehen?«

»Du suchst nach bestimmten Sternen. Siehst du das Pegasusquadrat?« Er wies mit dem Zeigefinger auf ein mir flüchtig bekanntes Rechteck aus vier hellen Sternen, direkt über uns. »Versuch mal, die Sterne darin zu zählen. Unter den besten Himmeln kannst du um die neunzig finden.«

Das Quadrat kam mir eigentlich leer vor. Nach einer Weile sagte ich: »Ich sehe so zehn. Oder zwölf.«

Er seufzte. »Wenn ich es nicht besser wüsste, würde ich sagen, du bist fast blind.«

Mein Alltag hatte zu dieser Zeit etwa die gleiche Farbe wie das Hintergrundleuchten: ein mittleres Grau. Wenn ich abends bei Tom gewesen war, fühlte ich mich nach dem Aufstehen wie gerädert. Meiner Aufgabe in der Logistikbranche war ich trotzdem noch gewachsen. Der Höhepunkt des Monats war ein Illustratorenjob, der mir in Aussicht gestellt wurde. Ich sollte für eine ortsansässige Baufirma ein Informationsblatt über Wärmedämmung bebildern. Das heißt nicht das ganze Informationsblatt: Ich war nur für Styropor und Holzwolle zuständig. Blieb noch Dr. Werner Holsteins Astronomiebuch. Ich war inzwischen darauf vorbereitet wie auf einen olympischen Wettkampf. Ein kleines Paket mit Probeillustrationen hatte ich Holstein schon geschickt – ohne Reaktion. Das Projekt drohte im Sande zu verlaufen. Sehr wahrscheinlich arbeitete er gar nicht mehr an dem Buch. Von Ulrich hörte ich, sein Vater sei vom Verlag aufgefordert worden, ein Sachbuch für Erwachsene vorzuziehen – über die Chemie der Liebe.

Vera brachte kein Verständnis für meine Klagen auf. Sie hasste Anflüge von Selbstmitleid, und im Grunde hatte sie recht: Ich neigte zur Dramatisierung und zur Übertreibung, fast genoss ich es, ihr den Schutthaufen meines Lebens vor die Füße zu werfen, eine leicht durchschaubare Taktik, um Trost und bewundernde Zurufe zu bekommen. Ich wollte von ihr hören, dass ein Mann meines Talents seine Energie nicht verschwenden dürfe, dass ich »meinen Instinkten folgen« müsse – Veras Text war praktisch schon geschrieben. Aber leider hatte sie selbst so viel zu tun, dass sie die Rolle als Fee in meiner Märchenwelt absagen musste.

»Gehst du wieder zu Tom?«, fragte sie mich, als ich nach einem gemeinsamen Nachmittag in ihrer Wohnung aufstand und meine Winterjacke vom Haken nahm.

»Ich weiß es noch nicht. Vielleicht ruf ich ihn an.«

»Mach das.«

Sie klappte den Bildschirm ihres Notebooks auf, schien in

Gedanken bereits mitten in der Arbeit zu sein. Ich betrachtete sie misstrauisch.

»Magst du dich noch von mir verabschieden?«, fragte ich.

Das Notebook machte ein Klingklang-Geräusch, als es hochfuhr. Sie kam zu mir herüber und zog ein wenig an meinen Jackenärmeln – die unbeholfene Andeutung einer zärtlichen Geste.

»Entschuldigung.«

Ich sagte: »Es passt dir ganz gut in den Kram, dass ich beschäftigt bin, oder?«

Sie sagte: »Jeder Mann braucht ein Hobby.«

»Es ist kein Hobby!«

»Wieso regst du dich so auf?« Sie hatte die Veränderung in meinem Tonfall sofort bemerkt.

»Weil du es abqualifizierst. Das machst du ständig – mit allem.«

»Wie soll ich es denn nennen? Hast du ein besseres Wort?«

»Du musst es gar nicht benennen.«

»Na schön.« Sie hatte sich schon wieder ihrem Schreibtisch zugewandt. Ich konnte sehen, wie es sie zu ihrer Arbeit drängte, das Thema interessierte sie überhaupt nicht. Aber ich konnte es nicht auf sich beruhen lassen: »Warum akzeptierst du nicht, dass es viele Arten von Arbeit gibt?«

»Arbeit nennst du das?«

»Ja.«

»Was arbeitet Tom denn?«

»Er bringt mir zum Beispiel alles bei, was er weiß.«

»Und was macht er, wenn du nicht dabei bist?«

»Woher soll ich das wissen?«

Sie lachte zufrieden in ihren Bildschirm hinein. Das Notebook machte noch ein Klingklang-Geräusch. Sie hatte etwas abgespeichert. Ich merkte, wie ich ärgerlich wurde.

»Du verstehst wenig, von dem, was er tut«, sagte ich streng. »Tom interessiert sich nicht für den Kram, mit dem wir uns abgeben. Aber das heißt nicht, dass er keinen Plan hat.«

Sie setzte sich aufrecht hin und rückte etwas von ihrem Rechner weg, wie um sich zu sammeln. Dann sagte sie: »Tom ist wie all die jungen Männer, die in die Wildnis müssen oder den Ozean überqueren, weil sie glauben, nicht dazuzugehören. Aber er ist kein Einzelfall, und sobald ihm das klar wird, kommt er wieder von den Sternen zurück.«

»Um was zu tun?«, rief ich aufgebracht. »Einen Doktortitel zu machen?«

»Philipp«, Vera sprach meinen Namen ruhig und bedacht aus. »Er ist dreiundzwanzig und hat überhaupt keine Perspektive.«

»Was soll er mit einer Perspektive?« rief ich. »Er hat ein Teleskop!«

Auch mein Freund Ulrich fand etwas auszusetzen an Tom. Jedes Mal, wenn ich ihm von meinen Erlebnissen im Observatorium erzählte, wurde sein Grinsen geradezu unverschämt. Er schien nicht an unsere Form der beobachtenden Astronomie zu glauben. Er glaubte an Hubble und die immer neuen Superteleskope, über die nachts im Fernsehen berichtet wurde. Im Übrigen behauptete er zu wissen, wie die Kometenjagd *wirklich* funktionierte. Sie würde von Automaten erledigt: »Die durchforsten den Himmel jede Nacht nach beweglichen Objekten. Ich habe schon einiges darüber gelesen.«

Ich warf ihm einen spöttischen Blick zu.

»Du hast schon *einiges* darüber gelesen?«

»Ja. Wirklich. Die suchen große Steine, die uns zu nahe kommen. Davon wollen wir ja keinen übersehen, oder? Und wenn irgendwo ein neuer Komet auftaucht, finden sie den auch. Reine Vorsichtsmaßnahme.«

»Das kann nicht stimmen. Tom hat mir erzählt, wie viele schon mit dem Fernrohr gefunden wurden, sogar von Amateuren.«

»Ach ja? Welche denn?«

»Hale-Bopp wurde zur Hälfte von einem Amateur entdeckt. Der beste Komet der Neunziger. Oder Hyakutake. Tom hat sie beide als Kind gesehen.«

»Und fällt dir da nichts auf?«

»Nein, wieso?«

»Das war beides in den Neunzigerjahren. Aber jetzt sind die großen Observatorien am Drücker. Sie nehmen die Sache jetzt ernster.«

»Vielleicht gibt es Menschen, die mehr sehen als die Automaten.«

»Digitale Fotochips sind viel lichtempfindlicher als jedes Auge.«

»Woher willst du das wissen?«

»Es ist einfach so. Du kannst es mir glauben.«

Ich sah einen erneuten Anflug von Heiterkeit über sein Gesicht huschen. »Sollen wir noch eine Flasche öffnen?«

»Ich glaube, ich gehe heute Nacht mal früher nach Hause.«

Er klopfte mir freundschaftlich auf die Schulter. »Tom scheint ja ein netter Kerl zu sein«, sagte er.

»Ist er.«

»Aber er hat dir ein bisschen den Kopf verdreht mit seiner romantischen Astronomie. Menschen, die durch große Teleskope schauen …« Er blinzelte mir verschwörerisch zu.

»Was ist daran so romantisch? Astronomen schauen durch große Teleskope. Es werden ja ständig neue und größere gebaut.«

»Und du glaubst, da schaut jemand hindurch.«
»Was denn sonst?«
»Mein Alter, du hast keine Ahnung. Astronomen sitzen an Rechnern und werten Daten aus. Sie sammeln Radiosignale oder Infrarotbilder oder so was. Und manchmal, nur zum Spaß, fotografieren sie sichtbare Bilder. Denkst du, man kann mit den Augen neue Galaxien entdecken oder einen Exoplaneten?«
»Tut mir leid, darüber hab ich mir noch keine Gedanken gemacht.«
»Ist auch gut so. Sonst würdest ja du die Bücher schreiben.« Er klopfte mir noch einmal auf die Schulter, diesmal zum Abschied.

Ich glaube, Ulrich und Vera lagen in einem Punkt richtig. Ihnen blieb nicht verborgen, dass ich mich dauernd schützend vor Tom warf. Ich behandelte ihn wie einen kostbaren Fund, den niemand in Frage stellen und niemand berühren durfte. Und selbst ich näherte mich ihm nur sehr behutsam, als wäre er eins dieser flüchtigen Objekte im Sucher, die verschwinden konnten, sobald man gegen das Teleskop stieß.

Manchmal betrat ich das Observatorium voller Vorfreude. Wenn Tom an der Seilwinde zog, die Kuppel sich geräuschlos auf Gummirollen drehte und sich das dunkle Rechteck über uns öffnete, fühlte ich mich wie ein Passagier, der an Bord geht. Für eine Weile befreiten mich unsere Reisen von den Fesseln meiner gewöhnlichen Existenz. Ich fühlte mich privilegiert, denn »tiefes Sehen«, das wusste ich jetzt, war der einzig wahre Weg, den Himmel kennenzulernen. Mochten Menschen wie Ulrich dessen Reichtümer in Bildbänden oder Planetarien wie ein Fertiggericht verschlingen – verschwommen, klein und vernebelt, wie sie sich mir zeigten, wurden sie wieder ein Geheimnis. Sie waren wie Zeichen, die darauf warteten, noch entziffert zu werden.

»In der Mitte des Rings ist ein Stern«, erklärte Tom mir eines Nachts in seinem Observatorium. »Findest du ihn?«

Der Nebel, den ich gerade mit niedriger Vergrößerung fixierte, war rund und geisterhaft wie ein in die Nacht geblasener Rauchring. Doch in seiner Mitte fand ich nur graue Leere.

»Schau genau zur Mitte«, wiederholte Tom. »Da muss etwas sein.«

Vielleicht konnte ich tatsächlich etwas sehen. Es war nicht direkt ein Stern. Mehr die Idee eines Sterns.

»Hast du ihn?«, fragte Tom.

»Ich denke.«

»Denkst du ihn, oder siehst du ihn?«

»Ich weiß nicht. Du hast gesagt, dass er da ist, deswegen sehe ich ihn.«

»Nein, so läuft das nicht«, erwiderte er. »Das ist nicht dasselbe.«

Nur zu gern hätte ich gewusst, was Tom sah. Oder genauer: wie viel er sah. Leider konnten wir uns nie vergleichen. Tom brauchte seine Augen ja gar nicht. Er überließ mir die Zeit am Okular und konnte mir jederzeit aus dem Gedächtnis erklären, welche Details ich bitte nicht übersehen sollte. Begleitet von dem leisen Ticken des Uhrwerks sprach er von »Filamenten«, von »Dunkelwolken«, von »Verdickungen« und von »Ausläufern«, und jedes Mal geschah, was auch schon mit dem Kometen geschehen war: Mit wachsendem Enthusiasmus stellte ich fest, wie die Schemen vor meinen Augen eine Gestalt bekamen. Nicht nur einzelne Details wurden klarer, auch der übergeordnete Eindruck dieser Objekte. Wenn Tom mir erklärte, dass der Schleier vor meinen Augen den Namen »Hantel-Nebel« trage – erkannte ich die Hantelform. Wenn Tom von einer Gaswolke als »Soufflé« sprach, sah ich im nächsten Moment – aufgeblähten Teig. Meine Sinne folgten Toms Worten so zuverlässig, dass ich mich bald fragte, ob ich unter einer Art Hypnose stand. Wer garantierte mir, dass er meinen Blick schärfte und ihn nicht trübte, mit ganz neuen Nebeln?

Auch die Fahrten mit Tom, seine wilden Jagden über Landstraßen, genoss ich inzwischen. In den billigen Plastikledersitzen seines Coupés, das durch verlassene Dörfer und über dunkle Weiden schoss, lösten sich die Sorgen meiner Tage auf wie Farben in der Dämmerung. Nach all den Scharmützeln mit meinen Vorgesetzten, mit Vera, mit Ulrich, waren diese nächtlichen Ausflüge ein einziger Befreiungsschlag, ein haltloser und vergeistigter Zustand, der andauerte, solange wir nicht bremsten.

Immer wieder ließ ich den Zeiger über die Leuchtskala des Radios wandern – meine einzige Aufgabe als Beifahrer – und fand hier ein kurzes Aufflackern, dort ein schwaches Aufbäumen eines Signals, das dunkle Timbre einer osteuropäischen Operndiva, das gepresste Gebell eines italienischen Rocksängers oder die letzte Eilmeldung in einer unverständlichen Sprache. Tom sagte, dass es eine Laune der Natur sei, der wir diese Botschaften verdankten. Die Ionosphäre hoch über uns leuchtete nicht nur, sie reflektierte nachts auch Radiowellen und warf Signale von weit her in unsere Richtung. Nachrichten, die nicht für uns bestimmt waren, so als könnten wir zu bestimmten Stunden einen normalerweise verschlossenen Raum betreten.

Halt machten wir nur, um zu tanken, oder wenn Tom ein Ort besonders zusagte. Dann wollte er die Horizonte sehen oder Sterne zählen, während ich den Autos zusah, die zu später Stunde noch unterwegs waren. Die lokale Jugend, unterwegs zu ihren Vergnügungstempeln an einem Freitag- oder Samstagabend. Ihre zuckenden Scheinwerfer krabbelten wie Leuchtkäfer über die gestaltlose Schwärze und brachten Konturen, Straßen, Bäume zum Vorschein, die kurz darauf wieder im Dunkel verschwanden.

Es waren diese stillen Momente, in denen ich mich manchmal selbst wie ein Empfänger fühlte, in denen ich glaubte, Signale von sehr weit her zu empfangen. Aber bevor ich die Quelle orten und ihre Botschaft entziffern konnte, verschwand sie wieder. Das Signal war zu schwach, ein Ton so leise, dass ihn der kleinste Windhauch mit sich forttragen konnte.

KAPITEL 10

Anfang Dezember fiel bereits der erste Schnee, und in der Woche darauf sanken die Temperaturen tagsüber unter null. Das ganze Land schien in eisiger Starre zu liegen. Nahezu jeder Untergrund, Wiesen, Felder, Asphalt, war mit der gleichen trüb-weißen diamantharten Schicht überzogen. Der Himmel über der Stadt hatte ein nacktes sibirisches Blassblau angenommen. Von Tom hörte ich nichts. Eine Ruhelosigkeit, die selbst für ihn außergewöhnlich war, hatte nun vollständig von ihm Besitz ergriffen. Selten erreichte ich ihn zu Hause, und für das Observatorium fand er keine Zeit mehr. An einem öden Sonntag in meiner überheizten Wohnung hielt ich es nicht mehr aus über meinem Wärmedämmungsmerkblatt. Ich flehte Tom fast an, mich mitzunehmen, egal wohin er fahre. Er sagte, er könne mich mit dem Wagen abholen, am frühen Nachmittag.

Tom fuhr tagsüber langsamer als nachts, fiel mir auf. Statt auf die Straße und ihre Kurven konzentrierte er sich jetzt auf die Landschaft. Er sah permanent aus dem Fenster, als müsste er eine Hausnummer finden, aber da waren nur verschneite Felder und alle paar Kilometer rückte ein Zwiebelturm mit ein paar Häuschen ins Bild. Tom machte einen traurigen, nervösen Eindruck. Ich konnte mir denken, was es zu bedeuten hatte: Die Suche nach einem neuen Zuhause für sein Observatorium hatte ihn jetzt so gefangen genommen, dass er an nichts anderes mehr denken konnte. Eine Weile blätterte ich zerstreut in einer Zeitschrift, die ich an einer Tankstelle gekauft hatte. Als ich das nächste Mal aus dem Fenster sah, war ich überrascht. Ich warf einen Blick nach links, dann nach rechts, und nahezu jede Unebenheit war aus dem Bild verschwunden. Nichts als die spiegelnde Ebene der Felder und der Himmel, die sich in einem Dunststreifen am Horizont berührten. Ich hatte gar nicht gewusst, dass es so etwas in Bayern gab. Die Landschaft war zu einem abstrakten Gemälde geworden. Die Straße war nun eine Allee, auf beiden Seiten von Birken gesäumt, deren Weiß sich bei diesem Licht wie ein neuer Lack ausnahm. Eine Art Dorf, eigentlich nur eine Reihe von Häusern am Straßenrand, rückte ins Bild.

»Schau dir diese kleinen Häuschen an«, sagte ich. »Sieht aus wie in Osteuropa.«

»Das ist das Donaumoos«, sagte Tom und kniff die Augen vor all der Helligkeit zusammen.

»Kennst du die Gegend?«

»Ja, bei Nacht ist sie ein bisschen zu neblig. Das Moos ist eigentlich ein trockengelegter Sumpf. Und es gibt keinen einzigen Hügel, der aus dem Bodennebel rausragt.«

»Hier warst du auch schon bei Nacht?«, fragte ich.

»Ja. Warum nicht?«

»Du kennst ja wirklich bald das ganze Land im Dunkeln.«

»Ich kenne noch lange nicht das *ganze* Land«, sagte Tom und stieg wieder aufs Gas.

Gegen Nachmittag gelangten wir auf eine belebte Bundesstraße. Vor uns im Westen türmte sich der Wolkenpilz eines Atommeilers auf. Namen von Kleinstädten zogen vorbei. Sie endeten nicht mehr auf »-ing« sondern auf das schwäbische »-ingen«. Die Landschaft hatte ihre Zurückhaltung wieder aufgegeben und wurde immer abenteuerlustiger. Wir sahen Steinbrüche in den Flanken der Hügel. Nackter grauer Fels kam zum Vorschein, Steilwände bauten sich vor uns auf und schließlich ein richtiger Berg, der die Zinnen einer Burg trug. Nachdem wir ein paar kleinere Schluchten und Dörfer im Schatten bewaldeter Steilhänge passiert hatten, schoben sich die Felsen auseinander wie ein Vorhang und gaben den Blick auf eine Ebene frei. Unsere Straße führte seitlich daran entlang, genau an der Schnittstelle zweier Landschaften: links das Gebirge, rechts das Flachland, das mir merkwürdig irreal vorkam, als führen wir an einer Fototapete vorbei. Ich fragte mich, woher der Eindruck der Künstlichkeit kam, bis ich begriff, dass hier viel weniger Schnee gefallen war als in den anderen Gegenden, die wir durchquert hatten. Die braunen und grünen Quadrate einzelner Felder drangen durch, inmitten der erstorbenen Winterwelt hatte sich die Landschaft einen pastoralen Charakter bewahrt. Vereinzelte runde Bergrücken waren wie kleine Blasen über die Ebene verteilt. An knöchrigen Obstbäumen und vereisten Äckern vorbei fuhr Tom auf einen der Hügel zu, es war die Miniaturausgabe eines Tafelbergs, eigentlich nur eine kleine Erhebung, die vielleicht zweihundert Meter über den Rest des Plateaus hinausragte.

»Sollen wir uns das Ganze mal von oben ansehen?« schlug er vor.

Wir hielten auf einem kleinen Parkplatz am Fuß des Berges. In der Nähe stand ein Häuschen mit Hinweisschildern. Ich stapfte hinüber und begann zu lesen. Der »Informationspavillon« erklärte, dass wir dabei waren, einen sogenannten »Zeugenberg« zu besteigen, der die Grenze der Schwäbischen Alb markiere.

Missgelaunt betrachtete Tom das Häuschen und die Schilder.

»Was hast du?«

Er sagte nichts, aber in Gedanken war er dabei, das Häuschen abzureißen, das wusste ich. Tom liebte das Unerschlossene. Aber das war in Deutschland schwer zu bekommen, und dass jemand diesem lächerlichen kleinen Berg bereits einen Informationspavillon gewidmet hatte, war ganz und gar unerträglich.

»Komm, gehen wir mal rauf«, sagte er.

Ein Fußweg führte in einem großen Bogen den Hügel hinauf, allerdings war er lebensgefährlich. Unter einer staubdünnen Schneedecke lag ein glasiger Überzug aus Eis. Wir arbeiteten uns ein paar Minuten mit dezenten, kleinen Schritten voran, wie Kirchgänger nach der Messe auf dem Weg zum Ausgang. Als wir noch etwa fünfzig Meter vom Gipfel entfernt waren, wurde der Weg steiler und so glatt, dass wir nicht einmal mehr in diesem Tempo weiterkamen. Tom wählte den direkten Weg nach oben, querfeldein über die Wiese. Sein Standbein glitt weg, und er musste sich mit den Händen abfangen. Ich tastete mich weiter, an dem weniger vereisten Wegrand entlang, und sah Tom zu, der abermals die Balance verlor und sich an einem Baumstamm festhalten musste, um nicht zu stürzen. Es war eigenartig mit ihm: Nachts überwand er jedes Hindernis – Wurzeln, Felsen, Zäune – mit einer Leichtigkeit, die beinahe aufreizend war. Er hatte sogar eine Art Rhythmus dabei. Jetzt, am helllichten Tag, war davon nichts mehr übrig. Es sah fast so aus, als könnte keine seiner Fähigkeiten im Tageslicht voll zur Entfaltung kommen.

Zentimeter für Zentimeter schafften wir es schließlich bis ganz nach oben. Der Gipfel war abgeflacht, eine mit Gras und graupenartigen, harten Schneeflocken bedeckte Ebene von der Größe eines Fußballfeldes. Tief unter uns schmiegte sich eine

Ortschaft an die Rundung des Bergs, dahinter erhoben sich die waldbedeckten Höhenzüge der Alb. Wir stapften einmal rundherum, auf der anderen Seite war die seltsame braune Ebene, eine Decke mit vereinzelten, winterlich weißen Flicken. Ich hatte einen kleinen Rucksack dabei, aus dem ich eine Thermoskanne hervorzog. Tom entfaltete eine silberne Matte.

»Wir bleiben hier nicht bis es dunkel wird, oder?«, fragte ich und ließ mich auf der Folie nieder.

»Auf keinen Fall«, sagte Tom. »Das würde hier nichts bringen.«

»Wieso?«

»Der Blick von hier nach Osten geht so. Der Berg schirmt das Licht der kleinen Stadt unten ab. Und es gibt wenig Niederschläge. Man sieht ja, dass kaum Schnee gefallen ist. Aber insgesamt ist die Gegend noch viel zu dicht besiedelt.«

»Kannst du schon tagsüber sehen, wie dunkel es wird?«, fragte ich und goss dampfenden Tee in den Deckel der Kanne.

»Nein«, sagte er. »Es hängt von so vielen Dingen ab. Man weiß es nie genau.«

Seine Augen schweiften nachdenklich, aber ohne größeres Interesse über den braunweißen Flickenteppich.

»Eins verstehe ich noch nicht, Tom.«

»Was?«

»Warum ziehst du nicht gleich an den dunkelsten Ort in Deutschland?«

»Weil niemand weiß, wo er ist.«

»Das kann nicht sein.«

»Doch, im Ernst.«

»Aber es gibt doch Satellitenfotos und so was.«

»Die Satelliten schauen von oben nach unten. Um den Himmel zu testen, musst du von unten nach oben sehen, ist doch eigentlich logisch.«

Ich nickte bedächtig. Es klang in sich logisch, aber tatsächlich schien es mir undenkbar. Wie konnte es sein, dass die Frage nach der dunkelsten Nacht in einem bis in alle Winkel vermessenen und erforschten Land noch nicht geklärt war? Es machte einfach keinen Sinn. Die einzige Begründung, die es geben konnte, war, dass die Frage niemanden interessierte.

»Auf den Satellitenfotos kannst du sehen, wo das Licht konzentriert ist«, sagte Tom. »Aber nicht, wie weit es sich ausbreitet. Es hängt von der Luftverschmutzung ab, von der Landschaft, von tausend Sachen. Am besten siehst du selbst nach, überall mit den gleichen Messgeräten. Oder mit deinen eigenen Augen, das ist noch besser.«

»Deswegen fährst du überall hin?«

»Ja.«

»Und das hat vor dir noch niemand gemacht?«

»Nein. Es hat sich noch niemand die Mühe gemacht.«

»Das kann ich mir kaum vorstellen.«

»Es ist so.«

»Aber was würdest du machen, wenn du den perfekten Ort gefunden hättest?«

»Wahrscheinlich würde ich da hinziehen.«

Ich fragte mich, wie ein solcher Ort aussehen könnte. Mit Sicherheit würde es keine 24-Stunden-Videothek geben. Ich würde Tom nicht sehr oft da besuchen. Das könnte das Ende unserer Freundschaft sein. Wir schwiegen, und ich vertiefte mich wieder in die Geometrie der Felder. In großer Entfernung erkannte ich am Horizont wieder eine Erhebung, dazwischen war das Land, wie von einem großen Fußabdruck geglättet.

»Es ist seltsam, wie die Berge hier plötzlich abreißen«, bemerkte ich.

»Hier hat mal ein Meteorit eingeschlagen. Vor ein paar Millionen Jahren. Nördlinger Ries, nie gehört?«

»Glaube nicht.«

»Der Stein hat die ganze Gegend plattgemacht. Wir sitzen hier auf dem Kraterrand.«

Ich blickte mich noch einmal um. Es war wirklich vorstellbar.

»Jetzt weißt du wenigstens, wie ein echter Krater aussieht.« Er klatschte in die Hände und erhob sich. »Sollen wir?«

Der Abstieg war einfacher als der Aufstieg. Wir schlidderten einfach von Baum zu Baum und ließen uns von den Stämmen abfangen.

Als wir ins Auto stiegen, war der Wagen innen ausgekühlt. Wir fuhren nach Westen, dem Abendrot und den Bergrücken entgegen. Seite an Seite saßen wir mit unseren Daunenjacken in dem engen Cockpit und starrten wortlos in die erkaltende Welt. Hinter den waldbedeckten Höhenzügen draußen verblasste der Himmel. Die Nacht würde frostklar werden, schon tauchten erste funkelnde Lichter in dem Preußischblau auf. Ich merkte, wie ich sanft in die Sitze gedrückt wurde und hörte das heisere Brüllen, das so typisch für Toms Auto war.

»Hast du heute Abend noch was vor?«, fragte er mich.

»Ich denke, Vera kommt ohne mich klar.«

»Dann fahren wir noch ein bisschen herum.«

»Ja, fahren wir«, sagte ich und trank Orangensaft aus einem Tetrapack.

Er machte das Radio wieder an, ein Rauschen und Knistern. Die Dunkelheit der Berge sog uns auf. Immer noch waren irgendwo in der Ferne Dörfer zu sehen, die ihr giftiges Licht in den Himmel sandten. Man konnte gar nicht weit genug von ihnen weg sein. Wir mussten weiter, bis an Dörfer nicht mehr zu denken war. Bis die Dunkelheit alles andere und auch uns selbst zum Verschwinden brachte. Wir waren jetzt dabei, die

Kunst der Zivilisationsvermeidung zu perfektionieren. Wir suchten nur nach Leerstellen. Wir navigierten so gekonnt um die Wirklichkeit dieses Landes herum, dass man fast der Einbildung erliegen konnte, das vertraute Deutschland, das Land der Gewerbegebiete, der Baumärkte und Möbelcenter an Autobahnausfahrten existierte gar nicht mehr. In Toms Kopf existierte es wohl auch wirklich nicht. Er ignorierte dieses Land ebenso wie er Universitäten, digitale Fotochips und andere für ihn nutzlose Aspekte der Gegenwart ignorierte.

Nach einer Stunde hatten wir einen scheinbar besonders abgelegenen Ort erreicht. Tom löschte das Licht und begann wieder mit seiner Routine.

Ich wusste schon, was er gleich sagen würde. Sicher, der Himmel sei in Ordnung, vielleicht sogar überdurchschnittlich, aber nicht das, was er suche.

»Ach du Scheiße«, rief Tom. »Sieh dir das an.«

In der Richtung, in die er schaute, war ein Lichtstrahl aufgetaucht, der senkrecht in den wolkenlosen Himmel leuchtete, genau dort wo der Horizont am dunkelsten gewesen war. Einer dieser Sky-Beamer, die gleiche Sorte, die mich in der städtischen Sternwarte fast das Augenlicht gekostet hätte.

»So eine Sauerei«, sagte Tom. Er fixierte das Licht, hasserfüllt, wie einen uralten Feind.

Als wollte er uns provozieren, begann der Strahl ein wenig zu kreisen und fächerte sich plötzlich in mehrere Lichtbündel auf, wie ein Pfau der ein Rad schlug.

»Komm«, sagte Tom »Wir sehen uns mal an, wo das herkommt.«

Die Straße, auf der wir fuhren, kurvte durch Wälder talwärts. Unter den dichten, vom Schnee beschwerten Tannenwipfeln verloren wir den Lichtstrahl für einige Zeit aus den Augen. Ich glaube, Tom fuhr einfach der Nase nach und wählte willkürlich Abzweigungen. Sobald wir aber wieder auf offenem Feld waren, sah ich, dass sein Instinkt uns richtig geleitet hatte. Wir fuhren direkt auf die Lichtquelle zu, irgendeine industrielle Anlage weitab von allen Dörfern. Kleine Lichter umkränzten einen Turm, der einsam aus der Schneelandschaft hervorstach und sein Signal aussandte. Tom fluchte. Genau das hatte er vermutet. Mitten in der Landschaft!

Er musste jetzt langsamer fahren, weil vor uns auf der Landstraße plötzlich mehr Verkehr herrschte. Für die späte Uhrzeit waren in dieser Gegend auffällig viele Autos unterwegs. Sie fuhren alle in eine Richtung: auf das Licht zu. Kurz vor dem Ziel begann der Verkehr zu stocken. Die Autos vor uns bogen auf einen Parkplatz ab.

Der Turm war ein etwa dreißig Meter hohes Silo aus Beton. Es konnte einmal zu einem Kieswerk gehört haben. An der Fassade waren ein paar Scheinwerfer, die einen Schriftzug beleuchteten: »Indoor Freeclimbing«. Direkt neben dem Parkplatz stand eine neuer aussehende Industriehalle mit nüchterner grauer Blechfassade. Menschengruppen strömten vom Parkplatz aus dem Eingang zu, über dem ein blauer Schriftzug in Achtzigerjahre-Neonbuchstaben zu sehen war: »Reflex«.

»Was soll das bloß?«, fragte Tom.

»Siehst du doch«, sagte ich. »Eine Landdisco, was sonst?«

»Wollen die ihren Laden im ganzen Land bekannt machen?«

Wir waren mit der ganzen Autoschlange auf den Parkplatz abgebogen und mussten uns entscheiden, wo wir hinwollten, da hinter uns weitere Autos drängelten. Tom fuhr in eine Parklücke und stellte den Motor ab. Ich betrachtete die Leute, die zu Fuß in Richtung des Eingangs gingen. Männer mit Sakko, manche mit Lederjacke über dem Sakko. Frauen in kurzen Jacken und Röcken, Netzstrümpfen und Stöckelschuhen.

»Was machen wir jetzt?«, fragte ich.

»Mal sehen«, sagte Tom.

»Wie lang warst du schon in keiner Großraumdisco mehr?«

Sein Blick verdüsterte sich. »Was hast du vor?«

»Ich dachte, wir gehen mal rein.«

»Philipp, du bist wirklich …«

»Wir könnten doch ein Bier trinken und uns die Leute mal ansehen. Komm«, sagte ich. »Ist genau deine Szene.«

Er versetzte mir einen Stoß in die Lebergegend, der zum Glück von meiner Daunenjacke gedämpft wurde. Dann schickte er noch einen hasserfüllten Blick zu dem Lichtstrahl hinauf und stieg wortlos aus.

»Was machst du?«, fragte ich.

»Ich muss pinkeln.«

Während er verschwunden war, vertrat ich mir die Beine auf dem Parkplatz. Der fremde Nachttempel mitten in der Einöde machte mich neugierig. Das Türsteherpaar sah aus wie überall, quadratische Köpfe, fest verankert auf den Krägen von gefütterten Lederjacken. Erstaunlich fand ich nur, dass die Leute in der Schlange kaum anders aussahen. Die Männer hatten alle kurzgeschorene Haare. Ich glaube, die meisten trugen Anzüge unter ihren Jacken, auf jeden Fall hatten sie Anzughosen mit Bügelfalten an. Turnschuhe trug gar niemand, stattdessen Lederhalbschuhe, flach, lang und spitz zulaufend.

»Entschuldigung«, sagte ich zu einem jungen Kerl vor mir, der sich in einer fremden Sprache mit seiner Begleitung unterhielt. »Ich bin nicht von hier.«

Der junge Mann unterbrach sein Gespräch und sah etwas an meiner Daunenjacke herab. Wahrscheinlich fragte er sich, in welcher Gegend man sich zum Ausgehen anzog wie ein abgebranntes Michelin-Männchen.

»Was läuft denn heute hier so?« Ich meinte hauptsächlich

die Musik, aber meine Frage klang wohl irgendwie merkwürdig. Seine Begleitung und das Mädchen vor ihm in der Schlange sahen mich belustigt an. Ich glaube, sie hielten mich für einen Trottel.

»Heute ist russische Nacht«, sagte der junge Mann in einem fast akzentfreien Deutsch. Er zeigte auf ein Plakat neben dem Eingang, auf dem die gleiche Auskunft stand: »Samstag: russische Nacht.«

»Aah«, rief ich dümmlich und nickte. Ich trat einen Schritt zurück, um ihm zu bedeuten, dass ich ihn in Ruhe ließ. Das schien ihn zu amüsieren: »Du kannst gerne reinkommen«, sagte er – und mit einem kurzen Blick auf meine Schuhe: »Ich kenne die Türsteher.«

»Ich muss noch auf jemanden warten.«

Die Schlange rückte weiter vor. Ich sah jetzt noch ein paar Security-Typen, die warm eingepackt in einem kleinen Kreis standen und aus dampfenden Pappbechern tranken. Es waren vier oder fünf Männer von beeindruckender Statur, alle in identischen schwarzen Jacken. Einer trug die Jacke geöffnet, und ich hätte schwören können, darunter schaute etwas hervor, das einer schusssicheren Weste ähnlich sah. Womöglich wurden gegen später die Sitten auf dem Gelände rauer. Die Männer scherzten miteinander und beachteten mich nicht.

Tom pinkelte immer noch. Es waren nun schon viele Minuten vergangen, seit er losgezogen war, und mir begannen vor Kälte die Ohren zu schmerzen. Der Lichtstrahl zog ohne Unterlass seine Bahnen über uns und warb für Indoor-Freeclimbing.

Ich ging zurück über den Parkplatz, um beim Wagen nach Tom zu sehen, aber da war er auch nicht. Was für eine Art Spiel war das nun wieder? Leise Verwünschungen ausstoßend machte ich mich querfeldein auf den Weg zur Rückseite des

Gebäudes. Von hier aus blickte man auf die dunkle Fassade des baufällig aussehenden Kieswerks, verlassen und marode wie eine verwunschene Burg. Und da war auch das Silo. An der erleuchteten grauen Betonfläche nach oben blickend, machte ich eine seltsame Entdeckung. Ich hatte das Gefühl ganz oben auf dem Dach eine Gestalt zu sehen. Nur einen Moment später hörte ich ein beunruhigendes Geräusch. Ein mit einem Splittern verbundener dumpfer Wumms, wie bei einer Glühbirne, die implodierte. Der Lichtstrahl war weg.

Ich bewegte mich im Laufschritt in Richtung des Silos. Was genau ich dort wollte, wusste ich nicht. Ich wusste nur, dass etwas passiert war und dass es mit Tom zu tun hatte. An der unbeleuchteten Fassadenseite des Turms war eine Leiter angebracht, und wenn ich mich nicht irrte, kletterte gerade eine Gestalt sehr behände daran hinab. Toms Geschicklichkeit war eindrucksvoll. Er hatte in kürzester Zeit die halbe Distanz geschafft. Als ich an dem Turm anlangte, war er nur noch zehn Meter über dem Boden. Ich sah ihn die letzten Sprossen nehmen wie ein geübter Kletterer und neben mir in den Schnee hüpfen.

»Was machst du denn hier?«, fragte er mich wie jemanden, den man zufällig in einer fremden Stadt trifft.

»Bist du total wahnsinnig?«, brüllte ich.

»Sei leise«, sagte er. »Ich hab nur den Beamer abgestellt. Na und?«

»Wie abgestellt?«

»Mit einem Backstein.«

»Du musst doch wohl absolut wahnsinnig geworden sein«, brüllte ich.

Tom sah mir über die Schulter. »Sei leise«, bat er inständiger als zuvor. Und dann sagte er: »Ach nee.«

Aus der Richtung des Parkplatzes näherten sich uns einige

Gestalten. Sie kamen über das Schneefeld, ein paar dunkle Schatten, die noch ungefähr hundert Meter von uns entfernt waren. Ihr Laufschritt war von ganz anderer Art als meiner, ein schwerfälliges Stampfen wie bei einem Zug, der sich langsam in Bewegung setzt.

Tom erfasste die Lage als Erster. Er packte mich am Arm und begann zu rennen. Dabei riss er mich noch ein Stück mit, so dass ich hinterherstolperte und automatisch auch ins Rennen geriet. Ich weiß nicht, ob er irgendeinen Fluchtweg im Visier hatte. Wir nahmen einfach die Beine in die Hand, schnell weg vom Schauplatz des Verbrechens, immer dicht am Mauerwerk der Fabrik entlang, in deren schützendem Schatten wir uns wähnten. Noch fühlte ich keine echte Bedrohung aufkommen. Es war eine altbekannte Tatsache, dass Türsteher nicht für lange Verfolgungsjagden bezahlt wurden – ein bequemes Völkchen. Nach etwa fünfzig Metern wandte ich mich um. Die Männer liefen nun schneller, sie sahen aus wie eine Herde, ein unaufhaltsames Trampeln von schweren Stiefeln im Schnee. Plötzlich kam mir die Frage in den Sinn, was sie wohl mit uns anstellen würden, wenn sie uns erwischten. Ob sie verstanden, dass ich nur zufällig mit Tom mitrannte. Ich versuchte schneller zu werden, zu sprinten wie noch nie im Leben. Aber der hartgefrorene Boden war rutschig, ich verschwendete meine Kraft – und wie in einem Albtraum wurde ich nicht schneller, sondern langsamer. Die Herde holte auf.

Jetzt verfiel ich endlich in Panik. Ich konnte nicht mehr denken. Ich folgte nur noch Tom. Vor uns lagen die offenen Felder, links die Fassade, Tom schlug einen Haken in eine Gasse hinein, die zwischen zwei Mauern auf das Fabrikgelände führte. Instinktiv folgte ich. Wir hetzten zwischen schwarzem Mauerwerk und blinden Fenstern hindurch bis zu einem kleinen Platz, der aussah wie eine Baustelle. Ein paar schwere Maschinen zwischen zugefrorenen Dreckpfützen und mit Eis überzogenen Schutthalden. Unter den Maschinen, dort wo kein Schnee hingelangt war, schauten braune Erde und Kies hervor. Aber das entscheidende Detail war ein vielleicht drei Meter hoher Maschendrahtzaun, der den Platz umschloss – und zwar ganz. Ich rannte den Zaun entlang, vergeblich, es gab keine Lücke. Nur ein Einfahrtstor, das so aussah, als könnte man es erklettern. Ohne nachzudenken, sprang ich dagegen, zog mich an den Stangen hoch und versuchte darüberzufassen. Auf der oberen Querstange fasste meine Handfläche in eine Metallspitze hinein. Ich schrie auf und ließ mich wieder zu Boden fallen. Im selben Moment tauchten unsere Verfolger auf. Sie bogen in die Gasse ein und gingen in unsere Richtung. Ohne zu rennen. Das hatten sie auch nicht mehr nötig. Meine Hand pochte. Im Licht der Sterne konnte ich sehen, dass sie mit dunkler Flüssigkeit überströmt war. Fast hätte ich lachen müssen. Tom hatte Recht. Selbst in einer mondlosen Nacht konnte man noch die Hand vor Augen sehen.

»Scheiße«, keuchte ich. »Das war's.«

Tom antwortete nicht. Er tat auch sonst nichts. Er stand nur herum und starrte angestrengt ins Dunkel. Ich wollte ihn gerade ohrfeigen, da sagte er leise: »Da drin verstecken wir uns«, und setzte sich wieder in Bewegung. Vor der Halle war eine betonierte Ladezone mit heruntergelassenen eisernen Garagentoren. Weiter hinten ging es zu einem kleinen dunklen Abstellplatz, auf dem einige Lastwagenanhänger herumstanden. Was »da drin« bedeuten mochte, verstand ich nicht. Vielleicht konnten wir unter einen Anhänger kriechen und so den Moment unserer Entdeckung etwas hinauszögern. Aber Tom ignorierte den Parkplatz. Er steuerte auf ein dunkles massiges Objekt zu, das am Rande der Ladezone stand. Eine Baggerschaufel. Sie lag auf der Seite und war nicht ganz geschlossen, der obere und untere Kiefer der Schaufel bildeten einen Winkel. Tom versuchte sich durch den Spalt ins Innere zu quetschen, was ihm tatsächlich gelang. Ich tat dasselbe, und schließlich hockten wir mit eingezogenen Köpfen im Inneren eines großen Mauls, dessen Zähne uns schützend umschlossen.

»Wie hast du das gesehen?«, flüsterte ich, aber er legte seinen Finger auf den Mund. Im nächsten Moment hörten wir auch schon die Männer. Ihre Stiefelschritte verlangsamten sich, als sie den Platz erreichten. Während wir wie festgefroren in unserer Hocke verharrten, knirschten ihre Schritte leise auf dem Kies. Sie überquerten den Platz bedrohlich langsam. Dann hörten wir schweres Atmen, das näher kam. Der eine Mann sagte etwas auf Russisch. Jetzt schaltete einer eine Taschenlampe an und leuchtete die Hauswände ab. Ein zweiter tat es ihm nach. Durch die Zähne des offenen Mauls sah ich die Lichtkegel wandern. Mit einem einzigen Lichtschein durch den offenen Spalt hätten sie uns sehen können. Unwillkürlich packte ich Tom bei den Unterarmen, aber er drückte sich lautlos noch tiefer in die Mulde der Schaufel. Die Stiefel kamen näher und näher, verharrten, kamen noch ein Stück näher, und entfernten sich wieder. Eine Weile hörten wir sie gar nicht mehr. Dieser unerträglich gespannte Zustand, in dem sich praktisch alles auf eine einzige überlebenswichtige Frage reduzierte, währte eine halbe Ewigkeit. Dann meinte ich, knirschende Schritte in großer Entfernung zu hören. Ein paar Fetzen Russisch drangen noch an unser Ohr. Dann waren sie weg.

Wir warteten noch mindestens zehn Minuten in unserer kleinen Behausung. Die Hocke war nicht sehr angenehm, aber der Gedanke an das, was uns blühte, falls sie uns doch noch erwischten, verdrängte jeden Schmerz. Tom regte sich als Erster und streckte den Kopf zwischen den Zähnen der Schaufel hindurch.

»Wir können gehen«, sagte er. Eine eigenartig sachliche Feststellung angesichts der Situation.

Ich stand auf und betrachtete seine schattenhafte Gestalt, ohne sein Gesicht erkennen zu können. War es ein Unbekannter, der vor mir stand, ein fremdes, unberechenbares Kind, oder noch der gleiche Tom?

Vorsichtig und mit leisen Schritten drückten wir uns an den Wänden des Fabrikgebäudes entlang, zurück durch die Gasse. Am Ausgang spähten wir in alle Richtungen. Zwischen uns und dem Parkplatz war niemand zu sehen. Dennoch umrundeten wir den Turm und das Gelände in einem großen Bogen, gingen so lange über die vereisten Felder, bis wir uns dem Parkplatz von seiner dunklen Seite aus nähern konnten. In gebeugter Haltung zwischen den Autos Deckung suchend, kämpften wir uns bis zu unserem eigenen Auto durch, stiegen ein und rollten langsam vom Platz.

Die Türsteher standen wieder in ihrem Kreis vor dem Eingang des Clubs. Einer leuchtete mit der Taschenlampe in unsere Richtung, aber Tom trat schon aufs Gas und brachte uns mit einem Satz zurück auf die Landstraße, zurück in den Schutz der Dunkelheit. Während er Tempo aufnahm, drückte ich eine Papierserviette gegen meine blutende Hand.

Wir waren wieder auf Fluchtgeschwindigkeit.

KAPITEL 11

Weihnachten war nah. Ich nahm meine unbezahlten Ferien, kaufte Vera Lederhandschuhe mit Lammfellfutter, biss wegen des Preises die Zähne zusammen und beschloss, mich den Rest des Monats von meinen Eltern durchfüttern zu lassen.

Silvester verbrachte ich in einer traurigen kleinen Gruppe in München. Eine Freundin von Vera, die ich ausnahmsweise mochte, gab ein Essen. Ich glaube, die Zusammensetzung der Runde war so nicht geplant gewesen. Einige hatten wohl im letzten Moment abgesagt, und schließlich blieben als Gäste nur Vera, ich, ein befreundetes Paar, zwei verzweifelte Single-Freunde, die Anschluss suchten, und Constanze und ihr Kurzzeitbegleiter Max. Er war semiprominenter Schauspieler an den Kammerspielen und hatte eine aufdringlich laute, aber charaktervoll raue Stimme. Die beiden gaben sich kaum Mühe zu verschleiern, wie sehr es sie langweilte, den Jahreswechsel in einer Verlierergruppe zu verbringen. Schon gegen zehn schlugen sie Vera vor, direkt nach zwölf in einen Club zu gehen. Ich hatte Mitleid mit unseren Gastgebern und fühlte mich verpflichtet, bei ihnen zu bleiben. Beim Rauchen auf dem Balkon stritten Vera und ich uns so sehr, dass wir uns bis zum Jahreswechsel nicht versöhnten, und später auf der Wittelsbacher

Brücke, als ich Frieden schließen wollte, zündete Vera sogar ihre Raketen ohne mich an.

Der Januar wurde nicht besser. Wir hatten beide Ferien, aber wir sahen uns kaum öfter als in normalen Arbeitswochen. Wir arbeiteten weiter an der perfekten minimalistischen Beziehung. An Sex war nicht zu denken. Ich hatte die konkrete Möglichkeit längst aufgegeben und war dazu übergegangen, mich mit herbeifantasiertem Sex zu beschäftigen. Manchmal träumte ich selbst nachts nicht mehr von Sex, sondern davon, wie ich mir Pornos ansah. Es wäre vermutlich zu leicht, all das auf Vera zu schieben. Sicher, sie hatte sich zuerst von mir entfernt, aber ich gab mir ja auch keine Mühe, unsere Beziehung zu reparieren. Ich verschob die Reparatur immer wieder auf später – auf jenen magischen Zeitpunkt, wenn ihre Arbeit endlich abgeschlossen sein würde. Dann würde alles gut werden. Die Möglichkeit, dass so bereits in der Gegenwart ein Totalschaden eintreten konnte, war mir nicht in den Sinn gekommen. Und so hatte ich jene stetige Verkümmerung unserer Beziehung zugelassen, jene Beschränkung aufs Unwesentliche, die vom Zusammensein hin zu bloßen Begegnungen, hin zu flüchtigen Treffen, hin zu Telefonaten, hin zu hastig getippten Botschaften geführt hatte. Jetzt wartete ich nur noch darauf, dass auch die Botschaften verstummten – und ich wurde nicht enttäuscht. Als zum ersten Mal eine Nacht und ein Tag ohne ein Lebenszeichen von Vera vergingen, war mir doch so etwas wie ein wacher Moment beschieden. Ich hörte das Alarmsignal. Wie weit wir es hatten kommen lassen! Ich beschloss, sie in ihrer Wohnung abzufangen. Um mit ihr zu reden, nicht um mit ihr zu streiten – bildete ich mir jedenfalls ein. Es war zwei Uhr vierundvierzig, als sie nach Hause kam.

»Was machst *du* denn hier?«, fragte mich Vera, als sie mich auf der Couch in ihrem dunklen Wohnzimmer entdeckte. Sie war auf hohen Absätzen hereingestolpert, hatte ihre Tasche auf den Boden geworfen und das Flurlicht angeschaltet.

»Ich habe mich gefragt, warum du nicht anrufst.«

»Hätte ich mich melden müssen? Macht man das so?«

Von uns beiden war immer sie die Ironikerin gewesen. Ich hatte das Gefühl, dass meine Anwesenheit sie blitzschnell ausgenüchtert und in Habtachtstellung gebracht hatte.

»Ja. Das heißt in einer Beziehung.«

Sie lachte und blieb im Türrahmen stehen. Sie roch nach Nachtleben. Ein Gemisch, das mir nach Monaten selbstgewählter Einsiedelei zwischen Bleistiften fremd vorkam: Schweiß, Rauch und verschüttete Drinks in der Kleidung. Worüber lachte sie, fragte ich mich. Ich hatte das dumme Gefühl, dass sie über das Wort Beziehung gelacht hatte.

»Du meldest dich doch auch nicht, wenn du mit Tom was unternimmst.«

»Halt ihn da raus«, zischte ich so laut, wie ich zischen konnte, ohne die Nachbarn aufzuwecken.

»Was ist denn überhaupt los mit dir? Spinnst du?«

»Du weißt doch genau, was ich bei Tom mache«, sagte ich und stellte mein leeres Glas auf den Tisch. »Das kann man gar nicht mit euch vergleichen, mit dir und Constanze.«

»Das klingt jetzt aber gefährlich, Philipp.« Sie konnte sich ein Grinsen nicht verkneifen und bückte sich. Ein Schuh flog in die Ecke. »Willst du anfangen, spießig zu werden?«

»Wann, wenn nicht jetzt? Ich gehe auf die dreißig zu.«

»Dann los. Du bist auf einem guten Weg.«

Ich betrachtete sie misstrauisch von oben bis unten. »Wie kommst du überhaupt mit deiner Arbeit voran?«

»Oh Gott.« Ihre Stimme begann in den tiefen Lagen zu kratzen. Sie war doch ein wenig betrunken. »Seit wann kümmerst *du* dich um den Stand meiner Arbeit?«

»Lassen wir das Thema.« Ich winkte ab. Ich witterte den Streit.

»Du hast doch keine Ahnung!«, rief Vera.

»Ja, ich habe keine Ahnung. Gut!«

»Du hast doch überhaupt keine Ahnung.«

»Also gut, ich habe überhaupt keine Ahnung«, schrie ich so laut, dass sie zusammenschreckte, und feuerte mein Glas an die Wand.

»Philipp …«

»Dann sag mir doch, wie ich mich verhalten soll. Sag mir, warum du jede Nacht mit dieser arroganten Kuh rumziehst. Und sag mir, was ich machen muss, damit wir mal wieder einen Abend zusammen verbringen!«

»Ich will gerade keinen Abend mit dir verbringen.«

»Was?«

Sie stand immer noch im Türrahmen. Ihr Lächeln war verschwunden. Sie schien selbst überrascht von dem, was sie gesagt hatte, und nun konnte ich sehen, wie sich ihre Augen mit Tränen füllten.

»Es bringt mir gerade nichts«, sagte sie.

Eine Stille trat ein.

Da ich nichts mehr sagte, begann sie von neuem: »Wir streiten uns ja nur, oder wir schweigen uns an. Das hat so keinen Sinn… Seit einem Jahr. Ich denke seit einem Jahr…« Man konnte sehen, wie es in ihr arbeitete. Sie sprach jetzt nur noch weiter, um die Härte ihrer Worte zu mildern. Aber was sie sagen musste, hatte sie ja schon gesagt. Und alles Weitere, was sie mir danach noch sagte, im Sitzen, in der Küche vor dem Kühlschrank, im Bad, im Stehen vor der Garderobe, war nur noch eine Variation dieses: »Ich denke seit einem Jahr…«. Eine halbe Stunde später fuhr ich nach Hause.

Vera meinte es ernst. Sie hatte beschlossen, dass wir eine »Pause brauchten«. Mir hatte noch nie ein Mädchen eine Pause vorgeschlagen. Aber so viele Mädchen hatte ich ja auch nicht gekannt, vor Vera.

»Denkst du nicht, dass wir das noch mal bereuen?«, fragte ich sie, als wir uns das nächste Mal trafen, in einem Café.

Sie wischte sich eine Träne ab, die einzige auf ihrer Wange, und sah mich an, wie sie mich oft angesehen hatte, wenn ich Unsinn redete.

Erst nach diesem Treffen im Café, in der folgenden Nacht, stellte sich der Schmerz ein. Ich hatte vergessen, wie er sich anfühlt, dieser tatsächlich körperliche Schmerz in der Kehle, der die Luft abschnürt. Es war ein Wiedersehen mit einem alten Bekannten. Ich konnte mir noch so oft sagen, dass es so hatte kommen müssen, dass wir nicht mehr zusammenpassten. Dass ich mehr an ihr hing, als dass ich sie liebte. Der Schmerz war wieder da, und er wollte es mich spüren lassen: Vier Jahre. Beendet nicht mit einem Knall. Beendet mit einer »Pause«.

Wenigstens der Beistand meiner Freunde war mir sicher. An den ersten paar Tagen rief ich viele an, um ihnen mein Herz auszuschütten, und alle unterstützten mich. Auch sie hatten ja bemerkt, wie Vera sich verändert hatte. Wie schwierig, wie anspruchsvoll, wie unduldsam, ja gemein sie geworden war. Selbst Tobi Niermann war es aufgefallen – was hieß, dass im Grunde ich der Letzte war, der es bemerkt hatte.

Was mein Freund Ulrich Holstein darüber dachte, wusste ich nicht, denn wir sprachen nicht viel, wir konsumierten nur weiche Drogen. Für ein paar Tage kam ich bei ihm unter, im Gartenhaus auf dem Grundstück seiner Eltern. Tagsüber schrieb er Bewerbungen an englische Universitäten. Nachts standen wir bekifft auf dem Rasen, und die Zweige über meinem Kopf kamen mir vor wie Risse in der Decke der Nacht, ich hatte das Gefühl, dass sie aus scharfkantigem Papier bestünden. Das Geräusch der nahen Autobahn drang an mein Ohr, ein stetiges, niemals abschwellendes Rauschen. Für mich war es natürlicher als Meeresrauschen, ein Klang, der immer dagewesen war.

Ich erinnerte mich plötzlich wieder an die vielen Feste, die hier stattgefunden hatten, verrückte, ausufernde Gelage, die uns jedes Mal Ärger mit Ulrichs Eltern eingebracht hatten. Auf einem Rasenstück in einem Winkel des Gartens hatte mir einmal ein betrunkenes Mädchen namens Isabel mit ihrer Hand schlimme Schmerzen zugefügt. Sie war bekannt dafür, den Händedruck eines Holzfällers zu haben, und ich hatte mich mit ihr in den Schutz der Dunkelheit zurückgezogen, nicht ahnend, dass sie nicht nur Hände zerquetschte. Damals war es ein großer Lacher gewesen. Je länger ich jetzt darüber nachdachte, desto deprimierter wurde ich. Brach nun erneut die Zeit solcher Dummheiten an, kleiner Episoden, die nichts hinterließen als Gesprächsstoff für betrunkene Abende mit alten Freunden? Oder hatte ich all die Jahre wie in einer Spirale durchlebt, um wieder an der gleichen Stelle zu landen: neben einer Stachelbeerhecke unter der womöglich immer noch meine eigene versteinerte Kotze von vor zehn Jahren lag? Plötzlich wurde mir klar, wie Recht Tom hatte: Was wir brauchten, war ein neuer Horizont.

Auch in München fand ich keine Zuflucht. Ich begegnete sofort der Person, die ich am wenigsten treffen wollte. Ich überquerte den Viktualienmarkt, wie immer nur, um auf die andere Seite zu gelangen. Constanze dagegen hatte vermutlich mit Leidenschaft den ganzen Vormittag lang dort eingekauft. Sie schwebte auf mich zu, in einer Hand ein Glas frisch gepressten Saftes, in der anderen eine Papiertüte, aus der es nach Modekräutern duftete. Zum ersten Mal war ich stolz darauf, eine mit Bierflaschen gefüllte Plastiktüte in der Hand zu haben.

»Philipp!« Sie klang, als würde sie meinen Namen aus einem zerheulten Taschentuch pressen. Dieser Tonfall war mir neuerdings bestens bekannt. Die Menschen sprachen in meiner Gegenwart wie auf einer Beerdigung, sie balsamierten mich mit Worten. Im Normalfall konnte ich es ertragen, aber das war zu viel.

»Wie geht es dir?«, säuselte sie, ganz die barmherzige Schwester.

»Schon okay«, sagte ich. »Du weißt ja, was los ist.«

»Vera hat's mir erzählt.« Natürlich hatte ihr Vera alles erzählt. Constanzes Gesicht drückte aus, welche Pein die Nachricht ihr bereitet hatte. »Es tut mir so leid.«

»Dich hat es auch überrascht?«, fragte ich.

»Ach ja, ach ja … Ihr wart ein gutes Paar, so was findet man selten.«

Ich sah mich müde um, hoffte, irgendwo ein bekanntes Gesicht zu entdecken. »Findest du?«

»Ja. Vera spricht über dich mit ganz viel Hochachtung. Ich weiß nicht, ob ich dir das sagen sollte, aber sie verliert kein böses Wort über dich.«

»Das ist aber … lieb von ihr«, murmelte ich.

»Ja, ihr liegt immer noch viel an dir.«

»Dann hättest du ihr ja sagen können, dass sie einen Fehler macht.«

Ihrer Tasche entschwebte ein Duftteppich aus Ananasminze oder indischer Hängeminze. Eine schöne Augenbraue rückte in die Höhe.

»Ich hab mich da immer rausgehalten. Es ist ja nicht meine …«

»Constanze«, sagte ich ruhig. »Wir können den Bullshit

doch lassen. Warum schließen wir nicht endgültig Frieden und reden wenigstens ehrlich miteinander.«

Sie betrachtete jetzt sorgenvoll die Plastiktüte in meiner Hand. »Philipp, ich weiß, dir geht's nicht gut.«

»Wieso? Mir geht es gut. Meine Laune wird immer besser!«

»Hör mal. Ich wünsch dir wirklich von Herzen, dass du bald wieder auf die Beine kommst.«

Sie ergriff die Flucht. Mit einem unvergesslich treuherzigen Augenaufschlag drückte sie mir die Hand und verschwand zwischen einem Olivenstand und der Saftbar.

Den Rest des Monats verbrachte ich auf dem Sofa mit dem Spielfilmprogramm der Privatsender. Die Pause mit Vera zog sich hin. Wir versuchten, darüber zu sprechen, aber es war nicht möglich, weil sie jedes Mal sagte, sie wisse nicht mehr genau, was sie für mich empfinde. Manchmal wurde ich wütend und begann zu schimpfen, dann sagte sie, ich sei ein Arschloch.

Die Röhre aus Holz und Pappe, die Tom mir geliehen hatte, stand noch immer auf meinem Balkon. Ich hatte sie seit einer Weile nicht mehr benutzt. Jeden Abend, wenn ich ins Bett ging, betrachtete ich ihre vorwurfsvolle Form unter der Decke, die ich darüber gebreitet hatte, um sie vor Regen und Schnee zu schützen.

Aber ich war der Sache überdrüssig geworden. Dieser ewigen Sucherei, bei der man lediglich die Realität von Objekten feststellte, die längst eine Nummer im Katalog besaßen. Es war wie Tourismus, ein Abhaken von Sehenswürdigkeiten. Ich musste wieder an Ulrichs Worte denken, über die moderne Astronomie mit ihren Infrarot-Teleskopen, ihren Suchrobotern und adaptiven Optiken. Instinktiv wusste ich, dass er Recht hatte: Tom und ich, wir hatten keine echte Mission. Wir waren nur Wanderer auf ausgetretenen Pfaden.

In der Ecke des Zimmers sah ich meinen unaufgeräumten Zeichentisch. Wachsmalkreiden und Bleistifte bildeten einen unordentlichen Rahmen, in dessen Mitte ein großformatiger Zeichenblock mit meinen Skizzen aus Toms Observatorium lag. Ich ging hinüber und blätterte sie noch einmal durch: all die kleinen Galaxien, Sternhaufen, Nebel, entdeckt irgendwann im 19. Jahrhundert von echten Forschern am Teleskop. Plötzlich glaubte ich zu verstehen, womit Tom kämpfte: Wenn er auf seiner Leiter stand, dann sah er aus wie einer von ihnen – und vielleicht war er ja auch einer von ihnen, nur zweihundert Jahre zu spät gekommen, in einer Zeit, die für seine Talente keine Verwendung hatte. Er war so stolz auf seine Fähigkeiten, aber er würde sie niemals zu etwas einsetzen können, er konnte sie nur als Bürde tragen, wie ein ewig unerfülltes Versprechen.

Und galt das alles für mich nicht genauso? Seit Jahren bildete ich mir ein, dass ich eine Art Künstler sei. Aber ich begann niemals etwas. Wahrscheinlich war ich der einzige Künstler der Welt, der sich vor Kunst fürchtete. Fast konnte ich mich durch Veras Augen betrachten. Sie hatte immer ein sehr feines Gespür für Menschen gehabt, die ihr weiterhalfen, emotional und praktisch. Sie erkannte aber auch sofort, wer die Mühe nicht lohnte. Man konnte ihr Kaltblütigkeit vorwerfen – in ihrem streng nutzenorientierten Denken war eine Beziehung wohl so lange wertvoll, wie man etwas »herausziehen« konnte –, aber ihre Menschenkenntnis war unbestechlich. Und die Tatsache, dass sie nun freiwillig auf meine Gegenwart verzichtete, zeigte nur, dass ich tatsächlich etwas verloren hatte. Dass ich mein Pulver verschossen hatte.

Mein Blick fiel wieder auf die vielen Skizzen in meinem Zimmer, nun auch auf die Bilder an meiner Wand: Monsieur Lamarre und der Krater und die Comicfiguren. Tom und ich, wir waren wie Brüder. Warum wohl hatte er ausgerechnet mir alles gezeigt – sein Observatorium, sein wertvolles Teleskop, seine Pläne? Er hatte mich ausgewählt und ich ihn, weil wir uns so ähnlich waren, weil wir beide jemanden suchten, der die Träume des anderen bestehen ließ, ohne sie in Frage zu stellen.

Landsberg im Winter machte mich krank. Die unerträgliche Freundlichkeit dieses verschlafenen Kaffs. Die vielen kleinen Brücken und Mühlen und Bäche, all die widerlichen Zeichen bürgerlicher Wohlanständigkeit. Die anbiedernden Türschilder in der Salzgasse, die Passanten mit ihrem Privatmief belästigten: »Hier wohnen Olli und Gertie und Luzie.« Es brachte mich fast zum Kotzen.

Manchmal, wenn ich es ohne Gesellschaft nicht mehr aushielt, besetzte ich eine fremde Wohnzimmercouch oder traf einen Freund. Aber meine Freunde wollten immer in Cafés sitzen und über ihr Leben reden oder, noch schlimmer, über mein Leben. Ich begann Tom zu vermissen. Er interessierte sich nicht für mein Leben. Das war immer sein größter Vorzug gewesen.

Im Februar überraschte er mich, indem er mich wieder einmal in sein Observatorium einlud. Das war selten seit unserem Dorfdisco-Erlebnis.

Ich saß wieder auf meinem Stammplatz, der höchsten Stufe der Holzleiter, und fror. Observatorien sind nicht beheizbar, jedenfalls funktionieren sie beheizt nicht mehr, und draußen war es ungemütlich. Um die null Grad mit gelegentlichem Eisregen. Tom bot mir an, heiße Getränke aus dem Haus zu holen.

»Falls Tropfen fallen, mach das Dach sofort zu«, empfahl er und ließ mich allein. Der Raum um mich bestand nur aus Schatten, durch den Spalt in der Decke fiel fahles Grau und beließ die Gegenstände, den kleinen Tisch mit Karten, die Leiter und das Teleskop, in einem ungreifbaren Zwielicht.

Ein paar Minuten saß ich da, an der Schwelle zwischen Dämmerung und Nacht, und sah, wie plastisch schwarze Wolken durch den Spalt über mir jagten, den Blick auf die Sterne verdeckten und wieder freigaben. Ich fragte mich, wann Tom zurückkommen würde. Zehn Minuten würde er brauchen, vielleicht auch etwas länger. Eine kalte, nervöse Stille erfüllte das Observatorium. Ich hatte das Gefühl, dass die Nacht sich um mich legte und durch die Haut in meinen Körper kriechen konnte. Plötzlich glaubte ich, eine Ahnung von der Einsamkeit zu bekommen, die Tom Nacht für Nacht auf diesem Hügel umfing, und das schon seit Jahren. Es war sozusagen nur ein Vorgeschmack, ein Bruchteil, den ich kostete, aber schon das fühlte sich ungeheuerlich an. Wie konnte ich mir einbilden, etwas über Tom zu wissen?

Ich war erleichtert, als das Knarren der Tür Toms Rückkehr ankündigte. »Hey« rief der Schatten, der durch die Tür schlüpfte – eine Teekanne in der einen, eine Plastiktüte in der anderen Hand. Den Tee goss er in zwei Tassen, die auf dem Holztisch in der Ecke standen, den Inhalt der Plastiktüte leerte er auf den Tisch. Ich hatte gehofft, dass Schokolade und Kekse zum Vorschein kommen würden, aber es waren nur Bleistifte und zwei DIN-A5 Ringbücher. Zeichenmaterial.

»Meinst du, es lohnt sich heute?«, fragte ich ihn.

Er sah ein wenig missmutig auf die Wolken in dem Spalt. »Wir werden schon noch eine Lücke finden.«

Während Tom das Kuppeldach drehte, ließ ich die Flüssigkeit – es war Schwarztee – in kleinen, noch viel zu heißen Schlucken in mich hineinlaufen.

»Tom, meistens bist du doch allein hier, oder?«

»Ja, schon.«

»Wäre es nicht ganz gut, mal rauszukommen? Mal was anderes zu sehen?«

»Ich sehe jede Nacht was anderes.«

»Du könntest mal eine Weile reisen«, fuhr ich unbeirrt fort. »Ich meine, ohne die Dunkelheit zu testen. Irgendwas machen, was dir Spaß macht. Oder dir Schulen ansehen. Vielleicht willst du ja doch noch mal studieren, und hast nur nicht das richtige …«

»Komm schon, wollen wir noch was ansehen oder nicht?« Er schaltete das Rotlicht wieder an.

»Ich verstehe dich nur nicht, Tom.«

»Was verstehst du nicht?«

»Man kann doch nicht nur von Sternenlicht leben. Du lebst hier in deinem Turm wie ein Mönch.«

»Hör auf«, rief er plötzlich. »Hör auf!«

Tom schwieg wieder und fixierte die Dunkelheit. Es war, als hätten meine Fragen einen empfindlichen Punkt getroffen, irgendein Zentrum, um das seine Gedanken schon länger kreisten, ohne Halt zu finden. Ich fand, Tom sah plötzlich alt und deprimiert aus für seine dreiundzwanzig Jahre.

»Was ist denn mit dir passiert?«, fragte ich.

Er atmete ein und wieder aus. Dann sagte er: »Ich könnte das Clark verkaufen. Ein amerikanischer Händler ist daran interessiert.«

»Wieso willst du es jetzt verkaufen?« Ich konnte kaum glauben, was ich hörte.

»Ich will es nicht verkaufen.«

»Aber?«

»Es muss irgendeine Lösung her. Meinem Vater geht es nicht gut. Ich weiß nicht, vielleicht wird er Pflege brauchen oder so was.«

»Was hat er denn?«

»Oh, nichts Unübliches.« Aus seinem schiefen Lächeln wurde ein hilfloses. »Ein paar Polypen, wo keine sein sollen.«

»Ach du Scheiße. Ist es ernst?«

»Ziemlich.«

»Wo genau?«

»Im Darm. Aber das ist nichts Neues. Er weiß ja schon ewig, dass er es hat.«

Tom schluckte schwer und schob das Teleskop mit Schwung beiseite wie einen lästigen Gegenstand. Auf der Landstraße unten raste ein Auto vorbei, aus dem der gleichgültige Beat einer elektronischen Fahrstuhlmusik pochte.

»Er muss wenigstens versichert bleiben«, sagte Tom. »Ich weiß nicht mal, ob er noch drin ist. Das weiß er selbst nicht genau.«

»Hat er irgendwelche Reserven?«

»Mein Vater?« Jetzt musste er kurz lächeln.

Wir musterten uns mit einem langen Blick über die Dunkelheit des Raums hinweg – in dieser seltsamen, ernsten Verbundenheit von Freunden, die ihre Dialoge in Gedanken weiterführen können. Ich erfasste, was meine Rolle in diesem Spiel war. Ich sollte ihm bestätigen, dass die Lösung, die ihm so unvorstellbar erschien, die einzig mögliche war.

»Also denkst du jetzt nach«, sagte ich.

»Ja. Ich hab nachgedacht.«

»Hat dein Vater noch andere Verwandte?«

»Nein. Nur mich.«

»Dann bist du verantwortlich.«

Er setzte wieder sein Lächeln auf. Diesmal war es voller Hohn und Wut.

»Verantwortlich? Wann hat er sich denn um mich gekümmert?«

»Ein Mensch ist wichtiger als ein Teleskop«, sagte ich.

Seine Augen weiteten sich. »Ein Teleskop! Es ist vielleicht das einzige Clark, das je nach Europa gekommen ist. Mein Großvater hat es selber mit dem Schiff über den Atlantik gebracht.«

»Es ist trotzdem nur ein Teleskop, Tom.«

»Mein Vater hätte die Warte doch am liebsten schon vor zehn Jahren dichtgemacht!« rief er plötzlich und funkelte mich mit wildem Blick an. »Er hat das alles ja nie kapiert. Und jetzt soll er seinen Willen bekommen? Warum verkauft er nicht den ganzen Krempel in seinem Hof? Seine Missgeburten! Oder seine ganze Werkstatt! Oder das ganze verdammte Haus!«

»Weil er sonst keine Arbeit mehr hat, wenn er wieder gesund wird. Du kannst ihm nicht alles nehmen.«

»Aber *er* nimmt *mir* doch alles.«

Die Wut musste aus ihm heraus, seine ganze Entrüstung über die Ungerechtigkeit der Welt. Innerlich hatte er sich vielleicht schon entschieden. Aber er brauchte meine Hilfe.

»Er kann dir nicht alles nehmen. Weil du jung bist«, sagte ich. »Nur alten Menschen kann alles genommen werden.«

Tom stand auf und betrachtete das große Eisenrohr, das in der Dunkelheit zwischen uns schwebte. Dann streckte er eine Hand aus und strich über die beiden Plaketten vor seinem Gesicht, wandte sich wieder ab und zog an einem Ende des Seils, das von der Decke herabhing. Mit einem Ächzen schob sich das Sternenrechteck über mir zusammen. Bald sah ich ein letztes Blinken in dem engen Spalt, und kurz darauf hatte sich der Himmel über uns verschlossen.

Teil II

SUNSET CRATER

KAPITEL 1

Ein Luftzug auf meinem Nacken weckte mich. Air Condition. Durch das Fenster, an dem mein Kopf lehnte, sah ich, dass es draußen dunkel geworden war. Ich bewegte mich nicht, blieb noch einen Moment angelehnt und schloss die Augen wieder, als könnte ich dadurch in den angenehmen Zwischenzustand kurz vor der Wachheit zurückkehren. Ein paar ferne Lichtmuster waren dort unten, wie Lebenszeichen auf dem Grund der Tiefsee. Vereinsamte helle Flecken in einem tiefschwarzen Teppich und dazwischen feine Adern aus Elektrizität. Ich schloss die Augen wieder, vielleicht träumte ich noch einmal, und als ich wieder aus dem Fenster sah, waren aus den einsamen Inselchen ganze Inselgruppen und aus den Adern größere Ströme geworden. Sie liefen in Richtung Horizont, trafen sich, verästelten sich neu und wurden zusammengefasst zu noch größeren Strängen – bis in die Ferne, wo die dunkle Ebene aufhörte und auf etwas Unerhörtes stieß: Einen viel größeren Lichterteppich, eine Stadt, oder viele Städte, denn für eine einzige war sie zu groß, ein gigantischer ausgestreckter Zivilisationskörper, überwölbt von einer dampfenden Wolke aus Elektrizität. Wir flogen direkt auf das Ding zu. Zuerst, an seinen Rändern, bestand es noch aus vielen rundlichen oder eckigen Ballungen, alle mit ihrer eigenen Symmetrie und Ordnung, aber schließlich wurde es eins und breitete sich über den Grund aus wie ein ungeheures Gitternetz, ein abstraktes Schema aus gekreuzten Lichtbahnen. Wir sanken in diese Matrix hinein wie in das Innere eines Elektronengehirns. Und jetzt tauchten zum ersten Mal einzelne Autos auf. Die kleinsten Informationseinheiten der Stadt. Ihre roten und weißen Scheinwerfer zirkulierten unter mir wie ein unaufhaltsamer Elektronenfluss, ein Kreislauf, der niemals abriss und den genialen, technischen Leib am Leben hielt, dessen Schaltplan sich, je tiefer ich hinabsank, immer mehr in einem chaotischen Mikrokosmos auflöste, in einem organischeren Mosaik aus ineinander verschlungenen, improvisierten Formen, aus schnellem Wachstum und wildem Entstehen. Miniaturen von Einkaufszentren, Fabriken, Sportstadien mit leuchtend grünen Rasenflächen, lauter grelle Seesterne und irisierende Schwämme und pulsierende Mollusken, deren nun dreidimensionale Körper sich in dem Licht aus Quecksilberdampf spiegelten, ein verrücktes Übermaß an Elektrizität, als müsste all die unter dunklen Himmeln verlebte Zeit mit einem Mal exorziert werden! Ich schloss die Augen wieder, aber in der Kabine herrschte plötzlich Betrieb. Lämpchen wurden angeschaltet, Durchsagen gemacht. Und schon kurz darauf setzten wir in der fremden Stadt auf.

Draußen vor dem Terminal schlug uns vorsommerlich kühle Abendluft entgegen. Einen Moment standen wir da und ließen den fremden Kontinent auf uns wirken. Palmenkronen hingen schlaff in dem gleißend weißen Flutlicht rund um das Terminal. Auf fünf oder sechs Spuren rollten Busse und Taxis herbei, nahmen eilig Menschen und ihr Gepäck auf und fuhren wieder ab. Lautsprecher in dem Vordach über uns beschallten den ganzen Platz mit Rockmusik der Achtzigerjahre. Ich schulterte meine Sporttasche, ging ein Stück und hielt Ausschau nach dem Fahrer, der uns abholen sollte. Tom schleppte seinen kleinen Reisekoffer und einen großen Rucksack hinterher, der seine Schultern zu Boden zog. Er schlurfte mit Schlagseite wie ein Kettensträfling.

Der Fahrer wartete tatsächlich genau wie vereinbart auf uns. Am Ende der Taxi- und Busspur trafen wir einen untersetzten Mann mit schwarzen Igelhaaren und einem verschwitzten Hemd, der ein Pappschild mit der Aufschrift »Scopeville« in die Luft hielt. Ich wollte ihm die Hand geben, aber er nahm Tom bereits den Koffer ab, führte uns zu einer schwarzen Limousine und ließ uns in den plüschigen Fond einsteigen. Kurz darauf glitten wir mit summendem Motor an überdimensionierten Flughafenhotels und beleuchteten Werbebannern auf hohen Stelzen vorbei. Die Fenster der Aussichtsrestaurants verströmten blaues Luxuslicht, das irisierende Grün der Palmen glomm über uns wie ein Neongas. Nach ein, zwei Ampeln gerieten wir auf einen vielspurigen Highway, mitten in den rollenden Zug der Autos. Der Fahrer beschleunigte rasch, und ich merkte, wie ich mich endgültig in einem Hochgefühl aus Müdigkeit und Staunen verlor. Die Magie der Ankunft stieg mir zu Kopf wie eine Droge.

Los Angeles, nicht München! Keine Frage, wer es weiter gebracht hatte, Vera oder ich. Und alles war für uns arrangiert wie für wichtige Gäste. Ich begriff zwar nicht, warum Tom sein Teleskop nicht in Europa verkaufen konnte oder wollte, aber sein Starrsinn hatte sich ausgezahlt. Er hatte sich so lange geziert, einen Preis zu nennen oder jemanden in seinem Observatorium zu empfangen, bis ihm der amerikanische Händler kurzerhand zwei Flugtickets in die USA spendiert hatte. Darüber, dass ich mitflog, hatte von Anfang an kein Zweifel bestanden. Ich war zwar auch noch nie in Amerika gewesen, aber mein Englisch war brauchbar – zu irgendwas mussten die ganzen Original-Comics ja gut sein. Und außerdem: Wer hätte Tom sonst begleiten sollen?

Während wir uns geschickt durch den Verkehr schlängelten, unterhielt uns der Fahrer mit Familiengeschichten. Er war Iraner und lebte mit seinen Eltern und seinen hier geborenen jüngeren Geschwistern schon seit der Revolution in den USA. Tom und ich stellten ihm nebenbei Fragen, während wir vergeblich versuchten, draußen Sehenswürdigkeiten zu erkennen. Jedes beleuchtete Werbebanner war für mich ein Ereignis. ABC, CBS, HBO, Disney. Ich sah konzentriert nach draußen, um nicht die kleinste Kleinigkeit zu verpassen. Die Blechlawine auf der Stadtautobahn rollte mit einer seltsam mechanischen Präzision vorwärts, Hecks und Stoßstangen dicht an dicht, als führen alle auf Autopilot. Viel anderes gab es nicht außer Autos und Werbebannern.

Wo genau unsere Unterkunft lag, wusste ich nicht. »Unsere Partner« – so professionell drückten wir uns jetzt aus – hatten uns ein Hotel gebucht. Da ich wie selbstverständlich annahm, dass für unsere Partner Geld keine Rolle spielte, hatten sich bei mir im Kopf Bilder festgesetzt von Pools und Magnoliengärten, die einen dunstigen Pazifik überblickten. Nun, ich wurde überrascht: Die Limousine beförderte uns wie im Flug durch die Stadt, von der ich nicht viel sah außer fernen Hochhäusern, dann in die dunklen Berge hinein, und als wir aus den Bergen wieder herauskamen, befanden wir uns in einem ausgedehnten Niemandsland aus breiten Straßen und Tankstellen, langgezogenen Malls und vorstädtischen Wohnsiedlungen.

»Wo sind wir hier?«, fragte ich.

»Im Valley«, erklärte der Fahrer.

»Nicht mehr in Los Angeles?«

»Doch«, sagte er, »nur auf der anderen Seite.« Er chauffierte uns von einer verlassenen Hauptstraße zur nächsten, vorbei an den Prozessionen von Kettenrestaurants und Vorgärten, überquerte noch ein paar Kreuzungen, dann waren wir am Ziel, auf einem quadratischen Parkplatz, eingerahmt von dem hufeisenförmigen Flachbau eines zweistöckigen Vertretermotels. Wir bedankten uns bei dem Fahrer, der kein Geld annehmen wollte, stiegen aus – und mit der Limousine verschwand auch mein kalifornisches Hochgefühl. Die Rezeption, in die wir unser Gepäck schleppten, sah aus wie der Empfang eines Krankenhauses. Neonlicht und Formulare. Begrüßt wurden wir von einer jungen Dame mit breiten Hüften. Sie erkundigte sich in donnerndem Kommandoton nach dem Zweck unseres Aufenthalts.

»Geschäftlich«, sagte Tom.

»Was für ein Geschäft?«, fragte sie, nicht sehr diskret.

»Optische Geräte.«

Optische Geräte aus Deutschland. Das schien ihr wenigstens etwas Respekt abzunötigen, denn sie stellte keine weiteren Fragen.

»Gibt es hier denn etwas zu sehen?«, fragte ich und schrieb Buchstaben in die vorgesehenen Kästchen des Formulars.

»Hier?«

»Ich meine, in dieser Gegend.«

Sie betrachtete mich wie einen seltenen Käfer. »Gott, nein!«

Der Kühlschrank in unserem Zimmer war nicht angeschlossen. Während Tom seinen Rucksack auspackte, öffnete ich ein warmes Bier, ließ mich auf einem der beiden Einzelbetten nieder, schaltete den Fernseher an und begann zu zappen. Tom brauchte eine halbe Stunde, um nachzusehen, ob alle Linsen, Filter, Gläser und Karten den Transport überstanden hatten. Er war ausgerüstet, als müsste er Amerika selbst entdecken.

»Im Ernst, Tom. Was willst du mit dem ganzen Kram?«

»Man weiß nie. Vielleicht kommen wir dazu, noch was zu sehen.«

»Du meinst außerhalb der Stadt.«

»Ja.«

»Ich denke, du bist hier, um dein Teleskop zu verkaufen.«

»Danke«, sagte er und hielt eine Linse ins Licht. »Ich brauche niemanden, der mich daran erinnert.«

Er ignorierte mich einfach und packte weiter aus. Beim zehnten oder zwölften Fernsehkanal schlief ich ein.

Die Zeitverschiebung machte uns zu schaffen. Schon vor dem Morgengrauen waren wir beide hellwach. Als endlich der erste Lichtschein im Fenster auftauchte, zogen wir uns an und sahen uns in der Umgebung um. Wir hofften, auf der Rückseite des Motels einen Pool zu finden. Wasser fanden wir tatsächlich. Hinter einem verwahrlosten kleinen Garten mit verkrüppelten Orangenbäumen lag ein betoniertes Flussbett, eine breite Schneise, die das Viertel teilte und auf deren Grund der letzte Rest eines Wasserlaufs zu sehen war. Winzige Wellen wanderten über die Oberfläche des Rinnsals, das den Boden gerade benetzte, an den Rändern hatte sich ein Algenteppich gebildet, der im Licht des frühen Morgens giftig hellgrün glitzerte. Wir besorgten uns Donuts und Kaffee in einem 24-Stunden-»Dunkin Donuts«, setzten uns auf die betonierte Böschung und warteten, bis das Viertel um uns herum erwachte. Im Osten krochen Sonnenstrahlen über die braunen Rücken der Berge und zeichneten dunstige Bahnen in das noch morgenklare Blau. Tanklaster und Tiefkühltrucks donnerten vorbei und die ersten großen Geländewagen mit hämmernden Radios. Ein Gefühl der Fremdheit überkam mich plötzlich. Es waren vielleicht nur wenige Details, das Gelb des Morgenlichts, die Warntöne der rangierenden Lastwagen, die Polizeisirenen und die klebrige Schwere des Donuts in meiner Hand. Eine seltsame Alltagsfremdheit. Das war Amerika. Ich musste an meinen ersten Blick auf Saturn und seine Wirkung denken. Alles sah aus, wie es aussehen musste, und doch war es kaum zu glauben, dass man es wirklich sah.

Gegen neun hatten wir den ersten Termin des Tages. Der Treffpunkt lag nur wenige Blocks vom Motel entfernt, doch die Rezeptionistin riet davon ab, zu Fuß zu gehen.

»Wieso? Ist die Gegend gefährlich?«, fragte ich.

»Nein, es ist nur nicht üblich, hier rumzulaufen.«

»Weil es nichts zu sehen gibt«, vermutete Tom.

»Sie sagen es. Ich kann Ihnen die Buslinien aufmalen.«

Sie fixierte Tom mit mütterlicher Strenge und ließ ihn nicht aus den Augen, als sei ihr Anliegen noch nicht ausreichend klar geworden.

»Vielen Dank, aber wir schaffen das schon«, sagte er.

Ich signalisierte ihr mit einer Geste, dass es sinnlos war.

»Sehen Sie sich vor«, sagte sie.

Die Warnung der Rezeptionistin klang in der Morgenluft nach, während wir an breiten Hauptstraßen entlangspazierten wie verlorengegangene Schulkinder, durch eine Gewerbelandschaft mit niedrigen Gebäuden und Fabrikhallen. Einfahrten führten in schattige Hinterhöfe, in denen Minivans parkten, auf Zäunen rollte sich Stacheldraht. Grundstücke verbarrikadiert wie Militärbasen. Die Telegrafenmasten mit ihren kreuz und quer über die Wege gespannten Drähten sahen alt und schief aus. Manchmal lugte eine Palme schüchtern durch das Geflecht. Ohne Schilder hätte nichts darauf schließen lassen, was in den einförmigen Gebäuden hergestellt wurde. »Winthrop Home Security«, Alarmanlagen. »Canoga Sealing Inc.«, Dichtungen. »Four Star Productions«, Filme, für Erwachsene wohl.

Tom redete ununterbrochen über alle möglichen Nebensächlichkeiten, was überhaupt nicht seine Art war. Ich kannte meinen Freund. Er quasselte niemals aus guter Laune.

»Aufgeregt?«, fragte ich.

»Nein.«

»Was ist er für ein Typ?«

»Koenig?«

»Ja.«

»Kann man nicht sagen, wir haben bisher nur telefoniert. Er versteht eine Menge von alten Teleskopen. Er hat mir die ganze Firmengeschichte der Brüder Clark runtergebetet.«

»Dann weiß er wenigstens genau, was dein Teleskop wert ist.«

»Er weiß es besser als ich«, sagte Tom düster. »Sonst wär's einfacher.«

»Unterschreib einfach nichts, was dir zu billig vorkommt.«

»Ich denke, wir unterschreiben erst mal gar nichts. Er muss es ja sowieso erst sehen.«

»Es wär einfacher gewesen, wenn er gleich nach Deutschland gekommen wäre.«

Tom seufzte. »Das hatten wir doch schon.«

»Aber du hast es mir nicht erklärt.«

»Ich weiß schon, was ich mache. Wärst du jetzt lieber am Ammersee?«

Das war typisch. Warum wollte er überhaupt, dass ich ihn zu dem Termin begleitete, wenn er alles im Griff hatte? Ich beschloss einfach, dem Rat der Rezeptionistin zu folgen: Augen offen halten.

Noch war es mild, aber die Hitze schien sich über uns zu sammeln wie für einen Großangriff. Wir kamen an dem leeren Parkplatz einer Mall vorbei. Ein Gebäude von der Fläche eines mittelgroßen Flughafens. Neben uns schleppte sich der dichter werdende Verkehr dahin. Stoßstange an Stoßstange, spiegelndes Blech mit kurzer Lebensdauer, kaum ein Auto älter als zwei oder drei Jahre. Wer in dieser Stadt zu Fuß ging, fühlte sich automatisch wie ein Ausgestoßener, dachte ich, man gehörte nicht zu den anderen und war so nackt und obdachlos wie eine Schildkröte ohne Panzer. Jetzt, in diesem Augenblick, wäre ich wirklich lieber am Ammersee gewesen. Die ganze Absonderlichkeit der Situation stand mir plötzlich klar vor Augen. Nur aufgrund von ein paar E-Mails hin und zurück über den Atlantik hatten wir uns zu dieser Reise überreden lassen, und jetzt wollten wir Geschäfte mit Amerikanern machen, die uns wahrscheinlich schon als Anfänger durchschaut hatten und wie Schuljungen behandeln würden – ganz so, wie wir es verdienten. Keine Frage, als Tom mir erzählt hatte, dass sein öminöser Astronostalgie-Fan aus dem Internet plötzlich zwei Flugtickets springen ließ, war ich begeistert gewesen – ich hoffte, Vera würde vor Neid den Verstand verlieren. Aber hätte Tom das Teleskop nicht doch an ein deutsches Museum verkaufen können? Er hatte es ja nicht mal versucht.

Das gesuchte Geschäft lag auf der Sherman Avenue, einer fünfspurigen Straße mit Ladenzeilen zu beiden Seiten, inmitten einer langen Reihe von Tand- und Trödelhändlern, die als »Antique Stores« firmierten. Die Schaufenster waren noch vergittert, aber in der Tür unter dem »Scopeville«-Schriftzug klebte eine Pappe, auf der »open« stand. Tom sah sich noch einmal nach mir um. Er schien die gleichen Gedanken zu haben wie ich. Erst auf mein Nicken hin öffnete er die Tür und wir gingen hinein.

In den Raum fiel kaum Tageslicht. Er war etwa zwanzig, fünfundzwanzig Quadratmeter groß und, soweit ich es überblicken konnte, randvoll mit Ware: mindestens ein Dutzend kleinerer Newtonteleskope, Cassegrains und Refraktoren, einige mit hängenden Köpfen, einige zur Decke gerichtet, die im Halbdunkel des Raums Spalier standen und gerade genug Platz für einen Durchgang zu der Ladentheke ließen, hinter der ein schlanker mittelgroßer Mann stand, der knapp fünfzig sein mochte. Noch bevor die Tür hinter uns zugefallen war, hatte er die Theke umrundet und war bei uns. Der Mann hatte ein langes, gut geschnittenes Gesicht mit wenigen markanten Falten und einen schmalen Schnauzbart, der ebenso silbern war wie das zurückgekämmte Haar, das genau auf der Mitte seines Schädels eine elegante kleine Welle warf.

Er wünschte uns einen guten Morgen und taxierte Tom, den ich unauffällig nach vorn schob: »Also, Sie sind unser Mann!«

Tom wollte etwas antworten, aber seine Hand wurde bereits geschüttelt.

»Ich bin Sid Koenig.«

Just in dem Moment, als Koenigs Hand auch meine umfasste, hörte ich ein metallisches Quietschen, das durch Mark und Bein ging. Wir drehten uns um und sahen, dass noch jemand im Raum war. Er stand hinter uns und war gerade dabei, das Gitter im Schaufenster hochzuziehen. Der zweite Mann war kleiner als Koenig, sogar viel kleiner, fast ein Zwerg. Er trug ein rotes Polo-Shirt mit dem eingestickten Schriftzug »Scopeville«, lächelte entschuldigend, wobei er große, graugelbe Zähne entblößte, und stellte sich als »Randall Wink, Sid's Partner« vor. Wir wandten uns wieder zur Ladentheke.

»Ist Ihre Reise angenehm verlaufen?«, fragte Koenig.

»War in Ordnung«, sagte Tom.

»Ich hätte Sie gern selbst vom Flughafen abgeholt, aber ich musste gestern schon mal hin. Meine Tochter ist aus Michigan zu Besuch gekommen.«

»Wir sind ja trotzdem gut zum Hotel gekommen.«

»Sind sie zufrieden damit?«

»Aber ja. Es ist praktisch.«

Koenig sah mir in die Augen. »Und Sie sind …«

»Mein Name ist Steimle. Ich bin … ähm,… Herr Eisenroths Assistent.«

Tom wirkte abgelenkt. Er sah die ganze Zeit zu einem Objekt, das durch das Öffnen des Gitters erst sichtbar geworden war. Das Teleskop hatte einen Tubus aus glänzendem Messing, so dass es zwischen all den anderen Instrumenten hervorstach wie ein Ritter im goldenen Harnisch unter modernen Fußsoldaten.

Auch Koenig bemerkte, in welche Richtung Toms Blick ging. »Da sehen Sie, warum wir in dieser Gegend ein Gitter brauchen«, sagte er lächelnd. »Wahrscheinlich kommt Ihnen die Marke bekannt vor.«

»Was ist das?«, fragte ich.

»Ein Clark«, sagte Koenig. »Hergestellt für das Privatobservatorium eines Viehhändlers im Jahr 1891.«

»Kann man es kaufen?«, wollte Tom wissen.

»Alles was Sie hier sehen, können Sie kaufen«, sagte Wink und grinste wieder sein verlegenes Grinsen. Ich betrachtete ihn. Seine bucklige, verwachsene Erscheinung ließ ihn automatisch wie Koenigs Gehilfen erscheinen.

»Was kostet so was?«, fragte ich.

Wink senkte nachdenklich den Blick, während Koenig mir unverwandt sein sonniges Gentleman-Lächeln schenkte.

»Nun«, sagte Koenig. »Es ist natürlich kein billiges Stück. Ich zeige Ihnen gern auch den ganzen Rest. Und dann können wir immer noch über Geld reden. Wollen Sie mitkommen?«

Koenig wandte sich einfach um und führte uns in ein Hinterzimmer, das als Lagerraum diente. Hier standen ein paar größere Exemplare, die mit Plastikfolie abgedeckt oder ganz umwickelt waren. Wir gingen einmal um die Reihe herum –

ich sah wie Toms Blicke noch neugieriger wurden als bisher –, dann machten wir vor einem weißen Tubus Halt, der eingeschweißt in einem weichen Schaumstoffbett lag.

»Das Grubb haben Sie vielleicht erkannt«, sagte Koenig. »Es stammt aus den Zwanzigerjahren und gehörte einer öffentlichen Sternwarte in Japan. Ein Koreaner hat es gekauft. Jetzt hat er ein noch größeres und hat uns dieses zurückverkauft. Ein gutes Stück. Oh, und das hier …« – mit ein paar behänden Schritten war er schon beim nächsten Exemplar – »… das ist ein Zeiss aus Deutschland. Es war in ostdeutschem Staatsbesitz.« Er wandte sich mir zu: »Wussten Sie, dass dort viele Sternwarten schließen mussten, nachdem die Kommunisten abgetreten sind.«

»Nein«, sagte ich.

»Aber die Marke kennen Sie?«

»Ja.«

»Sehr gut. Ich lobe die Deutschen bei jeder Gelegenheit.« Wir lachten alle höflich, auch Wink, während Koenig sich einem weiteren Teleskop zuwandte. »Das hier drüben ist ein echtes Kind dieser Stadt. Es wurde für General Griffith gefertigt. Wir haben noch ein ähnliches im Griffith Observatorium, der großen Sternwarte in Hollywood. Das hier ist der kleine Bruder. Und das hier …« – er zeigte auf ein Teleskop – »dieser gut erhaltene Veteran wurde als Sucher auf dem Mount Wilson benutzt. Er war an das Hooker 100-inch-Teleskop angeschlossen. Wissen Sie, das berühmte?«

Tom nickte staunend.

»Es ist ein Stück kalifornischer Geschichte. Edwin Hubble selbst hat hindurchgesehen.«

Tom umschlich die Teleskope jetzt wie ein hungriger Leopard, während ich nur auf Koenig achtete. Zu jedem Teleskop, das wir betrachteten, hatte er eine kleine Geschichte parat, etwas Historisches oder etwas Persönliches, das ihn mit dem Gerät oder dessen Vorbesitzer verband. Selbstverständlich war es eine Demonstration – für Tom. Aber ich hatte nicht das Gefühl, dass er uns nur etwas vorspielte. Wie alle wirklich guten Verkäufer liebte er sein Produkt. Man konnte nicht anders, als ihm fasziniert dabei zuzusehen, wie er durch seine Sammlung schritt und jedes Teleskop gleichmäßig mit Lob bedachte wie ein gütiger Vater seine Kinder.

»Funktionieren sie alle noch?«, fragte Tom.

»Ohne Ausnahme. Für Hubbles Teleskop haben wir auf der ganzen Welt nach passenden Okularen gesucht. Dann haben wir sie selbst anfertigen lassen. Zwei Exemplare von jedem.«

»Und wer sind Ihre Kunden?«, fragte ich.

»Oft Privatleute mit einem Faible für solche Geräte. Natürlich kennen wir die meisten unserer Kunden seit langem. Unser Job ist die Suche, manchmal auch die Authentifizierung. Es sind oft lange Recherchen nötig, um die Herkunft und Geschichte zu überprüfen.«

»Die Teleskope hier haben alle schon Kunden?«

»Die meisten«, sagte Koenig.

»Was ist mit unserem?«, fragte Tom.

Koenig schenkte uns ein vages Lächeln. »Es gibt einen Interessenten dafür. Jemand, der uns die ganze Arbeit überlässt … Schön!« Er klatschte in die Hände, ging zu seiner Theke hinüber und zog eine Schublade auf. Ich fragte mich, ob nun der harte Teil des Verkaufsgesprächs beginnen würde. Aber stattdessen brachte er nur eine Visitenkarte zum Vorschein und kritzelte auf ihr herum.

»Haben Sie überhaupt schon etwas von L. A. gesehen?«, fragte er.

»Noch nicht viel«, sagte ich. »Nur die Umgebung von unserem Hotel.«

»Haben Sie den Fluss gesehen?«

»Ja«, sagten wir beide.

»Das ist der L. A. River. Der größte Fluss in Los Angeles.« Er lachte knapp und überreichte Tom die Visitenkarte. »Einige sagen, es sei nicht viel. Aber wir Lokalpatrioten sind sehr stolz darauf. Hier auf der Karte ist eine Adresse für Sie. Wir treffen uns heute Abend am Santa Monica Pier. Natürlich nur, wenn Sie wollen. John Dobson wird auch dabei sein.«

Tom sah ihn an, als habe er nicht richtig verstanden. »Sie ... meinen John Dobson, den Teleskopbauer?«

»Ja.«

»Sie kennen ihn?«

»Oh, seit vielen Jahren«, sagte Wink. »Ein alter Bekannter. Haben Sie schon mal von den *Sidewalk Astronomers* gehört?«

»Das ist der Club, den er gegründet hat, nicht wahr?«

»Wir sind beide Mitglieder«, sagte Wink und ließ stolz seine Zähne sehen.

»Ich wusste nicht, dass Mr. Dobson noch reist.«

»Natürlich«, sagte Koenig. »Er ist immer noch hochaktiv. Sie werden sich wundern, wenn Sie mit ihm sprechen.«

Das war es für Tom. Er nickte nur noch ergeben und starrte die Karte an, die weiß und fremd in seiner Hand lag. Da ich die Hoffnung, mir würde etwas erklärt werden, längst aufgegeben hatte, sagte ich nur: »Wir freuen uns. Oder Tom?«

»Ja. Es ist eine ... eine große Freude.«

»Haben Sie einen Wagen?«, wollte Koenig noch wissen.

»Nein.«

»Sie brauchen einen, um zum Treffpunkt zu kommen. Hier die Straße hinunter ist ein sehr günstiger Autoverleih. Ich kann die Kosten übernehmen – wenn Sie keinen Mustang mieten.«

Tom stimmte erfreut zu, und kurz darauf hatten wir uns bereits alle per Handschlag verabschiedet. Koenig wollte uns zur Tür geleiten, als Tom noch einmal abdrehte und in Richtung des goldenen Rohrs ging, das vor einem der Schaufenster stand. Er betrachtete es aus der Nähe und strich mit einer Hand über die feine Maserung des Stativs, so als wage er nicht, das Teleskop selbst anzufassen.

»Komm. Wir sind nicht hier, um noch eins zu kaufen«, sagte ich.

Und damit verabschiedeten wir uns erneut und ließen das zufrieden lächelnde Paar hinter der Theke zurück.

»Die sind doch ganz in Ordnung«, sagte ich.

»Ja«, bestätige Tom, der eine Straßenkarte auf dem Schoß hatte und vor sich hin träumte. »Was?«

»Koenig, er ist nett.«

»Jaja. Ich wusste gar nicht, was ich sagen sollte.«

»Das ist die amerikanische Nettigkeit. Kommt dir das hier richtig vor?«

»Was soll richtig sein?«

»Die Straße. Tom, du schaust überhaupt nicht auf die Karte.«

Die Straße wand sich in Haarnadelkurven einen mit Zypressen und üppigem Grün bewachsenen Hügel hinauf. Wir hatten uns in dem Autoverleih das billigste Modell besorgt. Nun saßen wir in einem hässlichen Kleinwagen des Typs »Dodge Neon« mit klapperndem Handschuhfach und steuerten durch die besseren Gegenden am südlichen Ende des Valleys.

»Wo wolltest du noch mal hin?«, fragte Tom.

»Auf die andere Seite, nach Los Angeles.«

»Da sind wir doch ...«

»Ich meine in das richtige Los Angeles.«

»Keine Ahnung, ob das richtig ist«, sagte Tom. »Es ist doch egal, wo wir landen. Wir kennen ja noch gar nichts in der Stadt.«

»Ich würde schon gerne wenigstens den Pazifik sehen«,

sagte ich mürrisch. »Nachdem ja jetzt auch unser Abend verplant ist.«

»Dann müssen wir hier weiterfahren.«

Tom verlor sich wieder in Gedanken, während ich mich fragte, wo um Himmels willen wir gelandet waren. Die Landstraße führte geradewegs in die Wildnis hinein. Die Ebene des San Fernando Valley lag rechts unter uns, vor uns das immer dichter wuchernde Wald- und Buschland.

»Dieser Mr. Dobson – hat er was mit den Dobson-Teleskopen zu tun?«

»Er hat sie erfunden. Er hat große Teleskope aus Müll zusammengebaut. Mit selbstgeschliffenen Spiegeln und gefundenem Material.«

»Und das hat sich durchgesetzt?«

»Schon.«

»Weil jeder Teleskope aus Müll haben wollte?«

Tom seufzte. »Nein, Dobsons waren die ersten großen Teleskope, die sich jeder leisten konnte. Du kaufst das Zeug im Baumarkt, und dann kannst du Galaxien sehen. Das gab es vorher nicht.«

»Und er hat das erfunden?«

»Ja.«

»Wahnsinn. Hat er sich das patentieren lassen?«

»Nein, es sollte ja jeder nachmachen können! Das war seine Idee. Er lebte damals in einem Kloster und durfte nichts besitzen. Seine ersten Teleskope hat er an Kinder verschenkt.«

»Wann, sagst du, war das?«

»Ich glaube, so um 1960.«

Die Straße schlängelte sich zwischen Klippen und hohen bewaldeten Hängen hindurch. Während wir von einer Kurve in die nächste schlitterten, neigte sich der kleine Dodge jammernd nach links und rechts, bis sich zwischen den Bergen eine mächtige, mit dichtem Grün überwucherte Schlucht auftat.

»Sieht aus, als wären wir schon in Südamerika«, sagte ich.

»Das muss der Topanga Canyon sein. Wir müssen bald auf der anderen Seite sein.«

»Was auch immer da ist.«

Ich ließ den Wagen jetzt laufen, wir rollten bergab, zu unserer Linken der steile Abgrund. Wenn man sich daran gewöhnt hatte, dass das Auto auf jede Lenkbewegung reagierte wie eine Billardkugel, machte das Fahren sogar Spaß.

»Dieser Typ, Koenig, meinst du, er wickelt uns ein?«, fragte Tom.

»Ich finde ihn wirklich ganz in Ordnung.«

»Er ist Geschäftsmann. Er will nur das Teleskop.«

»Und du willst ihm das Teleskop verkaufen.«

»Aber nicht für einen Freundschaftspreis.«

»Dann war es blöd, dass wir uns für den Abend verabredet haben. Wir müssen uns verhalten wie Profis.«

»Klar. Ich pass auf, wie du es machst.«

Eine Weile fuhren wir schweigend zwischen den steilen grünen Wänden der enger werdenden Schlucht hindurch, vorbei an einer Reihe von kleinen Holzhäuschen mit Briefkästen und Garagen am Straßenrand.

»Was meinst du, was die für das goldene Teleskop verlangen?«, fragte Tom.

»Keine Ahnung. Ich kann das nicht schätzen. Es ist eine Antiquität, oder?«

»Es kostet 120.000 Dollar«, sagte Tom.

Ich betrachtete ihn erstaunt.

»Es hing ein kleines Schildchen dran«, ergänzte er. »Ich bin extra noch mal hingegangen, als ich es gesehen habe.«

»An dem Ding war ein Preisschild?«

»Ja.«

»120.000«, wiederholte ich. Ich glaube, bis zu diesem Moment hatte ich nicht ganz begriffen, von welchen Werten wir überhaupt redeten. Die Zahl sickerte langsam ein.

»Unseres ist noch wertvoller, oder?«, sagte ich.

»Ja, wahrscheinlich«, erwiderte Tom.

»Bestimmt ist unseres wertvoller. Es ist größer.«

Wir erreichten den Ausgang des Canyons. Der immer enger werdende grüne Tunnel spuckte uns aus, und wir rollten auf eine offene Kreuzung. Der Himmel wurde weit, und hinter der Kreuzung sah ich unter der hohen Mittagssonne einen kräftig blauen Streifen Wasser.

Ich glaube, in dem Moment, in dem unser Auto zum ersten Mal den Asphalt des Pacific Coast Highway berührte, war es um uns geschehen: Wir konnten nicht anders, als in einen kalifornischen Bewusstseinszustand einzutreten. Aus der kleinen Blechzelle unseres Dodge heraus bestaunten wir die fantastische Hyper-Realität, die sich vor uns auftat: die spiegelnden Fassaden der auf Pfählen gebauten Strandapartments, die Buden der Bootsclubs und Strandwächter. Die aus Schiffsplanken zusammengenagelten Restaurants mit ihren Fischernetzen, die Straße, die sich in einer weiten Kurve dem in Richtung Santa Monica immer breiter werdenden Sandstrand anschmiegte, die luxuriösen Häuser, Burgen, Schlösser in den Hügeln zu unserer Linken und schließlich auch die Menschen. Durchtrainierte, ansehnliche Menschen in kurzen Hosen, die in der Nähe des Wassers ihrem Vergnügen oder Fitnessprogramm nachgingen, Rollschuh fuhren, Footballs warfen, rannten, und radelten. Im Wasser sahen wir hier und da schon einen vereinzelten Kopf oder einen mit Neopren bekleideten Körper. Möwen, groß wie Geier, torkelten träge durch die Luft. Leider rollte der Verkehr auf der Küstenstraße so schnell und stetig, dass wir mit unserem zwischen viel wuchtigeren Autos eingezwängten Spielmobil gar keine Zeit hatten, uns über einen Stopp Gedanken zu machen. No Dumping, No Parking, No Trespassing, sagten Schilder am Straßenrand. Nachdem wir viele Minuten lang nur im Verkehr mitgerollt waren, den Ozean immer im Blick, konnte ich den Wagen auf einen Parkplatz lenken. Die hohe Sonne im Rücken stiegen wir aus und betrachteten die eigenartig perfekten jungen Frauen und Männer, die auf eigens dafür geschaffenen Wegen joggten oder nahezu lautlos auf ihren Rollen vorüberglitten. Sie schwitzten, also mussten sie echt sein.

Wir überquerten den Weg und gingen über den Sandstreifen, so breit wie einige Fußballfelder, bis wir vor der schäumenden Gischt standen.

»Hallo Pazifik«, sagte ich und watete ins Wasser.

»Hallo Pazifik«, sagte Tom und blieb auf dem Trockenen stehen.

Ich kickte eine Ladung Wasser in seine Richtung.

»Was soll das?«, fragte er und nahm seine tropfende Sonnenbrille ab.

»Du bist bald ein reiches Arschloch.«

Sein Blick verfinsterte sich unmerklich.

»Was hast du?«, fragte ich. »Komm rein.«

»Die Sache ist trotzdem kein Vergnügungstrip, verstehst du?«

»Nein, natürlich nicht. Keine Sorge, Tom. Ich weiß, wie ernst das für dich ist.«

Er blieb auf dem Trockenen. »Also, was machen wir?«

»Schauen wir uns die Stadt mal an.«

Es dauerte nicht lang, bis ich meinen Irrtum bemerkte. Los Angeles war nicht nur zu groß, um »angeschaut« zu werden.

Es war auch mehr ein Land als eine Stadt. Wir kreuzten von einer Verkehrsader auf die nächste, Santa Monica Freeway, Harbor Freeway, Hollywood Freeway. Vor unseren Fenstern dehnte sich der große Teppich immer weiter aus. Für mich war Los Angeles wie ein großes Puzzle aus Einzelteilen, die sich zu nichts bestimmtem zusammenfügten: Bungalows im spanischen Stil und Richard-Neutra-Häuser, Fantasie-Chateaus und Hotelburgen, die Wahrzeichen natürlich, der Hollywood-Schriftzug, Capitol Records und die metallisch gepanzerte Philharmonie. Viele Teile des Puzzles hatte ich auf Bildern gesehen. Aber sie waren nur Fragmente, die im Vorüberfahren für kurze Zeit eine falsche Vertrautheit schufen, während das Ganze nie greifbar wurde. Nicht einmal die Größe der Stadt wurde je greifbar. Wie ich jetzt feststellte, täuschte das gewaltige Gebilde, das aus der Luft zu sehen war, über den wahren Charakter der Stadt hinweg. Am Boden verlor sie ihren Schrecken, aber auch ihre Macht. Man war auf die Apokalypse vorbereitet – und bekam Palmen und Vorgärten, Kreuzungen, über die Geländewagen krochen wie eine Armada sonnenbetäubter Nashornkäfer, ein gleichgültiges, goldenes Territorium, das man am besten einfach wie einen Film hinter den Autoscheiben vorbeirollen ließ.

Später, als wir an diesem schönen Nachmittag ein wenig schläfrig durch Beverly Hills fuhren, vorbei an den gusseisernen Toren der Anwesen und den hohen Hecken, kam mir der Gedanke, dass wir zwar den Kontinent gewechselt hatten, uns aber die Zeit genauso vertrieben wie immer: Wir fuhren zu viel Auto, und wir schauten auf Welten, die wir selbst nie betreten würden.

KAPITEL 2

Im Hotel hatten wir gerade genügend Zeit, um zu duschen und uns umzuziehen. Als wir erneut loszogen, mit Jacken gegen die heraufziehende Frühjahrskühle, dämmerte der Abend. Der Treffpunkt mit den *Sidewalk Astronomers* lag in der Nähe des Santa Monica Piers. Über die gleiche Route wie am Vormittag, durch den Canyon, gelangten wir zurück zum Pazifik. Die Luft war voller Farben. Die roten Neonreklamen der Tankstellen und Restaurants entlang des Pacific Coast Highway verschwammen in ihr, als vermischten sich Wasserfarben, und die Scheinwerfer der Autos strahlten in einem pastelligen Rosa.

Bald sahen wir das Riesenrad, ein weiß leuchtendes Ding, das im Süden über dem Wasser schwebte und sich von den tiefen Rottönen des Horizonts abhob. Es war umgeben von einer Masse aus grellem Licht, die sich, während wir uns näherten, langsam zu einzelnen Punkten, Ketten und Formationen auflöste, wie einer der Sternhaufen in Toms Teleskop.

Nachdem wir unseren Wagen auf einer der großen Asphaltflächen in der Nähe des Piers geparkt hatten, gingen wir ein wenig umher. Wir waren eine gute Stunde zu früh dran, und die Wege am Strand wirkten noch immer sehr belebt. Erst jetzt schien die Hauptzeit der Jogger und Rollschuhfahrer gekommen zu sein. Auf dem Sand, im Halbdunkel, wurden Volleyballmatches ausgetragen. Fetzen von Popmusik kamen mit dem Wind aus der Richtung des Riesenrads.

Da wir nichts Besseres zu tun hatten, schlenderten wir zu der großen Holzkonstruktion des Piers. Der ganze lärmende Vergnügungspark ruhte auf Säulen aus Stahlbeton, zwischen denen das dunkle Wasser kreuz und quer umhergespült wurde – die Geräusche des Parks vermischten sich mit denen des Ozeans, es gluckerte und hallte wie in einer Grotte, eine seltsame unterirdische Gegenwelt zu den Lichtern und der Musik droben.

Die *Sidewalk Astronomers* fanden sich pünktlich ein, als die Nacht hereinbrach und sich die Spielflächen am Strand leerten. Das heißt, ich nahm an, dass es *Sidewalk Astronomers* waren, denn sie hatten Teleskope und sie sammelten sich auf einem Gehweg. Hinter einer Gruppe von Palmen, auf einem Asphaltplatz zwischen dem Strand und den am Freeway parkenden Autos, waren acht bis zehn Teleskope postiert, allesamt Dobsons aus Holz oder verstärkter Pappe, und dazwischen war eine fröhliche kleine Party im Gang. Frauen hatten ihre Einkaufstüten auf dem Gehweg abgestellt, um durch die Teleskope schauen zu können, ein paar Kinder tollten zwischen den Stativen herum. Die Mitglieder der Gruppe waren durch T-Shirts kenntlich, auf denen ihr Logo stand. Drüben auf der Asphaltpiste für die Sportler sah ich Jogger und Rollschuhfahrer, die ihr Fitnessprogramm unterbrochen hatten und versuchten, sich einen Reim auf das Geschehen zu machen. Ihnen erging es genau wie mir. Was ich sah, ergab einfach keinen Sinn. In meiner Lehrzeit bei Tom hatte ich eingeschärft bekommen und schließlich akzeptiert, dass wahres Sehen nur in der Zurückgezogenheit finsterer Einöden möglich war. Ich hatte gelernt, mit bloßem Auge den kleinen aber doch entscheidenden

Qualitätsunterschied zwischen einem Himmel der Grenzgröße 5,5 und einer 6,5 zu würdigen. Und hier, auf einem gut ausgeleuchteten Platz vor einer Schnellstraße in Los Angeles, gab es Leute, die in scheinbarer Unkenntnis all dessen mit ihren Teleskopen auf einen in stumpfem Gelb glühenden Stadthimmel zielten und dabei nicht einmal unglücklich aussahen. Wir hörten die Ausrufe der Passanten, die durch die Teleskope etwas beobachteten. Es war ein großes »Wow« und »Oh, my god«.

Wir mischten uns unter die Gruppe und blickten uns unsicher um. Sofort kam ein kräftiger Mann mit einem grauen Schnauzbart und Logo-T-Shirt auf uns zu und fragte, ob wir vielleicht den Mond betrachten wollten. »Ja gern«, sagte ich und folgte ihm zu einem der größeren Dobsons, stellte mich auf einen Schemel und betrachtete den Mond. Ich sah nur einen kleinen Ausschnitt seiner Oberfläche, einen zackigen Gebirgsgrat, der scharfe Schatten warf.

»Wow, das ist sehr nah«, sagte ich pflichtgemäß.

Tom sah sich ebenfalls den Mond an. »Sehr schön, sehr schön«, murmelte er.

Natürlich wollte der Mann wissen, woher wir kämen. Wir sagten, wir hätten mit Sid Koenig zu tun und kamen ein wenig ins Gespräch. Er hieß Chris und erzählte, dass er tagsüber Feuerwehrmann sei und nachts Beobachter. Zu den *Sidewalk Astronomers* gehörte er seit ihrer Gründung. Alle zwei Wochen traf er sich nachts mit ihnen.

»Warum machen Sie das?«, wollte ich wissen.

»Schauen Sie sich doch um«, sagte Chris und deutete mit einem zufriedenen Ausdruck auf die kleine Party. »In den großen Städten gibt es keinen Sternenhimmel mehr. Und die Menschen gehen nicht in Observatorien. Also müssen wir die Sterne zu den Leuten bringen. Wir verstehen das als Dienst an der Öffentlichkeit.«

Er bemerkte, dass ich Toms Blick suchte.

»Sie mögen lachen. Aber Sie wissen nicht, wie das amerikanische Schulsystem aussieht. Eine Mehrheit der Amerikaner glaubt, die Mondphasen würden durch den Schatten der Erde entstehen! Ich sage die Wahrheit, Gentlemen. Es kam in einer Umfrage raus.«

»Das ist in Europa bestimmt nicht anders«, bemerkte ich und nahm mir vor, demnächst über die Mondphasen nachzudenken.

»Dann müsst ihr was daran ändern.« Chris machte eine Geste, die den ganzen Strand, die Jogger und die Radfahrer mit einschloss. »Die meisten Leute mögen keine Theorie. Aber sobald sie etwas sehen oder greifen können, wollen sie alles darüber wissen. Woraus besteht das? Warum leuchtet es? Wie weit ist es entfernt?«

Mit einem Schulterblick fiel mir auf, dass uns ein jüngeres Paar von einem der benachbarten Wege aus beobachtete. Ein breitschultriger Mann mit der Statur eines Ringers und seine zierliche Freundin auf Stöckelschuhen. Sie waren gekleidet, als wären sie auf dem Weg in eine schicke Bar.

»Hey, wollt ihr den Mond sehen?«, rief Chris ihnen zu. Die Frau schüttelte höflich lächelnd den Kopf. Aber der Mann zog sie an der Hand zu uns herüber. Kurz darauf hörten wir auch ihr »Woooow!«

»Heute haben wir eine große Gruppe zusammen«, erklärte Chris fröhlich. »Je größer die Gruppe, desto mehr Leute bleiben stehen.«

In unserer Nähe standen zwei Teenager in Basketballshirts und weiten Hosen, die ihre BMX-Räder auf den Boden geworfen hatten. Die Hände in den Hosentaschen, lässig scherzend und von einem Fuß auf den anderen tretend, sahen sie aus, als warteten sie darauf, endlich dranzukommen. Chris wollte sie zu einem freien Teleskop lotsen, aber sie sagten, sie wollten nur durch das größte Teleskop schauen.

Der Feuerwehrmann plauderte nun abwechselnd mit uns und versorgte den breitschultrigen Mann am Teleskop mit Fakten über den Mond. Der Mann wollte einiges wissen: die Höhe der Berge, die Tiefe der Krater. Manchmal machte Tom einen Einwurf, und Chris nickte zufrieden: Man hatte es mit einem Profi zu tun. Aus den Augenwinkeln bemerkte ich Neuankömmlinge, Sid Koenig und Randall Wink. Sie hatten ihren Wagen auf dem Parkplatz zwischen uns und dem Highway abgestellt und waren dabei Ausrüstung zu entladen. Einige der *Sidewalk Astronomers* waren hinübergeeilt, um den beiden zu helfen. Auch Tom gesellte sich zu ihnen.

»Kennen Sie Sid Koenig?«, fragte ich Chris, als wir allein waren.

»Natürlich, wir kennen uns seit Jahren. Wir sind ja alle seine Kunden.«

»Wer kauft so teure Teleskope wie die in seinem Laden?«

»Ich jedenfalls nicht«, lachte Chris. »Es gibt ein paar Sammler aus der Gegend und von weiter her, die nach den spezielleren Stücken suchen.«

»Auch Bekannte von Ihnen?«

»Niemand, den Sie hier treffen würden, aber die Namen sind mehr oder weniger bekannt. Die teuersten Stücke kauft ein Kerl namens Whistler, ein Freund des Geschäfts. Seine frühere Firma liegt ganz hier in der Nähe. Haben Sie mal von Schott & Whistler gehört?«

»Nein.«

»Das war seine Firma. Flugzeugmotoren. Er hat sich vor ein paar Jahren zurückgezogen und die Firma abgegeben. Wahrscheinlich hat er ein schönes Vermögen gemacht. Und jetzt kann er sich die Zeit mit schönen Dingen vertreiben. Hat sich irgendwo in Arizona niedergelassen und bastelt an seinem eigenen Observatorium. Was Größeres, heißt es.«

Neben uns drohte ein Ehestreit auszubrechen. Die junge Frau zog ihren Begleiter, der immer noch durch das Teleskop sah, am Ärmel und rief etwas auf Spanisch, aber er konnte sich noch nicht losreißen. Als ihr Zerren zu stark wurde, bedankte er sich bei uns, schüttelte Chris und drei, vier anderen Bordstein-Astronomen die Hände, wobei er alle »Buddy« nannte, und folgte seiner davonstöckelnden Freundin.

Der Strand war jetzt eine dunkelgraue Masse, über den aufrechte Schatten huschten. Meine Augen suchten Tom und fanden ihn, zwischen Koenig und den anderen Logo-T-Shirts. Er war damit beschäftigt, Hände zu schütteln. Ich sagte Chris, dass ich mir gerne noch etwas die Füße am Pier vertreten würde, und begann mich von der Gruppe abzusetzen. Das Wasser zog mich wieder an. Zwischen den Palmen blitzte das große Riesenrad. Am äußersten Ende des Piers war ein spärlich erleuchtetes Häuschen, mit einem Turm oder einem Kran auf dem Dach. Es sah aus, als stünde es mitten im Wasser, wie eine Bohrinsel.

Neben mir hörte ich ein abruptes Quietschen. Erschrocken drehte ich mich um und sah ein Fahrrad auf mich zuschießen. Die Fahrerin wich mir gerade noch aus und kam auf dem Sand zum Stehen.

»Oh«, sagte ich.

»Hey, pass auf dich auf!« Schon wieder jemand, der mir diesen Rat gab.

»Entschuldige.« Ich deutete mit einem Daumen über die Schulter. »Ich gehöre zu denen.«

»Was macht ihr denn hier?«, fragte sie mich und stieg von ihrem Rennrad ab.

»Wir äh … informieren die Öffentlichkeit über den Weltraum.«

Sie schenkte mir einen belustigten Blick. Sie mochte Mitte zwanzig sein, das dunkle Haar war kurz und auf der Seite gescheitelt, eine uneitle Jungenfrisur, eine Jean-Seberg-Frisur, dachte ich.

»Du informierst über den Weltraum? Und dabei blockierst du hier den Fahrradweg?«

»Das ist ein Fahrradweg?«

»Einer von vielleicht vier Fahrradwegen in Los Angeles.«

»Hier ist seit einer Stunde kein Fahrrad vorbeigekommen.«

»Ich sage nicht, dass er oft benutzt wird.«

»Wir sind *Sidewalk Astronomers*«, erklärte ich. »Wir sind immer auf öffentlichen Plätzen.«

»Was seid ihr? Astronomen ohne festen Wohnsitz?«

Ich hatte nicht das Gefühl, dass sie Ärger wollte. Sie duellierte sich jetzt eher aus Spaß mit mir.

»Nein, wir machen das im Dienst der Allgemeinheit. Der Sternenhimmel ist verschwunden, verstehst du. Wir bringen die Sterne zu den Menschen.«

»Und du bist ein echter Astronom?«

»Nein.«

»*Sidewalk Astronom*, verstehe!«

Ich zuckte mit den Achseln. »Also ich kann dir was zeigen, aber du kannst auch weiterfahren.«

»Was ist das für ein Akzent?«

»Ein deutscher.«

»Oh«, sagte sie, ihr erstes Wort ganz ohne sarkastischen Klang. Sie war ein bisschen neugieriger geworden und musterte nun die Gruppe, die immer noch um Koenigs Auto herumstand.

»Die anderen sind Amerikaner«, sagte ich. »Ich bin auch zum ersten Mal hier.«

Sie sah sich noch einmal um, sichtlich unentschlossen.

»Du kannst dir Saturn ansehen«, sagte ich. »Es ist gratis und dauert nicht lang.«

»Und du kennst dich damit aus?«

»Es ist vollkommen schmerzlos.«

»Können wir das Hübsche hier benutzen?« Sie zeigte auf das kleinste Teleskop, das verwaist am Rand stand. Toms Reiseteleskop. Das silberne Ding, das aussah, als wäre es aus einer Designlampe gebaut worden.

»Sicher.« Ich nahm das Teleskop und schwenkte es in die ungefähre Richtung. Saturn war trotz der Helligkeit der Stadt mit bloßem Auge zu sehen, der hellste Punkt in der Richtung des Löwen. Aber wie immer wollte der Punkt nicht gleich in der Mitte des Suchers auftauchen. Ich schwenkte das Teleskop hin und her.

»Suchst du ihn noch?«, fragte sie.

»Nein, ich weiß schon, wo er ist. Nur hier drin muss man ihn auch erst finden.«

»Also, ihr seid keine Astronomen …«, sagte sie. Ich hatte das Gefühl, sie ritt darauf herum.

»Nein, wir haben nicht studiert«, erwiderte ich. »Aber wir kennen uns bestens aus, keine Sorge.«

Sie stand direkt neben mir und klopfte mit dem Fingernagel einen kleinen Rhythmus auf ihrer Fahrradklingel. Endlich tauchte der Planet im Sucher auf. Aber als ich durch das Okular sah, war er schon wieder verschwunden. Der Rhythmus der Klingel beschleunigte sich. Ich glaube, mir brach ein wenig Schweiß auf der Stirn aus.

»Brauchst du Hilfe?«

»Auf keinen Fall«, rief ich. »Das haben wir gleich!«

Ich riss das Teleskop jetzt in ruckartigen Bewegungen hin und her. Endlich schwebte der Planet vor mir. Saturn, in alter

Pracht. Ich hatte gewusst, dass er mich nicht im Stich lassen würde.

Ich bat sie mit einer triumphierenden Handbewegung ans Okular.

»Was meinst du?«, fragte ich nach einer Weile. Ich hatte mir wenigstens ein »Wow« erhofft.

»Ja«, sagte sie. »Man kann ihn erkennen.«

»Ist er nicht fantastisch?«

»Er ist klein, aber er sieht wirklich aus wie auf den Bildern.«

»Verrückt, oder, wenn man ihn so zum ersten Mal sieht …«

Sie wandte sich recht unsentimental von dem herrlichsten der Planeten ab und schenkte mir ein mildes Lächeln.

»Er sieht genau aus wie auf den Bildern«, sagte ich, immer noch begeistert. »Aber das hier ist der echte!«

Sie senkte eine Augenbraue. Ihr Lächeln wurde mir langsam ein wenig zu spöttisch.

»Ist es wahr, dass er nur aus Gas ist?«, fragte sie.

»Nein, er hat einen festen Kern.«

»Und die Ringe?«

»Aus Steinen und aus Eisklumpen, glaube ich.«

»Bist du dir sicher?«

»Ja, ich bin mir sicher.«

»Warum hat er denn mehrere Ringe. Sind die aus verschiedenen Steinen?«

»Vielleicht aus verschieden großen. Also, warum es mehrere Ringe gibt … Ich glaube, da rätselt die Wissenschaft noch.«

»Wenn die Wissenschaft es wüsste, würdest du es wissen, stimmt's?«

»Ja!«

»Was ist mit Sommer und Winter?«

»Was?«

»Ob es Sommer und Winter auf Saturn gibt.«

»Das ist eine komische Frage. Das hat noch keiner gefragt.«

Ich überlegte eine Weile. In ihren Augen glaubte ich ein Funkeln zu entdecken. In diesem Moment wurde mir klar, dass sie es gar nicht wirklich wissen wollte, sie hatte begriffen, dass ich ein Hochstapler war und testete mich nur.

»Die Frage macht keinen Sinn!«, rief ich.

»Das ist aber keine wissenschaftliche Antwort.«

»Vielleicht finde ich hier jemanden, der dir eine wissenschaftliche Antwort geben kann«, sagte ich leicht beleidigt.

»Nicht nötig«, sagte sie. »Ich sollte los. Sonst werde ich kalt.«

»Wieso kalt?«

»Ich trainiere hier. Oder denkst du, ich fahre zum Spaß mit dem Rad rum?«

»Ach so.« Erst jetzt fiel mir ihre sportliche Kleidung auf. Ich hatte bisher nur auf ihre Augen und ihre Frisur geachtet.

»Na dann«, sagte ich.

Plötzlich bemerkte ich, dass ein alter Herr neben mir stand. Der Kreis der Astronomen war ihm in meine Richtung gefolgt. Ohne auf uns zu achten, warf er einen beiläufigen Blick durch Toms Teleskop.

»Sie haben es nicht scharf gestellt«, sagte er sofort.

»Nicht scharf?«, fragte ich.

»Nein, er sieht ja aus wie ein Donut, nicht wie ein Planet.«

Der alte Herr war hager und mochte einen halben Kopf größer sein als ich. Er hatte weißes Haar, das zu einem Pferdeschwanz zusammengebunden war, und trug ein weißes T-Shirt unter einer Windjacke.

Auf dem Shirt stand: »Nothing doesn't exist.« Als er sich von dem Teleskop abwandte, sah ich in sein eigenartiges Gesicht. Es war das Gesicht eines jungen Mannes. Es trug zwar Spuren von Alter, aber sie wirkten oberflächlich und konnten seiner Erscheinung nichts anhaben.

Ich nahm meinen ganzen Mut zusammen: »Sind Sie Mr. Dobson?«, fragte ich.

»Seit nahezu neunzig Jahren.«

»Gibt es Sommer und Winter auf Saturn?«

Sein stechender Blick ließ mich zusammenschrumpfen.

»Es war ihre Frage«, sagte ich und zeigte verschämt auf das Mädchen.

Er musterte sie aufmerksam. Dann entspannten sich seine Züge.

»Das ist eine gute Frage«, sagte er. »Wir sollten ein größeres Teleskop benutzen. Kommen Sie.«

Er gab ihr einen Wink und ging zu einem der großen Teleskope, die nach ihm benannt waren. Sie schenkte mir noch ein reizendes Abschiedslächeln, dann folgte sie ihm und ließ mich stehen. Ich konnte den beiden nur nachsehen. Dobson plauderte mit ihr, während er einen Schemel bestieg und das Teleskop mühelos mit ein paar Handgriffen in Stellung brachte. Sie hörte ihm lachend zu und schien ihn mit Gegenfragen zu belohnen – und dann, als sie am Okular stand, formten ihre Lippen deutlich ein »Wow«. In diesem Moment fühlte ich einen vertrauten Stich in der Brust. Ich war wieder siebzehn und auf dem Schulball. Nur diesmal tanzte das Mädchen, für das ich schwärmte, mit einem Neunzigjährigen.

KAPITEL 3

Ich erwachte wieder lange vor Anbruch des Tages. Als ich ein paar Mal vom Bett in Richtung Bad und zurück geschlichen war, sah ich, dass auch Tom wach war. Weil uns nichts Besseres einfiel, setzten wir uns wieder auf das Betonufer des Flusses, tranken Kaffee aus Dunkin-Donuts-Pappbechern und warteten darauf, dass die Sonne am anderen Ende des Tals über die braunen Rücken der San Gabriel Mountains kriechen würde. Ich starrte stumpf in das dünnflüssige Rinnsal des Flusses und brachte kein Wort heraus. Ich glaube, Tom meinte, dass ich ziemlich mitgenommen aussähe, er erwähnte irgendwas von Augenringen und grauer Gesichtsfarbe. Ich sagte ihm, dass er zu viel rede vor dem Frühstück, und er verstand.

Die Rezeptionistin taute langsam auf. Nach dem Frühstück gab sie mir noch einen Kaffee an ihrem Tresen aus und verwickelte mich in eine Plauderei. Wir schienen hier die ersten europäischen Besucher seit Menschengedenken zu sein, und als ich sie über das San Fernando Valley ausfragte, wurde sie sogar recht gesprächig. Wenn ich sie richtig verstand, hielten es viele für das wahre Los Angeles, es war jedenfalls der Teil der Stadt, in dem die »normalen Menschen« wohnten und oft auch ihrer Arbeit nachgingen. Sie sagte, im Valley zeigten sich all die typischen Probleme des Lebens in L.A. Die hohen

Grundstückspreise, die hohe Verbrechensrate und der Smog. Es fehlten nur die Vorteile, die das normalerweise wettmachten, und die allesamt auf der anderen Seite der Berge zu finden seien, also die Sehenswürdigkeiten, die Kultur, der Luxus, und der Pazifik. »Das Klima ist auch nicht sehr gut. Die Berge schließen uns ein. Im Sommer wird die Luft hier viel heißer und stickiger als drüben.« Die wichtigste Einnahmequelle der Gegend waren Pornofilme, erfuhr ich, aber es gab auch noch ein paar große Rüstungskonzerne.

Ich erzählte ihr von unserem Erlebnis am Abend bei der Rückkehr zum Hotel: Tom und ich wären beinahe mit einer Gruppe Jugendlicher zusammengestoßen. Ich hatte vor mich hin geträumt, aber Tom war zum Glück geistesgegenwärtig genug gewesen, rechtzeitig die Straßenseite zu wechseln, woraufhin uns eine Mischung aus spanischen und englischen Begriffen nachgeflogen war, die wir nur teilweise verstanden und die mit harten Schwänzen, unseren Ärschen und ich glaube auch mit unseren Müttern zu tun hatten.

Die Rezeptionistin fing gleich zu schimpfen an, als ich nachfragte, ob Canoga vielleicht ein Gang-Problem habe: »Problem? Ach was, das sind kleine Hosenscheißer, gerade mal sechzehn, siebzehn, die dir ein C zuwerfen, wenn du ihnen über den Weg läufst.« Sie machte das entsprechende Handzeichen: »C für Canoga. Die ahmen richtige Gangs nach, diese kleinen Idioten. Die kennen das alles aus dem Fernsehen. Manchmal fangen sie auch an zu schießen.«

Ich sah sie entsetzt an. »Die schießen auf einen?«

»Ach was, sie schießen nur aufeinander.«

Die Mittagszeit verbrachte ich in einem permanenten Dämmerzustand zwischen Schlafen und Wachen, Fernsehen und kleinen Besorgungen. Tom tat gar nichts, er schwebte in einer

Trance, die entweder der Müdigkeit oder den Ereignissen des gestrigen Abends geschuldet war. Kurz nachdem das Mädchen mit dem Rennrad verschwunden war, war es noch zu einem Gespräch zwischen Tom und Dobson gekommen. Ich glaube, sie hatten über kosmisches Recycling oder etwas Ähnliches geredet – Dobson war ein Gegner der Urknall-Hypothese und hing der Idee von einem ewigen Kreislauf aus Werden und Vergehen an. Etwas in der Richtung erzählte mir Tom jedenfalls. Es hatte ihn so beeindruckt, dass unser Geschäft darüber ganz in den Hintergrund zu geraten drohte. Ich versuchte ihn daran zu erinnern.

»Hör mal«, sagte ich. »Dieser Feuerwehrmann mit dem wir gesprochen haben.«

»Chris.«

»Ja. Der hat gesagt, er weiß vielleicht, wer Koenigs Käufer ist.«

Tom betrachtete mich erstaunt.

»Und?«

»Er hat mir von einem Mann namens Whistler erzählt. Anscheinend kauft er ziemlich viele der antiken Teleskope. Irgendein reicher Typ.«

»Dann ist er ein Sammler oder so was«, sagte Tom mit nachdenklicher Miene.

»Ja, vielleicht hast du genau den Van Gogh, der ihm zu seinem Glück noch gefehlt hat.«

»Koenig will nachher noch mal mit mir sprechen«, sagte er. »Ich muss ihn anrufen.«

»Was wirst du ihm sagen?«

»Vielleicht sprech ich ihn darauf an.«

»Mach das bloß nicht.«

Natürlich googelten wir Whistler, was hätten wir auch Besseres tun sollen. Glaubte man dem Internet, dann gab es im Valley nur einen bekannten Industriellen dieses Namens. Aus den zufälligen Informationen, die wir fanden, konnten wir uns eine bruchstückhafte Biografie des Mannes zusammenreimen. Er hatte den inzwischen zu einem größeren Konsortium gehörigen Luftfahrtkonzern Schott & Whistler gegründet und bis vor wenigen Jahren geführt. Die Details seines Wirkens waren allerdings in all dem Wirtschaftsenglisch gnädig verschlüsselt. Wir lasen von Firmenzukäufen und -verkäufen, von Fusionen, strategischen Partnerschaften, Standortverlagerungen, Forschungszentrumseröffnungen in Irland und Singapur und staatlichen Großaufträgen. Die eigentlichen Produkte von Schott & Whistler mussten wir lange suchen: Triebwerke – für die zivile Luftfahrt und für Kampfjets, für Mittelstreckenraketen, für Transportflugzeuge. Mein Entsetzen wuchs mit jeder Zeile.

»Der Typ hat mehr Menschen auf dem Gewissen als die Beulenpest«, sagte ich, während Tom wortlos auf den Monitor starrte.

»Und was meinst du, hat er mit dem Teleskop vor?«

»Was soll er damit vorhaben?«, fragte ich. »Das ist doch jetzt nebensächlich.«

»Ist es nicht.«

»Er wird durchgucken. Oder er wird es in den Speisesaal seines Schlosses stellen.«

»Was glaubst du?«

»Ich weiß es nicht. Du kannst ja Koenig fragen. Aber er wird es dir wohl kaum sagen.«

»Und was hältst du davon, dass dieser Whistler nicht direkt mit uns spricht?«

»Das ist normal. Bei den großen Auktionen bleiben die Käufer auch im Hintergrund.«

Tom sah plötzlich unglücklich aus. »Du meinst bei den Kunstauktionen …«

»Jetzt komm«, sagte ich. »Was hast du gedacht: Dass er es wirklich benutzt?«

»Chris hat doch immerhin gesagt, er baut ein neues Observatorium, oder nicht?«

Ich lachte: »Dich stört überhaupt nicht, dass er Waffen herstellt. Dich stört nur, dass er ein Sammler ist.«

»Mich stört beides«, rief Tom entrüstet.

»Und was willst du machen? Einen neuen Käufer können wir nicht suchen!«

»Nein, aber wir könnten wenigstens mit ihm reden!«

»Das wird Koenig nie und nimmer zulassen.«

»Es ist unser Teleskop. Wir machen die Bedingungen. Hast du selbst gesagt!«

Sich mit Tom weiter zu streiten war sinnlos. Ich konnte mir ebenso gut die Dauerwerbesendung ansehen, die im Hintergrund auf dem Fernseher lief. Ein durchtrainiertes Paar, das in Lycrahosen elektronische Massagegürtel anpries. Eigentlich hatte ich mir für diesen Tag vorgenommen, ein wenig aus der Stadt hinauszufahren, bis zur Wüste oder an der Küste entlang, aber ich war irgendwie zu müde.

Tom nestelte einen Zettel aus der Hosentasche und betrachtete ihn zerstreut.

»Soll das ein J sein?«, sagte er zu sich selbst.

»Was ist das?«

»Eine E-Mail-Adresse.«

»Von wem?«

»Von dem Mädchen von gestern. Sie hat mir ihre Mailadresse gegeben.«

»Welches Mädchen«, fragte ich und wachte aus dem TV-Dämmer auf.

»Claire. Die mit dem Rennrad. Von dem Teleskoptreffen.«

Das Fernsehbild kippte weg, als ich mich langsam zu ihm drehte. »Du hast ihre Mailadresse!«

»Ja.« Tom hielt sie mir vor die Nase. »Sie stand die ganze Zeit bei Dobson rum. Wir sind ins Gespräch gekommen. Ihr hattet doch auch geredet, oder?«

»Ich habe gar nicht gesehen, dass *du* mit ihr geredet hast. Und jetzt heißt sie Claire, und du hast ihre Mailadresse.«

Er sah mich ohne einen Anflug von Schuldbewusstsein an. »Sie hat uns nur ihre Hilfe angeboten. Ihre Mutter arbeitet in einer Anwaltskanzlei. Sie sagt, dass man hier keine großen Geschäfte ohne einen amerikanischen Anwalt machen sollte.«

Ich seufzte und legte meinen Kopf zurück auf das Kopfstück des Betts.

»Alles halb so wild«, sagte Tom. »Es ist wahrscheinlich sowieso zu früh für einen Anwalt.«

»Lass mich trotzdem mal sehen, ob das ein J ist«, sagte ich.

Gegen zwei nahm Tom den Wagen, um zu seinem Mittagessen mit Koenig und Wink aufzubrechen. Er betonte so auffällig, dass es kein Geschäftsessen sei, dass ich schließlich verstand und nicht mitging. Die nächsten zweieinhalb Stunden verbrachte ich auf dem Bett liegend vor dem Fernseher. Amerikanisches Fernsehen war mir ein Rätsel. Daran, dass auf fast allen Kanälen nur Werbung lief, konnte man sich ja noch gewöhnen. Aber dass auf allen Kanälen nur Werbung für Fitnessgeräte und Schuldenberatungen lief, überforderte meinen müden Verstand. Und dann Tom! Er war nicht einmal stolz gewesen auf den Zettel in seiner Tasche. Das gab mir zu denken, aber es ärgerte mich auch. Hätte er seinen Triumph wenigstens ausgekostet, wäre es leichter gewesen, ihn zu hassen, aber auch ihn zu verstehen. Es schien, als könnten wir nie miteinander konkurrieren. Nicht am Teleskop, an dem er mir viel zu überlegen war, und nicht auf diesem neuen Gebiet, auf dem er sich weigerte mitzuspielen – und trotzdem gewann.

Ich sah mit einem Auge dem Folterprogramm zu und verlor mich in Tagträumen, in denen ich eine E-Mail an Claire schrieb, die vor Witz sprühte. Nach einer Weile war meine Mail komplett ausformuliert. Ich brauchte sie nur noch zu tippen. Ihre Adresse lag in Reichweite auf Toms Nachtkästchen. Ich musste nur meine Hand ausstrecken und danach greifen …

Der Computer für Gäste stand an einem kleinen Pult bei der Rezeption. Obwohl meine Mail schon vorformuliert war, begann ich mehrmals von vorne. »Vielen Dank für das Angebot, uns bei unseren Geschäften zu helfen«– ich wählte den sachlichsten Anfang. Dann erklärte ich, dass Tom und ich nur ein paar Tage in Los Angeles seien. Vielleicht gebe es ja etwas, das wir dringend unternehmen sollten. Und wenn sie uns dabei begleiten wolle, umso besser. Ich tippte meinem Namen und setzte hinzu: »Tom lässt dich grüßen.«

Nachdem ich den Text noch viermal durchgelesen hatte, drückte ich auf »Senden«. Die Rezeptionistin beobachtete mich mit einer hochgezogenen Augenbraue.

Claires Antwort lag eine halbe Stunde später in meinem Postfach:

»Liebe Bordstein-Astronomen. Falls ihr heute Abend nichts vorhabt: Kommt um 19 Uhr zum Parkplatz des Los Angeles Zoo am Golden State Freeway. Am Ende des Western Heritage Way wartet ein Bus. Herzlich, Claire.«

Durchs Fenster sah ich, wie Tom draußen das Auto abstellte und über den quadratischen Parkplatz schlenderte. Als ich wieder ins Zimmer kam, lag er auf dem Bett und trank eine Coke.

»Sag mal, hast du schon Pläne für heute Abend?«, fragte ich.

»Ja«, sagte er.

»Oh«, sagte ich überrascht.

»John Dobson ist ja noch in der Stadt. Er hält heute Abend eine Vorlesung.«

»Worüber denn?«

»Kosmologie. Präplanetare Staubscheiben. Die Entstehung des Sonnensystems.«

»Das klingt ja interessant.«

»Ich gehe auf jeden Fall hin.«

»Der Mann ist immerhin um die neunzig und noch fit. Das ist sicher eine große Gelegenheit.«

Er sah mich verständnislos an: »Ja, natürlich.«

Ich hatte schon die Türklinke in der Hand und war wieder auf dem Weg zur Rezeption.

»Heute passt uns gut!«, tippte ich und drückte auf den Senden-Knopf.

Den weiteren Nachmittag verbrachte ich in einer albern aufgedrehten Laune, die Tom, der mich so nicht kannte, für eine Folge des Jetlag halten musste. Ich hatte durchblicken lassen, dass ich für einen Vortrag nicht konzentriert genug sei – was absolut der Wahrheit entsprach. Aber er könne mir gerne das Auto überlassen, für den Fall des Falles. Er hatte nichts dagegen. Sid Koenig würde ihn abholen. Die Aussicht auf einen weiteren Abend mit Dobson nahm ihn so sehr gefangen, dass er sich kaum Gedanken über mich machte.

Gegen sechs hörten wir von draußen Koenigs Hupzeichen, und Tom war sofort aus der Tür. Ich rasierte mich rasch, zog ein sauberes T-Shirt an und rannte über den Parkplatz zu unserem Dodge – nicht ohne den üblichen mahnenden Blick der Rezeptionistin aufzufangen. »Watch your back, kid!« Ich versprach es ihr im Stillen und rollte vom Hof.

Der Golden State Freeway war von Canoga aus leicht zu finden. Man musste nur das gesamte Tal in west-östlicher Richtung durchqueren. Reseda, Van Nuys, North Hollywood, die breiten Straßen des Valley zogen im Abendlicht an mir vorbei. Manchmal glaubte ich, in all den gesättigten Grün- und Goldtönen draußen das Filmkorn zu sehen. Wenn das Licht und die Reisegeschwindigkeit stimmten, wurde Los Angeles wirklich mit jener verheißungsvollen Stadt identisch, die die ganze Welt zu kennen glaubte. Und ich fuhr durch die Dämmerung wie ein Raymond-Chandler-Detektiv, keinem Ziel folgend außer dem Ruf einer geheimnisvollen Fremden.

Die Sonne war gerade untergegangen, als ich am östlichen Ende der Hollywood Hills die Ausfahrt »Los Angeles Zoo« hinunterkurvte. Die große Asphaltfläche des Parkplatzes lag direkt zu Füßen der Berge und war um diese Uhrzeit leer und verlassen. Ich folgte dem Western Heritage Way bis zum hintersten Winkel des Parkplatzes, wo es nicht mehr weiterging. Wie versprochen konnte ich in einiger Entfernung einen Bus sehen, der allein in der Dämmerung stand. Die letzten zweihundert Meter musste ich zu Fuß über den Platz gehen. In meiner Fantasie konnte mich dabei selbst in einer dramatischen Filmeinstellung aus der Vogelperspektive beobachten. Der Bus stand mit laufendem Motor vor einem niedrigen Betonbau, in dessen Innerem ich einen Ticketschalter sah. Musste ich ein Ticket lösen? Davon hatte Claire mir nichts gesagt. Auf dem Platz und in dem Häuschen war kein Mensch. Ich sah mich um und fragte mich, wie es weitergehen würde. Der Bus stand sanft ratternd vor mir. Er würde wahrscheinlich bald abfahren, hinter den getönten Scheiben erahnte ich Gesichter, es sah aus, als warteten alle nur noch auf mich.

Als ich einstieg, sagte der Fahrer »Guten Abend, Sir.« Er wollte gar kein Ticket sehen. Verwirrt ging ich zwischen den

Reihen hindurch, in denen Pärchen saßen, hübsch zurechtgemachte Mädchen und junge Männer mit glänzend schwarzem Haar. Ich ging durch den Mittelgang nach hinten, und in der vorletzten Reihe saß tatsächlich Claire. Der Platz neben ihr war noch frei.

»Kann losgehen«, sagte ich und ließ mich auf den Sitz fallen. Aus dem Augenwinkel bemerkte ich ihr Lächeln.

»Gerade noch«, sagte sie. »Wir wären fast ohne dich gestartet.«

»Und wohin?«

»Abwarten, Herr Astronom.«

Vorne schaute sich der Fahrer noch einmal um. Dann schloss er die Türen und fuhr an.

»Wo ist dein Partner?«, fragte sie.

»Der musste auf einen Vortrag. Ich hoffe, es macht dir nichts aus, dass ich allein da bin.«

»Nein«, sagte sie. »Ehrlich gesagt wusste ich gar nicht genau, wer von euch beiden mir geschrieben hat.«

»Also ich bin Philipp, der andere ist Tom.«

»Gut Philipp. Willst du am Fenster sitzen?«

»Gern.«

Sie stand auf, und ich zwängte mich vorsichtig an ihr vorbei, wobei ich einen Blick auf sie warf. Sie trug eine schmale schwarze Wolljacke mit Gürtel und darunter ein einfaches weißes T-Shirt. In ihren Ohren steckten kleine blumenförmige Silberdinger; obwohl sie nicht mein Geschmack waren, freute es mich, dass sie sie wohl extra für den Abend ausgewählt hatte.

Wir fuhren an einer langen Koppel entlang, hinter der ein ausgedehnter Golfplatz lag. Dann beschrieb die Straße eine Kurve und führte hügelan durch ein trockenes Steppenland aus Sträuchern und Grasbüscheln. Der Boden war sandig. Wir kamen abwechselnd durch dornige Wildnis und kleine Wäldchen.

»Was ist das für eine Gegend?«

»Der Griffith Park«, sagte Claire.

»Sieht ziemlich verwildert aus.«

»Das ist Absicht. Hier haben sie früher Tarzan-Filme gedreht, mit Johnny Weissmüller.«

Ich nickte anerkennend und sah wieder nach vorne. Die frisch verliebten Paare hielten Händchen und sprachen spanisch. Chipstüten knisterten, Mädchen telefonierten mit strassbesetzten Handys. Im Bus wurde geturtelt und gelacht wie auf einer Klassenfahrt. Verstohlene Küsse in allen Reihen. Die intime Atmosphäre schüchterte mich ein. Und da ich nicht recht wusste, was ich sagen sollte und es ein wenig unheimlich fand, so dicht bei Claire zu sitzen, sah ich konzentriert aus dem Fenster.

»Bringst du uns zu einer Gruppenhochzeit?«, fragte ich.

»Nein, keine Angst.«

Der Bus kletterte gemächlich den Berg hinauf. Meine Hände, darauf bedacht, auf meiner Seite zu bleiben, verknoteten sich irgendwie in meinem Schoß. Draußen dunkelte es. Wir durchquerten einen kleinen Canyon, in dem toskanisch anmutende Zypressen wuchsen, dann eine trockenere Zone mit kargem Buschland und schließlich einen kleinen Laubwald, der mit ein wenig Fantasie wie ein deutscher Wald aussah. Es war eine interessante Mimikry. Die kalifornische Landschaft war so unspezifisch, dass sie sich in meiner Einbildung in jede andere verwandeln konnte – die perfekte Filmlandschaft. Claire bestätigte meine Beobachtung. Tatsächlich hatte dieser Park den Filmstudios früher für nahezu sämtliche Außenaufnahmen gedient. Er war Sizilien, er war der Wilde Westen. Wenn es sein musste, war er auch die Schweiz. Höher und höher kletterte unser Bus, während ich versuchte, draußen Ähnlichkeiten mit der Schweiz auszumachen. Nach einer Viertelstunde hielten wir auf einem dunklen Parkplatz. Wir mussten inzwischen hoch oben sein. Ich sah Claire fragend an.

»Endstation«, sagte sie.

Wir stiegen als Letzte aus dem Bus aus und waren sofort von Vogelgezwitscher umgeben. Hinter uns waren die olivgrünen Berge, vor uns begann ein kleiner Park, diesmal allerdings kein wilder, sondern ein europäisch geordneter mit Wegen und geometrischen kleinen Rasenflächen. Im Zentrum der sternförmig angeordneten Wege befand sich ein Denkmal, ein sich nach oben verjüngender Turm oder Obelisk. Am Ende des Gartens, seine gesamte Breite einnehmend, stand eine prächtige weiße Villa. Ihre schlanken Fensterrechtecke leuchteten in tiefstem Gold, Scheinwerfer malten von unten strahlende Säulen auf die Fassade. Das goldene Licht übte in der Abenddämmerung einen magischen Sog aus. In der Mitte des symmetrischen Gebäudes wölbte sich ein großes schwarzes Kuppeldach, zwei kleinere Kuppeln saßen an den Enden und flankierten das Gebäude auf beiden Seiten wie Wachtürme.

»Ist das ein Observatorium?«, fragte ich Claire

»Wie sieht es denn aus?«

»Nicht wie die Observatorien, die ich kenne.«

Wir gingen durch den Park auf die goldenen Fenster zu. Erst als wir uns dem Abhang näherten, kamen die Lichter der Stadt zum Vorschein. Das Gebäude thronte über Los Angeles wie eine Königsresidenz. Auf halber Strecke zum Eingang lotste mich Claire zu einem Denkmal, das etwas verloren am dunklen Rande des Parks stand. Der Bronzekopf eines jungen Mannes. Eine Inschrift auf dem weißen Sockel lautete: »James Dean«.

»Was hat er hier zu suchen?«, fragte ich.

»Rebel Without a Cause. Der Schluss spielt genau hier.«

»Ach was«, sagte ich und drehte mich einmal im Kreis. Ich erinnerte mich dunkel: Ein junger Mann mit einer roten Jacke, viele Polizeiautos und dieses Gebäude in der Dämmerung. Aber ich hatte das Observatorium aus dem Film viel kleiner in Erinnerung. Nicht wie einen Palast.

Ich nickte, als lichtete sich der Nebel. Claire wirkte zufrieden, und wir setzten unseren Weg fort.

Die Eingangshalle des »Griffith Observatoriums« – so die Inschrift über den Toren – war nicht weniger beeindruckend als das Äußere. Es war eine Rotunde aus Stein und Marmor, über der sich eine Kuppel mit einem mythologischen Firmament spannte. Ich erkannte Atlas mit geschulterter Kugel, Widder, Stiere, Löwen und andere Tierkreiszeichen, Merkur den Götterboten mit geflügeltem Helm, Jupiter, doppelt abgebildet als Planet und als mit Blitzen bewehrter Göttervater, und einen Kometen mit wildem Feuerschweif.

Eine Tafel an der Wand war dem Stifter des Gebäudes gewidmet. General Griffith. J. Griffith, entnahm ich der Tafel, hatte der Stadt Los Angeles nicht nur seinen eindrucksvollen Grundbesitz vermacht, unter der Bedingung, dass er Parkland bleibe, sondern auch ein Observatorium, das der Öffentlichkeit als Sternwarte dienen sollte. Ich las den Ausspruch, den der General getan haben soll, nach seinem ersten Blick durch ein großes Teleskop: »Die Werteordnung der Menschen sollte revidiert werden. Wenn die ganze Menschheit durch dieses Teleskop sehen könnte, würde es die Welt verändern.« Claire stand hinter mir und las mit. Als wir weitergingen, hob sie spöttisch eine Augenbraue. Ich kannte diesen Blick. Es war der »Männer und ihre Spielzeuge«-Blick, eine weibliche Spezialität.

Die diversen Säle des Gebäudes hatten mehr von einem Museum als von einem Observatorium. Wir sahen Ausstellungen zur Geschichte der Astronomie und allerlei historisches Spielzeug. Ein »Foucault'sches Pendel« veranschaulichte die Erdrotation. Eine Tesla-Spule schleuderte Blitze in einem Gitterkäfig, Prismen teilten Sonnenlicht in seine Spektralfarben, eine kleine Meteoritenausstellung zeigte Felsen, die in der Mojave-Wüste vom Himmel gefallen waren. Es war eine große bunte Weltraumshow. Jeder Gegenstand schien dem Effekt zu dienen. Ein Teleskop bekamen wir gar nicht zu Gesicht, dafür gingen wir durch einen langen Gang, dessen Wände mit lauter kleinen Sonnen, Monden und Sternen aus Gold und Edelsteinen besetzt waren. Nach einigem Hin und Her gelangten wir zum Eingang eines größeren Saals. Ich konnte mir denken, welchem Zweck er diente. In den plüschigen Sesseln, die alle zur Mitte des Saals hin ausgerichtet waren, saßen einige der Pärchen aus dem Bus in verschiedenen Stadien von Zweisamkeit. Die Stimmung erinnerte ein wenig an ein Autokino. Der Aufseher sagte uns, dass die Vorstellung gleich beginne, also ließen wir uns in die weichen Sitze fallen und blickten zu der großen leeren Kuppel hinauf. Ich musste grinsen bei dem Gedanken, wie sehr Tom das alles gehasst hätte. Planetarien: Shows, die davon lebten, dass der echte Sternenhimmel unsichtbar geworden war. Ich kam mir vor, als hätte ich mich heimlich ins Pornokino davongeschlichen, doch gleichzeitig lag in diesem Verrat etwas Köstliches. Als das Licht im Saal dunkler wurde, trat ein besonders gutaussehender Mann mit einer melonengroßen leuchtenden Kugel in der Hand auf. Sein Auftritt mit diesem magischen Licht hatte etwas von einem Gaukler oder Zauberkünstler, aber er war der Conferencier. Als er zu sprechen begann, tönte seine kraftvolle Stimme aus den Saallautsprechern. Er erzählte uns irgendeine Geschichte von Helios und Urmenschen am Lagerfeuer, die ich nicht verstand, während in der künstlichen Himmelskuppel über uns Wolken auftauchten. Dann begann es dunkler zu werden, ein künstlicher Abend dämmerte, und die Stimme des Mannes, der sicher Schauspieler war, wurde plötzlich tiefer: »Der Himmel verdunkelt sich«, donnerte sein Bass aus dem Lautsprecher. »Die Sterne erscheinen, und wir treten dem uralten Geheimnis des Firmaments entgegen.« Kaum hatte er den Satz beendet, erklang eine Art Fanfare, die ich sofort mit dem Thema »Weltraum« in Verbindung brachte, wohl weil sie aus einer Star-Trek-Fernsehserie stammte. Sie schien etwas Gewaltiges anzukündigen, und tatsächlich wurde in der Mitte des Saals eine große Kugel aus dem Boden gefahren. Aber es tauchten keine Sterne am Himmel auf. Wir saßen ratlos im Dunkeln. Vereinzelt wurde Gelächter laut. Der Schauspieler meldete sich wieder zu Wort, diesmal allerdings mit viel weniger Bass. »Wir haben hier ein kleines technisches Problem«, sagte seine Alltagsstimme. Man werde die Show in wenigen Sekunden noch einmal starten. Die große Kugel surrte in den Boden zurück. Dann tauchte sie wieder auf, brachte aber erneut keinen Nachthimmel. Noch einmal fuhr sie nach unten und nach oben, und schließlich blinkten zum Jubel des Publikums ein paar Sterne, und die Show begann.

Die ausgedehnte Terrasse des Observatoriums führte über verschiedene Ebenen, von einem Ende des Gebäudes zum anderen. Pärchen wandelten unter hellen Arkaden mit Art-déco-Ornamenten. Eine halbe Stunde nach der Vorführung stand ich mit Claire oben an der Balustrade, und unter uns lag der unendliche Lichterteppich. Die Luft über der Stadt flimmerte, sie lag wie ein durchsichtiger Film zwischen uns und dem Tal und brachte ganz Los Angeles zum Vibrieren. Im Westen, über dem fernen und unsichtbaren Pazifik, war der Horizont noch gerötet. Vor uns lagen Los Feliz, Silverlake und Downtown. Gleißende schnurgerade Lichterbahnen durchschnitten die Viertel und führten an den Türmen vorbei zum Horizont. Wir hörten Grillen zirpen. Schloss man die Augen, wähnte man sich mitten in der Natur, einzig ein ferner Donner erinnerte an die Lichter und Türme dort unten. Flugzeuge kreisten lautlos über der riesigen Stadt.

»So habe ich es mir tatsächlich vorgestellt«, sagte ich.

»So ein Unsinn«, sagte Claire. »Den Blick von hier kann man sich gar nicht vorstellen.«

»Sicher nicht in allen Details.«

Claire seufzte. »Willst du noch durch das Teleskop sehen?«

»Nein. Ich will hier stehen bleiben, bis der letzte Bus fährt.«

Eine entfernte Polizeisirene drang aus dem Tal herauf. Die Erhabenheit der Kulisse, das Flimmern und die millionenfache Bewegung von Lichtern lähmten meine Gedanken.

»Schon lustig«, sagte ich, »was sich die Leute unter einem Observatorium vorstellen. Es hat überhaupt nichts mit der Realität zu tun.«

»Was ist denn anders in der Realität?«

»Die Realität ist nicht so unterhaltsam. Es kommen keine Fanfaren, wenn du einen Planeten siehst. Du musst dir die Fanfare selber vorstellen.«

Sie lachte. »Machst du das?«

»Ja, manchmal singe ich ein kleines Thema, wenn ich Saturn sehe.«

»Kann ich es hören?«

Ich summte etwas, das mir gerade einfiel. Es war keine richtige Melodie.

»Das ist das Saturn-Thema?«

»Ich variiere es jedes Mal ein bisschen.«

Wir gingen ein Stück an der Balustrade entlang.

»Eines hätte ich gern gewusst«, sagte ich zu Claire.

»Jetzt bin ich gespannt!«

»Vorhin bei der Tafel hast du so gelacht.«

»Und?«

»Du glaubst das alles nicht, oder? Dass man ein besserer Mensch wird, wenn man sich den Sternen aussetzt.«

»Ein besserer Mensch durch die Sterne? Nein!«

»Und da bist du dir sicher.«

»Ich finde die Sterne schön, aber ich wüsste nicht, was sie zu sagen hätten. Man sieht sie sich an, aber es ist ja kein Dialog.«

»Das stimmt nicht. Du trittst in einen Dialog – mit der Schöpfung und also mit dir selbst.«

»Das nennt man dann Monolog.«

Ich seufzte. Vielleicht hatte sie Recht. Ich wusste selbst gar nicht mehr, wie ich auf die ganze Idee gekommen war.

»Der General muss sowieso verrückt gewesen sein«, sagte ich. »Hier ein Observatorium zu bauen.«

»Warum?«

»Mitten in der hellsten Stadt der Welt.«

In Claires Augen lag etwas Herausforderndes. »Glaubst du etwa, dass der General das Observatorium gebaut hat, damit die Leute die Sterne sehen?«

»Wieso denn sonst?«

»Er wollte bestimmt, dass sie die Stadt sehen.«

Später leerten sich die Terrassen und die Räume des Observatoriums. Wir wanderten allein durch einen weiten Saal mit mannshohen Planetenmodellen wie antike Götter auf ihrem Abendspaziergang durchs Weltall. Das ganze Gebäude schien uns zu gehören. Ich hätte große Lust gehabt, mich mit Claire in diesem Wunderland einschließen zu lassen, aber es gab zu viele Aufseher, die uns höflich in Richtung des Ausgangs komplementierten. Draußen wartete schon der Bus mit laufendem Motor.

Auf der Rückfahrt durch den dunklen Park machte es mich nicht mehr so nervös, dicht neben Claire zu sitzen, aber das heißt nicht, dass meine Gedanken klarer wurden.

»Wie lange bleibst du noch in der Stadt?«, fragte sie mich.

»Bis Mittwoch«, sagte ich und erschrak selbst. »Das sind noch sechs Tage, nein fünf.«

Sie nickte nur. Den Rest der Fahrt verbrachten wir schweigend. Mein Eindruck war, dass nun auch sie ein paar Gedanken ordnen musste.

Drunten auf dem Parkplatz zerstoben die verliebten Pärchen in alle Winde. Wir gingen die zweihundert Meter zu meinem Wagen hinüber, und da Claire ohne Auto hier war, stand wenigstens der nächste Schritt fest. Ich bot ihr an, sie heimzufahren. Auf ihren Vorschlag hin machten wir noch einen Zwischenstopp in Silverlake bei einem kleinen koreanischen Restaurant am Straßenrand, das Claire einen Geheimtipp nannte. Es war ein Laden von der Größe eines Kiosks, mit Neonlicht und Plastikbesteck, aber die Gäste sahen aus wie Popstars. Die Männer waren ganz unkalifornisch, blass und mager, ein bemüht britischer Look. Die Frauen sahen interessanter aus, aber im Großen und Ganzen nicht so interessant wie Claire, fand ich. Nach dem Essen brauchten wir etwa zwanzig Minuten, um nach Glendale zu fahren. Es war ein stiller, dunkler Stadtteil, noch vorstädtischer als all die anderen vorstädtischen Gegenden, die ich hier gesehen hatte. Die Grundstücke waren schmal, die Häuser flach und einfach, mit zierlichen Schaukeln und Fünfmeterpools im Garten. Wir hielten vor einem dunklen Haus mit Holzfassade.

»Hier wohnst du?«, fragte ich.

»Ja, übergangsweise.«

»Ich hätte gedacht, dass du in der Stadt wohnst?«, sagte ich.

»Wieso?«

»Die Gegend passt gar nicht zu dir.«

»Komm mit«, sagte sie. »Ich zeig's dir.« Sie ging voraus, durch den dunklen Garten. Claire wohnte im Hinterhaus, das vom Haupthaus durch einen kleinen Hof mit Steinplatten abgetrennt war. Es war nicht viel größer als ein Schrebergartenhäuschen, aber mit Geschmack eingerichtet, wie ich schon beim Eintreten sah, nicht vollgestopft und ohne die geringsten Anzeichen von Kitsch. Es gab weder einen Flur noch ein Vorzimmer. Man trat durch die Tür und stand schon vor der Wohnzimmercouch. Es gab nicht viele Zimmer zu besichtigen, also setzte ich mich und rückte ein wenig auf dem Sofa hin und her. In so einem kleinen Zimmer war man unweigerlich ein Fremdkörper. Ich fühlte mich wie ein unbeholfener Riese, meine Schuhe auf Claires Teppich wirkten groß wie Schlauchboote.

Claire ließ mich für kurze Zeit allein. Sie ging ins Vorderhaus, um Getränke zu besorgen. Als sie verschwand, fragte ich mich, ob das nun war, was es zu sein schien. Egal was es war, verglichen mit dem, was ich sonst erlebte, war es ein gewaltiger Fortschritt.

Als Claire zurückkehrte, hatte sie die richtigen Getränke dabei. Harte Getränke. Sich ein Glas Weißwein einzugießen, wäre jetzt wohl albern gewesen. Ich entschied mich für Wasser und Wodka, die ich nicht mischte, sondern in zwei Gläsern vor mir auf dem Boden stellte.

Mir gegenüber auf dem Boden saß Claire. Ich fragte sie, ob sie immer in L.A. gelebt habe, und sie erzählte mir ihre Geschichte. Ihr Vater war Mathematiker aus Bulgarien und hatte in den Siebzigerjahren seine Reiseprivilegien genutzt, um in die USA überzusiedeln. Ihre Mutter war Tänzerin gewesen und arbeitete jetzt als Gehilfin in einer Anwaltskanzlei. Ich glaube, es gefiel Claire, nur eine halbe Amerikanerin zu sein. Sie reiste gerne. Sie fühlte sich dem Rest der Welt verbundener als Amerika oder Los Angeles, dieser Stadt, die von allen Menschen so wichtig genommen wurde. Sie hatte viele Orte gesehen und einige davon bereits für langweilig befunden. Sie hatte an unterschiedlichen Orten studiert und gelebt. Ihre Vorliebe galt kalten Städten: Chicago, Minneapolis, Kiew. Kiew? Ja, Kiew. Claire hatte in der Ukraine begonnen, Russisch zu lernen, es aber nicht weit damit gebracht. Langsam verstand ich besser, was ihr wesentliches Merkmal war. Es war mir schon aufgefallen, als sie durch das große Dobson gesehen hatte: Sie trug ihre Schönheit nicht spazieren, damit die Welt sie bemerkte. Stattdessen gab sie die Neugierde, die die Welt ihr entgegenbrachte, doppelt zurück. Es gab vielleicht nicht allzu viele schöne Menschen, die dazu in der Lage waren. Aber die, die es konnten, waren auf unschlagbare Weise attraktiv. Man konnte gar nicht anders, als ihnen dabei zuzusehen, wie sie mit ihrer Schönheit nicht angaben.

Ich erzählte ihr von Toms und meiner Suche nach der Dunkelheit, was sie zum Lachen brachte.

»Und, wird es dunkel in Deutschland?«, wollte sie wissen.

»Nein, deswegen haben wir die Suche jetzt auf Amerika ausgedehnt.«

»Ihr könntet nach Osteuropa fahren. Dort wird es sehr dunkel.«

»Das darfst du niemals in Toms Gegenwart erwähnen.«

»Warum?«

»Er fährt sofort nach Transsylvanien. Wirklich.«

Wir redeten, bis das Gespräch auf natürliche Weise verebbte. Wir hätten weiterreden können, aber nachdem wir im Observatorium schon über die Unendlichkeit und die Schöpfung gesprochen hatten, war es mehr als genug für einen Abend. Ich fragte mich, ob sie jemals schüchtern wurde oder früher schüchtern gewesen war. Beides konnte ich mir nicht vorstellen. Eine halbe Stunde hatte ich auf die Frage gewartet, ob ich eine Freundin hatte. Schließlich begriff ich, dass sie nicht mehr fragen würde. Es war ihr egal.

Claire ging noch einmal in die Küche. Als sie wieder zurückkam, trug sie weder Duftkerzen bei sich, noch kramte sie nach einer bestimmten CD. Sie hatte auch nichts an- oder ausgezogen. Sie kam einfach nur zurück, mit einem frischen Glas in der Hand. Sie gab mir kein Zeichen, und es war nicht *der* Moment, auf den ich gewartet hatte. Aber ich brauchte auch keine Zeichen mehr. Ich hatte längst beschlossen, dass die Zeit der Zeichen und des Wartens auf Zeichen für mich vorbei war. Und als sie zu mir kam und keine Anstalten machte, sich besonders weit weg von mir auf die Couch zu setzen, beugte ich mich zu ihr und küsste sie behutsam auf den Hals hinter ihr linkes Ohr, wo ihr fremder Duft am intensivsten war. Als ich zurückzog, lächelte sie mich nicht an. Sie lächelte in Richtung des Fensters, es war schon wieder ihr spöttisches Claire-Lächeln, aber diesmal war es ein freundlicher Spott, der mir nichts anhaben konnte und nur bedeutete: Du kannst es weiter versuchen; vielleicht funktioniert es beim nächsten Mal.

Ich versuchte es weiter, küsste sie auf den Hals, den Nacken, während sie ihren Arm hob und meine Wange streichelte. Es war eine beiläufige, fast faule Bewegung, ihr Ellbogen ruhte auf der Lehne der kleinen Couch, und sie streichelte mich so abwesend, wie man während des Fernsehens eine Katze streichelte. Ich nahm ihre andere Hand.

Erst jetzt sah sie mich an.

»Hättest du gestern gedacht …?«, fragte ich.

»Nein.«

»Hast du gar nicht dran gedacht?«

»Nein.«

»Ich schon.«

Sie grinste, und einen Augenblick lang fühlte ich mich wirklich ertappt.

Meinen nächsten Kuss erwiderte sie, ohne zu zögern. Sie riss nicht vor Überraschung die Augen auf. Sie tastete nicht vorsichtig, sondern küsste mich ohne Scheu. Also küsste ich sie weiter, zuerst auf den Mund, dann wieder auf den Hals. Claire hatte einen außergewöhnlich schönen Hals, schlank und ein wenig muskulös. Er fühlte sich an wie der Hals einer Statuette, als könnte ich ihn mit einer Hand ganz umfassen, und doch kräftig. Ich spürte ihrer Schlagader nach, folgte dem Strich der Härchen auf ihrem Nacken. Ich hatte immer geglaubt, ich wäre nicht der Typ, der am ersten Abend mit einer neuen Bekanntschaft schlief. Wenn ich es aber doch war, stellte ich jetzt fest, würde ich damit leben können. Und ich begriff noch etwas, als ich mit meinem Zeigefinger vorsichtig am Kragen ihres Shirts entlangkreiste und ihren Nacken vermaß: Das hier war vielleicht ein Fehler, aber wenn, dann war es wenigstens mein eigener Fehler. Viel zu lange hatte ich zugelassen, mich von fremden Ideen steuern zu lassen, und auf Leute gehört, die vorgeblich klüger waren als ich. Auf Leute, die es für falsch hielten, Sex mit Fremden zu haben. Auf Leute, die es überhaupt für falsch hielten, Sex zu haben. Auf Vera, die unsere Beziehung für ihre akademische Laufbahn und ein paar lustige Abende mit Constanze den Abfluss hinunterjagte. Und zuletzt auf Tom, den Träumer Tom, mit dessen unklaren Zielen ich mich schon viel zu lange beschäftigt hatte. Ich schob sie alle beiseite und sagte Claire, ich müsse noch einmal ins Bad. Dort klatschte ich mir etwas kaltes Wasser ins Gesicht, betrachtete mich im Spiegel und redete mir ein, dass es keinen Sinn hatte, so aufgeregt zu sein. Sie war doch auch nur ein normales Mädchen. Mit einem Rennrad und einem schönen Hals. An der Wand über der Badewanne hing das Konzertplakat einer mir unbekannten Band, von der Feuchtigkeit fleckig und wellig geworden. Claires Bad war kein Mädchenbad mit Dutzenden rätselhafter Shampoodöschen und violetten Flakons. Es sah aus wie das Bad eines Kumpels. Fotos steckten hinter dem Spiegel. Von lachenden jungen Frauen, hübschen Frauen mit Sonnenbrillen, Kopftüchern und Hippieschmuck. Sicher Claires Freundinnen. Es war wie eine letzte Versicherung, die ich noch brauchte. Ich stützte mich eine Weile auf das Waschbecken, warf einen letzten Blick in den Spiegel und atmete noch einmal durch. Dann ging ich zurück ins Wohnzimmer.

Wie es einst gewesen war, mit meiner Freundin zu schlafen, wusste ich noch ungefähr. Das, was mich erwartete, war etwas anderes. Ich begann vorsichtig, um nicht zu sagen zaghaft. Meine Hände tasteten immer noch um den Saum ihres Shirts herum. Ich kam nicht voran und wollte es auch gar nicht. Claire selbst ergriff die Initiative, sie drückte mich gegen die Rückenlehne ihrer Couch. Sie rückte mich zurecht, und in der Klarheit, in dem sanften Druck ihrer Bewegungen fand ich nicht nur den Reiz des Neuen und Uneingeübten, sondern auch einen Widerstand, dem ich lange nicht mehr begegnet war, einen unberechenbaren Willen.

Ich folgte ihr mit nachdrücklichen Gesten, die nicht ganz meine eigenen waren, sondern aus irgendeinem Repertoire entliehen. Aber sie blieben nicht lange geliehen, und meine Scham verschwand. Nachdem ich ihr T-Shirt hochgeschoben hatte, küsste ich sie fest und merkte, dass es mir Spaß machte, wieder so zu küssen, wie es üblich war zwischen Menschen, die sich selbst noch neu und unheimlich waren. Und dann, im Bett, hatten wir uns der obersten Kleidungsschicht entledigt, und ich konnte sie betrachten, vor mir kniend, noch nicht nackt, aber auch nicht mehr verhüllt. Das Festliche dieses Moments, das Bild ihrer schönen zierlichen Gestalt, berührte mich fast sentimental, und in diesem Moment hätte es mir genügt, sie nur anzusehen, sie einfach wirken zu lassen, so wie der fremde Kontinent gestern am Flughafen auf mich gewirkt hatte. Ich ließ meine Hände vom Nacken aus über ihre runden Schultern an ihren Armen hinabgleiten, so als könnte ich dadurch das Bild rahmen und für immer in meinem Gedächtnis bannen, aber sie lehnte sich mir entgegen und drückte meine Handgelenke fest auf das Bett, und wir schienen wieder einer Dramaturgie zu folgen. Instinktiv hielten wir uns wohl beide an die Regeln, die für Sex mit Fremden galten. Wir wählten eine einfache, eine diskrete Form, die niemand in Frage stellen konnte. Ohne langes Zögern und zu langes Nachdenken.

Der Wodka half mir, nicht zu früh zu kommen. Der Wodka und der Schmerz, denn Claire war nicht sanft zu mir. Als wir schon längst bei der Sache waren, presste sie ihre Stirn zu fest auf meinen Brustkorb. Während Claire über mir arbeitete, mich mit geschlossenen Augen zu sich hochriss, mich an sich drückte und mich wieder hinabschleuderte und auf meine Brust atmete, befiel mich fast eine Melancholie, weil wir so ein Tempo anschlugen.

Und dann, als ich mich nur aus alter Gewohnheit darauf konzentrieren wollte, mich nicht frühzeitig zu verabschieden, fand ich mich plötzlich selbst in einem bewussten Moment, in dem ich alles so klar sah wie ein Unbeteiligter. Ich betrachtete Claire, die über mir war. Wie sie die Lider zusammenpresste und die Fäuste auf mir ballte, hätte man sie leicht für erregt bis zur Schmerzgrenze halten können. Aber auf mich wirkte sie in diesem Moment nicht aufgeregt, sondern fast wütend, umgetrieben von irgendeinem geheimen Furor, und für eine Sekunde streifte mich der Gedanke, dass sie womöglich mit mir schlief, um sich an jemandem zu rächen.

»Willst du nach Hause?«, fragte sie, als sie später die Augen aufschlug und sich mir zuwandte.

»Muss ich?«, fragte ich.

»Nein, du kannst hierbleiben.« Sie blickte müde zur Digitalanzeige ihres Weckers.

»Hast du einen Freund?«, fragte ich sie.

Ich hatte erwartet, sie würde über meine Frage lächeln, aber sie drehte sich in den Kissen, stützte sich auf und rückte ein Stück von mir weg, alles in einer einzigen Bewegung.

Ich sah ihr erschrocken in die Augen, unsicher, was kommen würde.

»Ich hab dich für ziemlich schlau gehalten«, sagte sie.

»Was meinst du damit? Das war doch nur eine Frage.«

»Du bist nicht mein Freund. Also stell mir nicht solche Fragen.«

Sie stand auf und ging barfuß ins Badezimmer. Ich hörte, wie das Wasser anging und Schranktüren quietschten. Nach einer Weile kehrte sie im T-Shirt zurück.

»Also hast du einen«, sagte ich.

»Nein.«

»Ist er in Europa?«

Jetzt musste sie lachen. Sie ließ mich dabei nicht aus den Augen. »Ich habe wirklich keinen. Ich bin zurzeit dabei …« – ihre Stimme wurde leiser, fast schüchtern – »… neue Dinge auszuprobieren.«

»Also bist du auf Abenteuer aus.«

»So in etwa. Aber falls dir das hilft, ich bin sehr wählerisch.«

»Ach so? Was hättest du gemacht, wenn Tom an meiner Stelle in den Bus gestiegen wäre?«

»Das wäre kein Problem gewesen. Ich fand deinen Freund wirklich niedlich.«

Geweckt wurde ich von der Sonne, die durch die Jalousien auf das Fußende des Betts fiel und meine Füße wärmte. Claire war schon wach. Ich sah sie durch die offene Badezimmertür. Sie saß in einer Ecke des Bades und kramte fluchend in einem roten Kosmetikköfferchen. Ich stützte mich auf den Ellbogen und sah ihr zu. Sie nahm keine Notiz von mir, sondern fluchte leise vor sich hin.

»Was hast du?«, rief ich.

Sie hielt ein kleines durchsichtiges Döschen in die Höhe.

»Meine Kontaktlinsen«, rief sie. »Der Behälter war undicht, und jetzt sind sie ausgetrocknet.«

»Oh.« Ich warf die Decke ein Stück zurück. Meine sonnengewärmten Füße fühlten sich schwitzig an. Ich musste auf die Toilette und fühlte ungewohnte Scham.

»Willst du ins Bad?«, fragte sie

»Ja«, sagte ich. »Kann ich duschen?«

Bevor ich aufstand, reckte ich mich, fischte meine Jeans vom Fußboden und zog sie unter der Decke an. Im Bad stellte ich mich unter die Dusche und ließ minutenlang heißes Wasser über mich laufen, gefolgt von einem kurzen kalten Schauer – nur um bei meiner Rückkehr festzustellen, dass Claire inzwischen komplett angezogen war. Jeans, Shirt und Flipflops. Sie quittierte das wohl allzu offenkundige Bedauern in meinem Blick mit einem Lächeln.

»Komm«, sagte sie. »Lass uns ein bisschen in der Gegend rumlaufen.«

Es war Freitag früh gegen elf, und Glendale war noch nicht

erwacht. Vermutlich würde es heute auch nicht mehr erwachen. Es war eines dieser Viertel, wie es sie auch in Deutschland gab; die Gegenden, in denen sich jeder sonnige Vormittag wie ein Sonntag anfühlte. Es war merkwürdig, dass Claire hier wohnte, dachte ich. Die Vororte und sie, das passte nicht zusammen. Als ich es erwähnte, gab sie mir sofort Recht.

»Ja, es ist wirklich langweilig hier. Ich hätte nie gedacht, dass ich mal an so einem Ort wohnen würde.«

»Wo möchtest du denn wohnen?«

»Gar nicht an *einem* Ort.«

»Dann bist du irgendwann heimatlos.«

»Erzähl mir nichts von heimatlos«, sagte sie ernst. »Davon hast du keine Ahnung.«

Wir gingen durch die stillen Straßen, vorbei an kleinen Rasenstücken und einem sandigen Baseballplatz. Alle Farben waren in dem flachen Vormittagslicht wie ausgeblichen. Es würde ein heißer Tag werden, aber durch die Baumkronen über uns ging eine Brise, und die Luft war noch kühl. Die Garagentore, die Kinderfahrräder und aufgerollten Gartenschläuche – ich betrachtete alles mit jener Neugierde und Bewusstheit, die auf einschneidende Erlebnisse folgt. Claires Schritt war schneller als meiner. Sie machte mir nicht den Eindruck, als sei das, was passiert war, ein einschneidendes Erlebnis für sie gewesen. Ich hatte das Gefühl, dass sie in Gedanken schon im Morgen oder Übermorgen war.

»Dein Freund Tom«, sagte sie. »Was macht er genau?«

»Das ist so ziemlich die schwierigste Frage, die du mir stellen konntest«.

»Wieso?«

»Ich versuche, das rauszukriegen, seit ich ihn kenne.«

»Also, erklär's mir doch.«

»Er will sein Teleskop verkaufen. Aber ich glaube, er will

es eigentlich nicht. Ich weiß nicht mal genau, warum wir hier sind.«

»Und warum läufst du ihm hinterher.«

»Er kann sehr bestimmt sein. Er setzt sich immer etwas in den Kopf, und dann ist es gar nicht so einfach, das Programm zu stoppen. Er hat immer eine Bestimmung, der er folgt … Glaubt er zumindest.«

»Das klingt gefährlich.«

»Wieso gefährlich?«

»Nun, viele Leute leben nach einem Programm. Vor allem hier in Amerika. Entdecke deine Bestimmung, und dann folge ihr.« In ihrer Stimme mischte sich Abscheu mit Spott. »Es ist die südkalifornische Ideologie.«

»Aber es ist doch gut, an eine Bestimmung zu glauben, oder? Besser als an nichts zu glauben.«

»An sich zu glauben ist die eine Sache. Aber das Richtige zu tun die andere.«

»Wie meinst du das?«

»Ist dir mal aufgefallen, dass nur wenige Menschen wirklich produktiv sind? Die meisten anderen glauben an ihren Plan.«

Ich betrachtete sie verwundert. Es war, als hätte sie in zwei Sätzen eine ziemlich große Geschichte zusammengefasst. Über Tom und über mich. Ich hätte es nie so benennen können

»Tom hat Augen wie ein Luchs«, sagte ich. »In anderen Zeiten wäre er bestimmt ein großer Astronom geworden. Weißt du, er hat wirklich Talente.«

»Jeder in L.A. ist ein Talent«, lachte sie höhnisch. »Und jeder glaubt, er müsste das Maximale aus seinem genetischen Programm rausholen. So denken nur die Amerikaner.«

»Aber du bist ja Amerikanerin«, sagte ich leise.

»Von mir aus, ja. Aber ich denke nicht so.«

Wir gingen schweigend weiter mit unbekanntem Ziel. Vielleicht waren wir auch schon längst wieder auf dem Weg zu ihr nach Hause.

»Tom ist bestimmt in Ordnung«, sagte sie in einem versöhnlicheren Ton. »Was du sagst, klingt ganz nett. Aber er wirkt nicht ganz … wach.«

»Aber wer hat das Recht, ihn aufzuwecken?«

»Du bist sein Freund, oder?«

»Klar bin ich das.«

»Da hast du es«, erwiderte sie. Und mehr sagte sie nicht.

Der Spaziergang dauerte nicht sehr lange. Wir hatten tatsächlich nur eine kleine Runde gedreht und standen schon wieder vor ihrer Haustür. Mein Verlangen nach ihr war jetzt beinahe schmerzhaft. Aber mein Verlangen passte nicht in die friedliche Sonntagmorgenstimmung in diesem Vorort. Also fragte ich sie nur, ob wir uns wiedersehen wollten. An dem Augenaufschlag, der ihr »Gerne« begleitete, glaubte ich doch, etwas ablesen zu können. Da war wieder ihr freundlicher Spott, und zugleich machte sie mir Hoffnung. Also verabschiedete ich mich mit einem Kuss auf ihre Wange und fuhr ins Hotel.

Da ich Tom keine Nachricht über meinen Verbleib hinterlassen hatte, rechnete ich bei meiner Rückkehr am Mittag damit, ihn wütend vorzufinden, aber er war nicht einmal verstimmt. Offenbar hatte er sich überhaupt nicht mit meiner Abwesenheit beschäftigt. Statt Hallo zu sagen, verkündete er: »Sid Koenig hat mir ein Angebot gemacht.«

»Wann?«, fragte ich erstaunt.

»Gestern Abend, nach dem Vortrag.«

»Was hat er dir denn geboten?«

»150.000 Dollar.«

Ich ließ mich neben ihm nieder und quittierte die Summe mit einem anerkennenden Nicken.

»Das klingt in Ordnung, oder?«

»Es ist nicht viel, wenn man bedenkt, um was es geht.«

»Was meinst du damit?«

»150.000 müsste er auch für ein neues Teleskop dieser Größe bezahlen.«

»Dann musst du ihn einfach hochhandeln.«

Tom starrte eine Weile auf den Verkehr jenseits der Parkbucht.

»Ich hab noch mal nachgedacht«, sagte er. »Über diesen Whistler.«

»Whistler kann uns doch egal sein. Wir verhandeln mit Sid Koenig.«

»Das hat Koenig auch gesagt. Aber indirekt hat er zugegeben, dass Whistler der Käufer ist. Er hat es nicht abgestritten.«

»Sag mal, hast du ein Verhör mit ihm gemacht?«

Tom sah leicht beleidigt aus: »Wieso? Du hast selbst gesagt, dass ich hart verhandeln soll!«

»Aber doch nicht so! Und außerdem, was willst du von Whistler? Er ist angeblich in Arizona!«

»Genau, in Flagstaff, Arizona.« Tom sah mich erwartungsvoll an. Da ich keine Reaktion zeigte, rückte er endlich mit der Sprache heraus: »Wir machen eine kleine Reise«, schlug er vor. »Ich will ihn nur kennenlernen. Sonst nichts. Sehen, was für ein Typ er ist.«

»Es ist doch egal, was für ein Typ er ist. Irgendein reicher Typ mit Marmorklo.«

» Es ist ganz und gar nicht egal.« Sein Blick wurde vorwurfsvoll. »Hast du schon mal ein Erbstück weggegeben?«

»Und du glaubst, Whistler empfängt uns!«

»Sid Koenig hat gesagt, er gibt unseren Wunsch weiter.«

»Das wird er niemals tun!«

»Wir machen die Bedingungen. Hast du selber gesagt.«

Tom stand auf und warf Münzen in den Getränkeautomaten. Stück für Stück, mit nachdrücklicher Langsamkeit. Er schien viel Kleingeld bei sich zu haben.

»Flagstaff«, sagte ich nach einer Weile. »Wie weit ist das überhaupt?«

»Eineinhalb Tage, nicht mehr.«

Tom öffnete seine Cola, trank und reichte mir die Dose.

»Wie viel Geld hast du bei dir?«, fragte ich.

»Insgesamt?« Er stieß leise auf. »Um die vierhundert Dollar.«

»Vierhundert Dollar für einen Trip nach Arizona und zurück!«

»Ja.«

Ich lachte: »Vergiss es, das kannst du alleine versuchen.«

»Also bleibst du in L.A.?«

»Natürlich bleibe ich, was denn sonst?«

Auf dem San Bernardino Freeway herrschte großes Gedränge – der Feierabendverkehr rollte auf fünf Spuren den Vororten entgegen. Männer hinter dem Steuer von Lexus- und BMW-Limousinen, junge Latinos in donnernden Pick-up-Trucks mit gewaltigen Reifen und blondierte Frauen in Luxus-Geländewagen, die in Headsets plapperten und stur auf Kurs blieben, wenn Tom versuchte vor ihnen einzuscheren. So wälzte sich die Lawine aus Los Angeles heraus in Richtung Osten, immer auf die schneebedeckten Gipfel der San Bernardino Mountains zu. Flache Vorortdächer hinter Palmen und Zypressenhainen, Fastfood- und Tankstellenschilder glitten an uns vorbei.

»Das ist wirklich die dümmste Idee, die du je hattest«, sagte ich.

»Und wenn schon.«

»Du hattest ja viele blöde Ideen ...«

»Wirklich, jetzt hör schon auf. Du hättest nicht mitfahren müssen.«

»Soll ich in Canoga rumhängen und darauf warten, dass dich seine Leibwächter erschießen? Und bei deinem Englisch ...«

»Mäkel nicht an meinem Englisch rum. Ich brauch dich wirklich nicht als Mittelsmann.«

»Ohne mich wüsstest du ja gar nicht, dass es Whistler gibt.«

Das brachte ihn zum Verstummen. Aber ich musste zugeben, dass es ein Eigentor war. Ich hatte mir das alles selbst eingebrockt.

»Wenn er uns nicht empfängt, fahren wir ganz umsonst nach Arizona«, sagte ich.

»Was wäre so schlimm daran? Hast du was anderes vor?«

Darauf erwiderte ich nichts. Ich nahm meinen Fotoapparat vom Rücksitz und spielte nervös an ihm herum.

»Wenn er uns nicht empfängt«, sagte Tom, »finden wir trotzdem raus, was er mit dem Teleskop vorhat.«

»Was soll er vorhaben? Vielleicht stellt er es in seinen Vorgarten und malt es mit Eierfarben an!«

»In L.A. sitzen wir auch nur bei Sid Koenig auf dem Schoß.«

»Hast du eine Ahnung!«

Tom überhörte meinen Hinweis einfach, was mich noch mehr ärgerte. Er wandte sich wieder ganz der Straße zu. Seine Fahrweise passte sich immer mehr den lokalen Gepflogenheiten an. Er drängelte sich gelassen in enge Lücken, überholte rechts und ließ keine übertriebene Rücksicht mehr walten. Zu beiden Seiten des Freeways erstreckten sich quadratkilometergroße Areale voller Neuwagen, eine nicht enden wollende Parade funkelnder Motorhauben. Einige der Autohändler hatten ihre Vorplätze zu richtigen Vergnügungsparks aufgemotzt, mit großen Luftballons in Rennwagenform, Rampen für Motorradstunts, sogar privaten Achterbahnen. Bald hatte ich die Logos aller Automarken von A bis Z gesehen. Ich konnte mir überhaupt nicht vorstellen, wer all diese Autos kaufen und fahren sollte. Und wer den Amerikanern das Geld dafür pumpte. China? Tom sprach kaum. Er saß aufrecht in seinem Sitz und sah nach vorn, als dürfte er die Mission keinen Augenblick aus den Augen verlieren. Wir hatten ausgemacht, so weit wie möglich durchzufahren und uns mit dem Schlafen abzuwechseln.

»Ruh dich aus«, sagte Tom zu mir. »Du kommst noch früh genug dran.«

Als ich erwachte, waren die Autohändler verschwunden und die Sonne stand hinter uns im Westen. Der Freeway führte nun durch offenes Terrain, durch eine mit spärlichen Büschen bewachsene ockergelbe Ebene zwischen fernen dunkelbraunen Berghängen. Die Sonne brannte anders hier draußen. Es kam mir vor, als hätte ich noch nie zuvor in meinem Leben so ein Licht gesehen. Im Westen schienen die Farben des Himmels und der Erde vertauscht zu sein. Die Gebirgszüge schimmerten bläulich, der Himmel aber brannte in einem übermächtigen Gelb, einer Farbe, die bis in jede Pore der kargen Landschaft einzudringen schien. In der Ebene drehten sich Windräder, ein riesiger Park aus ihnen, der bald mein ganzes Blickfeld, die Ebene und schließlich sogar die Hänge der braunen Berge einnahm. Die Szenerie war von unwirklicher und kalter Schönheit. Wir reisten durch ein menschenleeres Land, in dem einzig die geflügelten Türme ihrem roboterhaften Tun nachgingen. Tom fuhr in eine Kurve. Die Schwingen waren nun vor uns, sie rotierten und arbeiteten im Gegenlicht.

Und hinter den Zacken der erdfarbenen Berge brachen einzelne Sonnenstrahlen hervor, die in der Luft standen wie glühender Stahl.

Tief hinter das Lenkrad geduckt, um zu den Gipfeln emporblicken zu können, fuhr Tom weiter auf der rechten Spur. Draußen veränderte sich die Szenerie schon wieder. Ein paar Palmen tauchten auf – hohe Palmen mit langen, schlanken Stämmen, die in Reihen entlang des Highways standen. Tom nahm die nächste Ausfahrt, bog auf eine Landstraße und hielt vor dem Parkplatz eines weiß getünchten kleinen Ladens. Ich stieg aus und bemerkte schon beim ersten Atemzug, dass die Luft anders roch als in Los Angeles. Trocken, heiß, neutral. Keine Spur von dem schweren, salzigen Pazifikgeruch, der mir erst jetzt, wo er fehlte, bewusst wurde. Jenseits des Restaurants führte die Landstraße durch staubiges, leeres Terrain in Richtung Palm Springs. Hinter den Zäunen war nur trockenes Buschland, übersät mit kopfgroßen Steinen. Ein paar Läden am Wegesrand boten Töpferware und Keramikvasen an. Es waren auch Skulpturen dabei – ähnlich scheußliches Zeug wie in Toms Vorgarten, auch wenn es hier als »indianische Kunst« verkauft wurde.

In dem leeren Laden pfiff die Panflötenversion von »Winds of Change« aus den Lautsprechern. Ich nahm zwei Bierdosen aus einem Kühlschrank. In einer Truhe lagen abgepackte »Giant Sandwiches«, jedes so groß wie der Unterarm eines Erwachsenen. Ich bestaunte die Dinger nur fasziniert, aber Tom griff zu. »Als eiserne Ration für die nächsten Tage.«

Draußen setzten wir uns auf die Eingangstreppe, unter einen Matador-Degen. Auf dem Parkplatz übten drei halbwüchsige Skateboarder Sprünge. Sie taten so, als wären wir gar nicht da. Aber jetzt, wo sie Publikum hatten, wurden ihre Kunststücke gewagter, ein ums andere Mal flogen herrenlose

Skateboards in hohem Bogen durch das späte Nachmittagslicht und knallten zurück auf den Teer. Tom und ich bissen abwechselnd in das mit Truthahn belegte Sandwich und tranken Bier. Die Luft war pur wie abgekochtes Wasser. Man konnte sich reinigen in ihr.

Ich nahm noch einen großen Bissen, dann erzählte ich Tom, wie ich die letzte Nacht verbracht hatte. Ich hatte mit einer negativen Reaktion gerechnet, aber Tom war nicht nur verärgert, er schien erschrocken, ja entsetzt über meinen Verrat.

»Ihr wart in einem Planetarium?«

»Entschuldige mal. Ich wusste ja nicht, wo sie mich hinbringt.«

Er schüttelte fassungslos den Kopf. Es dauerte eine Weile, bis er das andere Thema ansprach: »Komisch, dass sie sich gleich mit dir eingelassen hat.«

»Wieso sollte eine Frau nicht mit mir schlafen wollen?«

»Na ja, weil du es gerade so nötig hast. Wegen Vera und allem.«

»Aber das merkt man mir doch nicht an, oder?«

Tom sah den Jungs lange beim Skaten zu.

»Und Vera?«, fragte er dann.

Ich zuckte mit den Achseln. »Was soll mit ihr sein?«

»Hatte sie auch schon was Neues, seit eurer Trennung?«

»Pause.«

»Entschuldigung, seit eurer Pause.«

»Sie sagt, sie hätte niemand. Aber ich weiß nicht … Wozu sollte man sonst eine Pause machen?«

»Ja, wozu?«

»Glaubst du, dass sie jemanden kennengelernt hat?«

»Weiß nicht. Sie lernt im Studium bestimmt andauernd Leute kennen, oder?«

»Komm, lass uns fahren«, sagte ich und stand auf.

»Das ganze Sandwich ist ja noch da.«

»Pack's dir ein«, sagte ich und riss die Beifahrertür auf.

Eine kleine Kette von Orten im Coachella Valley, eine Reihe von Hotels, trockenen Flussbetten, Palmenhainen und Luxus-Wohnwagensiedlungen entlang des Freeways trennte uns noch von der endgültigen Leere. Dann, bei Anbruch der Nacht, stieg die Straße stetig an und führte zwischen geröllübersäten Hängen hindurch. Der Verkehr hatte sich bis auf vereinzelte Lastwagen aufgelöst. Außer uns hatte wohl niemand einen Grund, um diese Uhrzeit noch in Richtung Arizona zu fahren. Wir rollten genauso gleichmäßig dahin wie die Zwölftonner, die noch unterwegs waren. Als ich mich im Sitz zurücklehnte und einen Moment lang die Augen schloss, kam mir wieder Claire in den Sinn. Ich hatte ihr nicht einmal meine Nummer geben können. Mein Mobiltelefon, ein veraltetes Modell, war in diesem Land unbrauchbar. Sie kannte nur unser Hotel und meine E-Mail-Adresse.

Tom erriet meine Gedanken.

»Was mochtest du an ihr?«, wollte er wissen.

»Das ist eine komische Frage.«

»Wieso?«

»Was mochte ich an ihr? Du hast sie doch selbst gesehen.«

Er betrachtete mich interessiert von der Seite. Ich hatte nur lässig klingen wollen, aber das war mir misslungen. Trotzdem dachte ich über seine Frage nach. Die dunkle Landschaft draußen sah verwüstet aus wie nach einer großen Flut. In den tief eingeschnittenen Rinnen sammelten sich Schatten und Steine.

»Sie ist hellwach«, sagte ich schließlich. »Sie sieht sich alles an, ohne Vorurteile. Ganz anders als ich.«

»Klingt wirklich wie dein Gegenteil.«

»Danke, Tom.«

Eine Weile fuhren wir wortlos dahin. Schließlich stellte ich ihm eine Frage, die längst überfällig war: »Wann hast du zum letzten Mal eine Freundin gehabt?«

»Im Sommer. Es ging nicht so lang.«

»Und davor?«

»Im Winter.«

»Das ging wohl auch nicht so lang.«

Er nickte.

»Haust du ab oder die Frauen?«

»Ich. Die letzte wollte bei mir bleiben, aber ich glaube, sie war nicht die Richtige. Ich hab das gemerkt. Es wär auch nicht mehr lang gut gegangen. Ich war ziemlich oft allein in der Zeit ...«

»Das heißt, du warst ziemlich viel in deinem Turm.«

»Ja. Ich denk, ich such noch nach der Richtigen.«

Er konzentrierte sich plötzlich wieder sehr auf die Straße. Auf einer niedrigen Bergkette in weiter Ferne lag ein umgefallener Viertelmond, die Enden der Sichel messerscharf emporgereckt.

»Das hab ich mir gedacht«, sagte ich.

»Was?«

»Du bist der ewige Sucher. Das ist dein Ding. Du bist jemand, der auf die perfekte Frau wartet. Und du bist lieber einsam, als dich mit weniger zufriedenzugeben.«

Ich lehnte mich in meinem Sitz zurück und legte die Hände hinter den Kopf, zufrieden mit meiner Erkenntnis. »Stimmt's oder hab ich recht?«

»Also, ich sollte dir noch was sagen.«

»Was denn?«

Ich hatte Tom noch nie so tief Luft holen sehen.

»Also ...«, er atmete aus, »... Ich war mit Constanze im Bett.«

Toms Satz kam mir vor wie eine dieser langen Gleichungen

aus dem Mathematikunterricht, die zuerst rätselhaft bis zur Unverständlichkeit sind. Nur wenn man lange darüber nachdachte, fielen all die komplizierten Stellen weg, und es stand nur noch x=1 da, in vollkommenster Logik. Nachdem ich ihn eine Weile angesehen hatte, während er angestrengt auf die Straße schaute, fragte ich nur: »Wann?«

»Nach der Ausstellung. Sie hat mich heimgeschleppt … in ihr tolles Atelier und so weiter …«

»Tja«, sagte ich. Ich wusste gar nicht, was mich wütender machte. Toms augenscheinlicher Verrat oder Constanzes leichter Erfolg.

»Ein Mal?«

»Ja. Ein Mal.«

»Hättest du mir das nicht …«

»Ich hätt's dir früher sagen können, ja. Aber es war mir peinlich. Constanze ist eine blöde Ziege. Sie behandelt dich wie einen Idioten. Und ich …«

Ich stieß einen tiefen Seufzer aus. »Wenigstens bist du jetzt kein Unschuldsengel mehr für mich.«

Die Landschaft, die sich links und rechts der Straße hinter Drahtzäunen in die Nacht erstreckte, wurde immer noch karger. Die Wüste würde so schnell nicht aufhören. Über uns spannte sich ein klarer Sternenhimmel. Eine einzelne Werbefläche auf hölzernen Stelzen kam uns entgegen. »One Nation under God.«

Es wunderte mich, dass Tom gar nicht müde wurde. Wahrscheinlich genoss er das Niemandsland. Mir fielen rasch die Augen zu, und als ich wieder aufwachte waren zwei Stunden vergangen, und der Mond war untergegangen. Weder vor uns noch hinter uns sah ich ein anderes Auto. Das Licht unserer Scheinwerfer traf wieder ein Schild: »State Prison – Don't pick up hitchhikers.« Kurz darauf oder einige Zeit später, das weiß ich nicht mehr, rüttelte Tom an meiner Schulter. Er war abgebogen auf einen riesigen leeren Asphaltparkplatz, der gespenstisch erleuchtet war. In der Nähe parkten ein paar Lastwagen, außerdem gab es eine kleine Tankstelle mit Restaurant, die sich auf dem viel zu großen Areal fast verlor. Das Schild mit den Benzinpreisen war auf der Spitze eines mindestens fünfzehn Meter hohen Stahlturms befestigt, so dass es wohl noch Meilen entfernt zu lesen war. Im Inneren des engen Tankstellenladens herrschte starker Betrieb: Ein paar junge Fettsäcke mit kurzgeschorenen Haaren und aggressiven Gesichtern deckten sich an den Kühlschränken mit Softdrinks ein. Sie hätten direkt aus dem Staatsgefängnis entsprungen sein können, aber sahen doch weniger gefährlich aus als der Kaffee, der schwarz und zäh in einer Ecke vor sich hin dampfte. Das Sortiment des Ladens war nicht sehr groß. Es gab Softdrinks und »Beef Jerky« – getrocknetes, abgepacktes Rindfleisch in tausend Ausführungen und Größen. Wir kauften eine Packung und bemühten uns, zwischen den engen Regalen niemanden anzurempeln.

»Willst du weiterfahren?«, fragte Tom.

»Ich glaube, ich bin zu müde«, sagte ich. »Wir könnten versuchen, eine Runde zu pennen und morgen früh fahren. Dann sehen wir auch was von der Landschaft.«

»Ich kann noch fahren«, sagte Tom.

»Lass das lieber. Du brauchst auch mal ein paar Stunden Schlaf.«

Da keiner von uns eine bessere Idee hatte, setzten wir uns ins Auto und kauten auf dem zähen, trockenen Fleisch herum. Ich stellte meinen Sitz nach hinten und schloss die Augen. In dem fahlen Licht des großen Asphaltplatzes meinte ich, Gestalten um unser Auto herumhuschen zu sehen. Eine Wolldecke wäre jetzt gut, dachte ich. Hier draußen wurde es nachts viel kälter als in Los Angeles. Ich stieg aus und holte meine Jacke aus dem Kofferraum. Drüben vor der hellen Ladentür hatten sich ein paar der Stiernacken mit schwarzgrau volltätowierten Armen postiert.

»Mir ist der Platz hier nicht geheuer«, sagte ich beim Einsteigen.

»Hmmm«, murmelte Tom. Er blätterte neben mir in einer Zeitschrift, obwohl das fahle Licht nicht zum Lesen reichte.

»Was hast du da?«

Er zeigte mir das Cover. Ein Luxus-Lastwagen mit blitzendem Kühler. Die Zeitschrift hieß »Transporte Latino«.

»Spannend?«

»Weiß nicht. Es ist alles auf Spanisch.«

»Und das hast du dir gekauft?«

»Nein, sie lag gratis aus. Ich glaub, es sind alles Lastwagen-Testberichte.«

»Komm wir verschwinden hier«, sagte ich. »Ich kann schon fahren.«

Ein paar Meilen weiter lenkte ich das Auto wieder von der Straße. Unterhalb der großen Schleife der Freewayausfahrt war ein staubiger Platz, auf dem zwei einsame Flachdächer auf Stelzen herumstanden. Auf einem klebte noch das »Diesel«-Schild der einstigen Tankstelle. Ich fuhr langsam über den Platz und ließ den Wagen in Richtung einiger Häuser rollen, die wohl zu einer kleinen Siedlung gehörten. Die Häuser der ersten Wohnstraße, in die wir einbogen, erinnerten an Behelfsunterkünfte, sie waren kaum mehr als verlängerte Wohnwagen oder Blechschuppen, fertig hierher transportiert und dann auf ein Fundament aus Backsteinen gestellt. Neben staubigen Vorgärten lagen Schutthalden und verwilderte Grundstücke, hier und da standen Palmen, niedrige, stämmige Gewächse mit angeschwollenen Fruchtständen unterhalb der Krone – proletarische Versionen der schlanken Himmelssäulen von Palm Springs.

Wir kamen an Häusern mit Fenstern aus Folie oder Karton vorbei und an liebevoll hergerichteten kleinen Anwesen mit rosafarbenen Flamingos, glänzend polierten Briefkästen und Carports für zwei Autos. Es war das amerikanische Fünfzigerjahre-Idyll nach der Schrumpfkur. Alles hier war von der Rezession erwischt worden, alles war kleiner, bis auf die Autos. Dort, wo die Straße endete und in die Wüste überging, stand ein gelbes Schild mit dem Wort »End«. Der Asphalt hörte einfach auf, das Schild stak schon im Sand. Ich stellte den Wagen direkt davor ab und holte alles aus dem Kofferraum, was an warmen Kleidern verfügbar war. Es war nicht viel. Während ich einzuschlafen versuchte, blätterte Tom in »Transporte Latino«.

KAPITEL 4

Früh am Morgen auf dem Freeway kündigte sich eine größere Siedlung an. Wir waren noch nicht lange gefahren und sahen immer mehr Werbeschilder am Straßenrand, dahinter ausgedehnte Felder von einem saftigen Grün, das ich hier draußen kaum erwartet hätte. Der Ort selbst sah aus, als hätte man sämtliche Fastfood-Ketten und Tankstellenmarken des Landes in ein einziges Dorf gepackt, zu einem dichtestmöglichen Konzentrat amerikanischer Hässlichkeit. Die Schönheit dieses Landes hatte tausend Gesichter, die Hässlichkeit immer dasselbe.

Auf dem Ortsschild stand der Name der Siedlung: »Blythe«.

Da wir beide Hunger hatten, hielten wir an einem Diner. Wir bestellten Spiegeleier und Pancakes bei der Bedienung, einer properen Teenagerin. Ich war so müde, dass mir immer wieder die Augen zufielen, während wir auf unser Essen warteten. Manchmal fing ich Fetzen des Dialogs am Nebentisch auf. Die Kellnerin plauderte mit einem jungen Paar. Es ging ums Heiraten. Ich verstand nur, dass das Paar sich zierte und die Kellnerin Scherze darüber machte.

»Liebt ihr euch etwa nicht genug?«, rief sie den beiden zu. »Warum geht ihr nicht gleich morgen zur Kapelle?«

Wir warteten ziemlich lang, das muntere Geschnatter hielt mich mehr oder weniger wach. Die junge Kellnerin war ein einziger Lichtblick in dieser Umgebung. Die Uniform tat ihr keinen Gefallen, aber allein ihre Stimme hielt der Ödnis draußen, der Langeweile der Schnellrestaurants und Schnellstraßen etwas wie ein Lebenszeichen entgegen.

Als sie uns Kaffee nachgoss, sprach ich sie an. Ich sagte ihr, wir hätten die großen Felder vor der Stadt gesehen. Ob sie uns sagen könne, was hier denn wachse. Stolz zählte sie alles auf: Alfalfa, Broccoli, Salat, Wassermelonen. Hier in Blythe wuchs scheinbar eine Menge. Sogar Kartoffeln. Das hier, sagte sie, sei das Königreich der Kartoffeln.

Die Pancakes, die sie uns später servierte, kamen in Stapeln. Sie waren dick und trocken, aber mit Ahornsirup und Butter schmeckten sie köstlich.

»Wo kommt ihr her?«, fragte sie uns, als sie die Rechnung brachte.

»Aus Deutschland«, sagte Tom. »Aus dem Süden.«

»München«, ergänzte ich. »Wir haben das Oktoberfest.«

»Wie schön«, sagte sie strahlend. »Wir haben auch eins.«

In den ansteigenden Hügeln direkt hinter Blythe parkten überall Wohnmobile, Saisonarbeiter vielleicht, denn eine Attraktion war in dem Geröll weit und breit nicht zu sehen. Wir passierten ein Schild, das uns in Arizona willkommen hieß, dann führte die Straße hinauf, über die braunen Verwerfungen hinweg, durchschnitt eine oder mehrere Hügelketten, und als wir auf der anderen Seite herauskamen, waren wir in einer neuen Form von Wüste. Die Farbgebung der Landschaft hatte subtil auf unseren Grenzübertritt reagiert. Von dem ausgetrockneten, kalifornischen Ocker zu einem verwaschenen lehmigen Rot. Kleine gelbe Blumen blühten in Büscheln am Straßenrand. Graskissen tupften die unwegsame Ebene. Und schon wenige Minuten später sahen wir den ersten großen Kaktus. Ein Kandelaber mit zum Himmel erhobenen Armen. Er wirkte wie ein vom Fremdenverkehrsamt aufgestellter Hinweis: Sie befinden sich *jetzt* in Arizona.

Der Highway 60 nach Prescott sah aus wie der leerste und schnurgeradeste Streifen Teer, der jemals von Menschenhand in eine Landschaft gewalzt worden war. Eine Linie ins Nirgendwo, keine Unebenheit größer als ein Kiesel. Manchmal konnten wir am Horizont, auf den wir zufuhren, das silberne Blitzen eines Kotflügels oder einer Radkappe erkennen. Dann dauerte es Minuten, bis wir einem Auto begegneten. Siedlungen sahen wir kaum, nur vereinzelte Wohnmobilparks oder ärmliche baufällige Hütten, Shotgun-Shacks, deren Briefkästen am Straßenrand postiert waren. Und immer wieder kleine Schreine oder Altäre aus aufgehäuften Blumen am Straßenrand. Bei der dritten oder vierten dieser Gedenkstätten hielten wir an, um zu sehen, wem oder was sie galt, aber wir fanden nur Plastikblumen und Kerzen in Gläsern, auf denen Etiketten mit Jesusbildchen klebten. Entlang der Straße hörten wir das leise Knattern der Telefonmasten, sie schnarrten vor sich hin wie müde alte Vögel.

Ich hatte Tom selten so gesehen, zurückgelehnt aus dem Fenster schauend, während ich Auto fuhr, müde und für seine Verhältnisse eigenartig zufrieden. Schon seit wir in der Wüste waren, hatten sich seine Gesichtsmuskeln gelockert. Wahrscheinlich war dies endlich ein Land, das groß genug für ihn war. Ich betrachtete sein Profil: sein noch nicht ganz fertiges und doch schon klar konturiertes Bauerngesicht, mit den geschnitzten Wangen, den dunklen Brauen und dem großen traurigen Mund. Er hätte als Amerikaner durchgehen können, auf jeden Fall als oberbayrischer Navajo.

»Was wirst du machen, wenn du das Clark verkauft hast?«, fragte ich ihn.

»Nichts Besonderes. Ich werd die Rechnungen von meinem Vater bezahlen. Vielleicht hab ich Anspruch auf einen kleinen Teil des Geldes.«

»Und was willst du damit anfangen?«

»Ich könnte ja wieder ein Teleskop kaufen. Ein neues.«

»Ach so ...«

»Ich könnte in die Anden fahren oder nach Namibia. Den Himmel dort kennenlernen. Kannst du dir vorstellen, dass ich noch nie die Magellan'schen Wolken gesehen hab?«

»Ich hab gedacht, du könntest vielleicht mal eine Pause machen mit der Astronomie.«

Er sah mich an, als ob ich Erdnussbutter am Kinn hätte. »Wie kommst du darauf?«

»Dass du auf was Neues kommst. Das Programm mal unterbrichst. Auch dafür sind solche Reisen gut.«

»Ich verstehe dich wirklich nicht.«

»Na gut, ich verstehe dich auch nicht.«

»Was verstehst du nicht?«

Ich atmete müde aus. »Was machen wir hier? Du hast gesagt, du willst dein Teleskop verkaufen. Das hättest du längst machen können.«

»Und was denkst du?«

»Ich denke, wir fahren hier rum, weil es dir gefällt. Wir spielen ein bisschen Entdecker. Im amerikanischen Westen, so wie dein Großvater. War dein Großvater nicht hier?«

»Ja.«

»Du machst alles wie dein Großvater, nicht?«

»Komm hör auf. Es wird dämlich.«

Die Landstraße Nummer 71 war schmaler als die 60. Auf unserer Karte hatte sie ausgesehen wie die direkteste Route nach Prescott und Flagstaff, aber nachdem wir eine Weile unterwegs waren, wurde uns klar, dass wir wohl doch Zeit verloren. Die Straße führte in vielen Windungen einen Berg hinauf. Wir erreichten Prescott erst am Nachmittag. Die Stadt lag eingebettet zwischen hellbraunen Berghängen, über die lose Tupfen von Nadelgehölz verstreut waren, eine hübsche Kleinstadt mit einer Peripherie aus Ranchen und ein paar offiziellen alten Steinhäusern im Zentrum. Als wir langsam die Hauptstraße hinunterfuhren, leuchtete der Himmel in einem alpinen Stahlblau. Männer in gefütterten Jacken und Stetsons gingen ihren Samstagnachmittagsgeschäften nach.

An einer Kreuzung auf der Hauptstraße entdeckte ich ein Münztelefon an einer Mauer.

»Ich telefoniere nur mal eben«, sagte ich zu Tom.

»Wen rufst du an?«

»Eine Frau.«

Meine Mutter klang am Telefon besorgter als sonst. In Deutschland musste es gegen zehn Uhr am Abend sein. Sie wollte wissen, von wo aus ich anrief.

»Ich bin immer noch in Amerika, das weißt du doch. Zuerst waren wir in Los Angeles, und jetzt sind wir in Arizona.«

»Arizona?«

»Ja. Immer noch geschäftlich. Tom, also dieser Freund von mir … nein, den kennst du nicht. Nein, nicht der Thomas aus meinem Jahrgang, das habe ich dir doch gesagt, du kennst ihn nicht …«

Eigentlich hatte ich nur ihre Stimme hören wollen. Und dass es ihr und meinem Vater gut ging. Aber natürlich begann sie mich auszufragen. Was? Wo? Warum? Sie fragte so lange, bis ich ihr erklärte, dass wir einen Waffenhändler treffen würden, der sich irgendwo in Arizona versteckt halte. Danach brauchte ich einige Minuten, um sie wieder zu beruhigen. Als ich auflegte, waren noch drei Dollar auf meiner Telefonkarte. Das Geld würde für einen weiteren Anruf reichen, schätzte ich. Ich nestelte in der Hosentasche meiner Jeans und zog den Zettel mit Claires Nummer hervor. Es klingelte lange, ehe ich Claires Stimme hörte.

»Hallo.«

»Hallo«, sagte ich betont fröhlich. »Was machst du?«

»Wir sitzen hier bei mir rum, ein paar Freunde. Wir wollen später noch in Los Feliz ausgehen.«

»Oh«, sagte ich. Ihre gute Laune versetzte mir einen Stich. Es klang nicht, als ob Claire sich nach mir verzehrte. »Hast du versucht, mich zu erreichen?«

»Gerade eben … im Hotel.«

»Oh, dann haben wir uns verpasst. Weißt du, wir sind unterwegs. Auf Reisen sozusagen. Ich rufe von einem öffentlichen Telefon aus an.«

»Ich dachte, ihr bleibt noch ein paar Tage in L.A.«

»Das dachte ich auch. Nur hatte Tom dann andere Pläne.«

»Tom.«

»Ja, Tom.«

»Und wo seid ihr jetzt?«

»Auf dem Weg nach Flagstaff.« Nach einer Pause ergänzte ich: »Das ist in Arizona.«

»Ich weiß.«

»Tom hatte plötzlich die Idee, dass er den Käufer persönlich treffen will. Also nicht nur den Händler, sondern den Käufer dahinter. Wir wissen gar nicht so genau, wo er wohnt. Aber es heißt, er hat ein Observatorium in der Nähe von Flagstaff.«

Die Pause in der Leitung war jetzt so lang, dass ich mich fragte, ob das Telefonat unterbrochen worden sei.

»Ach so «, sagte sie. »Ihr müsst irgendjemand irgendwo treffen – in Arizona.«

»Er heißt Whistler. So ein reicher Typ, der auf seinen Millionen sitzt und ins Weltall schaut.«

»Du bist ganz schön schnell.«

»Was meinst du?«

»Du fickst die Braut. Und dann bist du weg.«

»Moment. Du hast doch gesagt, dass du selbst gerade …« Ich wusste nicht, wie ich es ausdrücken sollte.

»Dass ich selbst gerade rumvögele?«, sagte Claire.

»Nein, das wollte ich nicht sagen. Also, wir wären doch sowieso nicht lange in der Stadt gewesen. Das wusstest du.«

Im Hintergrund, über einem Klangteppich von Musik und Stimmen, hörte ich jemand Claires Namen rufen.

»Hör mal«, sagte sie. »Ich muss gehen. Wann seid ihr wieder da?«

»Tja, das weiß ich noch gar nicht.«

Sie lachte. »Du bist schlimmer als ich.«

»Es ist wirklich wegen Tom.«

»Grüß Tom, okay?«

»Mach ich. Ich grüß ihn.«

Es klickte in der Leitung.

»Willst du abbeißen?« Tom saß kauend am Steuer und streckte den Rest des Riesensandwichs in meine Richtung.

»Nein danke, Tom.«

»Mit wem hast du telefoniert?«

»Mit meiner Mutter.«

»Und was redest du so mit ihr?«

»Ich weiß es nicht. Sie macht sich Sorgen. Sie stellt komische Fragen. Wir reden nie was Richtiges.«

»Aber ihr redet.«

»Meistens.«

Wir fuhren talwärts, zwischen rundlichen Granitfelsen hindurch. Die großen Brocken lagen wie Kiesel in der Landschaft, zu Türmen und abstrakten Skulpturen aufgehäuft.

Schnell ließen wir die Berge hinter uns, und die Straße führte hinaus in eine flache Prärie aus weißlich gelbem Gras. Eine lange Kette von Telegrafenmasten reichte bis zur nächsten Gebirgskette, die dunkelgrau in der Ferne stand wie ein einziger gemauerter Wall. Das Monumentale der Landschaft war jetzt wieder so überwältigend, dass ich in einen schizophrenen Zustand geriet – mein Kopf schaltete andauernd hin und her zwischen pflichtbewusster Bewunderung des Schauspiels draußen und ebenso versessener Aufarbeitung meiner persönlichen Sorgen. Ich dachte nicht nur an Claire und unser Telefonat. Auch Tom und sein kleines Vergnügen mit Constanze begann mich zu beschäftigen. Tags zuvor war mir die Neuigkeit noch vorgekommen wie ein absurder Witz. Aber jetzt, während unser Wagen einsam durch die Ebene strich und ich genügend Zeit hatte, alles in Ruhe abzuwägen, konnte ich nicht anders, als die tiefere Bedeutung darin zu erkennen. Tom hatte sich mit der Frau eingelassen, die der Keil zwischen mir und Vera war. Die Ironie lag darin, dass ich nichts davon gewusst hatte – und indem ich Tom weiter nachgelaufen war, hatte ich den Bruch mit Vera natürlich noch beschleunigt. Die Steigerung der Ironie lag darin, dass ich gerade dabei war, den Fehler zu wiederholen. Ich folgte Tom. Und entfernte mich von Claire.

Bei Sonnenuntergang erreichten wir Sedona, eine seltsam gewöhnliche Neubausiedlung aus flachen roten Bungalows, Einkaufszentren und New-Age-Esoterikshops, die inmitten der gewaltigsten Landschaft lag, die ich je gesehen hatte. Red Rock Country. Ein Felsengarten in Rot – mit Türmen, Zinnen und Mauern, in deren freigelegten Sedimentschichten alle Farbtöne zwischen dunklem Karmesin und einem blassen Aprikosenrosa vorkamen. Die Stadt lag bereits im Schatten, aber es waren noch viele Menschen unterwegs, und als wir auf einem Parkplatz hielten, hörten wir Musik. Sie kam aus der Richtung, in die die Menschen strömten. Wir folgten ihnen einfach und gerieten auf einen Markt für Kunsthandwerk. An den Ständen wurde Töpferware angeboten, Decken, Mundgeblasenes, T-Shirts mit Aufdruck. Und immer wieder Gemälde in Öl: Indianermädchen, die mit weisen Augen in die Ferne blickten. Delfine, die im Mondlicht über glitzernde Wellenkämme sprangen. Touristen mit großen Hüten schlenderten zwischen den Ständen hindurch und begutachteten all die Albernheiten oder machten Halt in den Galerien am Straßenrand, aus denen Glockenspiel-Musik bimmelte.

In den Schaufenstern der Esoterik-Shops herrschte planetare Harmonie. Über allem wachten die verschatteten, uralten roten Felsen. Es war das Ewige und das ewig Lächerliche in einem Bild, und ich brachte es nicht zusammen: Diese Landschaft war wie ein Wunder – und die Menschen darin interessierten sich für Delfin-T-Shirts.

Ich war froh, als Sedona nur noch in unserem Rückspiegel zu sehen war. Aber sobald wir fuhren, kreisten meine Gedanken wieder um Deutschland und Los Angeles und störten mich beim Betrachten der Natur.

Vielleicht war diese Gleichzeitigkeit ja unvermeidlich. Jedes Mal, wenn wir dem Ewigen gegenübertraten, mussten wir uns rasch eine Alltagssorge suchen, um es irgendwie zu beflecken und besser ertragen zu können. Es war das Gleiche, wie mit einem blöden Hut durch diese göttliche Landschaft zu laufen.

Achtundzwanzig Meilen bis Flagstaff, stand auf einem Schild. Der 89er verlief entlang eines steinigen Flussbettes, zu unserer Linken hatte das Wasser eine gewaltige Schlucht in den roten Fels geschlagen. Oak Creek Canyon. Die Größe der Natur, die riesigen Felswände schienen irgendeinen mythischen Aufbruch zu verkünden. Ein Land der Pioniere. Und mitten darin Tom und ich, wie zwei Laiendarsteller vor zu großer Kulisse. Dieses Land hatte keine Reisenden wie uns verdient.

Noch zwanzig Meilen bis Flagstaff. Nur noch ein letzter Berg, der zu überqueren war.

Ich hoffte, dass Tom dort auf der anderen Seite wenigstens zu einer Entscheidung gezwungen würde.

Das kleine Backsteinhotel lag an der Landstraße, ein paar Meilen vor Flagstaff, und sah aus wie ein ehemaliges Post- oder Telegrafenamt. Im Erdgeschoss war eine Bar.

»Schau mal«, sagte ich zu Tom. »Da könnten wir was trinken und nach einem Zimmer fragen.«

»Willst du nicht erst in die Stadt fahren?«

»Das können wir morgen früh machen. Heute richten wir eh nichts mehr aus.«

»Stimmt«, sagte er.

»Da ist ein Billiardtisch. Spielen wir eine Runde.«

Der Wirt hatte leider kein Zimmer mehr für uns, aber die Billardpartie entschied ich klar für mich. Tom war außer Gefecht. Jedes Mal, wenn ich am Stoß war, stützte er sich an der Bar ab und machte ein Gesicht, als wollte ich ihn unnötig quälen.

Nach der Partie bestellte ich zwei Bier. Tom konnte keine Gegenwehr mehr leisten. Er saß auf einer Holzbank unter den Spiegeln mit Biermarkenlogos und lehnte den Kopf an die Wand. Noch bevor er zweimal an seinem Bier genippt hatte, war er eingeschlafen.

Die Müdigkeit hüllte mich selbst wie in Watte. Aber in einer leeren Bar neben einem Schlafenden zu sitzen, kam mir plötzlich sinnlos vor.

An der Wand neben dem Tresen hing ein Münzfernsprecher. Auf meiner Karte mussten noch zwei Dollar übrig sein. Ich überlegte, wen in Deutschland ich anrufen könnte.

Schließlich wählte ich Veras Nummer. Das Telefon klingelte lang. Wahrscheinlich genoss sie den Abend und hörte das Handy in ihrer Handtasche nicht. Nein, es war ja früher Morgen bei ihr! Schnell schmiss ich den Hörer wieder auf die Gabel und starrte in mein Bier.

Irgendetwas stimmte nicht, behauptete mein Bier. Vera schaltete das Telefon immer aus, bevor sie zu Bett ging. Sie musste also noch wach sein. Samstagnacht. Ich wählte die Nummer noch einmal. Jetzt sprang sofort die Mailbox an. Es kam mir vor wie ein endgültiges Zeichen, ein finaler Gruß, der mich erreichte, in Arizona in einer leeren Bar.

Ich blieb mit meinem Bier am Tresen stehen und wartete. Es ging auf acht Uhr zu, und der einzige andere Besucher war ein schwerer, bärtiger Mann mit einer Baseballkappe, der nach Stammgast aussah. Er saß zwei Hocker von mir entfernt. Vermutlich sah ich einsam genug aus, um angesprochen zu werden. Er fragte, was für eine Sprache wir sprächen.

Deutsch, sagte ich und konnte mich gar nicht erinnern gesprochen zu haben. Er wollte wissen, ob wir Touristen seien. Es kämen oft Touristen hier durch, auf dem Weg zum Grand Canyon. Manchmal blieben sie auch in Flagstaff wegen der klaren Luft. An klaren Tagen, also an nahezu jedem Tag, könne man von den Bergen bis zum Grand Canyon sehen. Er sagte, er habe ein kleines Haus unten am Stadtrand. »Ich kann mir die Stadt nicht leisten.« Aber das sei kein Problem, ergänzte er. Sein Haus rutsche den Hang hinunter, jedes Jahr ein paar Inches. »Bald liegt es mitten im Zentrum.«

Seine unaufdringliche Offenheit hatte etwas Entwaffnendes. Eine amerikanische Offenheit, die ich noch nicht gewohnt war. Mit seiner alten AT&T-Kappe, der altmodischen Stahlbrille und dem Eishockeylogo auf der Jacke sah der Mann nicht aus wie ein Rancher, eher wie ein Arbeiter aus der Industrie. Und noch bevor ich mein zweites Bier ausgetrunken hatte, hatte ich seine Geschichte erfahren. Er stammte aus dem Osten, aus New Jersey, und hatte dort als Pipeline-Schweißer gearbeitet – bis er durch einen Unfall berufsunfähig wurde. Von einem Tag auf den anderen war er ohne Job, sein kleines Haus wurde zwangsversteigert. Anstatt des Elends im Osten hatte er die Flucht nach vorne gesucht, in den Westen. Weg von den weißen Leichentuchhimmeln und den kleinen Vorgärten New Jerseys. Er erledigte sein Bier mit der sachlichen Ruhe und Zügigkeit der routinierten Barbesucher. »Dale Hansen«, stellte er sich vor, stieß mit mir an und trank aus.

Tom bekam von alldem nichts mit. Er schlief, drüben an unserem Tisch, den Kopf gegen die Wand gelehnt. Die Bar füllte sich allmählich. Die Gäste kamen paarweise, junge Männer, die gebügelte Hemden, große Gürtelschnallen und Stetson-Hüte trugen, und Frauen mit engen Jacken über runden Jeans-Pos, es war wohl die lokale Uniform für den Samstagabend – und es dauerte tatsächlich nicht lange, bis jemand die Musik aufdrehte. Jetzt lief eine Art Countryrock, aber ein sehr glatter, nach Rasierwasser duftender Country. Die kräftigen geschniegelten Männer und ihre blonden Eroberungen fingen gemeinsam an über die Tanzfläche zu wirbeln.

Dale und ich blieben an der Bar sitzen, das amerikanische Proletariat und die europäische Lumpenboheme vereint unter lauter Wochenend-Cowboys. Wenigstens schienen wir nicht aufzufallen. An dem Testosteron auf der Tanzfläche und dem Tempo, in dem Getränke bestellt wurden, konnte man sehen, dass der Samstagabend zu kostbar war, um mit Fragen verschwendet zu werden.

»Was ist mit deinem Kumpel?«, fragte mich Dale, der bemerkte, dass ich immer wieder besorgt zu dem nach wie vor schlafenden Tom hinübersah.

»Nichts. Er ist nur fertig. Wir müssen noch ein Zimmer für die Nacht suchen.«

Dale schlug sofort vor, ein paar Anrufe zu machen. Er kenne eine Menge Leute hier und würde uns sicher ein Bett und eine billige Unterkunft in der Gegend besorgen können. Ich sah ihn auf den Wirt einreden, und der Wirt wiederum griff zum Telefon. Zwei Minuten später hatten wir eine Bleibe für die Nacht.

»Das Zimmer kostet euch Jungs zwanzig Dollar die Nacht. Könnt ihr damit leben?«

Ich musste dem Drang widerstehen, ihn zu umarmen, und bestand darauf, ihm einen Drink seiner Wahl zu spendieren. Seine Wahl fiel auf noch ein Bier. Anschließend, beim gemeinsamen Aufbruch, konnte ich sehen, dass er ein wenig aus dem Gleichgewicht geriet. Er war einen Kopf kleiner als ich, sein kugelförmiger Leib füllte die enge Eishockeyjacke ganz aus, so dass sie an den Ärmeln wie ausgestopft aussah.

»Wie kommst du nach Hause?«, fragte ich ihn.

»Ich werd wohl fahren«, meinte er.

»Das geht nicht«, sagte ich. Und da er nicht widersprach, zeigte ich auf Tom. »Er fährt.«

Obwohl im Raum schon gebrüllt wurde und die ersten Gläser zu Bruch gingen, wachte Tom erst auf, als ich ihn an die Schulter tippte. Er bemerkte die veränderte Situation in der Bar mit schläfrigem Staunen, aber wir zogen ihn schon nach draußen und setzten ihn ans Steuer. Im Zickzack rollte unser Auto den Hügel hinunter. Das fremde Tal lag vor uns wie ein dunkler See, zu dessen Ufern wir hinabstiegen. Aus dem Radio kam die belegte Stimme eines Sängers, der klang wie ein sterbender Cowboy, diesmal war es echter Country. Ausweglos und todtraurig.

If I had no place to fall
And I needed to
Could I count on you
to lay me down

I ain't much of a lover it's true
I'm here then I'm gone
And I'm forever blue
But I'm sure wanting you

Dale schnarchte auf dem Beifahrersitz. Als wir am Fuß des Berges angekommen waren, musste ich ihn wachrütteln, und er zeigte uns den Weg zu seinem Haus. Es stand allein, ein Haus aus Holz auf einer Lichtung, kaum größer als eins jener Shotgun-Shacks am Rande der Highways, die der Sturm mit sich fortreißt, aber mit ordentlichen Fensterläden und einem Eingang unter einem kleinen, schrägen Vordach. Dale versuchte noch, uns den Weg zu unserem Motel zu erklären. Aber seine Stimme war undeutlich geworden. Als er aus dem Wagen aussteigen wollte, sah ich, dass er sich schwertat. Er saß zu tief, und seine Beine waren wohl zu schlecht durchblutet. Er umklammerte mit einer Hand den Türrahmen und versuchte sich hinauszuhieven. Tom und ich mussten beide mit anfassen. Jeder nahm eine Hand, und dann hoben wir ihn gemeinsam aus dem Sitz, bis er stehen und sich an der offenen Tür abstützen konnte.

»Sorry, Kumpels«, sagte Dale verlegen. »Ihr habt was gut bei mir.«

Mit vereinten Kräften brachten wir ihn zur Haustür. Er kramte in seiner Hosentasche, aber fand die Schlüssel nicht. Wir gingen um das Haus herum zu einer Veranda, die im Dunkeln lag. Es stand ein bisschen Gerümpel dort, ein einzelner

Stuhl, und dahinter war nur noch Nacht und Wildnis. Dale fand einen Schlüssel, öffnete die Tür und knipste das Licht im Haus an. Wir gingen durch eine Stube. Alles darin sah alt aus – ein kleiner Röhrenfernseher, eine durchgesessene Couch, vor der Stiefel standen, eine kleine Küche mit ölbefleckten Holztüren. Es war alles beengt, aber sauber, so sauber und ordentlich wie es ein alleinstehender Mann schaffte. Dales Schuhe waren im Flur aufgereiht, drei Paar unter einem kleinen Spiegel.

Er entschuldigte sich noch einmal bei uns, ich weiß nicht wofür, dann schälte er sich mühsam aus seiner Jacke, hängte sie an einen Haken und sagte bestimmt: »Ich muss mich hinlegen«, als hätten wir andere Pläne mit ihm gehabt. Als er uns nach vorn zur Haustür brachte, konnte ich in sein kleines Schlafzimmer sehen, die fadenscheinig gewordene Matratze, die gefalteten Kleider. Dann an der Haustür sammelte er genügend Kraft, um Tom die Hand zu schütteln, und umarmte mich: »Wirklich. Ich muss mich hinlegen.«

Tom und ich verbrachten die Nacht in einer engen Kammer mit lindgrünen Wänden, voluminösem Doppelbett und einer Bibel auf dem Nachttisch. Als ich mich auf den Rücken legte und die Decke anstarrte, fragte ich mich, wer wohl normalerweise in solchen Zimmern abstieg. Ich konnte mir nur ausgeglühte Sektenprediger und Schnapshändler auf der Durchreise vorstellen, Männer, die dem Untergang geweiht waren, gefangen in einem lindgrünen Albtraum. Tom lag neben mir und begann in der Bibel zu blättern. Ich dachte an Dales einsames kleines Haus in der Dunkelheit. Plötzlich kam es mir vor, als wären Tom und ich kleine Kinder, unsere ganze Mission, unsere Fahrerei, die Suche nach dunklen Orten, es war alles nur Verweigerung. Wir hatten uns nur damit beschäftigt, um uns von solchen Realitäten abzukapseln.

»Was denkst du, macht dein Vater grade?«, fragte ich.

»Wie kommst du auf den?«

»Ich musste an ihn denken … weil ich ihn kaum kenne.«

»Er sitzt wahrscheinlich zu Hause und trinkt sich die Schmerzen von der Bestrahlung weg.«

Er gähnte betont, als wäre ihm das Thema zu langweilig.

»Glaubst du, dass er einsam ist?«

»Weiß ich nicht. Ich will's nicht wissen.«

»Warum nicht?«

»Er hat sich auch nie gefragt, wie es mir geht. Oder meiner Mutter oder sonst wem.«

»Aber trotzdem kümmerst du dich um ihn.«

»Ja. Ich kann ihn schlecht abkratzen lassen.« Er lachte in Richtung des dunklen Fensters. »Aber für das, was wir hier machen, können wir keine Dankbarkeit erwarten.«

»Dafür weißt du, dass du das Richtige machst.«

»Weiß ich nicht, aber danke.«

Tom lag immer noch auf dem Bauch und blätterte in der Bibel, während mir langsam die Augen zufielen.

»Mein Vater hat selbst auch keine Dankbarkeit gekriegt«, sagte Tom mitten in die Stille hinein.

»Was?«

»Mein Vater. Weißt du, er war in der Familie immer nur der Dummkopf. Und dann hat er auch noch unter dem Turm des großen Manns seine laute, hässliche Werkstatt aufgemacht. Er war für meinen Großvater der ungebildete Sohn. Ich war immer der Lieblingsenkel. Wahrscheinlich habe ich einfach Glück gehabt und mein Vater nicht.«

Es war immer wieder überraschend, wie sich Familiengeschichten ähnelten: Die ganze Wut zwischen Eltern und ihren aus der Art geschlagenen Söhnen. Die Zuneigung, die einfach eine Generation übersprang und ein Band zwischen den Großeltern und Enkeln knüpfte. Wenige Details genügten, um sich alles auszumalen. Tom war der Hoffnungsträger der Familie gewesen. Aber all diejenigen, die auf ihn gehofft hatten, waren schon tot.

»Und jetzt bleibt die Werkstatt«, sagte Tom, »und der Turm des gelehrten Manns fällt in sich zusammen, komisch oder?«

»Du hast es so entschieden.«

»Ja, sieht so aus.«

Tom atmete jetzt ruhig und gleichmäßig, wahrscheinlich hielt er das Gespräch für beendet. Sein Kopf lag von mir weggedreht auf dem Kopfkissen. Um einschlafen zu können, griff ich mir die Bibel vom Nachttisch und begann darin zu blättern. Genesis I. »The earth was without form and void, and darkness was the face of the deep.« Ich las, wie Gott das Licht von der Dunkelheit trennte und die Dunkelheit Nacht nannte und das Licht Tag und wie er die beiden großen Lichter schuf, das größere für den Tag und das geringere für die Nacht und die Sterne dazu. Ich las so lange, bis Gott ruhte. Ich fragte mich, ob Tom eingeschlafen sei. Er gab keinen Laut von sich. In meinem Kopf hallte immer noch die Melodie von vorhin nach. Ich lauschte ihr ein bisschen nach, bis ich auch die Worte dazu wieder hörte:

And if we help each other grow
While the light of day
Smiles down our way
Then we can't go wrong

KAPITEL 5

Flagstaff lag am Ende einer Reihe abschüssiger Haarnadelkurven auf einem weiten Plateau, das von einer Bahnlinie durchschnitten wurde. Es war kaum möglich, sich eine schönere Lage vorzustellen: Im Norden, jenseits der vor uns hingebreiteten Stadt, ein hoher schneebedeckter Gipfel, im Westen die bewaldeten Ausläufer des Mount-Wilson-Massivs. Die Stadt selbst war ansehnlich, wenn auch nicht gerade schön. Ich hatte gelesen, sie sei von Holzfällern und Eisenbahnern gegründet worden, und diese Bodenständigkeit war ihr immer noch anzusehen. Es gab Motels, Industrie und ein kleines Zentrum, in dem ein paar wenige historische Steinhäuser mit zwei Stockwerken herumstanden. Das auffälligste Haus der Straße war der Bahnhof, ein etwas märchenhafter kleiner Ziegelbau mit einem Fachwerkobergeschoss und spitzen Giebeln, der aussah, als wäre er direkt aus Heidelberg importiert worden.

Da wir am Bahnhof ein »Visitors Information«-Schild entdeckten, hielten wir vor dem Gebäude. Im Inneren war die übliche Theke mit Stadtplänen und Informationsbroschüren. Eine ältere Dame mit großen Augen hinter Brillengläsern empfing uns. Wir fragten sie nach einem Observatorium.

»Sie interessieren sich für die Sterne?« Das wunderte die

Dame nicht. Viele Menschen kämen wegen der Sterne her, sagte sie. Sie bot uns an, die Besuchszeiten des Lowell Observatoriums herauszufinden.

»Es muss noch ein anderes Observatorium geben«, sagte Tom. »Es ist vielleicht privat.«

»Oh, das ist hier nichts Ungewöhnliches«, sagte sie, »dass jemand ein privates Observatorium hat.« Wir hätten ja vielleicht gehört, dass Flagstaff die erste »Dark Sky«-Gemeinde der Vereinigten Staaten sei. Sogar die Straßenbeleuchtung sei eigens auf die Bedürfnisse der Astronomen eingestellt.

»Das sind gute Neuigkeiten«, sagte Tom. »Der Mann, den wir suchen, der Besitzer des Observatoriums, heißt Whistler.«

»Whistler?« Ihre großen Augen weiteten sich hinter den Gläsern. »Es war was in der Zeitung«, sagte sie kopfschüttelnd. »Whistler. Ich glaube, er hat Land draußen bei den Vulkanen. Aber ein neues Observatorium …« Ihre Augen verengten sich wieder. Sie war eine liebenswerte amerikanische Lady und mehr als hilfsbereit. Ich glaube, sie hätte uns am liebsten einen Kuchen gebacken, aber sie konnte uns nicht helfen.

Draußen auf dem Parkplatz sagte ich zu Tom: »Was hältst du davon, wenn wir einfach mal im Telefonbuch nachsehen, ob es einen Whistler gibt.«

»Okay. Warum nicht.«

An dem kleinen Bahnhof fanden wir einen Münzfernsprecher und ein Telefonbuch des gesamten Countys. Ich schlug unter W nach und fand keinen Eintrag. Auch unter dem Namen seiner ehemaligen Firma Schott & Whistler war nichts eingetragen.

»Seltsam«, sagte ich. »Er muss doch Leute hier vor Ort haben.«

Tom stand schweigend neben mir. Er schien überhaupt keinen Plan zu haben, was mich natürlich in Rage versetzte, denn genau das hatte ich erwartet.

»Vielleicht hat er noch ein Büro in L. A.«, schlug ich vor. »Wir sagen, wir hätten einen Termin in Flagstaff und bräuchten nur noch …«

Der Rest meines Satzes ging im Lärm einer gewaltigen mehrstimmigen Hupe unter, und kurz darauf rollte ein langer Güterzug an uns vorbei. Er fuhr mitten durch die Stadt, so langsam, dass es Minuten dauerte, bis wir wieder sprechen konnten.

»Was soll's?«, schrie Tom in das verebbende Geratter hinein. »Wir können auch einfach hinfahren.«

»Aber wohin?«

»Na, zu den Vulkanen. Die Frau hat gesagt, er hat Land bei den Vulkanen.«

Er holte eine Karte aus dem Auto, die er mir hinhielt. Ein Gebiet nordöstlich von Flagstaff war als Sehenswürdigkeit markiert. Ich sah einen kleinen Kreis, und in der Mitte stand: »Sunset Crater Volcano Monument.«

Im Osten von Flagstaff wurde die Hauptstraße zu einer breiten Ausfallstraße. Laut Karte befanden wir uns auf dem historischen Highway 66, der alten Direktroute zwischen Chicago und Los Angeles. Motels reihten sich aneinander, bunte Schilder mit geschwungenen, nostalgischen Schriftzügen: »Whispering Winds Motel«, »Red Rose Inn Motel« und die »Starlite«-Bowlingbahn. Darunter warben Blockbuchstaben auf weißen Tafeln mit den immer gleichen knappen Codes um Gäste: LO RATES, WKLY RATES, CABLE, ESPN, HBO. Wir passierten Fabriken und eine Freeway-Auffahrt. In einem Bogen ging es aus der Stadt hinaus und wieder durch lichten Nadelwald, bis zu einer Abzweigung.

»Winona«, sagte Tom und zeigte auf den Pfeil. »In diese Richtung müssen wir.«

Der Townsend Winona Drive führte durch ein Land aus kräftigen Farben. Hinter Zäunen erstreckten sich ausgedehnte Koppeln, auf denen Pferde weideten und Autos Rost ansetzten. Die Ranchen der Gegend waren zumeist gewöhnliche niedrige Holzhäuser, aber sie hatten schöne Zufahrten. Wir sahen Tore, verziert mit verschnörkelten Initialen oder Wagenrädern. Die Mittagsluft war immer noch frisch und durchsichtig. Die beschneiten Gipfel im Nordwesten zeichneten sich ab wie in einem Demonstrationsfilm für hochauflösende Fernsehbilder. Das Blau des Himmels erinnerte mich an bestimmte Herbsttage in München, jene magischen Tage, an denen das Ultramarin ein unwirkliches Tiefenleuchten annimmt und die Menschen wie eine Droge aus ihren Häusern lockt. Allerdings gab es diese Tage zu Hause nicht allzu oft.

Wir fragten uns schon, ob wir die Abzweigung zum Sunset Crater verpasst hatten, als wir, mitten auf einer Weide, eine Rakete stehen sahen. Es war keine echte Rakete, glaube ich, eher ein Spielzeug, das ein Rancher für seine Söhne gebaut hatte, aber beeindruckend war sie trotzdem. Sie sah aus wie eine V2, zigarrenförmig, rot-weiß lackiert, und gut vier oder fünf Meter hoch. Etwa eine Meile weiter stand eine lange Reihe von eisernen Briefkästen am Straßenrand. Sie gehörten zu einer scheinbar namenlosen kleinen Siedlung, einer Reihe ärmlicher Häuser entlang einer Staubpiste.

Weil uns nichts Besseres einfiel, parkten wir den Wagen und gingen zu Fuß den Weg entlang, um uns nach etwaigen Vulkanen zu erkundigen. Die Häuser waren nicht gerade baufällig, aber von der billigsten Konstruktionsweise, einfache Holzhäuser ohne Keller, und längliche Schuppen, auf deren Veranden

Blechglockenspiele im Wind klimperten. An fast allen Zäunen hingen »No Trespassing« oder »Keep out«-Schilder und Warnungen vor bissigen Hunden, aber das gefährlichste Tier in der Nähe war ein alter Gaul mit kahlen vernarbten Flecken im Fell. Er graste einsam und abgerissen hinter seinem Zaun. Ich streckte den Arm aus, um seinen Kopf zu streicheln. Er war bissig, aber zu langsam.

Auf den leeren Grundstücken standen nicht nur jede Menge Autos herum – neue, alte und ausgeschlachtete – sondern auch Motorräder, Buggys, und wir sahen sogar Boote. Die Menschen hier mussten ein Faible für Motoren haben. Am Ende des Wegs wirbelte irgendein Gefährt gewaltig Staub auf. Es zog eine Wolke hinter sich her wie ein ganzer Lastwagenkonvoi. Das Gefährt kam auf uns zu. Als es uns fast erreicht hatte, sah ich, dass es ein Quad war, eins dieser motorisierten Gokarts fürs Gelände. Ein kleiner Junge saß darauf. Er brauste lärmend vorbei, ohne von uns Notiz zu nehmen.

Wir gingen weiter bis zum Ende des Wegs, begleitet von zwei zottigen Hunden, die hinter ihrem Zaun neben uns herliefen und die ganze Zeit fiepten und jaulten. Ansonsten waren wir allein. Ich blieb stehen. Plötzlich hatte ich zum ersten Mal während dieser Reise das Bedürfnis, ein Foto zu machen. Die Ranchen, die schneebedeckte Berge im Hintergrund und die ramponierte Corvette, die vor uns im Gras stand, all das war so uramerikanisch, ja romantisch, dass der Tourist in mir nicht anders konnte. Das Herz Amerikas. Ich zückte meine kleine silberne Kamera aus der Innentasche der Jacke, drehte mich ein bisschen im Kreis, bis mir der Bildausschnitt gefiel, und drückte ab. Tom beobachtete mich nur ratlos: »Was fotografierst du da?«

»Nichts«, sagte ich und nahm die Kamera wieder herunter. In diesem Moment bemerkte ich, dass sich in einem der Hausfenster ein Vorhang bewegte. Erst recht erschrak ich, als sich die Haustür öffnete und eine Frau herauskam. Sie war noch weit genug entfernt, aber sie beäugte uns von ihrer Veranda aus und rief: »Warum fotografiert ihr mein Haus?« Hinter ihr lief ein Hund, ein muskulöses, schwarzes Vieh mit breitem Nacken und Bulldoggenschnauze, das nervös um seine Besitzerin streifte, ohne uns aus den Augen zu lassen.

»Entschuldigung«, rief ich, machte sofort kehrt und ging den Weg zurück in Richtung unseres Wagens.

»Wir könnten sie trotzdem nach dem Weg fragen«, rief Tom mir nach.

»Lieber nicht!« Ich beschleunigte meinen Schritt, so dass Tom mir notgedrungen nachjoggte.

»Was ist?«, fragte er, als er mich eingeholt hatte.

»Ich habe Angst vor Hunden.«

»Im Ernst?« Er versuchte netterweise, nicht zu lächeln.

»Ich bin als Kind gebissen worden, ich kann da nichts machen.«

Die Frau rief noch einmal: »Warum fotografiert ihr mein Haus?«

Die Frage war berechtigt, fand ich, aber die Antwort zu kompliziert. Wir konnten genauso gut das Weite suchen.

Beim Auto angelangt setzte ich mich hinter das Lenkrad. Sobald Tom neben mir saß, drehte ich den Zündschlüssel und drückte aufs Gas. Der Wagen machte überraschend einen Satz rückwärts. Aber das war nicht das einzig Überraschende. Von hinten hörte ich ein Knirschen und fühlte einen Aufprall. Tom und ich tauschten einen Blick und stiegen gleichzeitig aus, um nachzusehen.

»Scheiße«, sagte ich. »So eine Scheiße.«

Durch die hintere Plastikstoßstange des Wagens zog sich ein Riss. Er stammte von der rostigen Eisenstange, die sinnlos aus dem Boden ragte und früher vielleicht ein Ortsschild getragen hatte. Jetzt war sie nach hinten umgebogen.

»Verdammt«, sagte jetzt auch Tom. »Das sieht blöd aus.«

»Das ist ein Versicherungsfall«, sagte ich.

»Und sind wir versichert?«

»Keine Ahnung.«

Ich besah mir die Stoßstange noch einmal. Der Riss war zu deutlich, man musste sie auf jeden Fall austauschen.

»Kann ja nicht viel kosten bei dem Auto«, sagte Tom.

»Die Vermieter machen immer Geld mit so was. Die werden uns einfach eine neue Stoßstange in Rechnung stellen.«

»Tja«, sagte Tom.

»Scheiße«, rief ich noch mal.

»Warum bist du überhaupt so schnell gestartet?«

»Ich hab dir gesagt, ich kann nichts dafür. Ich wurde als Kind gebissen.«

»Sprechen Sie Englisch?«

Wir drehten uns beide um. Die Frau, die aus dem Haus gekommen war, stand jetzt direkt vor uns.

»Was machen Sie da?«, wollte sie wissen.

»Wir hatten einen kleinen Unfall«, sagte Tom, während ich mich nervös nach dem schwarzen Hund umsah.

»Gerade eben?«

Sie ging jetzt auch um das Auto herum und besah sich unsere Stoßstange. Eine blassblonde Frau mit einem schmalen, harten Körper, der in Jeans und einem weißen T-Shirt steckte, der amerikanischen Arbeitsuniform. Die kurze Jeans ließ am Fußknöchel ein Tattoo erkennen. Wahrscheinlich suchte sie nach einem vernünftigen Grund, gegen den Pfosten zu fahren. Ich konnte ihr ja nicht sagen, dass wir vor ihr weggelaufen waren, auch wenn es die Wahrheit war.

»Aber was machen Sie überhaupt hier?«, fragte sie.

Tom räusperte sich und versuchte, ihr unsere Geschichte zu erklären. Dabei fiel mir auf, wie unglaubwürdig sie klang. Je mehr Details er erzählte, desto größer wurde das Fragezeichen im Gesicht der Frau. Ich glaube, sie hielt uns entweder für skurrile Exemplare der Gattung »verirrter europäischer Tourist« oder für fahrende Taugenichtse, die sich eine Legende zusammenstrickten. Beides war ja nicht unbedingt weit entfernt von der Wahrheit.

»Also seid ihr so was wie Astronomen?«

»Nein«, sagte Tom. »Wir sind Beobachter. Observers!«

Das alles brachte sie nun doch zum Lächeln, was sie urplötzlich attraktiv wirken ließ. Sie sagte, sie sei Krankenschwester und wohne erst seit wenigen Jahren hier. Ihr Mann arbeite als Koch in der Stadt. Man komme über die Runden. »Aber als ich Ihre Kamera gesehen hab, dachte ich sofort an einen von der Bank.« Sie war eine angenehme Frau mit zivilisierten Umgangsformen. Weder eine Alkoholikerin noch eine typische Kampfhundhalterin. Ich schämte mich immer mehr. Diese ganze Siedlung gehörte wohl zu jenem Komplex, den die Wohlhabenden und Gebildeten ohne zu zögern als »weiße Unterschicht« abtaten. Die Bürde dieses Klischees war sicher schwer genug – auch ohne Touristen, die glaubten, hier das »wahre Amerika« entdecken zu müssen.

»Wissen Sie denn, wo sie jetzt hinmüssen?«, fragte die Frau.

»Ach ja«, sagte Tom zerstreut: »Gibt es hier einen Vulkan in der Nähe?«

»Einen?« Sie lächelte wieder. »Fahren Sie ein paar Meilen die Straße runter und dann bei der ersten Kreuzung links. Da können Sie sich einen Vulkan aussuchen.«

»Wir wissen noch nicht genau, zu welchem wir müssen«, sagte Tom.

»Wissen Sie denn, wie er aussieht?«

»Nein. Ist das ein Problem?«

»Nicht, wenn Sie Zeit haben. Es gibt ungefähr vierhundert Vulkane hier.«

Wir fuhren immer noch auf der Straße in Richtung Winona, und Tom, der sich wohl damit abgefunden hatte, dass sich sein Plan langsam in Fetzen auflöste, schwieg beharrlich.

»Die können verlangen, was sie wollen«, murmelte ich.

»Was?«

»Für die Stoßstange. Die nennen einfach irgendeinen Fantasiebetrag.«

»Sid Koenig bezahlt ja den Wagen.«

»Er reißt uns den Kopf ab.«

Kurz vor Winona fanden wir die Abzweigung in Richtung des Sunset Crater National Monuments. Die Straße führte schnurgerade durch unbesiedeltes Land. Am Rande der großen Leere vor dem Panorama der schneebedeckten San Francisco Mountains standen einsame Schuppen und abgestellte Tankwagen in scheinbar sinnloser Anordnung. Und eine Armada von gelben Schulbussen hinter Zäunen im struppigen Gras, die Reifen platt, die Scheinwerfer eingeschlagen oder heraushängend.

Das erste bewohnte Haus, das wir am Straßenrand vorfanden, war eine längliche Blockhütte, auf einem gemalten Schild über dem Eingang stand: »2 Bar 4«.

»Vielleicht wissen die was«, schlug Tom vor und scherte auf den Parkplatz aus. Die Bar war geöffnet, aber noch leer. Samtweicher Melody-Rock erfüllte den Raum. Der Barmann war zu unserer Überraschung kein verwitterter alter Cowboy, sondern ein etwa zwanzigjähriger glattrasierter Kerl mit kräftigen Oberarmen, der uns wie beste Freunde begrüßte. Er hatte noch nie von Whistler gehört. Er war nur zum Gleitschirmfliegen hier in der Gegend. »Wenn ihr diesen Whistler finden wollt, solltet ihr John fragen. Er wohnt nicht weit von hier. Er ist Büchsenschmied. Ein netter Kerl. Er war eine Weile nicht hier. Ich habe gehört, er hat einen Schlaganfall gehabt. Schlimm. Aber er kennt hier jeden.« Johns genaue Adresse wusste er nicht. Er wohne ein paar Meilen von hier, in einem alleinstehenden Haus.

Runde Wacholderbäume überzogen das gelbliche Grasland, das sich in Wellen vor uns ausbreitete. Wir waren jetzt in einer Heidelandschaft, die Straße führte direkt auf den größten Hügel zu, umrundete ihn, und auf der anderen Seite fanden wir noch mehr Hügel. Anfangs viele kleinere mit Büschen bestandene Kuppeln, die der Landschaft etwas Heiteres verliehen, dann flächige Berge, schwarzbraune, schorfige Erhebungen, die monolithisch im Sonnenlicht lagen, scharf konturiert vor dem tiefblauen Himmel. Auf manchen von ihnen war Tagebau betrieben worden. Wir sahen Förderbänder und planierte Flächen, wo Bagger Erde abgetragen hatten. Die Vulkane tauchten jetzt in den unterschiedlichsten Formen auf. Berge mit flachen Plateaus und perfekt gerundete Kuppeln, Berge mit langen Schildkrötenrücken und klassische Vulkane, deren Hänge steiler werdende Kurven beschrieben; alle paar Meilen ein neuer Hügel, den der Boden ausgeworfen hatte.

Ein Observatorium sahen wir nicht, geschweige denn andere Häuser. Nur vereinzelte Hinweise darauf, dass das Land bewohnt war, manchmal Briefkästen, manchmal Schilder am Straßenrand, auf denen »private ground« stand und hinter denen Wege und Trampelpfade in die Wildnis führten. Zäune gab es keine.

»Wie lange sind wir schon unterwegs seit der Bar?«, fragte ich.

»Zwanzig Minuten vielleicht?«

Seltsam, dachte ich, ich hätte die Zeitspanne nicht schätzen können. Ebenso wie mein Gefühl für den Raum schien sich auch mein Zeitgefühl irgendwo zwischen den Bergen zu verlieren. Ein Land ohne Autos, Häuser, Menschen und ohne menschliche Maßstäbe. Berge erhoben sich aus den Weiten in den nackten Steppenhimmel – fünf, zehn oder fünfzehn Kilometer entfernt, ich hätte es nicht sagen können. Um ihre Kraterränder zogen sich sichelförmige Schatten. Zu ihren Füßen lagen aufgetürmte Halden aus schwarzem Sand, und über ihren offenen Flanken wuchs Gras wie Schorf.

»Ich frage mich, wie lang das hier noch so weitergeht«, sagte ich.

»Hast du dir den Meilenstand gemerkt, bei dem wir bei der Bar losgefahren sind?«, fragte Tom.

»Nein, warum?« Ich verlangsamte das Tempo und wendete auf der leeren Straße. Wir blickten zurück in die Richtung, aus der wir gekommen waren. Die Vulkane zeigten uns plötzlich andere Silhouetten und andere Farben. Nichts ließ darauf schließen, dass wir jemals an ihnen vorbeigefahren waren. »Diese Gegend verwirrt mich«, sagte ich.

Tom gab mir Recht. Wir hatten nicht den geringsten Anhaltspunkt, in welche Richtung wir fahren mussten. Auf der ganzen Strecke waren uns höchstens zwei oder drei Autos entgegengekommen. Wir sahen nur ein Schild in unserer Nähe, am Straßenrand. Darauf stand in großen, roten Buchstaben »Yard Sale«.

Ohne lang zu überlegen, bog ich auf den Feldweg ab. Wir fuhren so lange im Schritttempo, bis wir am Ende des Wegs zwei, drei Autos stehen sahen. Dort parkten wir und erreichten zu Fuß einen staubigen Hof zwischen Holzschuppen. Unter den Vordächern war eine Menschenansammlung. Kleine, stämmige indianisch aussehende Frauen gingen zwischen Tischen umher, auf denen verschiedene Dinge zum Verkauf angeboten wurden. Wir mischten uns unter die Leute und begutachteten die Waren in der Auslage. Es waren vor allem Haushaltsgeräte: Bügeleisen, Mikrowellen, alte Nintendo-Gameboys, Teller und ein Teeservice. Daneben gab es frische Melonen, Decken und Tierfelle. Eine Frau kaufte gerade ein Kaninchenfell. Als sie bezahlt hatte, standen wir allein vor dem Tisch. Ich wartete darauf, dass die Verkäuferin »Kann ich Ihnen helfen?«, fragte, aber sie sah durch uns hindurch wie ein versteinerter Kugelfisch.

Ich kaufte eine Melone und fragte nach einem neuen Gebäude in der Nähe.

Sie händigte mir mechanisch ein paar Münzen aus.

»Ein Gebäude oder eine Baustelle«, sagte ich noch einmal.

»Ein Bergwerk?« fragte sie.

»Nein«, sagte ich. »Wir suchen ein Haus auf einem Berg.«

»Was für ein Haus?«

Ich machte eine Handbewegung, die ein Fernglas nachahmte, und kehrte mein Gesicht zum Himmel. »Ein Haus zum Anschauen der Sterne.«

Die Frau betrachtete mich unverwandt mit steinernem Blick. »Sie meinen ein Observatorium?«

»Äh, ja.«

»Das ist nicht hier. Die öffentliche Sternwarte befindet sich in Flagstaff.«

»Nein, wir suchen ein anderes, irgendwo zwischen den Vulkanen«, sagte ich. »Von einem reichen Mann aus Kalifornien.«

»Wie ist sein Name?«

»Whistler.«

Über ihr Gesicht wanderte nur die Andeutung eines Lächelns.

»Mr. Whistler«, sagte sie.

»Sie kennen ihn?«, rief Tom.

»Alle kennen ihn. Ein netter Mann.«

»Ach so«, sagte ich und sah zu Tom hinüber, der mit den Schultern zuckte. »Wieso kennen ihn alle?«

»Die Nachbarn reden gut über ihn. Er lässt ihr Vieh auf seinem Land grasen. Hier ist es oft trocken, und es gibt zu wenig Gras. Mr. Whistler braucht das Gras nicht.«

Ich fragte sie, wie wir ihn finden könnten. Ihrer Wegbeschreibung nach war Whistler nicht zu verfehlen. Wir mussten nur wieder umkehren und der Straße ein paar Meilen in Richtung der Siedlung Leupp folgen. Der Berg, den wir suchten, sei der letzte der Gegend und stehe abseits der Straße. Aber, fügte sie hinzu, wir sollten wissen, dass Mr. Whistler nur Vieh auf seinem Grundstück herumlaufen lasse.

»Wieso nur Vieh?«

»Es kommen manchmal Leute, um nachzusehen, was er mit dem Vulkan vorhat. Naturschützer oder die Leute vom Grundstücksamt. Er hat immer Ärger mit ihnen. Weil er keine eigenen Kühe hat.«

»Keine Kühe?«

»Nein.«

»Und das ist ein Problem?«

»Ja. Für das Grundstücksamt.«

Mit dieser neuen rätselhaften Auskunft fuhren wir, wie empfohlen, in Richtung der Siedlung Leupp, so lange, bis die Vulkane wieder spärlicher wurden. In östlicher Richtung verlor sich die Straße in einer graubraunen Grasebene. Irgendwo dort musste die Siedlung liegen, auf Navajogebiet. Ein Schild markierte die Grenze, und es war leicht zu sehen, warum den Navajo einst gerade dieses Stück Land zuerkannt worden war. Direkt hinter der Grenze begann eine trockene, unfruchtbare

Steppenzone ohne jeden Wiedererkennungswert, in der nicht einmal mehr Büsche wuchsen. Gegen Norden gingen die urzeitlichen Berge des Vulkanlands in eine violette Hochebene über, die laut unserer Karte zur »Painted Desert« gehörte. Dort ging der Blick in eine unbestimmte Ferne, zu einem dunkelrot in der Abendsonne glühenden Streifen aus Tafelbergen, die einen schnurgeraden Horizont bildeten. Irgendwo in dieser Richtung musste der Little Colorado liegen. Was wir suchten, war aber ganz in der Nähe. Von den wenigen Vulkanen, die noch übrig blieben, gab es nur einen, der in Frage kam. Er thronte isoliert in der Landschaft, mehrere Kilometer abseits der Straße in nordwestlicher Richtung – ein Berg von eigenartiger Symmetrie, mit erhabenen schwarzen Hängen und einem flächigen Plateau, der unter der tiefstehenden Sonne lag wie ein Opferaltar.

»Das war ja einfach«, sagte ich.

»Man muss nur die richtigen Leute fragen.« Tom, der wieder am Steuer saß, drosselte das Tempo, als wir an einem dunklen Sandweg vorbeikamen, der in die Richtung des Vulkans führte.

Einen Moment zögerte Tom, dann bog er mit Schwung auf den Weg ab, direkt vorbei an einem »No Trespassing«-Schild.

»Was machst du?«, fragte ich.

»Wir sehen uns mal um.«

»Das sollten wir lieber lassen. Die Frau hat doch gesagt, dass Mr. Whistler das nicht mag.«

»Gegen uns hat er nichts. Wir sind ja keine Naturschützer.«

»Findest du das gut? Dass wir unsere Geschäftsbeziehung mit Landfriedensbruch beginnen?«

»Komm schon! Wie willst du hier den Frieden brechen?«

Wir kamen an einem zweiten Schild vorbei. Es wies auf querende Tiere hin und war an seinem Fuß mit dem Totenschädel eines Rinds dekoriert.

»Was, wenn wir noch jemanden auf der Baustelle treffen?«, fragte ich.

»Dann spielen wir dumme Touristen«, schlug Tom vor.

Der Weg bestand aus schwarzem Sand, der eben und gut befahrbar war. Er war breit genug für größere Lastwagen, was darauf schließen ließ, dass wir tatsächlich am richtigen Ort waren. Nirgendwo sahen wir Schranken oder Ähnliches. Nicht einmal einen Zaun oder ein Wärterhäuschen, aber das minderte meine Sorgen nicht. Wir hatten das gesicherte Gebiet der Geschäftsreise endgültig verlassen und uns auf gefährliches Terrain begeben. Immerhin einen Trumpf hatten wir, dachte ich. Falls uns doch noch jemand anhielt, würde es uns nicht sehr schwerfallen, dumme Touristen zu spielen. Der Berg lag jetzt als schwarzer Koloss vor uns, die Hänge verschattet vor dem gelbroten Gegenlicht. Am Fuße des Vulkans gabelte sich der Weg. Wir fuhren in einer Kurve zur Sonnenseite, und als wir direkt in das Licht sahen, hielten wir an und stiegen aus. Die Luft war trocken und kalt wie im Gebirge. Ich befühlte meine aufgesprungenen Lippen mit der Zunge. Der Krater mochte sich zweihundert oder dreihundert Meter über uns befinden. Die Farbe des Vulkans war nun ein kräftiges Braunrot, eine tiefe, gesättigte Farbe wie ein inneres Glühen.

»Da ist nichts«, sagte ich und blinzelte an dem Berg hinauf.

»Sieh mal, da«, sagte Tom und zeigte mit dem Finger nach oben. Etwa fünfzig Meter unterhalb des Kraterrands befand sich eine plane Fläche, auf der sich ein einsames Windrad drehte. Außerdem parkte dort ein Lieferwagen.

»Ach nee«, sagte ich.

»Wahrscheinlich führt der Weg bis dahin«, sagte Tom.

»Ja, sieht so aus.«

»Wir können ja nachsehen.«

»Da mach ich nicht mit«, sagte ich.

»Warum nicht?« Er wirkte allen Ernstes erstaunt.

»Weil ich es auch nicht mögen würde, wenn jemand mit dem Auto auf meinem Vulkan herumfährt.«

»Dann gehen wir zu Fuß.«

»Es wird ja schon dunkel.«

»Du kannst dich auch nicht entscheiden.«

»Nein, ich hab mich entschieden«, rief ich. »Wir kehren um.«

Die Straße den Vulkan hinauf war steiler, als sie ausgesehen hatte, und für geländegängige Autos konzipiert, so dass Tom immer wieder in den ersten Gang runterschalten musste. Der Motor begann schon nach einem Drittel der Strecke laut zu brüllen. Sein Einspruch blieb genauso wirkungslos wie meiner.

Es war nun schon beinahe zur Gewohnheit geworden, dass ich Tom vergeblich widersprach. Ich sah in die violette Weite hinaus, betrachtete widerwillig die Schönheit um uns. Ich musste zugeben, dass ich dem Vulkan selbst kaum widerstehen konnte. Es kam mir vor, als ob Tom und ich unerlaubt einen heiligen Ort beträten. Je höher wir uns hinaufschraubten, desto unwirklicher wurde die Szenerie; die elementarste Landschaft, die ich je gesehen hatte, und der Reiz des Verbotenen schärfte noch die Sinne für das Wunder. Vor uns, im Süden, das Land der Vulkane, in dem all die Wutausbrüche einer älteren Erde in versteinerter Form herumstanden. Im Südwesten die weißen Spitzen der San-Francisco-Bergkette, hinter denen die Sonne schon versank. Und um uns herum die violette Prärie. Ein einziges Gebäude konnten wir sehen. Auf der Rückseite des Bergs, die uns von der Straße aus verborgen gewesen war, lag eine einsame Asphaltpiste im Wüstenboden.

Das Gebäude, auf das sie zuführte, war eine rechteckige, weiße Schuhschachtel, die nagelneu in der Sonne strahlte wie ein versehentlich hier abgeworfener Container. Ich fragte mich, ob Whistler dort lebte.

Als wir das einsam rotierende Windrad erreicht hatten, stiegen wir aus. Der olympische Ausblick machte uns stumm.

»Jetzt verstehe ich langsam, warum man sich einen Vulkan kauft«, sagte ich schließlich.

»Ich wüsste zu gern, was er da oben treibt.« Tom sah skeptisch zu dem Kraterrand über uns. »Ein Observatorium hätten wir von der Straße aus sehen müssen.«

»Sag ich doch, da ist nichts.«

»Aber es gibt einen Fußweg.« Er zeigte auf einen Pfad, der in einem Bogen zum Kraterrand führte. »Jetzt können wir uns auch gleich alles ansehen.«

»Was ist mit dem Auto? Das gehört jemandem, und der ist vielleicht da oben.«

»Wenn schon«, sagte Tom und wiederholte sein Mantra. »Wir sind Touristen!«

Mit diesen Worten machte er sich auf den Weg. Mein Gefühl sagte mir gleich, dass es der eine Schritt zu viel war, und diesmal sollte ich Recht behalten. Der Lieferwagen, der in unserer Nähe parkte, war nahezu schrottreif, aber er sah nicht so aus, als wartete er hier nur auf das Jüngste Gericht. Auf der Ladefläche lagen Kabelrollen und ein benzinbetriebener Generator. Die Motorhaube war kalt unter meiner Hand, aber als ich durch die Fahrertür sah, entdeckte ich im Inneren ungeöffnete Getränkedosen. Die Tür schien nicht einmal verschlossen zu sein.

»Ich glaube, hier ist jemand!«, rief ich.

»Jetzt komm schon«, sagte Tom und ging unbeirrt weiter. »Wir sind harmlose deutsche Tou …«

Sein Satz war noch nicht beendet, als wir zusammenzuckten, weil die Stille jäh von einem Knall unterbrochen wurde. Es war ein trockener Knall, der einen Moment in der Luft nachhallte, ein ziemlich eindeutiger Knall. Nicht dass ich mich damit auskannte, aber für mich hatte er geklungen wie ein Schuss. Für Tom offenbar auch. Ich hörte, wie er »Scheiße« rief, und sah ihn in meine Richtung zurückrennen. Ich selbst duckte mich hinter den Lieferwagen, da krachte es schon ein zweites Mal. Aus meiner Deckung gewahrte ich eine Gestalt oben am Kraterrand, die mit einem langen Lauf auf uns zielte. Und sie war nicht allein. Bei ihr war noch eine andere Gestalt, gedrungen, vierbeinig und schwarz, ein Tier, das mit schnellen Schritten den Hang hinabgelaufen kam. Ein Hund, nein, ein *mächtig großer* Hund! Wäre ich noch zum Denken fähig gewesen, wäre mir wohl eingefallen, dass ich unser Auto erreichen konnte, um mich einzuschließen und in Ruhe dabei zuzusehen, wie Tom gebissen wurde. Aber unter diesen Bedingungen und an diesem Ort funktionierte mein Gehirn nicht richtig. Und leider fiel mir nichts Besseres ein, als Hals über Kopf den Hang hinunterzurennen. Ich rannte querfeldein, auf der Falllinie in Richtung Tal, zwanzig, dreißig Meter weit. Der Boden unter meinen Füßen war sandiges Geröll, eher hart als weich und mit genügend Steinen durchsetzt, um mir bei einem Sturz alle Knochen zu brechen. Ich wollte schon gar nicht mehr rennen, wurde aber immer noch schneller. Plötzlich sah ich eine Kuppe vor mir auftauchen, hinter der das Gefälle steiler wurde. Nach einer ohnmächtigen Sekunde, in der ich merkte, dass es für eine Kurve nicht mehr reichte, versteifte sich mein Körper, ich stellte mich mit aller Kraft seitlich zum Berg, kam aber nicht zum Stehen, sondern rutschte geradewegs über die Kuppe, fiel, und dann ging es auf jahrtausendelang gehärteter Asche und Lava bergab. Meine

Fersen ratterten über das Geröll, mein Ellbogen krachte gegen Stein, was in kürzester Zeit alles mit meinem Rücken und Hinterteil passierte, war unbeschreiblich. So rutschte, bremste, schlidderte und holperte ich ein paar Meter, bis ich endlich zum Liegen kam – auf der Straße. Soll der Hund kommen, dachte ich. Er kann gerne meine Überreste beißen.

Anstelle des Hundes kam ein Auto. Eine Staubwolke hinter sich, jagte es über die Piste und kam vor mir zum Stehen.

»Wie geht's?«, fragte Tom, als er ausstieg.

»Weiß nicht«, sagte ich. »Komischer Tag irgendwie.«

»Willst du einsteigen?«

»Ich kann's versuchen.«

Er half mir beim Aufstehen und hievte mich auf die Beine.

»Geht's?«

»Ich glaube.«

»Was sollte das denn?«, sagte er. »Warum bist du nicht zum Auto gelaufen wie ich?«

»Halt die Klappe« schrie ich ihn an. »Halt die Klappe, du verdammtes Arschloch.« Ich setzte mich und schlug die Autotür von innen zu.

Auf der Fahrt zurück zur Straße sprachen wir wenig. Tom nahm keine Rücksicht auf unser Auto und fuhr so schnell, wie er konnte. Hinter uns sah ich keinen anderen Wagen.

»Wohin?«, fragte Tom, als der Weg in die Landstraße mündete.

»Flagstaff«, sagte ich. »Ich brauche ein Motelzimmer, um das Blut abzuwaschen.«

»Wie schlimm ist es?«

»Ich werde nicht verbluten, aber ein Bett wäre gut heute Nacht.«

»Auf dem Schild da steht, Leupp ist nur sechs Meilen von hier«, sagte Tom.

»Das ist im Navajo-Gebiet.«

»Denkst du, Navajos haben keine erste Hilfe?«

»Also gut«, sagte ich. »Irgendwohin wo ein Wasserhahn ist und ein Bett.«

In schneller Fahrt passierten wir die Grenze zum Navajo-Land. Sechs Meilen! So wie mein Steißbein wehtat, war selbst das eine viel zu weite Reise. Nun, da die Ebene im Schatten lag, sah sie noch grauer und eintöniger aus. Grasbüschel tüpfelten das Land wie eine alte Hyäne. Telegrafenmasten ragten wie Zahnstocher aus der Ebene, ein paar niedrige Hügel lagen schwarz und zusammengeschmolzen dahinter. Es war ein Land ohne Eigenschaften, wie jene entseelten Ebenen, auf denen im populären Spielfilm die Maschinenschlachten der Zukunft geschlagen werden. Oder das, was danach von der Welt übrig bleibt. Einmal sah ich im Vorbeifahren undeutlich eine Felsgruppe. Sie war menschengemacht, mehrere Sockel aus aufgehäuften roten Steinen, die eine Formation von unbekannter Bedeutung bildeten. Aber das war schon alles. Ich rieb meinen Ellbogen und gab mich der vollendeten Trostlosigkeit des Anblicks hin. Ob es wirklich sinnvoll war, nach Leupp zu fahren, darüber dachte ich gar nicht nach. Ich hatte jenes Stadium der Ermattung erreicht, in dem man sich willenlos einem anderen Menschen überantwortet. Zum ersten Mal in meinem Leben, dachte ich: Tom wird schon wissen, was er tut. Er wird für mich sorgen. Es war kein bewusster Gedanke, eher ein Instinkt. Ich ruhte meine schmerzenden Knochen aus, er fuhr Auto und kümmerte sich um den Rest.

Wie sehr der Instinkt trügen kann! Sobald die ersten Häuser der Siedlung auftauchten, ahnte ich bereits, dass es ein Fehler gewesen war, ihm die Wahl zu überlassen. Direkt an der Straße lag eine braune Brachfläche, und dahinter sahen wir im Dämmerlicht eine Reihe flacher Häuser mit gähnenden Löchern an Stelle von Fenstern und Türen. Es waren Einfamilienhäuser aus Beton, wahrscheinlich Sozialbauten, eine komplette Geistersiedlung, die allem Anschein nach nicht den Bedürfnissen der Menschen entsprochen hatte. Über dem müllübersäten Land mit seinen herumfliegenden Plastiktüten spannten sich die Drähte der Telefonmasten.

»Das ist also Leupp«, sagte ich.

»Bevor du voreilige Schlüsse ziehst«, sagte Tom, »da geht's noch weiter«.

Er hatte Recht. Es gab auch noch eine erleuchtete kleine Tankstelle und eine bewohnte Gegend. Letztere grenzte direkt an das Gebiet der Ruinen an und bestand aus einer einzigen Straße mit kleinen weißen und blauen Holzschuppen, vor denen die üblichen allradgetriebenen Kleinlaster parkten. In den Zäunen hatte sich herangewehter Müll verfangen. Das größte Gebäude der Straße war eine Kirche, ein neuer oder renovierter Bau mit einem gemauerten Fundament und einem spitzen Kirchturm. Das einzige andere gemauerte Gebäude war die Grundschule am Ende der Straße, vor der ein gelber Schulbus stand. Wir sahen schon wieder Hunde. Freilaufende bullige Tiere, die die Straßen kreuzten oder als drohende Schatten in den Höfen standen. Die einzigen Menschen, die wir zu Gesicht bekamen, waren zwei Kinder, die in der tintenblauen Dämmerung hinter der Schule einen Drachen steigen ließen. Eine Straßenbeleuchtung gab es nicht. Wo das Licht aus den Häusern aufhörte, standen wir wieder im Dunkeln.

Tom saß schweigend hinter dem Lenkrad.

»In welchem Motel sollen wir als Erstes fragen?«, sagte ich.

Er wendete. »Vielleicht können die in der Tankstelle uns weiterhelfen.«

Der Laden der Tankstelle war um diese Uhrzeit stark belebt. Er war wohl überhaupt das einzige Geschäft am Ort. Über den Tresen wurden gerupfte Hühnerbeine verkauft. Zwischen den Regalen rannten kleine Kinder mit Mandelaugen herum, Mädchen mit langen geflochtenen schwarzen Zöpfe standen mit ihren Süßigkeiten an der Kasse und quasselten über die Schule, in einem fein prononcierten Englisch wie Internatskinder aus Connecticut. Die Männer waren stämmig, einige massig, mit großen, breiten Schädeln, kurzgeschorenen Haaren und fleischigen Wangen. Sie parkten draußen mit ihren Allradlastern, packten ihre Hühnerteile ein und verschwanden wieder. Aus reiner Gewohnheit betrachtete ich die Cover der bunten Schachteln am DVD-Stand. Es war das Spielfilmangebot von vor einem Jahr.

»Gibt es hier ein Hotel?«, fragte Tom den jungen Mann hinter der Kasse.

Der junge Mann rückte seine »Arizona Wildcats«-Baseballkappe zurecht und plusterte die Wangen auf. Es sah nicht aus, als würde er gleich eine Liste mit Telefonnummern zücken.

»Ich meine, wir wissen, dass es hier kein Hotel gibt«, fügte Tom hinzu. »Aber vielleicht gibt es in der Nähe eins. Im nächsten Ort oder an der Straße.«

Der Mann betrachtete meine Kleidung. In seinem ratlosen Blick glaubte ich auch Mitleid zu entdecken. »In Flagstaff finden Sie ein Motel«, sagte er.

»Da kommen wir her. Was ist in der anderen Richtung?«

»Kein Motel.«

Tom seufzte: »Haben Sie …?« Er überlegte.

»Haben Sie Schmerztabletten«, schlug ich vor.

Ich kaufte eine Familienpackung. Außerdem ließen wir uns zwei Hühnerbeine und etwas Wasser geben.

Draußen besaß Tom immerhin die Größe, seinen Fehler einzugestehen. »Wir sollten nach Flagstaff zurückfahren. Alles andere hat keinen Sinn.«

»Das stehe ich nicht durch. Ich kann mit meinem Steißbein nicht mehr sitzen.«

»Dann müssen wir eben hier übernachten.«

»Ach so. Und wo?«, rief ich.

»Na ja.« Tom blickte zur anderen Straßenseite hinüber. Hinter dem Müllfeld konnten wir die lange Reihe weißer Hausfassaden nur noch erahnen. »Platz ist hier ja genug.«

Natürlich war es eine abwegige Idee. Ich hasste sie von Anfang an, aber das ganze Ausmaß ihrer Abwegigkeit wurde mir erst klar, als wir die Ruinen aus der Nähe sahen. Wir waren noch einmal bis zu der Schule gefahren und dann in Richtung der verlassenen Siedlung abgezweigt. Von der Landstraße aus hatte ich die Häuser noch für halbfertige Rohbauten gehalten, aber nun sahen wir, dass sie ausgeweidet und mutwillig verwüstet worden waren. Die Fenster fehlten nicht, sondern waren größtenteils eingeschlagen, in den Rahmen staken Glasdreiecke. Bei manchen Häusern hingen Teile des Putzes von der Außenmauer herab. Und auf den ungenutzten Flächen herrschte ein entsetzliches Gewirr aus Stahlteilen, Baumüll, morschen Brettern, abgesägten Bäumen, aufgehäuft und verkeilt wie nach einem tollwütigen Gewaltausbruch. Ich hatte in meinem Leben schon sogenannte »Geisterdörfer« gesehen, aufgegebene Siedlungen in Tagebaugebieten oder Investitionsruinen. Ich wusste, dass an ihnen nichts Unheimliches war – ein paar menschenleere Häuser, mehr nicht. Aber diese Siedlung jagte mir Angst ein. Echte Angst.

Tom entdeckte einen Grund für Optimismus. »Da ist ganz viel trockenes Holz«, sagte er.

»Und?«

Egal, was er sagen würde, dachte ich, es konnte bizarrer nicht werden. Aber er erstaunte mich dennoch. Tom schlug vor, in einem der Häuser ein Feuer anzuzünden.

Es gab so vieles, was dagegen sprach – darüber zu reden überstieg meine Kraft.

»Das ist verboten«, sagte ich nur schwach.

»Was schlägst du dann vor?«, fragte er.

Ich atmete hörbar aus. »Wieso sollte ich was vorschlagen?«

»Wieso nicht?«

»Weil ich hier mit einer großen Beule am Kopf sitze. Vielleicht erinnerst du dich noch, wie es passiert ist.«

»Ich kann doch auch nichts dafür, dass du gleich in Panik gerätst.«

Ich glaube, Tom erkannte die Zeichen gerade noch rechtzeitig. Er sah, dass in meinem Kopf irgendein wichtiges Teil implodierte und tat instinktiv das Richtige. Er stieg einfach aus dem Auto aus. Ich selbst blieb so lange im dunklen Wagen sitzen, bis ich wieder normal atmete und mein Steißbein zu stark schmerzte. Ich nahm drei Tabletten und versuchte, draußen etwas zu erkennen. Ich erahnte Toms Schatten, der in den mit Schutt übersäten Vorgärten herumstöberte und mit dem Fuß rostige Teile durch die Gegend kickte.

»Was machst du da?«, rief ich aus dem Fenster.

»Du kannst gerne fahren«, rief Tom. »Ich komm klar, hol mich morgen früh hier ab.«

Dann sah und hörte ich nichts mehr von ihm. Die Nacht hatte ihn verschluckt. In der Ferne hörte ich zwei kämpfende Hunde. Es war ein schreckliches Geknurre und dann ein Gejaule, das jäh abriss.

»Was machst du?«, rief ich noch mal.

Seine Stimme kam jetzt aus einem der Häuser. »Ich bereite das Huhn zu.«

»Hast du einen Herd?«

»Nein. Wieso?«

Tom saß in dem größten Raum des Hauses. Er war gerade

dabei, das Feuer anzufachen. In der Mitte des Betonbodens hatte Tom einen glasscherbenfreien Kreis geschaffen, in dem sein provisorischer Grill stand, eine kleine Pyramide aus Holzscheiten zwischen zwei Backsteintürmen, auf denen ein Rost ruhte, der früher ein Schachtgitter gewesen war. Eine Weile stand ich, halb beeindruckt, halb starr vor Wut, in der Ecke, während er mit einem Stück Blech wedelte, dann setzte ich mich auf den Boden und schwieg. Der Präriewind pfiff durch die Löcher des Hauses. Immerhin wurde die Glut dadurch angefacht, und es dauerte nicht lang, bis wir unser Grillgut auf den Rost legen konnten.

Tom überreichte mir das erste fertige Hühnerbein auf einem Souvenirteller mit »Sunset Crater«-Fotomotiv. Die Außenseite des Huhns war geschwärzt. Er beobachtete aufmerksam, wie ich hineinbiss, und ließ mich lange kauen.

»Schmeckt's?«, fragte er und reichte mir die Wasserflasche.

»Geht«, sagte ich.

Innen war das Fleisch roh, aber das Tier war zumindest nicht an Altersschwäche gestorben. Während des Essens würdigte ich ihn keines Blickes.

Als auch er sein Huhn verzehrt hatte, breitete er seine Jacke auf dem Boden aus, ließ sich mit einem Seufzer zurückfallen und schaute behaglich in die knisternde Glut.

»Ist doch ganz …«

»Sei still«, rief ich.

»Ich habe nichts gesagt.«

»Aber du wolltest.«

Ich ging noch einmal nach draußen zum Auto und holte Wundsalbe aus dem Verbandskasten. Ich hatte keine größeren offenen Wunden, aber schaden konnte es wohl nicht. Zurück im Haus rieb ich sie mir auf alle möglichen Stellen. Meinen Ellbogen bandagierte ich mit Watte und Mull. Wenn er angewinkelt war, tat die kleinste Berührung weh wie ein Stromstoß. Ich konnte nur aufrecht sitzen oder flach herumliegen. Die Nacht hing vor unserem Fenster wie ein schwarzer Teppich.

Wir sammelten alles zusammen, was an Jacken und Kleidung verfügbar war, und bereiteten uns ein Lager. Dann legten wir die letzten Holzbretter ins Feuer. Sie produzierten sofort eine hohe Flammensäule.

Im Liegen betrachteten wir das Lodern an der weißen Betondecke. Um mein Steißbein zu schonen, musste ich mich auf die Seite drehen, aber meine bevorzugte Schlafhaltung, den Kopf in der Armbeuge, wurde durch den streikenden Ellbogen behindert.

Keiner von uns konnte schlafen. Wir wälzten uns herum und lagen wach, bis die glosenden Scheite heruntergebrannt waren.

»Ich hab noch mal nachgedacht«, sagte Tom.

»Worüber?«, fragte ich.

»Das war nur ein Warnschuss. Der Typ wollte uns nur verjagen.«

»Das hat ja geklappt.«

»Vielleicht hätte er gar nicht geschossen …«

»Wenn?«

»Ist ja egal«, sagte er.

»Wenn was?«

»Es war vielleicht ungeschickt, dass du an seinem Auto rumgeschnüffelt hast.«

Ich verschluckte mich und fing an zu husten. Ich spuckte einen Hühnerknorpel in Richtung Feuer, wo er knisternd verschmorte.

»Ist ja egal«, sagte Tom.

Wie erwartet, wurde es eine lange Nacht. Ob ich überhaupt ein Auge zutat, weiß ich nicht mehr. Die Zeit verflog in einem Strudel aus schmerzenden Gliedern, wirren Ahnungen und fiebrigen Gedanken, untermalt von dem unablässig durch die Fensterlöcher in der Wand streichenden Wind. Es war ein mehrstimmiges Pfeifen aus verschiedenen Richtungen, das an- und abschwoll und sich manchmal bis zu einem brausenden Gedröhn verstärkte, in dessen Schwebungen und Dissonanzen sich andere Geräusche verbargen, die mir noch bedrohlicher vorkamen.

Ein paar Mal glaubte ich draußen Schritte zu hören und manchmal sogar ein Lachen. Ich bildete mir ein, dass es eilige Schritte waren und hohe Kinderstimmen, eine Wahrnehmung, die mein Entsetzen nur verstärkte. Welche Kinder sollten um diese Uhrzeit noch hier draußen herumlaufen? Wenn der Wind verstummte, schwiegen auch sie, und ich hörte wieder das Gebell und Geheul der in der Ferne kämpfenden Höllenhunde.

Tom lag neben mir, eine dünne Jacke über die Schultern gebreitet, die Augen geschlossen und döste, ein zufriedenes Lächeln auf den Lippen. Er schien sich nicht die geringsten Sorgen zu machen. Zweimal stand er auf, um das Feuer neu anzufachen, und, so seltsam dies klingen mag, meine größte Angst war, dass er weggehen könnte. Es war ja durchaus möglich, dachte ich, dass er Lust bekäme, einen Spaziergang durch das Dorf zu machen oder die anderen Ruinen zu inspizieren. Ich glaube, er sah das alles als Fortsetzung unserer unschuldigen Exkursionen in Deutschland, damals, als wir versucht hatten, der Zivilisation zu entgehen. Wie sehr uns dies gelungen war, schien er noch gar nicht gemerkt zu haben. Er spielte das Spiel einfach weiter in dem Glauben, dass die Dunkelheit, seine Verbündete, ihn immer noch schützte. Aber die Dunkelheit hier war keine romantisierte Schwärze innerhalb einer vertrauten Welt. Sie wartete und lauerte hinter den Türlöchern, wo der schwache Schein unserer Glut nicht hinreichte. Sie konnte sich jeden Moment zu etwas Greifbarem zusammenballen und uns anfallen. Die wahren Nicht-Orte, das wurde mir jetzt klar, hatten nichts mit den Fantasien erschöpfter Stadtmenschen zu tun. Hier trieben Geister und böse Hund ihr Unwesen, und Matratzen waren Mangelware.

Selten in meinem Leben habe ich einen Sonnenstrahl so herbeigesehnt wie in der Navajo-Siedlung. Immer wenn die Angst kurz verflogen war, kam die Kälte, und wenn die Kälte mit neuer Glut vertrieben war, bekam ich wieder Angst. Mein Gehirn arbeitete die ganze Zeit auf Hochtouren, entschlüsselte Geräusche und arbeitete Fluchtwege aus.

Als das erste graue Tageslicht durch die Fenster hereinkroch und sich zaghaft in den leeren Räumen des Hauses festsetzte, schlief ich endlich ermattet ein. Kurze Zeit später schien mir die Sonne schon auf die schmerzenden Lider, und ich war wieder hellwach. Überall auf dem Boden lag feine Flugasche und ich mitten darin. Meine Kehle brannte vor Trockenheit, und mein Gesicht war schmierig. Meine Glieder fühlten sich wie poröser, brüchiger Stein an, ich war mir nicht sicher, ob ich sie benutzen konnte, ohne auseinanderzubrechen. Schließlich entschied ich mich für die erste Bewegung des Tages. Ich trat mit dem Fuß gegen Tom.

»Aua«, sagte er. »Was ist denn?«

»Ich fahre nach Hause«, sagte ich.

»Wohin?«

»Deutschland.«

»Ruf mich an«, murmelte er und drehte sich von mir weg.

»Komm«, sagte ich streng und trat ihn noch einmal. »Wir haben noch eine lange Fahrt vor uns.«

»Was willst du jetzt in Deutschland?«

»Wir fahren zuerst nach L.A. Du verkaufst dein Teleskop, und ich buche einen Flug.«

Tom wirkte nicht überzeugt, aber der nächste Tritt brachte ihn wenigstens in die Gänge. Als wir unsere Sachen zum Auto zurückschleppten, sah ich, dass sich Leupp selbst im Licht eines jungfräulichen Morgens wenig verändert hatte. Die kleine Siedlung lag matt und übernächtigt da, vom Wind geprügelt, der Staub und Schatten über die Ebene trieb. Drüben bei den bewohnten Häusern wuschen Männer ihre Autos, Frauen fegten den Hof wie überall auf der Welt, eine irgendwie hoffnungslose Tätigkeit angesichts der Allgegenwart von Staub und Unrat. Die hübschen Kinder mussten schon in der Schule sein oder in der herausgeputzten weißen Kirche nebenan. Wir fuhren noch einmal zur Tankstelle und trafen an der Kasse auf denselben jungen Mann. Er erkannte uns bestimmt wieder, ließ sich aber nichts anmerken und registrierte ungerührt mein Erscheinungsbild.

»Sind Sie nicht nach Flagstaff gefahren?«

»Nein«, sagte ich. »Wir hatten eine Panne.«

Er wollte wissen, was genau passiert war.

»Motorexplosion«, sagte ich. »Aber wir leben noch.«

Durch das Fenster sah er unser Auto. Er betrachtete mich beinahe sanft, wie einen Verrücktgewordenen, den man nicht reizen durfte und zeigte mit einem Daumen über seine Schulter.

»Wir haben ein Waschbecken hinten. Für Ihr Gesicht.«

Wenig später lenkte ich den Wagen mit sechzig Meilen pro Stunde in Richtung Flagstaff. Der Morgen war wolkenlos, und vor uns öffnete sich erneut das Land der Vulkane. Mit der Sonne im Rücken stießen wir hinein und passierten Berg um Berg, den altarförmigen Hügel, der ein wenig abseits von den anderen stand, würdigten wir keines Blicks.

In der angenehmen Kühle des Morgens waren jetzt auch Menschen unterwegs, alle paar Minuten kam uns ein Auto entgegen, und einmal sahen wir sogar Reiter, die eine Herde Kühe über das Grasland trieben. Ich spürte, wie ich langsam in meinen eigenen Körper zurückkehrte.

Am Ende des Vulkangebiets begrüßte uns das Grün der Nadelbäume. Am Straßenrand tauchte ein Blockhaus auf. Es war die Bar. Sie sah geöffnet aus.

»Was meinst du?«, fragte ich. »Eine Tasse Kaffee und ein Sandwich?«

Tom wagte ohnehin nicht mehr, mir zu widersprechen.

Im Inneren der Bar war es leer und dunkel, aber der Fernseher lief bereits und zeigte ein Footballspiel. Wir nahmen am Tresen vor einer aufwändig frisierten älteren Frau Platz, die uns mit einem Augenzwinkern begrüßte. Sie war mitten im Gespräch mit dem einzigen anderen Gast, einem Mann, der am Ende des Tresens saß und Kaffee trank. Es ging um irgendeine gymnastische Übung.

»Sie bringen dir das Laufen neu bei«, sagte er. »Du musst Schrittmuster üben.«

»Wie bei einem Walzer?«

»Vorher hatte ich immer nur ein Schrittmuster. Jetzt habe ich zehn.« Darüber lachten beide.

Noch einen Kaffee?«

»Nein, ich soll nicht.«

Ohne zu fragen, baute die Frau zwei Tassen vor uns auf, stellte uns vor die Wahl »entkoffeiniert oder normal« und goss schwarzes Gebräu aus einer kugelförmigen Kanne.

Ich fragte sie, ob sich über ein Omelett reden lasse. Darüber ließ sich nicht reden, klärte sie mich auf. Es gehörte zu den Standards. Sie nannte mich »Sweetheart«. Ich bestellte ein Swiss Cheese Omelette mit Pommes Frites und Toastbrot. Tom nahm dasselbe mit Speck und verabschiedete sich in Richtung der Toilette. Die Frau schlug Eier auf und nahm ihr Gespräch mit dem Gast wieder auf. Sport war wohl nicht das eigentliche Thema. Der Mann musste irgendeinen Unfall erlitten haben, der ihn körperlich einschränkte, und befand sich noch in der Rekonvaleszenz. Ich trank meinen Kaffee und hörte seinen Geschichten über Gleichgewichtsstörungen, Wasserbäder und Koordinationsübungen zu. Anscheinend nahm er das alles nicht allzu ernst. Er habe gar keine Zeit dafür, sagte er. »Die Kinder stellen die Werkstatt auf den Kopf. Was soll ich machen, wenn die Schule dicht ist? Und Jay braucht mich auch.«

»Ach komm«, sagte die Bedienung und träufelte Käsespäne in die Pfanne. »Jay ist nicht auf dich angewiesen. Er hätte genügend Leute, wenn er wollte.«

»Er hat mir oft genug geholfen«, sagte er. »Da ist es normal, dass man sich kümmert.«

»Kümmern? Du wirst noch sein Mädchen für alles.«

Ich verfolgte müde, wie sie mein goldenes Omelette wendete und verlor den Faden des Gesprächs. Ich fühlte mich immer noch schmutzig und schmierig. Ich hielt meinen Jackenärmel an die Nase. Er roch wie das Innere eines Holzofens.

Der Mann seufzte. »Glaub es oder nicht. Erst gestern habe ich wieder welche von seinem Land verscheucht.«

Ich verschluckte zu viel Kaffee und stellte meine Tasse sehr behutsam ab.

Die Frau lachte. »Das wievielte Mal war das?«

»In diesem Monat das zweite Mal.«

»Weil er keine Schilder aufstellt. Deswegen!«

»Je mehr Verbotsschilder, desto mehr Idioten werden angezogen. Es hätte keinen Sinn.«

»Was hast du mit Ihnen gemacht?«

»Nichts. Lärm gemacht. Sie sind schnell abgehauen. Und Rufus ist ihnen nachgelaufen. Ich glaube, die waren bedient.«

Die Frau wandte sich mir zu. »Ihr Omelett ist gleich so weit«, sagte sie und betrachtete skeptisch meinen zerrissenen Ärmel. Ich hatte mein Gesicht in der Handfläche verborgen und so weit es ging von dem Mann am Ende des Tresens abgewandt.

»Ist alles in Ordnung?«

»Ja«, flüsterte ich.

»Ketchup dazu?«

»Ja. Danke, Mam.«

Als Tom kurz darauf von der Toilette zurückkam, sah er nervös aus. Er setzte sich auf den Hocker neben mir und warf verstohlene Blicke in den Raum.

»Hinter dem Haus ist ein Parkplatz«, sagte er im Flüsterton, »da steht der Lieferwagen von gestern.«

»Weiß ich schon«, zischte ich. »Der Typ, der auf uns geschossen hat, sitzt da drüben.«

»Oh, Scheiße.«

»So, lasst es euch schmecken!« rief die Bedienung und stellte dröhnend zwei Teller vor uns ab.

»Ihr wolltet doch Omelette, oder?«

Wir nickten wortlos.

»Was sollen wir jetzt machen?«, flüsterte Tom in meine Richtung und warf der Bedienung gleichzeitig ein irres Lächeln zu.

»Wir zahlen und hauen ab«, sagte ich.

Vor uns dampften die goldenen, mit geschmolzenem Käse und Speckwürfeln zubereiteten Omeletts. Die Bedienung betrachtete uns verständnislos, und Toms Gesicht verzerrte sich zu einem Ausdruck unsagbarer Verzweiflung.

»Alles in Ordnung?«, fragte sie.

»Okay, lass uns wenigstens was essen«, flüsterte ich.

Die Gesichter dicht über dem Tresen führten wir mechanisch unsere Gabeln zum Mund, kauten geräuschlos und versuchten ebenso geräuschlos Kaffee zu trinken, während das Gespräch auf der anderen Seite des Tresens weiterging.

»Ich muss langsam sehen, dass ich weiterkomme«, sagte der Mann. »Der Chef ist heute in der Gegend. Kommt nur für einen Tag aus Mojave rüber.«

Ich musterte den Mann heimlich. Er war ein großer, kräftiger Kerl um die fünfzig, mit einem blonden Vollbart und schütterem, rotblondem Haar.

Jedes Mal, wenn die Wirtin uns etwas Aufmerksamkeit schenkte, gab ich ihr mit einer knappen Geste zu verstehen, dass wir nichts brauchten und zog den Kopf wieder zwischen die Schultern.

Nach der kurzen Mahlzeit schob ich die Tasse weg und griff nach meinem Portemonnaie. Tom zögerte plötzlich.

»Wenn wir jetzt abhauen, dann lernen wir Whistler nie kennen«, gab er im Flüsterton zu bedenken.

»Meinst du nicht, dass wir ihn schon ganz gut kennengelernt haben.«

»Er ist heute hier, hat der Typ gesagt. Das ist die letzte Gelegenheit.«

Der Mann am Ende des Tresens räusperte sich laut. Einen Moment fürchtete ich, er könnte den Namen »Whistler« verstanden haben, aber er sah nicht zu uns herüber.

»Sprich ihn doch an«, schlug ich vor.

»Wieso ich?«, flüsterte Tom.

»Wieso nicht du?«

»Ich habe in seinem Auto das Gewehr rumliegen sehen.«

»Das war's«, flüsterte ich. »Wir zahlen jetzt und gehen …«

Mit einem unauffälligen Zucken meiner rechten Hand

gab ich der Bedienung ein Zeichen, dass wir die Rechnung wünschten.

»Die Rechnung«, brüllte sie durch den Raum, so dass wir erneut zusammenfuhren. Während wir zahlten, sah ich aus dem Augenwinkel, wie der Mann aufstand. Er ging mit schweren, schlurfenden Schritten hinter uns vorbei und verschwand in Richtung der Toiletten. Ich zahlte für Tom und mich. Dann gingen wir hinaus und steuerten auf die Autos zu. Der Mann stand direkt neben unserem Wagen an einem Zeitungsautomaten und zog sich ein Exemplar des »Flagstaff Chronicle«.

»Wie geht's?«, fragte er.

»Es geht schon«, sagte ich.

Er sah meinen zerfetzten Hosenboden und die rußige Jacke.

»Wir hatten eine Panne«, erklärte ich.

»Was Schlimmes?«

»Halb so schlimm.«

»Braucht ihr Hilfe?«

Er betrachtete uns freundlich aus wässrigen, blauen Augen. Seine Haltung war gebeugt, aber er war kräftig genug, um uns beide über den nächsten Zaun zu werfen.

»Ich glaube, die Mietwagenfirma kümmert sich schon drum«, sagte ich.

»Ich hab ein Seil im Wagen. Wo ist euer Auto?«

Sein Blick streifte die wenigen Autos auf dem Parkplatz und blieb schließlich an unserem staubigen Dodge haften. Ich starrte zu Boden.

Tom räusperte sich leise. »Wir sind Touristen aus Europa. Wir haben nichts mit der Landwirtschaftsbehörde zu tun. Und auch nichts mit dem Grundstücksamt.«

»Nein, so seht ihr wirklich nicht aus«, sagte er. »Wo kommt ihr her?«

»Deutschland.«

»Oh, Deutschland.« Ich glaube, er wollte etwas Nettes über Deutschland sagen, aber es fiel ihm nichts ein. Sein Blick fiel auf meinen zerrissenen Ärmel. »Was ist mit Ihnen passiert?«

»Ein kleiner Sturz. In der Hektik …«

»Tut mir leid. Aber ihr hättet nicht unbedingt an meinem Auto rumschnüffeln müssen. Was wolltet ihr überhaupt auf Whistlers Gelände?«

»Wir wollten das Observatorium sehen«, sagte Tom.

»Da kann man nicht rein. Das hätte ich euch gleich sagen können.«

»Wir haben es ja noch rechtzeitig gemerkt«, murmelte ich.

»Wir sind nur wegen des Observatoriums hier«, wiederholte Tom.

Während Tom erzählte, weshalb wir Whistler treffen wollte, kratzte sich der Mann die ganze Zeit im Nacken. Das Misstrauen in seinem Blick war einer freundlichen Ratlosigkeit gewichen.

»Und ihr kennt Mr. Whistler?«, fragte er.

»Überhaupt nicht«, sagte ich. »Wir sind uns noch nie begegnet.«

»Aber er weiß garantiert, wer wir sind«, sagte Tom. »Ohne ihn wären wir ja gar nicht hier.«

Er musterte uns noch einmal von oben bis unten und zuckte mit den Achseln. »Ich fahre jetzt gleich da hin. Also, wenn ihr da nicht alleine herumlauft …«

»Sie nehmen uns mit?« Tom machte große Augen.

»Ihr könnt nicht allein auf dem Gelände herumfahren. Aber wenn ihr mit mir fahrt, ist es in Ordnung. Na kommt.« Er ging in schiefer Haltung zu seinem Truck hinüber, eine Schulter tiefer als die andere. Er hatte den Gang eines verwundeten alten Kämpfers. Tom lief hinterher, ich steckte die Hände in die Taschen, seufzte und folgte ebenfalls. Als der Mann die Beifahrertür des Trucks öffnete, schnellte ohne Vorwarnung sein Hund aus dem Wagen, direkt vor meine Füße. Ich zuckte zurück, aber er strich schon um mich herum. Zwei treue Augen sahen mich an, eins eisgrau, das andere braun.

»Fahr zur Hölle«, sagte ich auf Deutsch und stieg in den Wagen.

KAPITEL 6

Auf der rissigen Sitzbank des Lastwagens saßen wir in einer Reihe. Der Mann, der sich uns als John Loeb vorgestellt hatte, Tom und ich. Hinten auf der Ladepritsche ließ sich Loebs Hund gelangweilt den Wind um die Ohren blasen. Direkt hinter meinem Sitz lehnte das Gewehr.

Tom räusperte sich wieder. »Sind Sie nicht der Büchsenschmied?«

»Woher wisst ihr das?«

»Man hat uns empfohlen, Sie nach Mr. Whistler zu fragen.«

»Wer hat das empfohlen? Ich bin dafür zuständig, dass ihn die Leute in Ruhe lassen.«

»Danke jedenfalls«, sagte Tom.

»Danke wofür?«

»Dass Sie uns nicht erschossen haben.«

»Ich wollte in die Luft schießen. Aber bei einem Mann, der einen Schlaganfall hatte, kann man nie wissen, oder?« Er lachte fröhlich wie über einen gelungenen Witz und erklärte uns, dass Mr. Whistler ihm geraten habe, einfach auf alle Eindringlinge zu schießen, egal wie sie aussähen. Aber Whistler sei sonst wirklich in Ordnung, im Grunde ein liebenswerter Mann.

»Seit wann arbeiten Sie für ihn?«, fragte Tom.

»Erst seit meinem Schlag. Er hat mir einen neuen Job besorgt. Ich konnte ja von einem Tag auf den anderen keine Gewehre mehr machen. Wir haben zwei kleine Kinder. Ich war ihm sehr dankbar. Es ist eine einfache Arbeit. Ich sehe nur nach dem Rechten, wenn niemand bei dem Vulkan ist. Mr. Whistler will kein Sicherheitspersonal. Er findet das überflüssig.«

Loeb steuerte gemächlich durch die kühlblaue Morgenluft und wirkte gar nicht unerfreut über unsere Gesellschaft. Amerika, dachte ich. Was für ein Land. Erst wurde man beschossen und dann adoptiert.

»In Flagstaff wussten sie nicht viel über ihn«, sagte Tom.

»Wisst ihr, die Leute hier sind nicht besonders … sie sind nicht so …«, er suchte den passenden Ausdruck, »wissbegierig. Die meisten arbeiten in der Tierfutterfabrik. Sie interessieren sich nicht für die gleichen Sachen wie Mr. Whistler. Manchmal tauchen Neugierige auf, manchmal auch Leute von der Zeitung. Wenn sich jemand auf der Baustelle verletzt, dann ist Mr. Whistler verantwortlich. Manchmal tanzen Jugendliche nachts betrunken auf der Baustelle herum. Wir haben schon alles gehabt.«

»Wieso tanzen sie herum?«

»Das müsst ihr die fragen. Ich würde das nicht machen.«

Loeb bog auf den breiten Feldweg ein, der zu dem Vulkan führte. Nun, im Licht des Mittags, sah er fast wie ein gewöhnlicher Berg aus.

»Und Sie haben ihn wirklich noch nie getroffen?«, fragte Loeb.

»Nein.«

»Sie müssen wissen: Er hat einen leichten Weltraumtick.«

»So was«, sagte ich müde.

»Ja.« Loeb lachte ».Wir nennen ihn alle den Rocket Man.«

Nicht lange und wir hatten die sandigen Hügel am Fuße des Vulkans erreicht. Wir fuhren ratternd zur Südseite des Bergs, dann erreichten wir die schräge Rampe, die hinaufführte. Loebs Hund rutschte auf der Pritsche ganz nach hinten, ertrug seine Lage aber tapfer, die Augen immer nach vorn gerichtet. Wir sahen erneut, wie die Landschaft sich weitete, zum großen Spektakel wurde. Die grelle Mittagssonne warf ihr farbloses Licht auf die ausgetrocknete Ebene. Oben auf dem Sims parkten wir unter dem Windrad, genau wie am Tag zuvor.

Loeb ging um den Lastwagen herum und öffnete die Ladeklappe, woraufhin der Hund sofort hinaussprang und übermütig den Hang hinaufjagte. Dann griff Loeb sich eine Laterne von der Ladefläche, pfiff den Hund zurück und bat uns ihm zu folgen. Ich war mir sicher, er würde uns den Hügel hinaufführen, aber er ging mit seinem schiefen Soldatengang weiter den Weg entlang, parallel zum Rand des Kraters. Nach vielleicht fünfzig Metern verjüngte sich der Sims und Loeb blieb vor einem erstaunlichen Ding stehen. Es war ein einfaches Tor aus Eisenstreben, das mit einer Kette verschlossen war. Dahinter lag eine Art Tunnel oder Stollen, auf jeden Fall aber ein Weg ins dunkle Innere des Bergs. Der Moment, in dem Loeb die Tür aufschloss und uns höflich bat einzutreten, hatte etwas Eigentümliches. Es war ganz sicher das erste Mal, dass ich einen Vulkan mit Haustür sah. Tom und ich schauten uns misstrauisch an. Das Tageslicht reichte einige Meter weit in einen schmalen Gang, der geradewegs ins Innere zu führen schien, dann verfinsterte sich der Weg.

»Was ist das?«, fragte Tom.

»Der direkte Weg«, sagte Loeb. »Keine Angst.« Er schaltete die elektrische Laterne an und leuchtete ein Stück für uns aus. Der Tunnel war vielleicht einen Meter fünfzig breit und sorgfältig mit einer Plastikfolie ausgeschlagen, wie man sie zur Abdeckung an Baugerüsten findet. An der Decke befanden sich Lampen in regelmäßigen Abständen, die Loeb allerdings ausgeschaltet ließ – es sei ja nur ein kurzes Stück Weg, wozu den Generator anwerfen? So folgten wir dem Lichtkegel ins Innere des Bergs, immer geradeaus, auf einem sacht ansteigenden Weg. Es war eine stille Prozession, weder Tom noch ich wagten zu sprechen. Nach allem, was ich wusste, waren Vulkane riesige, schwelende Haufen aus Asche, Bimsstein, Schwefel und gehärteter Lava. Man mochte auf ihnen herumklettern, in ihnen herumzulaufen kam mir jedoch verwegen vor. Beim geringsten Husten, fürchtete ich, würde eine Lawine aus giftigem Staub über uns niedergehen, ja, ich wartete nur darauf, dass die Wände rötlich zu glühen begannen und Erschütterungen unter unseren Füßen den Lavastrom ankündigten, der uns aus dem Dunkel entgegenzischte. Die Wände blieben aber kühl, und vor uns in der Dunkelheit hörte ich nur das Tapsen und Schnüffeln des Hundes, der uns pflichtschuldig vorantrottete wie ein Minenhund auf der Suche nach Verschütteten.

Nach wenigen Minuten, als ich glaubte, dem Mittelpunkt des Bergs schon ziemlich nahe zu sein, bat uns Loeb innezuhalten und schaltete die Laterne aus. Tom gab einen überraschten Laut von sich. Vor uns, am Ende einer kurzen Treppe, lagen zwei schmale Lichtspalte, die in einem rechten Winkel aneinanderstießen. Wir waren direkt vor einem anderen Ausgang, nachdem wir kontinuierlich bergauf gegangen waren, wahrscheinlich vor einer Luke, die sich irgendwo in der Nähe des Kraterrands befand.

Als Loeb die Tür aufstieß und wir nacheinander aus dem dunklen Gang in einen lichterfüllten Raum hinaustraten, überraschte uns der Anblick. Wir standen in einer kreisrunden, steinernen Halle, die ein Atrium unter dem blauen Himmel bildete. Die Kuppel, die sich über den konkav gewölbten Wänden aus schwarzem Vulkangestein spannte, hielt ich im ersten Moment für ein gläsernes Dach, aber dann begriff ich, dass es nur die Form des Raums war, die diesen Eindruck erweckte. Über uns war nichts als die blaue Himmelskuppel, die durch die kontrastierende Dunkelheit der Wände leuchtete, wie ich es noch nie gesehen hatte. Sonnenstrahlen fielen über den Rand der runden Öffnung und erleuchteten einen Teil des schwarzgefliesten Bodens. Tom hatte die Augen zusammengekniffen und schaute nach oben wie ein Tier, das aus einem langen Winterschlaf erwacht.

»Heilige Scheiße«, sagte er.

»Dieser Raum heißt Jeremiah Crater«, sagte Loeb, der seinen Stolz nicht verbergen konnte.

»Krater?«, fragte ich.

»Ja. Es ist der Hauptkrater des Vulkans.«

»Ist das nicht gefährlich, im Krater herumzulaufen?«

»Es ist harmlos. Der Vulkan ist tot. Wie alle anderen in der Gegend. Hier ist seit vielen tausend Jahren nichts mehr hochgegangen.«

Eine Weile standen wir herum und blinzelten in das strahlende Blau. Mein Gefühl vom Vortag hatte mich nicht getrogen. Wir waren tatsächlich auf dem Weg zu einem spirituellen Ort gewesen. In ihrer perfekten natürlichen Symmetrie unter dem offenen Himmel wirkte die Halle wie für ein geheimes Ritual entworfen. Ein Ritual, das noch keiner von uns begriff.

»Und das Observatorium?«, fragte Tom.

»Was meinen Sie?« Loeb schien ihn nicht zu verstehen.

»Hier sollte doch ein Observatorium sein«, wiederholte Tom.

»Es gibt nur das hier«, sagte Loeb.

»Das ist es?«

»Ja.«

»Der ganze Vulkan ist das Observatorium«, sagte ich.

»Nicht der ganze Vulkan. Es gibt noch Nebenkrater. Mr.

Whistler hat nur diesen ausgebaut. Es ist auch eine Geldfrage.«

»Das ist absolut perfekt«, murmelte ich kopfschüttelnd. »Der Himmel. Fast wie eine Leinwand. Ich würde gern sehen, wie es nachts aussieht.«

»Mr. Whistler hat schon öfter die Nacht hier verbracht«, sagte Loeb. »Mir wäre das zu unheimlich.«

»Aber was soll das für ein Observatorium sein?«, fragte Tom »Man sieht ja nur einen Ausschnitt.«

Verstehst du das denn nicht?«, sagte ich. »Das hier ist kein wissenschaftliches Observatorium. Das ist ein Kunstwerk.«

»Aber wozu braucht er dann mein Teleskop?«

Loeb hörte die Frage nicht mehr, denn jetzt wurden wir von einem leisen Motorengeräusch abgelenkt. Über uns in der blauen Tiefe zog ein Sportflugzeug eine Schleife, ein seltsames Modell mit einem Propeller auf der Rückseite. Wir folgten seiner Bahn, bis es über dem Krater war und einen Moment fast bewegungslos in der Luft verharrte. Wir sahen alle nach oben, gespannt, was als Nächstes passierte. Zu unserem Erschrecken stieß es in einem dramatischen Sturzflug herab, senkrecht und direkt auf uns zu. Erst im letzten Moment fing der Pilot die Maschine ab, die jammernd über dem Kraterrand vorbeizog und verschwand.

Loeb zuckte mit den Achseln. »Das könnt ihr ihn ja gleich selbst fragen.«

Auf dem Weg nach unten war ich nervös. Wir saßen wieder in Loebs Truck, und das seltsame Fluggerät jagte absichtlich in geringer Höhe über uns hinweg. Es hatte einen gedrungenen Rumpf, der vorn spitz zulief, und lange schmale Flügel wie ein Segelflieger. Es flog eine weite Kurve um die Rundung des Vulkans, sauste dann flach über den holprigen Wüstenboden, auf dem es meiner Meinung nach unmöglich landen konnte, und setzte genau in dem Moment auf, in dem auch wir den Vulkan umrundet hatten – auf der einsamen Asphaltpiste, die wir am Tag zuvor gesehen hatten. Das Flugzeug rollte auf das rechteckige weiße Schuhschachtelgebäude zu. Und auch Loeb steuerte seinen Truck in diese Richtung.

Hätten wir jetzt noch umkehren können, dann wären wir wahrscheinlich beide umgekehrt. Selbst Tom war nervös, das konnte ich sehen. Doch wir hatten die Asphaltpiste bereits erreicht und kamen gleichzeitig mit der Flugmaschine vor dem verschlossenen Tor des Gebäudes an. Als der Propeller am Heck zum Stehen kam, warteten wir schon wie ein Empfangskomitee neben Loebs Truck. Eine Luke im Rumpf ging auf, eine Strickleiter wurde herausgeworfen, und gleich vier Personen kletterten nacheinander auf den Asphalt herab. Zuerst zwei blasse junge Männer mit Sonnenbrillen und Windjacken, gefolgt von einer etwas älteren, attraktiven Frau von orientalischem Aussehen und einem weiteren männlichen Passagier, einem Mann von vielleicht sechzig Jahren in einem perfekt sitzenden blauen Fliegeroverall, der die kleine Gruppe nun zielstrebig in unsere Richtung führte.

Ich weiß nicht genau, wie ich mir Whistler vorgestellt hatte, in meinem Kopf hatte sich wohl ein verschwommenes Bild zusammengesetzt, das jenen Männern ähnelte, die in deutschen Nachrichten als Arbeitgeber oder Vorsitzende von Industrieverbänden auftauchten. Der Mann, der auf uns zukam, war nicht allzu groß, aber ziemlich durchtrainiert, von kräftiger Statur, und in seiner Fliegermontur wirkte er weniger wie ein zur Ruhe gesetzter Industrieller als wie ein Kampfpilot bei seinem letzten entscheidenden Einsatz. Auf seinem Schädel war ein großer Batzen braunen, silbrig durchwirkten Haars, das in der Manier eines Rock-'n'-Roll-Stars der Fünfziger nach hinten gekämmt war. Komplettiert wurde der etwas verwegene Eindruck von den breiten, fast buschigen grauen Koteletten, die sich bis zu den ausgeprägten Falten seiner mürrischen Mundwinkel herabzogen – und nicht zuletzt durch seine Augen. Whistler hatte blaue Adleraugen, die scharfsichtig aus seinem verwitterten, sehr amerikanischen Cowboy-der-Lüfte-Gesicht hervorstachen, und ich war der Erste, der in ihr Visier geriet. Loeb bekam einen freundschaftlichen Klapps auf den Oberarm: »Wen haben Sie mir denn mitgebracht, John?«

»Das sind zwei junge Herren aus dem Ausland, die Sie kennenlernen wollen«, sagte Loeb, der auf einmal förmlich klang.

Ich wollte »Hallo Sir« sagen, aber es kam nur ein gemurmelter kleiner Laut hervor, auch Tom wisperte etwas in den Wüstenwind hinein.

»Na, hoffentlich wollen Sie mir nichts verkaufen.« Whistler setzte ein gefährliches Lächeln auf.

Wir sahen nur zu Boden.

»Nun«, sagte John Loeb und räusperte sich. »Sie sagen, Sie sind wegen eines Teleskops aus Deutschland gekommen.«

»Verstehe ich nicht, ich habe keine Nachricht bekommen«, sagte Whistler und fixierte schon wieder mich.

»Es ist ein Dings… Ich habe den Namen vergessen«, sagte Loeb. »Ein spezielles Gerät, an dem sie angeblich interessiert sind. Ich habe die Herren heute Morgen zufällig in der Bar getroffen.«

»Ein Clark-Teleskop«, sagte Tom, der nun endlich die Sprache wiederfand. »Es hat meinem Großvater gehört.«

Die Adleraugen nahmen erstmals Tom ins Visier. Ich war mir inzwischen sicher, dass Whistler nicht die geringste Ahnung hatte, wovon wir sprachen. Wir waren kurz davor, als menschliches Übergepäck im nächsten Vulkankrater abgeworfen zu werden. Aber statt sich weiter zu verfinstern, hoben sich die Brauen unseres Gegenübers plötzlich, und auf seinen Mund trat sogar ein Lachen.

»Oh ja«, sagte er. »Sid Koenig hat mir davon erzählt. Ein echtes Clark. Sind Sie in Kontakt mit Koenig?«

»Ja.«

»Und es ist in Ihrem Besitz?«

»Ja.«

»Aber was machen Sie hier? Weiß Sid, dass Sie hier sind? Er sollte sich um alles kümmern.«

»Sid Koenig hat nichts damit zu tun, dass wir hier sind«, sagte Tom. »Wir wollten Sie nur kennenlernen.«

»Wie? Und da sind Sie einfach so hierhergefahren?«

John Loeb nickte leise und auch Tom nickte, was Whistler mit einem heiseren Lachen quittierte. Ich glaube, es gefiel ihm.

»Na, dann ist es ein glückliches Zusammentreffen, was?«, stellte er fest und streckte seine Hand in Toms Richtung. »Ich bin Jeremiah Whistler.« Auch ich schüttelte seine Hand. Wir mussten mehrmals unsere Nachnamen aufsagen, und Whistler versuchte, sie nachzusprechen, zum Vergnügen der Runde. Die beiden jungen Männer, die die ganze Zeit teilnahmslos herumgestanden waren, wurden uns als Eric Tolwyn und Bart Dreysen vorgestellt. Den Namen der Frau nannte Whistler zuletzt. Er präsentierte sie uns wie einen Stargast, mit dem Hinweis, wir hätten bestimmt von ihr gehört. Sie hieß Rhada Anand. Vielleicht war sie eine prominente indische Sängerin. Als sie mir ihre zierliche Hand reichte, nahm ich mir vor, sie später danach zu fragen. John Loeb, sichtbar erleichtert, keinen Fehler gemacht zu haben, nutzte die Gelegenheit, um sich zu verabschieden. Wenn niemand etwas dagegen habe, wolle er nach dem Generator sehen.

»Tun Sie das John«, sagte Whistler. »Die jungen Leute können sich ja zu uns gesellen. Na, kommen Sie.« Und damit schritt er uns allen voran, hinüber zu seinem Hangar, tippte Zahlen auf eine Tafel mit Nummerntastatur, ließ mehrere Riegel aufschnappen und versetzte das große Schiebetor mit einem Knopfdruck in Bewegung. Das blecherne Tor quietschte auf Stahlrädern zur Seite, und dahinter kam eine Halle von den Ausmaßen eines halben Fußballfelds zum Vorschein, in der noch zwei weitere Flugzeuge herumstanden – das erste ein glatter zigarrenförmiger Silberleib mit einem massiven Stahlpropeller, das wie ein in Form gegossener, nostalgischer Geschwindigkeitsrekord aussah, das andere eine bauchiges Modell in Weinrot, Cremeweiß und Chrom, das an einen fliegenden Cadillac erinnerte. Ansonsten war der Hangar größtenteils leer und so hell und staubfrei wie ein Krankenhausflur. Staunend gingen wir zwischen den kostbaren Stücken hindurch, Whistler vorneweg, dann Tolwyn und Dreysen, die sich kichernd knufften wie zwei Schulkinder im Technikmuseum, und schließlich wir und Rhada Anand, die sowohl die Flugzeuge als auch das Benehmen der beiden mit gelangweilter Noblesse ignorierte.

Hinter den Maschinen parkte ein weiteres Fahrzeug. Es war ein einfaches Wohnmobil.

»Willkommen in meinem Zuhause«, sagte Whistler.

»Da drin wohnen Sie, Jeremiah?«, fragte Rhada Anand.

»Nur wenn ich hier bin«, sagte Whistler. »Ist doch besser, als immer in ein Hotel zu müssen. Ich versorge nur rasch das Flugzeug. Machen Sie es sich bequem.«

Im Inneren des kleinen Campers war es eng. Es gab eine Küchenzeile, eine Bettcouch und ein Esszimmer, mit einer Sitzecke. Tolwyn, Dreysen und ich ließen uns nebeneinander nieder und starrten ein wenig befangen geradeaus wie Fremde in der U-Bahn. Tom und Mrs. Anand nahmen gegenüber Platz. Da uns die Nähe dazu zwang, begann ich ein Gespräch mit Tolwyn und Dreysen. Ich hatte sie zunächst für jüngere Mitarbeiter von Whistler gehalten, vielleicht auch für seine Assistenten, aber sie sagten, sie seien Freunde aus der Nähe von San Francisco. Sie hätten Mr. Whistler in Mojave besucht und seien dann gemeinsam mit zwei Zwischenstopps hierhergeflogen. Sie mussten etwa gleich alt sein, Anfang dreißig, beide jungenhaft, aber sichtbar dem Collegedasein entwachsen, Tolwyn mit einem in die Breite gehenden Gesicht und dichten schwarzen, an den Schläfen angegrauten Haaren, Dreysen mit dünner werdenden blonden Fransen auf einem runden Schädel mit glänzenden Babywangen und einem ebenso schüchternen wie verschlagenen Buchhaltergrinsen. Sie mochten Geschäftspartner von Whistler sein. Da es am unverfänglichsten war, fragte ich sie, ob sie ebenfalls in der Fliegerei tätig seien. »Nein, nein«, sagten die beiden lachend. »Wir leiten ein Softwareunternehmen.«

Ich fürchtete schon, sie würden uns gleich jede Menge Details über ihre Firma und deren langweiliges Produkt auftischen, aber sie kürzten die Sache ab und nannten einfach den Namen der Firma. Er war so bekannt, dass ich gar nicht mehr fragen musste, was genau das Unternehmen herstellte oder anbot.

»Und was genau tun Sie da?«, fragte ich, nur um sicherzugehen.

»Wir sind die Gründer«, sagte Tolwyn.

»Oh«, sagte ich und nickte. Zum Glück begannen Tolwyn und Dreysen, nun selbst Fragen zu stellen. Wo kommt ihr her? Was bringt euch hierher? Es war eine reine Lockerungsübung. Sie produzierten Neugierde mit einer abgeklärten Routine, wie man sie wohl im Lauf vieler Business-Lunches lernte, aber ich war ihnen dafür dankbar.

»Und wie haben Sie Mr. Whistler kennengelernt?«, fragte ich.

»Auf einem typischen Mäzenaten-Dinner«, sagte Tolwyn und rollte mit den Augen, als handle es sich bei solchen Anlässen um eine besonders lästige Pflicht. »Es ging den ganzen Abend um Astrophysik. Wir verstanden also kein Wort.«

»Bis zum Nachtisch hatte er uns von einem verrückt teuren Spielzeug überzeugt«, sagte Bart Dreysen.

»Stimmt«, erinnerte sich Tolwyn mit einem Grinsen. »Er hat es uns förmlich aufgeschwatzt.«

»Und was haben Sie da gekauft?«, fragte ich.

»Wahrscheinlich könnten sie es auch ein Teleskop nennen«, sagte Dreysen.

»Was für eines?«, fragte Tom, dessen Interesse erwacht war.

»Ein sehr großes. Es wird gerade in Chile gebaut.«

»Eric übertreibt«, sagt Dreysen. »Wir sind auch nur daran beteiligt. Mit vielen anderen. Es ist heute üblich, dass für so große Projekte private Mäzene gesucht werden. Meistens Leute aus der Technologiebranche. Aber die Astronomie ist für uns Neuland.«

»Es sind zehn Universitäten daran beteiligt, aber nur ein privater Geber«, sagte Tolwyn. »Das heißt, es bleibt unser Baby.«

Mrs. Anand beteiligte sich nicht an der Diskussion. Sie hatte auf einem bequemen quadratischen Hocker neben Tom Platz genommen, der wie die ganze Campingküche etwas mit ihrem Habitus kollidierte. Sie folgte dem Verlauf des Gesprächs lächelnd, eingeschlossen in ihre schöne, aber rätselhafte Schale. Ich hatte Verständnis dafür, dass es ihr nicht gelang, das wechselhafte Schicksal eines Amateur-Astronomen und eines Illustrators aus Deutschland besonders aufregend zu finden. Letztlich trug ihr hoheitliches Schweigen aber nur dazu bei, meine Neugierde zu steigern, ob es kulturell bedingte Zurückhaltung oder gewöhnliche Blasiertheit war, der wir ausgesetzt waren.

»Haben Sie auch mit dem Weltraum zu tun?«, fragte ich sie.

Tolwyn und Dreysen brachen nahezu gleichzeitig in Gelächter aus.

»Warum lachen Sie?«, fragte ich.

»Über Ihre Frage«, sagte Tolwyn.

»Entschuldigung«, sagte Dreysen. »Es war zu komisch.«

»Die Herren meinen, dass Ihre Frage eine besondere Ironie birgt«, sagte Rhada Anand und schenkte mir ein liebenswürdiges Lächeln.

»Was machen Sie, wenn ich fragen darf?«

»Ich bin Ingenieurin«, sagte sie. »Ich besitze eine Telekommunikationsfirma.«

»Aber was ist nun die Ironie daran?«, fragte ich.

Sie wurde verlegen, als widerspreche es den Regeln der Bescheidenheit, sich darüber auszulassen: »Sie spielen auf eine Reise an, die ich vor kurzem gemacht habe. Mit einer russischen Raumkapsel.«

Es dauerte eine Weile, bis ich begriff, was sie gesagt hatte.

»Sie sind mit einer Raumkapsel geflogen …«

»Ja.«

»In den Weltraum!«

»In den Orbit.«

»Dann sind sie Astronautin!«

»Weltraumtouristin höchstens. Nicht jeder, der ein Astronautentraininig absolviert hat, ist ein Astronaut. Ich bin in einer alten Sojus geflogen. Jeder kann da mitfliegen.«

»Jeder, der dafür bezahlt«, ergänzte Tolwyn unelegant.

»Natürlich, Eric«, sagte sie ohne gekränkt zu wirken, aber in einem Tonfall, der ihre Abneigung kaum verschleierte, »das ist selbstverständlich.«

Tom sagte gar nichts. Er starrte Rhada Anand an wie ein betrunkener Verehrer die schöne Fremde am entlegenen Ende der Tanzfläche. Ich wusste auch nicht, welche Frage ich zuerst stellen sollte. Es war sicher die interessanteste Gesprächsrunde, die ich bis dahin in einem Wohnmobil getroffen hatte. Ich wartete schon darauf, welche Enthüllung als Nächstes käme.

Ob Whistler, der gerade durch den Mittelgang auf uns zukam, vielleicht erklären würde, er sei Elvis' unbekannter Bruder oder er könne an guten Tagen auch ohne Flugzeug fliegen. Aber er machte nur die Kühlschranktür auf, musterte etwas ratlos den Inhalt und stellte uns gutgelaunt vor die Wahl: »Bier oder Coke.« Auf Wunsch bekamen wir alle eiskalte Coladosen serviert, die mit großem Gezisch geöffnet wurden. Die Stimmung erinnerte mich an den ersten Tag eines Klassenausflugs. Die Mitglieder der Gruppe pflegten normalerweise sicher anders zu reisen, aber alle schienen den Campingurlaub zu genießen.

»Ich habe den jungen Männern gerade vom Weltraum erzählt, Jeremiah«, sagte Mrs. Anand.

»Haben Sie von Borscht in Tuben erzählt?«, fragte Whistler.

»Das ist ein Märchen.« Sie lachte. »Die Weltraumnahrung ist gehobener Standard. Die Russen berücksichtigen sogar die nationalen Küchen ihrer Gäste.«

»Wenn Sie nur auf mich hören würden«, sagte Whistler. »Wir könnten eine Orbitfluglinie mit gutem Essen aufmachen. Das wäre ein Riesengeschäft.«

»Es ist auch so ein Riesengeschäft«, sagte Rhada Anand. Sie wandte sich zu Tom und mir: »Sie glauben nicht, wie viele Leute bereit wären, ein Vermögen zu bezahlen für ein paar Minuten in der Schwerelosigkeit. Es sind zehntausende Kunden allein in den USA.«

»Es bleibt trotzdem ein überschaubares Geschäft«, sagte Dreysen. »Sie können jeden reichen Spinner nur einmal hochschicken.«

»Ein paar weniger von diesen Typen – das würde der Erde guttun«, bemerkte Tolwyn. »Ich sehe sie täglich. Schickt am besten meine ganze Wohngegend hoch.«

»Wir könnten es machen«, sagte Whistler. »Ich kenne all die richtigen Leute.«

»Sie haben Recht. Wenn wir auf die NASA warten, dann warten wir noch tausend Jahre«, sagte Rhada Anand.

Whistlers Blick verfinsterte sich nun bedrohlich. »Die NASA«, schnaubte er voller Verachtung. »Ich würde über die Schließung dieser aufgeblasenen Bleistiftspitzer-Behörde nachdenken. Sobald ein Privater in ihren Hoheitsbereich eingreift, werden sie blamiert sein bis auf die Knochen.«

»Jeremiah mag die NASA nicht«, erläuterte Rhada Anand, die sich plötzlich wieder an unsere Anwesenheit zu erinnern schien. »Es ist eine lange Geschichte.«

»Das Einzige, was ich persönlich nehme ist, dass sie die Erwartungen einer ganzen Generation enttäuscht haben. Sie reden vom Mars. Sie reden seit dreißig Jahren vom Mars! Denken Sie, junge Menschen träumen heute von der Raumfahrt?«, rief Whistler und richtete seinen zornigen Blick direkt auf mich. »Natürlich nicht! *Das* ist die Schuld der NASA.«

»Sie sind ein Kind des Weltraumzeitalters, Jeremiah«, sagte Tolwyn. »Wir haben andere Präferenzen. Wir bloggen und mögen Karaoke.«

»Deswegen hatte ich gehofft, die Luft hier draußen würde Ihnen guttun«, sagte Whistler.

Rhada Anand leerte ihr Glas und räusperte sich leise. »Wollen Sie auch den Vulkan ansehen?«, fragte sie Tom und mich.

»Wir haben ihn gerade schon gesehen«, sagte ich.

»Dann hat John sie einfach reingelassen?«, rief Whistler. »Dieser verrückte Hund.«

»Er kann nichts dafür«, sagte Tom. »Wir haben ihn überredet.«

Whistler musterte uns wie ein General seine neuen Rekruten. »Was haltet ihr von dem Vulkan?«

»Er ist sehr beeindruckend«, sagte ich.

»Wissen Sie, wie lang ich ihn schon habe? Seit fünfzehn Jahren. Ein spontaner Kauf. Ich hatte keine Verwendung für einen Vulkan. Meine Frau hat mich für verrückt erklärt. Sie wollte lieber ein Haus an der Amalfi-Küste.« Er lachte schallend über diese Albernheit. »Ich bin drei Mal geschieden. Jetzt haben meine Frauen alle schöne Häuser, und ich habe immer noch diesen verdammten Berg.«

»Haben Sie ihn nicht bei einem Überflug entdeckt?«, fragte Eric Tolwyn.

»Oh ja. Es war eine romantische Sache. Ich konnte ihn nicht mal von der Steuer absetzen. Dazu müsste ich ihn kommerziell nutzen. Wie zum Teufel soll man einen Vulkan kommerziell nutzen? Bisher habe ich mich als Rancher ausgegeben. Das war nicht sehr glaubwürdig, oder?«

»Mir ist aufgefallen …«, begann Tom schüchtern. »Es ist ja kein richtiges Observatorium.«

»Sie haben ganz Recht«, gab Whistler zu. »Es ist nur ein Raum. Ein persönlicher Luxus, mehr nicht. Und vielleicht der Luxus einiger Gäste, die sich nicht so schnell langweilen wie unsere Freunde hier.«

Tom kniff die Augen zusammen wie ein kurzsichtiger Schüler, der sich bemüht, die Schrift an der Tafel zu erkennen.

»Wollen Sie den Krater möblieren?«, fragte ich.

»Nein, er soll genau so bleiben, wie er jetzt ist. Ganz einfach. Nur der Berg und der Himmel. Wissen Sie, was mir an ihm besonders gefallen hat?«

»Nein«, sagte Tom.

»Die Symmetrie. Er war von Anfang an nicht wie ein Stück Natur. Mehr wie ein Bauwerk. Mich hat er immer an die Pyramiden erinnert. Haben Sie je die Pyramiden mit eigenen Augen gesehen?«

»Nein«, sagten wir beide.

»Fantastische Dinger. Ich bin Ingenieur. Mir kann niemand erzählen, dass diese Dinger von Menschen gebaut wurden.«

»Aber wer soll sie sonst gebaut haben?«, fragte Tom.

Whistler betrachtete ihn mit einem Grinsen, so als hätte Tom sich die Antwort schon selbst gegeben. »Nun, von dieser Welt sind sie jedenfalls nicht.« Er wandte sich rasch wieder der Runde zu: »Wir sollten langsam an unsere Führung denken«, schlug er vor, »aber erst müssen wir uns um die jungen Herren kümmern.«

Whistler schnappte sich ein Walkie-Talkie, das in seiner Reichweite auf der Küchenablage lag, und nahm Funkkontakt mit Loeb auf, dessen Stimme krachend aus dem Lautsprecher kam. »Ich mache Ihnen einen Vorschlag«, rief er uns zu. »John bringt sie zurück in die Stadt, und wir treffen uns später zum Abendessen. Was halten Sie davon? Sie bleiben doch bis heute Abend in der Gegend?«

Die Frage klang eher wie ein Befehl. Tom nickte pflichtbewusst.

»Wir treffen uns auf dem Mars Hill. Kennen Sie schon das Observatorium dort?«

Ich versuchte, ein Lächeln aufzusetzen: »Wir kennen schon so viele Observatorien …«

»Nein. Dieses eine müssen Sie sehen. Da erfahren Sie alles, was Sie interessiert.« Er sah mir in die Augen, bis ich nickte. Und damit war unsere Audienz beim Raketenmann beendet.

In Loebs Wagen schwiegen Tom und ich, wie nach einem verstörenden Theaterbesuch, der sich jeder Wertung entzog. Ich konnte nicht einmal genau sagen, was in dem Stück passiert war. Nur, dass die Vorstellung ihre unterhaltsamen Seiten gehabt hatte. Und dass Tom und ich nichts auf der Bühne verloren hatten. Ich fragte mich, wann auf unserer Reise wir vom

Weg abgekommen waren. Wann es begonnen hatte, hier zwischen den Vulkanen oder schon in Los Angeles? Oder noch früher, in Deutschland?

Auf dem Parkplatz der »2Bar4« setzte uns Loeb ab und erklärte uns, zu welchem Motel in Flagstaff wir fahren sollten. Es war eins der besseren Motels an der Ausfallstraße im Osten der Stadt. Als wir in der Rezeption vorsprachen, stellten wir fest, dass die Zimmer schon bezahlt waren. Wir widersprachen nicht lang, bestellten Truthahnsandwiches aufs Zimmer und setzten uns in den beheizten kleinen Whirlpool, der direkt neben der Einfahrt lag. Der Pool ging zur Straße und zu den Gleisen der Santa-Fe-Linie hinaus, aber das störte uns nicht besonders. Tom streckte den Kopf aus dem heißen Wasser und sah einem hupenden Zug nach, ohne viel Interesse an einem Gespräch zu zeigen. Wahrscheinlich biss er sich immer noch an Whistler und dessen Freunden die Zähne aus, was ich verstehen konnte. Mir ging es ebenso. Whistler schien eine dieser märchenhaften Figuren zu sein, an denen allzu irdische Begriffe wie »Größenwahn« schlicht abprallten. Ich fragte mich, welche Befriedigung es ihm verschaffte, einen Vulkan domestiziert zu haben, ob dadurch irgendein Machttrieb gestillt worden war. Und war es nicht offensichtlich, was der Berg war? Ein Monument zu Whistlers Ehren. Ein hundert Meter hoher Grabhügel, auf dem sein Name bis in alle Ewigkeit stehen sollte.

»Was hältst du von ihm?«, fragte ich Tom nun doch.

»Er ist unheimlich«, sagte Tom und richtete sich platschend im Becken auf. »Der Typ hat einen Plan, aber den verstehe ich nicht.«

»Vielleicht ist er der perfekte Geschäftspartner für dich.«

Tom schüttelte nur den Kopf. Er stieg wortlos aus dem Wasser und verschwand im Zimmer, wo ich ihn später beim Sortieren seiner Okulare vorfand.

KAPITEL 7

Whistler ließ telefonisch nachfragen, ob wir eine Limousine brauchten. Tom fuhr lieber selbst. Unser Ziel, der Mars Hill, war kaum zu verfehlen. Wir mussten nur der Hauptstraße in westlicher Richtung folgen, der Berg grenzte direkt an die Innenstadt von Flagstaff. In der Dämmerung fuhren wir über eine gewundene Straße zwischen hohen Ponderosa-Kiefern hinauf, bis wir zu einer Schranke gelangten, die für uns geöffnet wurde. Auf einem Schild lasen wir: »Lowell Observatory. No headlights after dark, no public access after 9.30 p.m.«

Ein junger Mitarbeiter des Observatoriums erwartete uns auf dem Parkplatz, auf dem schon mehrere große Autos standen. Er begrüßte uns mit Händedruck und einer ausgesuchten Fröhlichkeit wie ein Animateur, mit dem wir garantiert noch sehr viel Spaß haben würden, und bat uns ihm zu folgen. Ich war etwas überrascht über das, was ich sah. Ein reines Observatorium schien das hier nicht zu sein. Vor uns in der Abenddämmerung lag eine weitläufige, gepflegte Parkanlage mit Spazierwegen. Falls es wissenschaftliche Einrichtungen gab, waren sie gut zwischen den dunklen Stämmen der Kiefern versteckt.

Nach einem kurzen Fußweg erreichten wir ein Haus, das aussah wie das Anwesen eines wohlhabenden Ranchers. Es war aus dunklen Natursteinen erbaut und hatte ein strahlend weißes Giebeldach und einen kleinen Portikus, auffälliger aber war der exzentrische Anbau des Hauses, eine aus demselben Stein gemauerte Rotunde. Wir betraten das Haus durch den Portikus, wo uns ein weiterer Mann in einem Polohemd mit »Lowell«-Logo begrüßte und schließlich zu der Gruppe führte, die bereits um eine gedeckte Tafel herumstand und uns mit Weißweingläsern zuprostete.

Whistler begrüßte uns wie alte Freunde, ließ seine Hände auf unsere Schultern fallen und winkte eine Bedienstete in weißer Bluse herbei, die uns zwei volle Weingläser von einem Tablett reichte. Tolwyn und Dreysen nickten freundlich, und Mrs. Anand stand sogar auf und gesellte sich zu uns. Außer den uns bekannten Anwesenden war noch ein weiterer Mann im Raum, den Whistler uns vorstellte. Er war ein etwas dicklicher Brillenträger mit krausen grauen Haaren, der einen schlechtsitzenden blauen Anzug trug. Seinen Namen vergaß ich sofort wieder, aber er hatte eine offizielle Funktion, vielleicht war er sogar der Direktor des Observatoriums, ein überaus wissbegieriger Mann jedenfalls, der Tom direkt auf sein Teleskop ansprach. Ich trank Weißwein und hielt mich an Mrs. Anand. Nach etwa zehn Minuten sah ich, dass Whistler dem Direktor einen versteckten Wink gab, und dieser ergriff das Wort. Er hielt eine kurze Ansprache, in der er erklärte, wie froh man sei, in Mr. Whistler einen der bedeutendsten Unterstützer des Observatoriums zu Gast zu haben, einen Freund und Partner, den man in dieser Runde nun wahrlich nicht mehr vorstellen müsse.

Whistler langweilte sich schon nach Sekunden. Ich musste nur einen Blick in sein Gesicht werfen, um zu sehen, dass er selbst die kürzesten Ansprachen für Zeitverschwendung hielt. Tolwyn und Dreysen lächelten geübt. Sie hatten ähnliche Huldigungen sicher schon etliche Male über sich ergehen lassen.

Mrs. Anand sah erfreut aus, war aber noch erfreuter, als die Vorstellungsrunde wieder vorbei war und der Direktor zum nächsten Teil überging. Er ließ seine Augen besorgt über die Gruppe wandern: »Ich hoffe, Sie sind nicht zu hungrig. Sonst verschieben wir die Besichtigung auf später.«

»Ach nein«, sagte Whistler. »Bringen wir's jetzt hinter uns.«

Direkt an den Speisesaal schloss sich eine Bibliothek an, ein runder Saal, der normalerweise für Führungen geöffnet zu sein schien. Unter dem runden Kuppeldach und einem prächtigen Lüster in Saturnform standen Schaukästen, in denen historische Geräte ausgestellt waren, kostbar wirkende Präzisionsmaschinen aus Messing mit unbekanntem Zweck. Im Vorbeigehen machte der Direktor uns auf den »Spektrografen« aufmerksam, den der Astronom Vesto Slipher einst benutzt hatte, um die fortgesetzte Ausdehnung des Universums zu messen. Eine andere Maschine, die meine Aufmerksamkeit fesselte, ein Schaukasten mit zwei Gucklöchern, war der berühmte »Blink-Komparator«, mit dessen Hilfe der Planet Pluto entdeckt worden war. Als Teile der Gruppe den Direktor darauf ansprachen, dass Pluto gar kein Planet mehr sei, bemerkte ich dessen Zögern. Plutos Herabstufung zum Zwergplaneten sei für das Observatorium ein schwerer Schlag gewesen, gab er zu. Man hielt sie immer noch für eine große Ungerechtigkeit, nicht weil Pluto sich hinreichend als Planet qualifiziert habe, sondern weil seine Entdeckung eine solche Meisterleistung gewesen sei. Der vierundzwanzigjährige Assistent Clyde Tombaugh habe dafür tausende fotografische Platten mit Millionen von Sternen vergleichen müssen. Ich durfte selbst durch den Komparator schauen, mit dem Tombaugh das Wunder vollbracht hatte. Ein Foto mit Unmengen von Sternen, und mitten unter ihnen ein nahezu unsichtbarer Punkt, der mit einem Pfeil markiert war. Als der Apparat auf die nächste Platte umschaltete, war der mit dem Pfeil versehene Punkt an eine andere Stelle gewandert: Pluto.

»Stellen Sie sich vor, da wäre kein Pfeil«, sagte der Direktor. »Und er hat ihn trotzdem gesehen.«

»Der arme Junge«, murmelte Rhada Anand ungläubig.

»Und das alles für einen Zwergplaneten«, sagte Eric Tolwyn.

Nach der Bibliothek ging unser Rundgang im Freien weiter. Der Park lag nun ganz im Dunkeln. Unter Führung des mit einer Laterne vorangehenden Direktors durchquerte unsere kleine Gruppe das bewaldete Gelände. Zwischen den Bäumen schimmerte manchmal das rote Licht hindurch, an dem man überall erkannte, dass Astronomen in der Nähe waren.

Am Rande eines Abhangs wurden wir mit einem Blick über die Stadt belohnt. Der Direktor machte uns darauf aufmerksam, dass die Straßenbeleuchtung kaum blendete, sie war ganz auf die Bedürfnisse der Astronomen abgestimmt. Und dort, in der Nähe des Abhangs, tauchte auch ein großes weißes, rundes Gebäude auf, das erhöht auf einer kleinen Lichtung stand. Es war eine Sternwarte, natürlich, allerdings, wie man sofort sah, nicht die modernste Ausführung. Eine Kuppel gab es nicht, nur einen zylindrischen Deckel, der wie ein alter Damenhut auf dem Gebäude saß. Der großbürgerliche Eingang hätte besser zu einer Südstaatenvilla gepasst. Eine Treppe mit weißem Geländer führte unter einem Vordach zur Tür hinauf.

Noch bevor wir eintreten konnten, warf Tom mir einen bedeutungsvollen Blick zu – dann folgten wir der Gruppe über die Schwelle, und was ich sah, kam mir seltsam vertraut vor. Wir standen in einem hohen, runden Raum, der an einen rustikalen Ballsaal auf dem Land erinnerte. Über uns war ein kunstvoll gezimmertes Holzdach aus vielen Balken und Verstrebungen, die Wände – der Raum war von innen nicht ganz rund, sondern ein Vieleck – bestanden aus Brettern in dem gleichen rötlichen Ton. Das eigentlich Vertraute aber stand in der Mitte, der einzige Gegenstand im Raum, der nicht aus Holz war. Es war eine hellgraue, mit Nähten und Bolzen übersäte Metallröhre, die Toms Teleskop glich wie ein Ei dem anderen.

»Wusstest du das?«, fragte ich Tom.

»Ja.«

»Warum hast du nichts davon erwähnt?«

»Ich wollte es erst selbst sehen. Ich wusste nicht, dass es so ähnlich ist.«

»Das müsste Ihnen doch bekannt vorkommen«, sagte der Direktor, der unseren Dialog nicht verstanden hatte.

»Natürlich, ja«, sagte Tom. »Ist das Lowells Teleskop?«

»Dies hier war das letzte Teleskop, dessen Linse Mr. Clark senior persönlich geschliffen hat. Percival Lowell hat es eigens für die Marsopposition des Jahres 1896 in Auftrag gegeben.«

»Und Sie benutzen es noch?«

»Aber ja«, sagte der Direktor. »Es sehen jedes Jahr ein paar tausend Menschen hindurch. Die Besucher lieben das Teleskop. Auch wenn die Optik nicht mehr auf dem neuesten Stand ist.«

»Wer war Mr. Lowell?«, wagte ich zu fragen.

»Der Gründer unseres Observatoriums. Er war ein reicher Privatmann. Ein Amateur, wenn man so will. Aber immerhin verdanken wir ihm das erste Observatorium in Arizona. Und einige faszinierende Literatur über den Mars.«

»Hat Percival Lowell nicht an Marsmenschen geglaubt?«, fragte Rhada Anand.

»Vereinfacht gesagt, ja«, sagte der Direktor. »Aber es war nur ein Aspekt seiner Schriften, und Sie dürfen nicht vergessen, dass er ein Mann des 19. Jahrhunderts war. Die Möglichkeit einer Zivilisation auf unserem Nachbarplaneten erschien damals sehr real.«

»Untertreiben Sie nicht«, sagte Whistler. »Das Teleskop wurde tatsächlich gebaut, um Zeugnisse einer außerirdischen Zivilisation aufzuspüren.«

»Das ist richtig«, sagte der Direktor. »Wie wir heute wissen, hat ihn das Teleskop in einigen Irrtümern sogar bestärkt. Sie kennen ja sicher die Geschichte der Marskanäle …«

»Nein«, sagte Eric Tolwyn. »Was ist mit ihnen?«

»Nun, es gibt sie nicht. Aber man muss zu Percys Ehrenrettung erwähnen, dass nicht nur er sie gesehen hat. Sie waren eine kollektive Illusion. Hunderte, vielleicht tausende von Beobachtern haben sie gesehen. Tatsächlich war die Existenz solcher Bauten auf dem Mars bis in die 1960er-Jahre umstritten. Erst die Marssonden haben den Gegenbeweis erbracht.«

»Wie ist das möglich?«, fragte ich.

»Haben Sie jemals den Mars durch ein Teleskop beobachtet?«, fragte der Direktor.

»Nein, noch nicht.«

»Mars ist der trügerischste Planet. Es gibt Canyons, Berge, normale Geografie, aber oft liegen sie unter Sandstürmen verdeckt. Sie sehen gerade genug auf seiner Oberfläche, um die Fantasie anzuregen.«

»Und Percy war ein Mann mit einer großartigen Fantasie«, bemerkte Whistler.

»Richtig«, sagte der Direktor. »Er hing der Theorie an, dass die Kanäle Wasser von den Polkappen des Mars in Städte transportieren. Er meinte auch, Grasland zu sehen. Er hat an Büffelherden auf dem Mars geglaubt.«

Das brachte alle Versammelten zum Lachen – außer Tom, der nicht sehr glücklich aussah. Auf ihn wirkte es wohl, als lachten sie über sein Teleskop.

»Dann waren die Kanäle Canyons?«, fragte Rhada Anand.

»Sie waren reine Illusionen«, erklärte der Direktor. »Das

Gehirn eines zivilisierten Menschen hat die Angewohnheit, gerade Linien zu bilden. Vermutlich, weil zivilisierte Menschen zu viel über Geometrie wissen. Wir können nichts dagegen tun.«

»Und das Grasland?«

»Noch eine Täuschung. Der Mars ist rötlich, also sehen die dunklen Gebiete grün aus. Unsere Augen sind nun mal keine sehr genauen Messinstrumente.« Der Direktor gab dem großen Rohr einen versöhnlichen Klaps, als wollte er dessen Versagen entschuldigen.

Tom hatte die Lippen aufeinandergepresst, wie oft, wenn etwas in ihm arbeitete. Jeder konnte sehen, dass er etwas loswerden musste, auch der Direktor.

»Haben Sie eine Frage?«

»Ist es möglich, mal einen Blick hindurchzuwerfen?«

»Aber natürlich, nur zu. Es dürfte Ihnen ja keine Probleme bereiten. Die Sucher funktionieren alle. Sie können sie hier öffnen.« Er zog an einem Faden und öffnete damit eine Objektivklappe aus Blech. »Wir nennen das die Bratpfanne. Es ist ja auch tatsächlich eine Bratpfanne.« Er erntete wieder ein paar Lacher. »Hier, weiter unten, ist die Suppenschüssel.«

Tom schien sich nicht ganz sicher zu sein. Er machte zwei Schritte auf das Teleskop zu und betrachtete die Unterseite mit dem Okular, ohne etwas anzufassen. Sie bestand aus einem unübersichtlichen Gewirr von Drehrädern, die wie Wasserhähne aussahen. Ich konnte förmlich spüren, wie viel es ihm bedeutete, dieses alte Ding zu testen, aber er schien sich nicht heranzuwagen. Unterdessen zog der Direktor an einem großen Seil, das von oben herabhing, und öffnete damit eine Klappe, die den Blick auf einen bestechend klaren Sternenhimmel freigab. Zuletzt schaltete er noch das Licht aus. Wir standen einen Moment in der Dunkelheit, und ich konnte Tom vor mir atmen hören. Aus dem Tal drang das langgezogene Geheul eines Frachtzugs zu uns herauf, ein mehrstimmiges Hupen, das sich in der durchsichtigen Nacht verlor.

Eine eigenartige Spannung lag in dem Raum, die wohl nur Tom und ich empfinden konnten. Es war plötzlich alles wieder wie vor Monaten in Toms Observatorium. Wir waren wieder zu Hause.

Tom schob das riesige Rohr zwei-, dreimal hin und her, indem er es einfach mit beiden Händen packte. Ich kannte das Geräusch: ein mechanisches Tackern wie von einer Fahrradkette. Oben in dem Ausschnitt erkannte ich Saturn.

»Da ist ein starker Abbildungsfehler«, sagte Tom mit dem ersten Blick.

»Die Linse ist nicht mehr einwandfrei«, sagte der Direktor. »Sie produziert diese violetten Halos.«

»Vielleicht könnte man es reparieren«, sagte Tom.

»Wozu? Solche chromatischen Fehler sind bei diesen antiken Geräten üblich.«

»Mein Teleskop hat das nicht«, sagte Tom. »Man würde es bestimmt wieder hinkriegen.«

»Es ist nicht so wichtig. Wir haben hier jede Menge moderne Beobachtungsinstrumente.«

»Meinen Sie nicht …«

»Sehen Sie«, sagte der Direktor freundlich. »Unseren Besuchern ist es egal. Sie sehen das Clark als das, was es ist: ein historisches Instrument.«

Schließlich gab Tom auf. Er ließ von dem Teleskop ab und sah wortlos dabei zu, wie der Direktor den Himmel über uns wieder verschloss. Die Gruppe wandte sich bereits zum Gehen. Als alle die Schwelle überquert hatten, schaltete der Direktor das Licht aus und ließ das Teleskop hinter uns im Dunkeln stehen. Bevor die Tür zufiel, wandte sich Tom noch einmal um, als wollte er das vertraute Ungetüm am liebsten mitnehmen, als wollte er ihm irgendwie hier heraushelfen.

Wir steuerten auf die kleinere Kuppel zu, die ganz in der Nähe direkt am Rand des Abhangs stand. Sie war aus Glas und ruhte auf einer Marmorrotunde mit antiken Säulen. Aus der Ferne hatte ich sie für ein Observatorium im Kleinformat gehalten. Aber nun erkannte ich ihre wahre Bestimmung. Auf einem Schild stand: »Percival Lowell Mausoleum, erected 1923.«

»Ruhe in Frieden, Percy«, sagte Whistler.

Die Tischordnung des Abendessens hatte der Direktor so festgelegt, dass er neben Mrs. Anand saß. Tom und ich mussten am anderen Ende der Tafel Platz nehmen, flankiert von Eric Tolwyn und Bart Dreysen. Während einige Vorspeisen gereicht wurden, brachte ich die Unterhaltung vom Nachmittag wieder in Gang, jene merkwürdig beiläufige Konversation über unternehmerische Großprojekte, die meinen Horizont überstiegen. Die meisten ihrer Projekte waren entweder noch geheim oder scheinbar bereits weltbekannt, das machte die Unterhaltung noch schwieriger. Als ich Tolwyn erneut auf das Observatorium in Chile ansprach, legte er seine Gabel ab. Er genoss den Moment wie ein Sportwagenbesitzer, der sein Garagentor öffnet. Dann erklärte er mir, es handle sich um ein Panoramateleskop mit dem größten Fotochip, der je gebaut wurde. Zwölf Milliarden Pixel unter einem Spiegel mit acht Metern Durchmesser. »Es hat eine Weitwinkeloptik. Und der Chip ist enorm empfindlich.«

»Was genau ist ein Panoramateleskop?«, fragte ich.

»Es kann große Flächen fotografieren«, sagte Tom ohne Begeisterung.

»Schön«, sagte ich und lächelte Tolwyn unsicher an. »Aber was haben Sie von großen Flächen?«

»Die meisten Teleskope gehen in die Tiefe«, erklärte Tolwyn. »Wir gehen damit in die Tiefe und in die Breite. Wir können in zwei Tagen den ganzen Himmel über Chile fotografieren, sechzig, siebzig Prozent des Nachthimmels. Es ist die schnellste und tiefste Durchmusterung, die es je gegeben hat.«

»Durchmusterung?«, fragte ich. »Entschuldigung, was heißt das?«

»Eine Suche«, sagte Tolwyn. »Es ist eine Suchaktion.«

»Asteroiden, Kometen, NEOs«, sprang ihm sein Partner Dreysen zur Seite. »Near Earth Objects. Alles, was uns treffen kann.«

»Nicht nur das«, sagte Tolwyn. Er hob übermütig sein Glas und beschrieb damit eine himmlische Parabel: »Wir kartografieren die Milchstraße neu. Veränderliche Sterne, Gravitationslinsen, dunkle Materie. Es wird sehr viele unerwartete Entdeckungen geben. Das Schöne daran ist, dass noch niemand weiß, was wir alles finden. Ganz nebenbei«, setzte er hinzu, »leisten wir noch unseren bescheidenen Beitrag zum Überleben der Menschheit.«

Er leuchtete nun vor Stolz, und ich konnte ihn sogar verstehen. Er hatte all diese Wörter gerade erst gelernt und benutzte sie so sorglos wie ein gestohlenes Spielzeug. Ich konnte mir vorstellen, was für ein technikbegeistertes Kind er gewesen war. Wahrscheinlich hätte er es sich niemals träumen lassen, selbst an der Erforschung des Weltraums teilzuhaben oder globale Katastrophen zu verhindern. Doch nun saß er im Stuhl des Captains. Es kitzelte seine Eitelkeit, an dem großen Rad mitzudrehen.

»Können Sie hindurchsehen?«, fragte ich.

»Oh nein«, lachte Tolwyn gutmütig. »Sie könnten, wenn Sie wollen, ein Okular reinschrauben, aber dafür ist das Teleskop wirklich zu schade.«

»Ich verstehe nicht, was Sie davon haben«, sagte Tom mit einem gelangweilten Unterton. »Ein großes Teleskop, das Sie nicht selbst benutzen.«

»Ja, was haben Sie davon«, fragte Rhada Anand mit einem feinen Lächeln. »Kommt es Ihnen nur auf die Plakette an?«

»Die beiden sind nicht allein«, erklärte Whistler. »Auf der ganzen Welt werden Spitzenteleskope gebaut, die um die Vorherrschaft kämpfen. Und an jedem Teleskop hängt ein Name: Discovery Channel, Google. Es ist ein neuer Wettlauf um den Weltraum, wie damals in den Sechzigerjahren.«

»Es ist wohl nicht anders als zu Lowells Zeiten«, wandte Bart Dreysen ein. »Männer mit Zeit und Geld suchen sich neue Spielzeuge.«

»Sie wollen das vergleichen?«, fragte Whistler.

»Warum nicht? Dieses alte Teleskop«, sagte Dreysen an den Direktor gewandt, »was hat Ihr Mr. Lowell damals dafür bezahlt?«

»Zwanzigtausend Dollar. Nach heutigen Maßstäben eine halbe Million.«

»Eine halbe Million«, wiederholte Tolwyn ebenso überrascht wie amüsiert. »Das ist viel Geld für einen Spleen.«

»Er hatte die Mittel«, erklärte der Direktor. »Die Lowells waren eine der reichsten Familien von Massachusetts, sein Bruder war Direktor von Harvard. So konnte er sich ein Privatobservatorium dieser Größe leisten. Und noch viele Eskapaden mehr. Wussten Sie ...«, er wandte sich an Tom, »... wussten Sie, dass das Teleskop zeitweise in Mexiko war?«

»Nein«, sagte Tom.

»Mr. Lowell wollte das bestmögliche Wetter für die Marsopposition im Winter 1896. Die Einzelteile wurden per Zug nach Mexiko gebracht. Aber dort hat ihm die Luft nicht gefallen. Also ist er im Frühjahr 1897 wieder zurück nach

Flagstaff gekommen. Ganz zufrieden war er nie. Er hat sein Leben lang nicht aufgehört, Orte auf der ganzen Welt testen zu lassen.«

Die Runde schmunzelte amüsiert, obwohl sie die wahre Pointe gar nicht kennen konnte. Offenbar hatte Tom im Jahr 1897 einen Geistesverwandten gehabt.

»Sein Reichtum war in gewisser Weise auch ein Fluch«, sagte der Direktor. »Die Eskapaden haben dazu beigetragen, dass er von den Astronomen seiner Zeit als unseriöser Amateur diskreditiert wurde. Aber seine Neugierde war vollkommen aufrichtig.«

»Jetzt wissen wir wenigstens, warum Sie ein altes Teleskop kaufen wollen«, sagte Tolwyn zu Whistler.

»Warum?«, fragte dieser erstaunt.

»Sie wollen damit den Mars betrachten und von Büffelherden träumen.«

Whistler lachte gutmütig über den Scherz auf seine Kosten. »Manchmal ist es besser, die Dinge nicht so klar zu sehen«, sagte er. »Das hilft gegen Enttäuschungen.«

»Aber was wollen Sie wirklich mit so einem großen alten Kasten?«, fragte Tolwyn. »Ist er für Ihre Bibliothek?«

»Wir haben bei unseren Nachtführungen einen großen Andrang auf die historischen Teleskope«, sagte der Direktor. »Etwas an diesen Instrumenten scheint den Leuten Ehrfurcht einzujagen. Sie sind Zeugen einer wunderbaren Ära, die immer mehr verblasst.«

»Sie meinen die Ära, in der alles verschwommen aussah?«, fragte Tolwyn.

»Nein, eine Ära der Möglichkeiten. Stellen Sie sich vor, eine neue Zivilisation wäre wirklich entdeckt worden. Mr. Lowell hat die Astronomen als direkte Nachfahren von Kolumbus angesehen.«

Das löste wiederum wohlwollendes Gelächter aus. Plötzlich begann Whistler leise zu sprechen, in einem Ton, der die anderen Gespräche am Tisch verstummen ließ.

»Ich bin seit langem daran interessiert, Lowells Teleskop für meine Sammlung zu kaufen«, sprach er. »Aber die Herren vom Observatorium zieren sich.« Whistler führte ein Glas Wein an seine Nase und prüfte das Bouquet. »Nun, mit einem adäquaten Ersatz …«

»Ein Ersatz?«, fragte Mrs. Anand erstaunt. »Das passt nicht zu Ihnen, oder? Sie sind nur an Originalen interessiert.«

»Genauso ist es. Das Observatorium bekommt das Exemplar aus Deutschland. Ich das Original.« Whistler genoss einen Schluck auf der Zunge, setzte das Glas zufrieden ab und ließ seinen Blick auf Tom ruhen.

»Wenn das, was ich gesehen habe, stimmt, ähneln sich die beiden Geräte wie ein Ei dem anderen, nicht?«

»Aber sie könnten ja auch mein Teleskop haben«, sagte Tom.

»Warum sollte ich das wollen?«

»Es funktioniert besser als das von Mr. Lowell.«

Whistler lachte. »Ich will keine Metallröhre mit Glaslinsen erwerben. Ich will ein Stück Geschichte.«

Tom senkte den Blick auf seinen Teller. »Dann können Sie ja eine Pyramide kaufen«, sagte er.

»Oh nein, kann ich nicht«, sagte Whistler sichtlich überrascht über die freche Erwiderung. »Eric und Bart könnten sich das leisten. Mrs. Anand wahrscheinlich auch. Ich nicht.«

Tom ließ den Dessertlöffel sinken. Er entschuldigte sich, indem er etwas von Toilette murmelte, stand auf und verließ geräuschlos den Raum.

Nach zehn Minuten entschuldigte ich mich auch und ging nach draußen, um ihn zu suchen. Der Mars Hill lag im Dunkeln. Kühle Luft blies mir um den Kopf, der vom Wein und dem anstrengenden Gespräch benebelt war. Die ganze Bande ging mir gehörig auf die Nerven. Der Weltraum ging mir allmählich auf die Nerven. Ich fragte mich, wie lange ich meine Zeit noch mit solchen Gesprächen verbringen konnte.

Tom zu finden war nicht schwer. Natürlich war er bei Lowells Teleskop. Aber er war nicht allein. Außer ihm standen noch ein paar Besucher in der Kuppel und fotografierten die Attraktion mit blitzenden kleinen Kameras. Es musste die Nachtführung sein. Ein Student mit Dreadlocks und Lowell-Shirt hielt gerade einen Vortrag über das Teleskop. Er erzählte natürlich die Geschichte von den Marskanälen. Die Menge lachte, und Kinder durften sich auf eine Leiter stellen, um Saturn zu betrachten. Tom sah der Prozedur wie versteinert zu. Ich hatte das Gefühl, er wollte die Menge am liebsten aus seinem Observatorium verjagen. Schließlich war das hier *sein* Zuhause. Aber die Leute hielten es für ein Museum oder einen Vergnügungspark. Und sie gingen einfach nicht weg.

Die Erwachsenen und Kinder überzeugten sich ungerührt von der Existenz des Saturn. Vielleicht wunderten sich manche, dass der Planet noch einen violetten Ring dazu bekommen hatte, aber es fragte niemand danach. Als alle an der Reihe gewesen waren, gingen auch wir nach draußen.

Ich wollte zu unseren Gastgebern zurückkehren, aber Tom hatte keine Lust. Da uns nichts Besseres einfiel, folgten wir einfach weiter der Führung und betraten noch einmal die große holzgetäfelte Bibliothek neben dem Wohnhaus. Die wenigen Menschen verteilten sich in der Rotunde unter dem Saturnleuchter. Vorhin hatten wir nicht sehr viel Zeit gehabt, uns die Ausstellungskästen anzusehen. Nun fiel mein Blick auf ein aufgeschlagenes Buch hinter Glas. Es war ein Skizzenbuch, genau wie ich es bei Tom gesehen hatte. Auf der aufgeschlagenen Seite war ein einzelner Abend im Leben von Percival Lowell dokumentiert. Ein 19. Oktober, die Jahreszahl konnte ich nicht erkennen. Unter dem Datum waren acht Bleistiftskizzen vom Mars, angefertigt im Abstand von wenigen Minuten, versehen mit winzigen Anmerkungen zu Uhrzeit, Sichtbedingungen und besonderen Beobachtungen, in einer minutiösen, etwas altertümlichen Handschrift, wie ich sie von meinen eigenen Großvätern kannte – und von Tom.

Nebenan war der erste Marsglobus, ebenfalls unter Lowells Ägide erstellt. Schnurgerade Äderchen überzogen den Planeten wie ein U-Bahn-Netz und verbanden Metropolen mit aufregenden Namen (»Thaumasia«, »Endor«), die wohl nur in Percival Lowells Fantasie existiert hatten. Garniert war der Globus mit einem Foto seines Schöpfers: Lowell höchstselbst, ein schlanker Mann in einem dunklen Anzug – Toms Großvater gar nicht unähnlich –, der auf einer ausgefeilten Konstruktion saß, einem Holzstuhl, der wiederum auf einer höhenverstellbaren Plattform stand. Lowell trug ein flottes Barrett auf dem Kopf, die breite Seite nach vorne gekehrt wie ein Jazzmusiker, und sah mit dem Auge durch das Okular seines riesigen Teleskops nach oben, die Hand erhoben, entweder um eins der Stellräder zu erreichen oder um heroisch die Richtung zum Weltraum zu weisen. Der Inbegriff eines Entdeckers, dachte ich, und doch nur eine Inszenierung. Ein Wunschtraum.

Wir blieben noch lange vor dem Schaukasten stehen, als die letzten Besucher schon gegangen waren.

»Hallo Tom.« Wir drehten uns um und sahen, dass Whistler lautlos den Raum betreten hatte und hinter uns stand.

»Hallo Mr. Whistler«, sagte Tom.

»Was denken Sie, wenn Sie diese Bilder sehen?«

»Er erinnert mich an jemanden.«

Whistler lächelte: »Sie und ich verstehen, dass er mehr ist als ein reicher Mann, der sich geirrt hat, nicht?«

»Ja, wahrscheinlich.«

Whistler musterte Tom aufmerksam und fragte: »Wissen Sie, wie ich zu Geld gekommen bin?«

»Sie haben Flugzeugmotoren gebaut. Fürs Militär.«

»Das ist nur die halbe Geschichte. Als ich so alt war wie Sie, wollte ich in den Weltraum gehen. Ich habe eine Firma gegründet und Raketenantriebe gebaut, mit Gummi- und Stickstoff in den Tanks. Die sichersten Motoren weit und breit. Aber wir sind nicht in den Weltraum gekommen. Stattdessen wurden wir nur größer und träger wie die meisten Unternehmen.« Er hielt einen Augenblick inne und setzte ein böses Lächeln auf. »Dann kamen erst die Regierungsaufträge. So funktioniert die Luftfahrt. Es ist Politik.«

Nachdem er sich in Richtung der Schaukästen umgewandt und eine Weile schweigend die im gedämpften Licht funkelnden astronomischen Geräte betrachtet hatte, fuhr er fort:

»Schließlich hat es mich nicht mehr interessiert. Selbst die NASA kommt langsam zur Besinnung. Sie vergibt ihre Projekte jetzt an kleine Firmen, die von den Internet-Leuten gegründet werden. Die Start-up-Generation übernimmt das Ruder. Junge Leute wie Eric und Bart werden in den Weltraum gehen. Das ist die Zukunft.«

Von draußen, durch die offene Tür, blies ein kalter Wind und zerzauste Whistlers Rock-'n'-Roll-Mähne. Sein Blick war nach innen gekehrt und doch ohne Melancholie, ohne Trauer über den unerfüllten Traum. Ich musste an seinen Spitznamen denken: der Rocket Man. Er und Tom bildeten den seltsamsten Gegensatz: Der sechzigjährige Whistler, sprühend vor Ehrgeiz und Exzentrik, und daneben der dreiundzwanzigjährige Grünschnabel Tom. Die Ähnlichkeit konnte wohl nur ich sehen: Sie hatten beide die Sterne ins Visier genommen und hatten, jeder auf seine Weise, ihre Flüge verpasst.

»Wieso möchten Sie ihr Teleskop verkaufen, Herr Eisenroth?« Whistler blickte meinen Freund jetzt mit väterlicher Neugier an.

»Ich brauche das Geld«, sagte Tom. »Ich habe einen kranken Vater.«

»Hören Sie, Ihr Teleskop interessiert mich. Aber wir können nicht über den Preis reden. Dafür ist Sid Koenig da. Verstehen Sie das?«

»Ja«, sagte Tom leise. »Das verstehe ich.«

KAPITEL 8

Unser Abschied von der Tischgesellschaft fiel kurz aus. Whistler schien darüber nicht beunruhigt zu sein. Er ließ uns wissen, dass er früh am nächsten Morgen nach Mojave zurückkehren werde – und ermunterte uns ein weiteres Mal, die letzten Details des Geschäfts in Los Angeles zu klären. Ich nickte Tolwyn und Dreysen zu, wünschte ihnen viel Glück für ihre Weltraumeroberungspläne und verabschiedete mich mit einer kleinen Verbeugung von Mrs. Anand. Ob Tom nach dem Gespräch in der Bibliothek überhaupt noch etwas sagte, weiß ich nicht. Ich hatte das Gefühl, dass es ihm nicht schnell genug gehen konnte. Ein Lakai eskortierte uns durch das Labyrinth der Wege zum Parkplatz. Ohne zu zögern, startete Tom den Motor und schaltete die Scheinwerfer an.

»Hier ist nur Standlicht erlaubt«, sagte ich. Aber Tom hörte mir gar nicht zu. Wir rollten die oberen Serpentinen des Mars Hill hinab. Anstatt einen niedrigen Gang einzulegen, der uns gebremst hätte, ließ Tom den Wagen laufen.

»Gut dass wir so selten mit reichen Leuten verkehren, was?«, sagte ich.

»Wieso?«

»Ich finde sie anstrengend auf die Dauer.«

»Ja.«

»Du musst ihn trotzdem nicht vor den Kopf stoßen.«

»Ich habe niemand vor den Kopf gestoßen.«

»Was sollte dann der Satz mit der Pyramide? Ich denke, du willst mit ihm ins Geschäft kommen?«

Tom sagte nichts. Unten an der Kreuzung zur Hauptstraße von Flagstaff machte er Anstalten, rechts abzubiegen.

»Zum Motel müssen wir geradeaus«, sagte ich.

»Lass uns noch rumfahren. Ich will jetzt nicht ins Motel.«

»Na gut. Was hast du überhaupt?«

Er trat aufs Gas und fuhr über die Ampel, die gerade rot geworden war.

»Mach mal halblang«, sagte ich zu Tom. »Spinnst du jetzt wieder?«

»Du hattest die ganze Zeit Recht. Es war ein Fehler herzukommen.«

»Wieso?«

»Ich kann ihm mein Teleskop nicht verkaufen.«

»Spinn dich erst mal aus«, sagte ich.

»Nein, im Ernst, ich kann Whistler mein Teleskop nicht geben.«

»Was soll jetzt der Blödsinn?«, rief ich. »Whistler ist doch ganz in Ordnung.«

»Er braucht es ja gar nicht. Und das andere stellt er auch nur in sein Mausoleum. Was habe ich davon?«

»Zum Beispiel eine Menge Geld!«

Tom schniefte abfällig und trat abermals aufs Gas. Wir jagten aus der Stadt hinaus in die Berge hinein.

»Was soll eigentlich aus deinem Vater werden?«, rief ich. »Willst du lieber, dass *er* im Mausoleum landet? Glaubst du, sein Darmkrebs heilt von selbst? Du solltest mal aus der Umlaufbahn zurückkehren!«

»Mir wird was einfallen, um Geld aufzutreiben.«

»Bis du mal Geld verdienst, lebt dein Vater nicht mehr! Deinem Teleskop kann Schlimmeres passieren, als in einem Museum zu landen. Mein Gott Tom, es ist hundert Jahre alt!«

»Genau! Es ist alt! Bauen wir uns doch ein neues. In Chile!«

»Okay, Tom. Reg dich erst mal ab. Du klingst ein wenig neidisch wegen der Chile-Sache.«

»Oh ja. Wie stolz sie darauf sind!«

»Und warum sollten sie nicht stolz drauf sein?«

»Weil sie damit nichts finden werden. Weil sie nur Geschäftsleute sind! Amateure!«

»Tom«, sagte ich ruhig. »Du bist auch ein Amateur. Alle deine Helden sind Amateure. Sir William Herschel ...«

»Hast du eine Ahnung!«, schrie Tom. »William Herschel hat jede Nacht seines Lebens im Freien verbracht! Er hat sich die Augen mit Zwiebeln eingerieben, damit sie feucht bleiben. Willst du das vergleichen mit unseren Jungmilliardären?«

»Dann stellt sich die Frage, wer verrückter ist«, sagte ich ruhig. »Die Jungmilliardäre oder Sir William.«

Ich spürte das Ausmaß des Verrats in meinen Worten. Es tat mir leid, ihm das sagen zu müssen. Aber zugleich wusste ich, dass es der einzige Weg war, Tom in die Realität zurückzuholen.

»Tolwyn und Whistler und die anderen, sie sind alle keine Astronomen«, rief er noch einmal verzweifelt.

»Tom«, sagte ich ruhig, »du bist auch kein Astronom.«

Tom bremste endlich herunter.

In sachlichem Ton sprach ich weiter: »Du kannst nicht ewig gegen die moderne Technik kämpfen. Sieh dir Whistler an. Er ist von der Entwicklung abgehängt worden. Und jetzt, mit sechzig, sitzt er in einem Vulkan und träumt immer noch davon, in den Weltraum zu gehen. Willst du so enden?«

»Wie kommst du darauf, dass ich wie Whistler enden könnte?«

»Du bist jetzt schon wie er, nur ohne das Bankkonto. Es ist nicht schwer zu sehen.«

»Wie kommst du darauf?«

»Er mit seinem Vulkan. Und du in deinem Turm. Du könntest gar keinen besseren Käufer finden.«

»Aber ich glaube nicht an Aliens. Und mein Observatorium ist nicht nur ein Kunstprojekt.«

»Doch Tom.«

Er wandte seine Augen von der Straße ab und blickte mich an. »Was?«

»Es ist immer ein Kunstprojekt gewesen«, sagte ich.

»Was?«

Ich zögerte, fragte mich eine Sekunde lang, ob ich ihm das wirklich sagen sollte, aber dann fuhr ich fort: »Die Kometenjagd und das Ganze. Du weißt doch selbst, dass es unmöglich ist.«

»Was weißt du denn plötzlich davon?«, sagte er, einen letzten Rest selbstsicherer Arroganz in der Stimme.

»Ich weiß genau Bescheid«, sagte ich. »Die Kometen werden heute alle von Computern gefunden. Du wusstest das die ganze Zeit. Du hast es mir nur nicht gesagt.«

Das nahm ihm den Wind aus den Segeln. Ich sah förmlich, wie ihm die Worte im Hals stecken blieben. Wir waren in der zerklüfteten Felslandschaft des Oak Creek Canyon angekommen und fuhren in großen Kurven talwärts in Richtung des Flussbetts. Unser Wagen zog jammernd durch eine Haarnadelkurve, direkt an der Felswand vorbei.

»Um Himmels willen, mach langsamer Tom.«

Vor uns zeigte sich eine lange abschüssige Gerade. Ich hatte das Gefühl, dass Tom wieder beschleunigte.

»Ich sagte, fahr langsamer!«

»Du hast keine Ahnung, was möglich ist«, sprach er wie

in Trance. »Wenn ich will, dann finde ich auch einen Kometen.«

»Davon bin ich überzeugt«, sagte ich. »Dieser ganze Wunderquatsch. Leute, die nachts sehen. Du kannst gerne ewig weiter daran glauben …«

Am Ende der langen Gerade war eine scharfe Rechtskurve. Ich schätzte, es waren noch vierhundert Meter bis dahin, und Tom fuhr viel zu schnell.

»Brems mal, Tom!«

Er bremste nicht. Stattdessen flüsterte er: »Ich zeig dir was.« Und dann verschwand die Landstraße vor uns, und das Bild wurde schwarz. Auch die Lichter des Armaturenbretts waren erloschen. Sekundenbruchteile später begriff ich, dass wir immer noch in voller Fahrt waren. Und Tom hatte die Scheinwerfer ausgeschaltet.

Ich schrie nur seinen Namen. »Tom!« Aber er reagierte nicht. Er fuhr einfach weiter, obwohl vor uns keine Straße mehr war. Kein Mittelstreifen. Auch keine Leitplanke und keine Pfosten. Aus meinem Mund kam ein Stöhnlaut. Ich zuckte mit meiner Hand nach oben, wollte nach dem Lenkrad greifen, ließ es. Starrte mit nachtblinden Augen auf die stumpfe Folie der Windschutzscheibe. Und konnte nur noch einen einzigen Gedanken fassen. Ein einziges Mal in meinem Leben hatte ich bisher diesen Gedanken gehabt. Ich war nachts auf der Autobahn eingeschlafen. Meine Blechdose von einem Fiat war seitlich gegen die Leitplanke geraten, zurückgeschleudert worden und hatte sich dann mitten auf der Fahrbahn gedreht. In diesen ein oder zwei Sekunden nach dem Aufprall, mitten in der Schleuderpirouette, die mein Wagen vollführte, als das Lenkrad nichts mehr half und ich in Scheinwerfer blickte, die mir entgegenkamen, war mir bewusst gewesen, dass das das Ende sein konnte.

»Tom, mach das Licht an!«, schrie ich. Ich hatte meine

Stimme wiedergefunden, vielleicht wollte ich sie auch ein letztes Mal hören.

Tom fuhr durch eine unsichtbare Kurve. Im Dunkeln sah ich nicht, dass er lenkte, aber ich spürte, wie ich nach links geworfen wurde und dass wir schließlich wieder geradeaus fuhren. Vor uns war immer noch keine Spur einer Straße zu sehen. Nur Schwarz wie eine Schlangengrube. Einmal hatten wir Glück gehabt, ein weiteres Mal würde es nicht geben, das wusste ich. An den Windgeräuschen hörte ich, dass Tom mit unverminderter Geschwindigkeit fuhr.

»Tom! Hör auf! Ich will nicht sterben!« Ich schrie laut.

Er reagierte immer noch nicht. Jetzt griff ich ihm ins Lenkrad.

»Scheiße«, rief Tom. »Lass das.« Aber ich ließ das Lenkrad nicht los. Ich hörte ein Quietschen. Tom versuchte zu bremsen. Dann vernahm ich ein Krachen und spürte eine Erschütterung. Mein Kopf flog nach vorn, aber ich hatte nicht das Gefühl, dass wir hielten. Die Windgeräusche waren immer noch um uns, nur die Räder hörte ich nicht mehr. Der Bug unseres Wagens senkte sich langsam, und mein Körper wurde leicht wie beim Fall in ein Luftloch. Wir bekamen einen gewaltigen Schlag ab, einen zerstörerischen, erschütternden Schlag, und standen immer noch nicht still. Unser Auto schlingerte ein paar Meter weiter, begleitet von einem müden Ächzen und dem Knirschen von Blech auf Stein, dann senkte sich der Bug noch einmal, sackte nach unten, prallte gegen etwas, das nicht nachgab, und wir standen.

Ich hing in meinem Gurt, den Kopf nach vorn gesenkt, wie jemand, der sich übergibt.

Neben mir hörte ich eine Bewegung.

»Tom?«, fragte ich leise.

»Ja.«

Ich versuchte meinen Hals zu bewegen. Das tat im Nacken weh, aber war erträglich. Meine Rippen schmerzten auch, aber ich tastete meinen Körper ab und bemerkte kein Metallteil, das mich durchbohrte. Ich bewegte meine Zehen. Sie waren noch da.

»Wie geht's dir«?«, fragte ich.

»Wir leben noch«, sagte Tom eigentümlich überrascht.

In der Nähe hörte ich das Rauschen eines Bachs. Mit einem Handgriff versuchte ich, den Gurt zu lösen. Als die Schnalle sich öffnete, rutschte ich nach vorn. Ich stemmte mich mit den Beinen gegen den Boden und versuchte die Beifahrertür zu öffnen. Sie war unversehrt und ging leicht auf. Der Bach war nicht in der Nähe, sondern direkt unter uns. Da mir ohnehin nichts anderes übrig blieb, hüpfte ich hinaus in das kalte Wasser, das mir bis zu den Knien reichte, und betrachtete die Lage unseres Autos. Die Hinterräder standen noch an Land, auf dem steinigen Flussufer, der Kühler mit den Vorderrädern war vollständig untergetaucht. Ein Scheinwerfer funktionierte plötzlich, weiß Gott warum, und erhellte das schwarze Gewässer wie einen geisterhaften Swimmingpool.

»Hilf mir mal«, rief Tom. Sein Gurt wollte sich nicht lösen. Ich musste auf die Fahrerseite hinüberwaten, wo er hilflos in den Seilen hing. Wasser sickerte auf seiner Seite in den Wagen und benetzte den Fußboden.

»Die Airbags sind gar nicht aufgegangen«, bemerkte Tom, als ich versuchte, ihn zu befreien.

Der Boden unter seinen Füßen wurde immer nasser. Endlich bekam ich Tom heraus, er sprang ebenfalls in den Fluss und sah verwundert an sich herab.

»Dass wir das überlebt haben«, sagte er.

Ich habe eine anerzogene Hemmung, Menschen ins Gesicht zu schlagen. Schon oft hatte ich es tun wollen und nicht fertiggebracht. Auch jetzt nicht: Ich schlug Tom mit der Faust in den Unterleib, so dass er sofort zusammensackte und mit dem Oberkörper in den Fluss fiel.

»Bist du …?« Er stand triefend auf und brachte nicht mehr als diese zwei Wörter heraus.

»Du wolltest uns umbringen, du Arschloch«, schrie ich ihn an.

»Der Beifahrer soll nie das Lenkrad anfassen«, stöhnte er.

»Du wolltest in den Himmel, du blödes Arschloch!«

»Ich hatte alles im Griff«, stöhnte er. »Ich hab die Straße gesehen.«

»Oh ja, Tom der Wunderknabe. Tom, das Riesenarschloch! Nichts hast du gesehen.«

Er schleppte sich aus dem Wasser, gebeugt und triefend, und setzte sich auf die Kieselsteine am Ufer.

»Es war blöd«, stöhnte Tom. »Es ist meine Schuld.«

Seine plötzliche Einsicht beruhigte mich ein wenig. Ich sagte nichts und betrachtete den Wagen. Absurderweise sah er noch fahrtüchtig aus. Ich fragte mich nur, wie wir ihn aus dem Fluss herausbekommen würden. Die Straße war gut fünfzehn, zwanzig Meter entfernt.

»Den normalen Abschleppdienst können wir uns sparen«, sagte ich.

»Ja«, sagte Tom leise. »Es war blöd.«

»Nichts zu machen«, sagte ich und setzte mich in den Kies.

Ich habe nie verstanden, warum Menschen an Unfallstellen stehen bleiben und gaffen. Jetzt, an unserer eigenen Unfallstelle, fiel mir jedoch auch nichts Besseres ein. Wir waren mitten in der Wildnis. Wir hatten kein Mobiltelefon. Die Situation war so verfahren, ich blieb einfach nur stehen und betrachtete unser Werk, fotogen wie ein arrangiertes Stilleben: das von dunklem Wasser umspülte Wrack und die rötlich abgetönte schimmernde Lichtblase, die der einzelne Scheinwerfer auf den Grund zeichnete.

Ich lauschte in die Nacht hinein. Seit unserem Unfall war oben auf der Straße nicht ein einziges Auto vorbeigekommen. Die Zacken der Berge standen schwarz und gewaltig vor dem überreichen Sternenhimmel.

Ich raffte mich auf, watete noch einmal in das Wasser und zog mich durch die Beifahrertür hinauf. Dann fingerte ich mit viel Mühe das Wichtigste aus dem Handschuhfach, dem Türfach und von der Rückbank. Ich nahm Geld, meine Kamera und eine Taschenlampe. Reiseführer, Karten und den restlichen Kram ließ ich einfach liegen. Auf dem Rücksitz war noch ein Rucksack von mir. Ich schulterte ihn, schleppte alles durch den Fluss und über die felsige Böschung zur Straße hinauf. Tom saß immer noch am Ufer und sah so starr und ausdauernd zu den Sternen, als müsste er Abschied nehmen. Als ich ihn mit der Taschenlampe anleuchtete, beschwerte er sich nicht. Sein Blick war zugleich wach und leer, eine traumlose Wachheit, wie bei einem Kind, das zum ersten Mal die Augen aufschlägt.

»Du hattest Recht«, sagte Tom.

»Natürlich«, sagte ich. »Du hättest das Licht nicht ausmachen sollen.«

»Nein, ich meine, du hattest mit allem Recht. Mit den Kometen. Sie werden von Automaten gefunden. Von Computern.«

»Schön, Tom.«

»Und alles andere auch. Exoplaneten, dunkle Materie …«

»Ja, Tom.«

»Wir können nichts dagegen tun. Unsere Augen sind für so was einfach nicht gemacht. Verstehst du?« Ich bildete mir ein, Tränen auf seinen Wangen zu sehen.

»Du solltest deine Sachen aus dem Auto holen.« Ich wandte mich von ihm ab und ging die Straße hinauf.

»Was machst du?«, rief er.

»Ich versuch das erstbeste Auto anzuhalten.«

»Warte.« Er stand auf.

»Nein. Du kannst das nächste Auto nehmen. Wir reisen ab hier getrennt.«

Er sah mich hilfesuchend an, aber ich ging die Straße hinauf und drehte mich nicht mehr nach ihm um.

Teil III

PORTAL

KAPITEL 1

Die Busse in die großen Städte fuhren alle zur Mittagszeit. Über ihren Frontscheiben konnte ich die Schilder mit den Reisezielen lesen. Las Vegas, Los Angeles, Albuquerque, Phoenix. Vier parkende Busse in einer Reihe. Ich stellte meine Sporttasche ab und sah mich um. Da mir noch etwas Zeit blieb, ging ich zum Kiosk neben dem Tickethäuschen, kaufte mir eine »USA Today« und überflog die Nachrichten des Tages: Der Präsident reiste, Israel drohte, der Iran beschwichtigte, Kobe Bryant triumphierte, Toyota vermeldete Rekordumsätze. Nachrichten vom Planeten Erde, dem ich so lange den Rücken gekehrt hatte. Aber jetzt nicht mehr. Es war elf Uhr mittags am Tag eins ohne Tom.

Ich hatte eine unruhige Nacht hinter mir. Nachdem ich nachts im Canyon das erstbeste Auto auf der Straße angehalten hatte – ein Rentner in Forstarbeitermontur, der nach Flagstaff wollte –, waren Tom und ich getrennt worden. Mein hilfloses Touristenkauderwelsch hatte den Rentner davon überzeugt, dass ich wirklich dumm genug war, mich nachts im Canyon zu verlaufen. Tom hatte wahrscheinlich weniger Glück gehabt. Jedenfalls tauchte er nicht im Motel auf, was mir recht war. Nach meiner Rückkehr hatte ich die Tür hinter mir geschlossen und die Dusche angestellt. Während ich im Bad meine Hand in den wärmer werdenden Strahl hielt, spürte ich, wie mir schlecht wurde. Ich ließ das Wasser laufen, ging zum Kühlschrank und öffnete ein Bier. Die Dose fiel mir aus der Hand. Ohne reagieren zu können, sah ich zu, wie sich der Inhalt auf den Teppich ergoss. Ich zitterte am ganzen Körper.

Morgens um neun nahm ich endlich eine heiße Dusche. Ich hatte wenig geschlafen, war aber hungrig. Da Tom immer noch nicht aufgetaucht war, fragte ich an der Rezeption, ob jemand für mich angerufen habe. Sie hatten nichts gehört. Selbst wenn man die Dauer der Bergungsarbeiten großzügig berechnete, hätte er längst wieder auftauchen müssen. Vielleicht hatte er sich damit abgefunden, allein weiterzureisen. Oder er wollte mich auch nicht mehr sehen. Ich frühstückte eine doppelte Portion Rührei, schenkte mir selbst Kaffee nach, bis meine Handflächen schwitzten und versuchte alles in Ruhe zu überdenken. Dann kehrte ich ins Zimmer zurück, packte in kurzer Zeit alle Sachen in meine Sporttasche und verschwand.

Der Freeway 17 sah aus wie eine deutsche Autobahn. Vier Spuren und dazwischen ein breiter grüner Mittelstreifen. Lastwagen blockierten die rechte Spur. Rimrock, Lake Montezuma, Camp Verde sagten die Schilder. Grüne Hänge mit Wacholderbäumen und Kiefern zogen vorbei und blühende gelbe Blumen am Straßenrand. Ich hatte mich für den Bus nach Phoenix entschieden. Nach Las Vegas hatte mir nicht der Sinn gestanden. Albuquerque sagte mir nichts. Und in Los Angeles musste ich erst in zwei Tagen sein. Vorn im Bus liefen Sitcoms, die ich nicht kannte, auf einem kleinen Fernseher. Als ich aus dem Fenster sah und mich dabei ertappte, wie ich schon wieder an Tom dachte, zwang ich mich, die Sitcom zu schauen. Sie hatte eine beruhigende, beinahe schmerzlindernde Wirkung. Worüber zerbrach ich mir jetzt noch den Kopf? Ich hatte genügend Geld, um noch ein paar Tage zu überleben. Ich hatte keinen Plan und keine Pflichten mehr. Ich war ein Tourist in diesem großen Land. Konnte ich nicht tun und lassen, was ich wollte?

Phoenix war wirklich einzigartig: eine Stadt, die lebensfeindlicher aussah als die Wüste, in deren Mitte sie lag. Auf der letzten Etappe vor unserer Ankunft grüßten wieder Saguaro-Kakteen mit erhobenen Armen vom Straßenrand, dann stieß die Straße hinab in ein versengtes, salzverkrustetes Becken, quälte sich durch lange Vorortketten, wurde zur Stadtautobahn, führte uns an großen kleeblättrigen Autobahnkreuzen vorbei und entließ uns in ein Downtown-Niemandsland aus Glas und Beton. Ich hatte nie eine Stadt gesehen, die ich weniger dringend kennenlernen wollte.

Gegen sechs am Abend fuhr noch ein Bus nach Tucson. In der Wartehalle lagen ein paar zerfledderte Prospekte aus, die von Tucson schwärmten. Sie kamen zwar vom Fremdenverkehrsamt, aber ich überlegte nicht lange.

An diesem Abend war der Himmel über der Wüste weit und violett, eine pure Farbwoge vor meinem Fenster, so dramatisch, als müsste der Leere der Sträucher und Steine mit aller Macht ein Effekt entgegengesetzt werden. Auf dem kleinen Bildschirm vorn im Bus liefen immer noch Serien. Der Ton war sehr leise eingestellt, so dass ich den Geschichten nicht folgen konnte. Irgendein Highschool-Szenario. Blonde Cheerleader verkörperten den Typus, der über Leichen ging. Die anderen waren Unschuldslämmer mit rehbraunen Augen. Ich fragte mich, welche Rolle Claire in einer Serie bekommen hätte. Wahrscheinlich die Rolle des geheimnisvollen Mädchens, das Narben hinterließ. Aber mich würde sie in der Serie nicht treffen. Ich spielte in keiner Geschichte mehr mit.

Um kurz vor acht kamen wir in Tucson an. Ich wusste noch

nicht einmal, wie man den Namen der Stadt aussprach, stellte aber schnell fest, dass es mir hier gefiel. Nachdem wir die übliche Peripherie mit ihren Malls und Fastfood-Tempeln hinter uns gelassen hatten, hielt der Bus auf einem Privatparkplatz, irgendwo in der Innenstadt. Ich packte meine Tasche, ging ein Stück und stand plötzlich in einer belebten Straße voller Bars. Gruppen junger Leute im Collegealter schlenderten auf und ab. Aus geöffneten Türen drang Musik. Die erstbeste Gruppe, die mir entgegenkam, fragte ich nach einem Hotel. Sie waren sich alle einig: Nur das »Congress« komme in Frage. Da das Hotel in Gehweite zu liegen schien, schleppte ich mein Gepäck zu Fuß dorthin und erlebte die nächste angenehme Überraschung. Ich stand vor einem schönen alten Backsteingebäude mit Messingschwingtür. In der Art-déco-Lobby waren hauptsächlich junge Leute unterwegs, aber auch ein paar ältere Paare. An der Rezeption mit einer antiken Telefonzentrale stand eine junge Frau mit Nasenring und kurzen dottergelben Haaren. Während sie mir ein freies Zimmer suchte, las ich die Gedenktafel an der Wand, die an den großen Hotelbrand von 1919 erinnerte. John Dillinger, der berühmteste Bankräuber Amerikas, war damals mit seiner Bande im Congress untergetaucht, behauptete die Tafel. Das Zimmer, das ich bekam, hatte ein Original-Eisenrohrbett, ein Mahagoni-Nachtkästchen und ein Bakelit-Telefon mit Wählscheibe. Ich legte mich hin, schloss die Augen und vergaß augenblicklich, dass ich gerade mit dem Bus von der Autobahn gekommen war. Ich fühlte mich wie ein Handelsreisender von der Ostküste, der mit dieser neuen Erfindung reiste, der Eisenbahn.

Aus den Eingeweiden des Hotels kam ein dunkles regelmäßiges Pochen. Unten im Keller musste eine Rockband spielen. Hatte sie mich aufgeweckt? Vielleicht. Durch die Wände nahm ich nur das Hüpfen des Basses und den gleichförmigen Puls des Schlagzeugs wahr. Ein urvertrautes Geräusch – wie an der Kasse eines Rockkonzerts vor der noch verschlossenen Tür. Ich hörte ein bisschen zu. Dann holte ich eine Jacke aus der Tasche, warf einen Blick in den Spiegel und ging nach unten.

Die Band spielte nicht im Keller, sondern in einer Bar, die direkt an die Lobby des Hotels grenzte. Da der Eintritt für Hotelgäste den Preis eines Biers nicht überstieg, ging ich durch die Verbindungstür und sah mich ein wenig um. Es war ein angenehmer kleiner Club, gut gefüllt mit jener Art junger Gäste, deren Stammeszugehörigkeit man überall sofort erkannte, egal in welchem Land der westlichen Welt man unterwegs war: Es waren die Musikliebhaber, Käufer von Musikmagazinen, Hörer des Collegeradios und ewigen Aufspürer neuer Bands. Hagere junge Männer mit reizenden Freundinnen, die sich Mühe gaben, wenigstens ein bisschen ungesund auszusehen. Die Band auf der Bühne spielte irgendeinen alternativen Country-Rock. Vielleicht spielten sie auch normalen Country-Rock und sahen nur alternativ aus mit ihren schmalen Jeans und ihren schwarzgefärbten Haarsträhnen, die so fotogen über die Augen hingen.

Ich ließ mich auf einem Barhocker nieder, bestellte ein Bier und betrachtete das Publikum. Die Gäste waren mir ausnahmslos sympathisch. Selbst die Hotelgäste, die sich wohl nur zufällig hier hineinverirrt hatten, waren akzeptabel. Zum ersten Mal seit längerer Zeit fand ich mich in einer wirklich vertrauten Situation wieder – und bemerkte, wie angenehm das war. Herr der Lage! Ich trank mein Bier und hätte dabei fast wohlig geseufzt. Mit jedem Schluck kamen mir die Ereignisse in Los Angeles und Flagstaff unwahrscheinlicher vor, die Menschen, die wir getroffen hatten, unwirklicher. Auch die anschließende Nachtfahrt mit Tom erschien mir wie ein wilder Traum. Jetzt erst sickerte mir langsam ins Bewusstsein, mit wie viel Glück wir einem qualvollen Ende in einer Felsspalte entronnen waren. Ehe die Wut auf Tom wieder hochkommen konnte, bestellte ich mir noch ein Bier und trank ruhig weiter.

Die Band hatte vier oder fünf Stücke gespielt, als ich einen Haufen Trinkgeld liegen ließ und aus der Bar ins Freie trat. Vom Dach des Hotels leuchtete ein roter Neon-Schriftzug herab und tauchte die kleinen Menschentrauben auf dem Gehweg in ein pastelliges Rosa. Ich ging ein Stück die Straße entlang, durch das, was das historische Zentrum von Tucson sein musste. Eine bunte Ansammlung von Steinhäusern mit unterschiedlichen Traufhöhen; nichts davon wirkte verschönert oder aufpoliert. Alles schien nach wie vor einem Zweck zu dienen: Läden, Werkstätten, Drugstores, Büros, von Geschäftsleuten solide hingemauert im frühen 20. Jahrhundert. Und in keinem einzigen Haus war ein überflüssiger Antiquitäten-Store. Stattdessen fand ich Gitarrenläden und noch mehr Bars. Neben den geöffneten Türen waren Schiefertafeln aufgestellt, die das musikalische Programm oder Getränke-Specials ankündigten. Ich betrat eine Bar mit einer Bühne, kaum größer als mein Zeichentisch. Fünf langhaarige junge Männer spielten Metal, ohne sich dabei bewegen zu können. Nur die Finger rasten über die Griffbretter. Mit der ersten Welle von Gästen, die weiterzogen, ließ ich mich wieder nach draußen spülen. Direkt nebenan war ein Lokal, ein typisch amerikanisches Diner. Menschengruppen strebten aus allen Richtungen dem Eingang zu. Ich folgte ihnen, nahm in einer Nische an der Wand Platz und bestellte einen Cheeseburger. Während ich wartete, kamen und gingen Gruppen von Konzert- und Barbesuchern durch den Gang an meinem Tisch vorbei. Die Schwarzgefärbten und Schwarzgekleideten waren stark vertreten. Goths aus Arizona: Western-Vampire in staubigen Mänteln. Zum Cheeseburger trank ich Kaffee. Bier wurde in dem Diner nicht serviert. An meinem Tisch lagen ein paar studentische Zeitungen aus, in denen ich blätterte, aber ich war zu müde, um mich in Texte über Bands und lokale Kulturangelegenheiten zu vertiefen. Das Wissen, dass sie geschrieben wurden, reichte mir.

Angenehm abgefüllt mit Kalorien, Beobachtungen und Buchstaben überließ ich mich wieder der Nacht. Für die Wüstenkälte Arizonas war meine Jacke zu leicht. Trotzdem machte ich noch einen Umweg, spazierte die Congress Street hinunter, bis das alte Viertel in einen Bezirk mit Regierungspalästen und Hochhäusern überging.

In der Hotelbar war gegen eins noch Betrieb. Die Band hatte sich verzogen, jetzt legte ein DJ auf, das Publikum von vorhin war einem beliebigen Partyvolk gewichen. Ich beschloss, dass der Abend für mich zu Ende war. Auf dem Weg zu meinem Zimmer im ersten Stock kam ich an einer Fernseh- und Computernische vorbei. Drei Mädchen im Collegealter saßen auf dem Sofa herum und sahen mit vor Müdigkeit kleinen Augen eine Arztserie mit eingespielten Lachern. Für eine Sekunde dachte ich darüber nach, sie zu einem letzten Getränk an der Bar zu überreden, aber so etwas hatte ich noch nie gekonnt, und wozu auch? Alles war in Ordnung. Es ging mir gut.

Am Morgen leuchtete wolkenloses Arizona-Blau durch meine Jalousie. Frisch und ausgeruht erkundigte ich mich bei der Rezeptionistin, die an die gestrige erinnerte, aber schwarze statt dottergelbe Haare hatte, nach möglichen Ausflugszielen in der Umgebung.

»Gut dass Sie fragen!«, sagte sie mit einem unwirklichen Strahlen, in dem sich der ganze Optimismus Amerikas zu bündeln schien. Die Kaktusblüte habe gerade eingesetzt. Am besten solle ich in den Saguaro-Nationalpark fahren, das heiße, natürlich nur, wenn mir der Sinn nach Kakteen stehe.

Den Rest des Vormittags verbrachte ich damit, in einem steinigen Buschland zwischen wirklich großen Kakteen umherzuwandern und meinen Hals nach kleinen, weißen Blüten zu recken. Der Saguaro-Nationalpark umfasste einen Teil der ansteigenden Hügel und Berge östlich von Tucson. Ein Parkaufseher erklärte uns in einer Einführung, wie sensibel die Kakteen seien. Sie brauchten zehn Jahre um zehn Zentimeter groß zu werden, und siebzig Jahre, um ihren ersten Arm auszutreiben. Die ausgewachsenen Exemplare des Parks hatten Geronimo, den Apachenhäuptling, erlebt, die Abspaltung Arizonas vom Staat New Mexico, zwei Präsidenten namens Roosevelt, und jetzt standen sie immer noch da und blühten für uns Touristen.

Mittags schlossen sich die Blütenkelche der Kakteen, und es wurde sehr heiß. Ich rief die Airline an und fragte, ob es möglich sei, meinen Linienflug um zwei, drei Tage zu verschieben. Sie nannten mir die Gebühr. Die Entscheidung konnte sogar bis morgen Mittag warten.

In guter Stimmung betrat ich eine Autovermietung in der Nähe, legte meine Kreditkarte auf den Tresen – sie musste bald am Limit sein – und lieh mir einen Chrysler.

Ich hatte kein Ziel. Ich wusste nur, dass ich weiter hinaus wollte, irgendwohin, wo keine Parkaufseher mehr waren.

KAPITEL 2

Die Farbe der Landschaft um Tucson ist ein unfruchtbares Hellbraun. Man bewegt sich durch eine verdünnte Wucherung von Zivilisation: Reklametafeln, Mustersiedlungen, Malls und Tankstellen, die scheinbar wahllos über die ausgedehnte Ebene verstreut sind. Blattlose niedrige Bäume und Sträucher stehen schwarz und dürr unter dem grellen Sonnenlicht, das Grasland ist gelb wie Stroh. Die einzigen grünen Tupfer kommen von den Yuccas, die am Straßenrand wachsen, Stämme wie Totempfähle, gekrönt von einem Büschel aus dolchartigen Blättern.

Jenseits der Vororte, wenn die Häuser verschwunden sind, bleibt nur noch die zweispurige Straße. Sie trifft die Berge und schneidet zwischen Hügeln in ausgewaschenen Erdtönen hindurch. Im Vorbeifahren glaubt man, Reste alter Siedlungen in den lehmigen Hängen zu erkennen, Reihen dunkler Felslöcher, Eingänge und Fenster, eine reine Einbildung sicher.

Wie weit ich fahren werde, weiß ich nicht.

Meine Karte sagt, dass der Interstate 10 über hunderte von Meilen parallel zur mexikanischen Grenze verläuft, man kann ihm nach Osten folgen in Richtung New Mexico oder nach Süden abzweigen in Richtung der Grenze. Aber in fünfzig Meilen kann ich mich immer noch für eine Route nach Süden entscheiden. Warum nicht einfach geradeaus fahren?

Die Vegetation ändert sich kaum, so dass fünfzig Meilen wirken wie fünfzehn. Niedrige Sträucher bedecken große Flächen, dazwischen wachsen vereinzelt Kakteen und spitzblättrige Agaven. In ausgetrockneten Flussbetten wurzeln kahle Bäume. Manchmal überquert die Straße einen Flusslauf, der noch Wasser führt, und schlagartig wird alles wieder lebendig. Grüne Bäume tauchen auf. Weiden und Pappeln, sogar Eichen biegen sich schwer und sehnsüchtig dem Lauf des Wassers entgegen; immer nur ein grüner Streifen, der das Land durchquert wie ein Faden.

Hinter der Stadt Benson ein neuer Anblick: »Dragoon Mountains«, steht auf meiner Karte. Ein seltsamer Märchengarten aus massiven runden Granitfindlingen, die übereinandergehäuft oder einzeln herumliegen, große sandfarbene Gebilde aus Stein, die weich und lebendig wirken – eine Landschaft wie eine Organbank für Riesen. Dann lange nichts mehr. Die Wüste vermindert sich, erreicht einen neuen Grad der Reinheit. New Mexico kündigt sich an, die Heimat der Atombombe und der UFO-Verschwörungen. Die ganze Landschaft ist vom Verschwinden bedroht, und die Sträucher sind noch fremder als alles bisherige, Ruten, die wie bleiche Spinnen aus dem Boden kriechen. Der Blick geht in eine unbestimmte Ferne, auf einen orangeroten Streifen von Bergen.

Etwa zehn Meilen vor der Bundesstaatengrenze stoße ich noch einmal auf grüne Vegetation. Die Siedlung San Simon liegt direkt am Freeway. Hier wird industrielle Landwirtschaft im großen Stil betrieben. Die Felder dehnen sich weit nach Süden aus, dazwischen führt eine geteerte Straße zu einer fernen blauen Bergkette. Auf meiner Karte von Arizona, ganz in der unteren rechten Ecke, stehen zwei Ortsnamen: Portal und Paradise. Wahrscheinlich liegen sie hinter den Bergen. Wenn ich die Straße nehme, müsste ich in Portal oder in Paradise landen. Aber warum sollte ich?

Ich fahre jetzt angenehme fünfzig, sechzig Meilen die Stunde. Vor mir liegt die Straße als schnurgerade Linie zwischen Telegrafenmasten, die Felder auf beiden Seiten sind menschenleer. Weiße Stöckchen ragen tausendfach aus den Äckern, Salatbeete machen sich breit, und darüber verlaufen die langen Röhren der Beregnungsanlagen. Es ist unmöglich zu sehen, wie fern die Berge sind. Ohne eine einzige Kurve führt die Straße auf sie zu, scheint am Ende anzusteigen und sich dann in der klaren Ferne zu verlieren.

Portal und Paradise. Irgendetwas hat mich neugierig gemacht, ohne dass ich wüsste was. Es klingt wie ein Versprechen. Oder das Etikett einer Erinnerung, die sich nicht einstellen will. Als hätte ich die Namen schon einmal in dieser Verbindung gehört.

Bis die Felder aufhören dauert es lang, ein paar abgezäunte Grundstücke liegen noch am Wegesrand, ein Schrotthändler, dessen Hof mit rostfarbenen Oldtimern und einer alten Telefonzelle geschmückt ist, dann fallen auch diese verlorenen Reste zurück, und das Land wird wieder struppig und braun. Selbst die Telegrafenmasten sind nicht mehr da. Nur noch die lange Straße und der unveränderte Horizont. Die blauen Berge scheinen überhaupt nicht näher zu kommen, aber die Sonne steht hoch am Himmel, ich habe noch viel Zeit, ich könnte ewig so fahren. Plötzlich denke ich: Das ist es. Wie ein Bild, das ich überall gesucht habe. Es saugt einen auf, und man ist wehrlos dagegen. Als könnte man einen oft geträumten Traum endlich betreten.

Ich fahre weiter, und doch bleibt alles, wo es ist. Das Bild verändert sich überhaupt nicht mehr, die Berge bleiben immer gleich fern, nur die Straße verwandelt sich. Nach wenigen Meilen geht sie in eine braune Staubpiste über. Instinktiv versuche ich, einfach so weiterzurollen, den Traum nicht zu unterbrechen, aber es geht nicht, ich muss das Tempo drosseln, mein Wagen vibriert wie eine Waschmaschine im Schleudergang. Ich sollte mit einem Stadtauto nicht auf so einer Straße fahren. Ist Paradise überhaupt ein Ort? Auf der Karte ist nur dieser winzige Name eingetragen. Mir fällt auf, dass ich überhaupt kein Wasser mehr im Auto habe. Ich rieche den Staub der Straße, und mein Auto vibriert mehr, als dass es vorankommt. Mein Gesicht im Rückspiegel ist rot, die Wangen glühen. Es wäre ratsamer umzukehren, aber ich bin schon lange in diese Richtung gefahren, wieso umkehren, ohne zu wissen, was hinter den Bergen liegt. Ich halte an, um ein paar Fotos von den Bergen zu machen. Der Speicher meiner Kamera ist voll. Die Batterie gibt mir auch Warnzeichen. Es ist, als gingen alle meine Ressourcen gleichzeitig zur Neige.

Aus der Richtung, aus der ich gekommen bin, nähert sich ein staubiger Truck, der einen anderen Wagen abschleppt. Der Mann am Steuer sieht mich am Straßenrand stehen und hält an. Ein freundlicher Mann mit gegerbtem Gesicht, ein mexikanischer Cowboy. Er fragt, ob ich Hilfe bräuchte. Nein, aber führt diese Straße zu einem Ort? Portal liege da, bestätigt er. Als er davonfährt, fällt mir ein, ich hätte ihn nach Wasser fragen sollen. Man weiß nie.

Die Berge kommen näher, irgendwann jedenfalls. Als die Staubpiste die ersten Ausläufer erreicht, gabelt sie sich. Ein Pfeil nach links zeigt die Richtung nach Portal, neun Meilen Entfernung. Der andere Pfeil zeigt nach Paradise, sechs Meilen. Paradise ist zwar näher, aber der Mann hat es gar nicht erwähnt. Ich muss irgendwo Wasser kaufen, und die Sonne berührt jetzt die Gipfel im Westen. Ich überlege eine Weile – dann fahre ich in Richtung Paradise.

Die Hänge über mir leuchten, das warme Abendlicht überzieht die Granitklippen mit einem Firnis aus Gelb und Gold. Die Straße ist ein Saumpfad, immer entlang am Fuß der Berge, in ihrem Schatten kurvt sie nach Süden; rechts, von Westen her, schieben sich weitere Höhenzüge in mein Panorama. So fahre ich eine Weile zwischen den nahen Hügeln und der fernen Bergkette hindurch, bis mein Weg noch einmal ins Sonnenlicht führt. Und was für ein Anblick sich mir jetzt bietet: Über die gezackte Linie des Bergsattels im Westen fallen dunkelgelbe Strahlen in die Ebene, die wie ein abendlicher Garten vor mir liegt. Um mich wachsen Kissen aus Gras und Agaven und Feigenkakteen mit Armen aus herzförmigen Segmenten. Die fransigen Stämme der Yuccas werfen lange Schatten. Ich steige aus und gehe eine Weile in diesem fremden Garten umher wie ein neugieriger, unbeholfener Adam. Die gezackte Granitlinie im Westen glüht im Gegenlicht. Ich würde gern Fotos schießen. Ich glaube, es wird kein besseres Motiv mehr kommen.

Die Dämmerung kommt schnell. Die Schatten fallen tiefer. Die Straße ist nur noch ein ansteigender Feldweg, immer unwegsamer zwischen der verblassenden Felsenlandschaft. Ich muss wieder langsamer fahren, um keinen Achsbruch zu riskieren. Hohe Steinformationen stehen Spalier, wie Männer in Reih und Glied, dazwischen liegen Geröllhalden. Dann werden die Schlaglöcher tief wie Gruben. Ich muss das Tempo weiter drosseln und komme fast zum Stehen. Mir wird jetzt etwas bang – die sechs Meilen kommen mir mittlerweile vor wie sechzig.

Mir fallen die alten Geschichten ein, populäre Geschichten, die jedes Kind kennt, die Mär vom dummen Touristen, der ohne Wasser in die Wüste fuhr. Das Allerwichtigste ist, dass mein Auto nicht liegen bleibt. Solange es fährt, wird es mir gut gehen. Und ich bin nicht in der offenen Wüste. Es gibt noch grüne Vegetation. Laubbäume am Wegrand beugen mitleidig ihre knochigen Äste. Und da plätschert irgendwo ein Bach. Ich kurble das Fenster herunter, um ihn besser zu hören, das Plätschern ist keine Einbildung. Er muss direkt am Wegrand verlaufen, ein kleiner Bach in einem steinigen Bett. Die Böschung ist zu steil zum Klettern. Ich könnte nur rutschen, auf allen vieren kriechen – auf Augenhöhe mit Skorpionen und Klapperschlangen. Und sich jetzt noch verletzen? Dann lieber im Auto und ohne Wasser die Nacht verbringen. Der Wagen wird geschüttelt wie ein Boxer, der Prügel bezieht, er rollt kaum noch, aber was macht das jetzt? Die Dunkelheit hat mich ohnehin schon überrascht, und auf die Geschwindigkeit kommt es nicht mehr an. Auf einem kleinen grünen Schild steht »3 Miles«. Ich nähere mich wohl doch irgendeiner Sache. Es vergeht eine kleine Ewigkeit. Dann: »2 Miles«, wieder eine Ewigkeit, dann »1 Mile«.

»Entering Paradise«. Im Zwielicht materialisiert sich ein Ortsschild, weiße Schrift auf rotbraunem Querbalken. Rechts der Straße liegt ein hässliches kleines Anwesen. Ein heruntergekommenes, weißes Holzhaus mit verbarrikadierten Fenstern im Schatten der Bäume, dort, wo nie ein Sonnenstrahl hinkommt. Ich lasse das Auto langsam daran vorbeirollen, ein einziges Haus sehe ich noch, aber mehr werden es nicht. Der Feldweg verliert sich irgendwo im Unterholz. Ich bleibe im Auto sitzen, während sich um mich die Nacht verdichtet. Die Welt ist still, erfüllt vom Geräusch einsamer Vögel. Paradise. Wie ein finsteres Gehölz, das um ein Geheimnis herumgewachsen ist. Im Dunkel vor meinem Wagen stöckeln lautlos zwei Rehe über die Straße, verschwinden mit leichten Sprüngen. Was habe ich hier gewollt? Es bringt mich zum Lächeln. Es ist gut, dass ich meine Neugierde gestillt habe. Aber war es das, was ich gesucht habe? Nach einer Weile schalte ich die Scheinwerfer an und will umkehren, mein Licht trifft eine Abzweigung. Ein schmaler Weg, der direkt ins Gebirge führt und sich dort in Serpentinen verliert. Und ein Schild: »Portal, 6 Miles«.

Die Straße ist schmal und kurvig, aber asphaltiert. Ich bin wieder unterwegs, stetig mit zwanzig oder dreißig Meilen. Das Abenteuer ist bald zu Ende, denke ich. Eine Weile klettert der Weg bergan, um mich türmt sich eine Felslandschaft, nur noch als Schattenriss, Felsnadeln stoßen in den tiefblauen Himmel, am Straßenrand klafft ein Abgrund, alles verbindet sich zur Ahnung eines gewaltigen Canyons. Dann geht es wieder talwärts. Dauernd huschen kleine Tiere durch das gelbe Oval meiner Lichter und verschwinden hinter den Sträuchern. Sie sind flink wie Kaninchen, aber mit Fuchsohren, bilde ich mir ein. Und dann Vögel. Rennende Vögel. Ich bin wieder auf Wüstenboden. Ganz unten, in der Ebene angekommen, führt mein Weg auf eine breitere Straße zu. »Portal«, steht auf dem Schild. Ein paar Häuser liegen auf der anderen Seite. Und ein Laden, in dem noch Licht brennt.

Der Portal Convenience Store hat alles im Sortiment, was man zum Überleben in der Wildnis braucht, und mehr – von Insektenspray über eingelegte Pfirsiche bis hin zu Funkgeräten. Die Ladentheke mit der Kasse ist nicht besetzt, aber es gibt ein Hinterzimmer, eine kleine Gaststube, in der eine junge Dame mit Tablett und Schürze herumläuft. An einem Tisch im hintersten Winkel des Zimmers sitzt ein schmaler Mann mit Stahlbrille und Halbglatze und löffelt braune Suppe aus einer Plastikschüssel. Ich setze mich an einen der freien Tische, nicke dem Mann und der Bedienung zu. Sie kommt mit schlechten Nachrichten. Zu essen gibt es nur noch Getreidesuppe. Ich sage ihr, dass ich großen Hunger habe und ein Notfall bin. Na ja, für Notfälle habe sie noch etwas Roastbeef vorrätig, das sie aufwärmen könne. Ich bestelle beides, das Roastbeef und die Suppe. Beim Warten studiere ich die Bilder an der Wand, Schautafeln mit Tieren, auf altmodische Art illustriert, mit Tusche und Buntstift. »Jackrabbit« – ein Hase mit Löffelohren, »Mule Deer« – ein Hirsch, »Arizona Mountain Kingsnake« – eine prächtige Schlange. Daneben hängt eine ganze Tafel nur für Vögel. Es muss hier sehr viele Vogelarten geben.

Der Mann am Ende des Raums trägt ein braunes Blouson aus irgendeinem wasserabweisenden Stoff und weiße Trainingsschuhe. Er hat etwas von einem Spaziergänger, der vom Weg abgekommen ist. Seine Suppe löffelt er mit dankbarer Sorgfalt, mit einer Demut wie ein gläubiger Mann. Als die Bedienung ihm Kaffee nachgießt, nennt er sie beim Namen: Rose. Sie tauschen irgendeinen harmlosen Scherz aus.

Zwei dampfende Teller landen auf der Wachstischdecke vor mir: »Here you go, sir.« Wie Roastbeef sieht es nicht aus, dicke Batzen an Stelle der erwarteten rosafarbenen dünnen Scheiben, alles schwimmt in Sauce, dazu zerstampfte Kartoffeln und ein warmer Maiskolben auf einem Extrateller. Es schmeckt köstlich. Während der verirrte Spaziergänger zahlt und mir im Gehen mit eingezogenem Kopf noch einmal höflich zunickt, genieße ich jeden Bissen und kratze auch noch den letzten Rest Sauce vom Teller. Rose sieht es mit einem Lächeln. Ob ich noch einen Wunsch hätte? Ich frage sie, ob öfter Fremde hierher kämen. Oh ja, sagt sie. Es gäbe sogar ein paar vermietete Hütten im Canyon, für die Vogelbeobachter.

»Vogelbeobachter?«

»Ja, Vögel, dafür ist unsere Gegend berühmt.«

Ich muss lachen.

»Sie sind also nicht wegen der Vögel hier?«

»Nein.«

Sie will wissen, was ich hier mache, warum ich den ganzen Weg aus Tucson hergefahren sei. Einen Moment versuche ich, die richtige Begründung zu finden. Aber ich kenne sie nicht.

»Ich habe gehört, dass es hier dunkel wird.«

Sie sieht mich fragend an. »Nachts, meinen Sie?«

»Ja, man kann hier viele Sterne sehen. Nicht?«

Jetzt erhellt sich ihre Miene. »Mein Gott«, sagt sie. »Sie hätten mit Daniel sprechen müssen.«

»Mit wem?«

»Der Mann, der gerade hier war. Er kann ihnen alles über Sterne erzählen …«

»Wissen Sie«, sage ich ein bisschen müde, »Ich bin ganz froh, wenn ich nicht so viele andere Sternleute treffe.«

»Er ist so ein netter Mann«, fährt sie fort. »Leider ist seine Frau vor einem Jahr gestorben. Seitdem kommt er abends oft her.«

»Das ist sicher nicht leicht. Hier draußen, ganz allein.«

»Nein, er hat sich sehr zurückgezogen. Dabei lebte er vorher schon zurückgezogen.«

Ich nicke verständig.

»Früher sind oft andere Astronomen bei uns gewesen«, fährt sie fort. »Sie haben ihn besucht. Aber jetzt nicht mehr.«

»Hm«, sage ich.

»Er hat auch schon Artikel für die Zeitung geschrieben.«

Ich zücke die Geldbörse und suche nach ein paar Scheinen. »Sagen Sie, gibt es von hier einen direkten Weg zurück zum Freeway?«

»Sie können von hier der Hauptstraße folgen und den State

Highway 80 nehmen. Damit geht es am schnellsten. Dann bleiben Sie nicht in der Gegend?«

»Nein.«

»Ich könnte ein paar Anrufe machen – vielleicht finde ich noch irgendwo ein Zimmer.«

»Vielen Dank«, sage ich und stehe auf. »Ist wirklich nicht notwendig.«

Portal verschwindet ebenso schnell in der Nacht, wie es gekommen ist. Die Hauptstraße führt aus dem Canyon hinaus ins offene Land. Meine Scheinwerfer streifen nichts als Büsche. Bis zum State Highway sind es höchstens zehn Meilen. Als die letzten Ausläufer der Berge in der Ebene versinken, gelange ich zu einer Abzweigung. Es ist nicht die Abzweigung, die ich suche. Nur ein Feldweg unter dem sternübersäten Nachthimmel. Am Rand des Wegs steht ein Straßenschild, ein Holzpflock mit einem von Hand beschrifteten Brett: »Comet Trail.« Ich kann mir denken, wer den Weg so genannt hat. Oben auf halber Höhe der Hügel brennen zwei einsame Lichter, ein grünes und ein rotes. Das muss sein Haus sein. Sie leuchten auf dem Kamm, wo das Dunkel der Berge auf die Lichter des Himmels trifft. Es ist kaum zu sagen, ob sie noch zu dieser oder schon zu jener Hälfte der Welt gehören.

Eine Minute lang stehe ich mit laufendem Motor an der Abzweigung. In der Ferne kann ich den Highway sehen. Ein Scheinwerferpaar in der dunklen Ebene rast mit mindestens hundert Sachen Richtung Süden. Ich könnte ihm folgen und die Vereinigten Staaten in weniger als einer Stunde verlassen. Oder noch vor Mitternacht eine Bar in Tucson betreten. Über den Bergketten im Osten glitzert die blaue Vega. Die Nacht ist so dunkel, ich weiß, würde ich die Scheinwerfer ausschalten, könnte ich sehen, wie die Sommermilchstraße aufgeht.

Ohne es zu wollen, muss ich an Tom denken, als ich zum wiederholten Mal entschlossen in die falsche Richtung fahre. Zum wiederholten Male holpere ich einen steinigen Pfad hinauf mit unbekanntem Ziel. Es ist, als wäre er immer noch bei mir. Durch mein Scheinwerferlicht huschen Wüstentiere, große Mäuse oder kleine Kaninchen. Es ist dieselbe Neugier, die mit Tom ihren Anfang genommen hat, schon damals auf dem Dach in der Stadt, dieselbe Neugier, die mich dazu gedrängt hat, in Toms Auto zu steigen – ohne das Ziel zu kennen. Alles hat mit Tom zu tun, egal ob ich das wahrhaben will oder nicht. Etwas hat sich von ihm auf mich übertragen, und jetzt werde ich es nicht mehr los, selbst in seiner Abwesenheit nicht.

Das Haus steht auf einem staubigen Platz, ein einfaches Holzhaus. Nur ein Stockwerk und ein Dachstuhl unter einem hohen Giebel. Ein Windrad auf einem Stahlgerüst, daneben ein Geräteschuppen. Aus ein paar Fenstern im Erdgeschoß dringt Licht, und über der Pforte, die auf den Vorplatz hinausgeht, schimmert eine fahle grüne Lampe. Als ich auf dem Hof halte und das Scheinwerferlicht lösche, ist meine Ankunft vermutlich schon bemerkt worden. Wie verhalten sich die Leute hier, wenn um diese Zeit ein Fremder bei ihnen aufkreuzt? Ich steige aus dem Auto und gehe zur Haustür hinüber, mit unsicheren Schritten wie ein Dieb in der Nacht. Und dort, auf der Tür, sehe ich das Schild. Verschnörkelte goldene Lettern auf weißem Grund: »Home of Laurie and Daniel Livingston.«

KAPITEL 3

Es dauerte eine Weile, bis sich im Haus etwas regte, dann hörte ich Schritte zur Tür schlurfen. Geöffnet wurde sie von dem Mann, der vorhin im Hinterzimmer des Ladens gesessen hatte.

»Hallo?«, sagte er. Hallo mit einem Fragezeichen.

»Entschuldigen Sie bitte.«

»Ja?«

»Wir sind uns vorhin in dem Laden begegnet. Sie haben Suppe gegessen.«

Er sah mich unsicher an. Wahrscheinlich fragte er sich, ob er seine Suppe bezahlt habe. Ein großer Mann mit eingezogenem Kopf und dem Aussehen eines melancholischen Studienrats. Ich beäugte ihn von oben bis unten: Von seinem lichten, quer über den Kopf gekämmten Haar bis hinunter zu den bequemen Jeans und Trekkingsandalen.

»Und Sie wollen …?«, begann er, als er merkte, dass ich ihn anstarrte.

»Die Dame, Rose, hat mir erzählt, dass sie die Sterne beobachten.«

»Ganz recht.«

Er wartete jetzt auf eine Erklärung. An seiner Gestalt vorbei konnte ich einen Blick in den Hausflur werfen. Ich hörte den

Fernseher laufen. Ich musste etwas sagen. Also sagte ich: »Sie sind Livingston, der Kometenjäger, nicht wahr?«

Er sah weder erfreut noch verärgert aus über den Titel. Er sah überrascht aus, als hätte er das Wort lange nicht mehr gehört.

»Mein Name ist Livingston, ja …«

»Ich habe Sie gestört.«

»Das macht nichts«, sagte er und versuchte zu lächeln. Wir waren beide gleich hilflos, gleich überfordert mit der Situation. Wahrscheinlich hätten wir noch lange so dagestanden und uns gegenseitig taxiert, wären wir nicht von einem Wehklagen unterbrochen worden. Das unheimliche Geräusch schien aus dem Haus zu kommen. Ein Scharren und ein Fauchen und dann ein verzweifelter dünner Schrei.

»Schon wieder«, sagte Livingston. »Es gibt Ärger am Teich. Ich muss nachsehen.«

Noch ein Schrei, dann verebbte der furchterregende Laut.

»Was war das?«, fragte ich und blieb auf der Schwelle stehen.

»Könnte ein Waschbär oder ein Stinktier gewesen sein. Ich habe eine Wasserstelle hinter dem Haus.«

Livingston wandte sich um und bat mich, ihm zu folgen. Wir gingen durch den Flur zu einer Verandatür mit Fliegengitter und auf einen Hinterhof hinaus, der in rötliches Licht getaucht war. In der Mitte des sandigen Platzes lag ein künstlicher kleiner Teich, eine Mulde im Boden, die mit Plastikplane ausgeschlagen war. Am Rande des Gewässers beugten wir uns über den leblosen Leib eines kleinen Tiers.

»Ein Waschbär also«, sagte Livingston.

»Was ist mit ihm passiert?«

»Wahrscheinlich hat ihn der Luchs erwischt. Wir haben einen in der Gegend, der ziemlich aggressiv ist. Er ist bestimmt nicht weit von hier.«

Gemeinsam spähten wir in das Dunkel der Sträucher. Livingstons staubiger Hinterhof ging nahtlos in unwegsame Wildnis über.

»Können Sie ihn sehen?«

»Nein. Wie sollte ich?«

Wir standen eine Weile um den Teich herum und betrachteten den gekrümmten kleinen Leib des Tiers. Livingston vermutete, das Genick sei gebrochen. »Nicht viel, was wir noch für ihn tun können.«

»Tja«, sagte ich.

»Es hat in diesem Jahr noch keine zwei Regentage gegeben. Deswegen sind die Tiere so nervös. Nun …« Er setzte sich in Bewegung. »Gehen wir rein, dann kann der Räuber ihn holen.«

»Kommt das öfter vor?«, fragte ich, während ich ihm ins Haus folgte.

»Jaja, wir haben Waschbären, Graufüchse, Stinktiere, Kojoten. Sie schleichen alle um mein Haus rum, auf der Suche nach Wasser. Und manchmal kommt es zu Zwischenfällen. Ich habe immer Angst um den Beagle.«

»Den Beagle?«

»Ja, meinen Hund.« Er zeigte auf ein weißbraunes Tier, das bewegungslos auf einem Fell in der Ecke des Wohnzimmers lag. Der Beagle hob müde eine Augenbraue.

»Kann ich Ihnen …irgendwas anbieten?«

»Oh, nicht nötig«, sagte ich. »Ich wollte Sie nicht lange aufhalten.«

Livingston rückte mir einen Lehnstuhl hin und nahm seinerseits auf einem ausladenden Polstermöbel Platz. Die Anrichte zu meiner Seite war mit Familienfotos und ungeöffneter Post überhäuft. Auf dem Fernsehtisch lag eine geöffnete Packung mit Schokonüssen. An der Wand über dem Fernseher hingen ein paar gerahmte Zeitungsausschnitte. Es waren Aufmacherfotos und Titelseiten astronomischer Magazine wie »Sky & Telescope«, auf denen stets der gleiche Mann zu sehen war: ein jüngerer Daniel Livingston.

»Seltsam, dass sie in so einer Nacht nicht draußen sind«, bemerkte ich.

»Wie meinen Sie das?«

»Es ist sternklar.«

»Hier ist jede Nacht sternklar. Wenn ich jede Nacht draußen wäre, bräuchte ich einen TiVo.«

»Was?«

»Einen Rekorder für den Fernseher.«

»Mir wurde erzählt, Kometenjäger müssten jede Nacht draußen sein.«

»So«, Livingston betrachtete mich erstaunt. »Was wurde Ihnen noch erzählt?«

»Dass sie Augen haben wie Luchse.«

Er sah mich vergnügt an. »Wer hat das gesagt?«

»Tom …«

»Wer ist das?«

»Ein … Freund von mir.«

»Und er versteht was davon?«

»Das weiß ich nicht.«

Livingston lachte, aber sein Blick sagte mir, dass ich rätselhaftes Zeug redete.

Er entschuldigte sich für einen Augenblick und ging hinaus. Auf dem Fernsehschirm lief eine alberne Krimiserie, die ich schon einmal gesehen hatte, irgendetwas mit Agenten und Doppelagenten. Es musste eine Wiederholung sein. Wahrscheinlich hatte ich ihn mitten im Showdown unterbrochen. Ein paar einzelne Schokonüsse lagen auf dem Tisch neben der Fernbedienung. Es war das Wohnzimmer eines älteren Herrn, der komfortabel lebte. Plötzlich wurde mir bewusst, wie unangebracht mein Eindringen war. Wie unsinnig die ganze Idee.

»Und Sie sind auf Urlaub ...«, sagte Livingston bei seiner Rückkehr und hielt mir eine Schale gesalzene Cracker vor die Nase. Ich griff hinein und stopfte mir ein paar davon in den Mund.

»Nein, ich habe nur meinen Freund nach Arizona begleitet ...«

»*Den* Freund.«

»Ja genau. Er verkauft sein Clark-Teleskop an einen amerikanischen Geschäftsmann.«

»Gute Güte«, rief Livingston. »Sie haben ein Clark-Teleskop?«

»Ja, leider muss es verkauft werden. Toms Vater ist krank. Er hat keine Krankenversicherung.«

»Ich dachte, das Problem hätten nur wir Amerikaner.«

»Nein, in Deutschland gibt es das auch.«

»Was für eine Schande«, sagte er und schüttelte den Kopf, ohne dass recht klar wurde, worin die Schande bestand. In der Tatsache, dass das Clark verkauft wurde oder dem Zustand des deutschen Gesundheitswesens. Mein Blick driftete immer wieder zu der Action im Fernseher hinüber und streifte die Fotos auf der Anrichte. Auf vielen Bildern war eine Frau zu sehen, wahrscheinlich Livingstons Frau, ich sah sie in allen unterschiedlichen Lebensaltern, manchmal gemeinsam mit ihm. Auf einem aktuell aussehenden Foto waren sie zu dritt, mit einer jungen Frau im gelben Kostüm, die wohl ihre gemeinsame Tochter war.

»Wissen Sie, ich habe Ihren Kometen gesehen«, sagte ich.

»Den letzten? Ich glaube, niemand hat ihn beachtet.«

»Für mich war es der allererste.«

»Wirklich?«

»Ja«

Er legte belustigt den Kopf zur Seite, aber die Geste hatte etwas Entschuldigendes, als täte es ihm leid, dass sein Komet nicht mehr zu bieten hatte.

»Na, dann hat er ja seinen Zweck erfüllt«, sagte er.

»Ich sollte wohl aufbrechen.« Ich klopfte mit den Händen auf meine Schenkel. »Ich muss noch nach Tucson zurück.«

»Um Gottes willen. Übernachten Sie besser irgendwo in der Gegend.«

»Nein, ich muss wirklich fahren. Ich muss das Auto zurückgeben. Aber vielen Dank für die Gastfreundschaft.«

Als wir zur Tür gingen, regte sich der Beagle. Er trottete uns durch den Flur hinterher, schnüffelte müde an meinen Beinen und blieb neben seinem Herrchen im Türrahmen stehen.

Bevor ich Livingston die Hand gab, sah ich noch einmal nach oben zum Himmel. Ich wusste sofort, dass er perfekt war. Der beste, den ich jemals gesehen hatte. Es war jetzt noch dunkler als zuvor, und die Sterne waren so dicht gesät, dass ich die Orientierung verlor. Alle Konstellationen und Muster lösten sich in einem einzigen Gestöber aus glühenden, funkelnden und flimmernden Staubkörnern auf. Livingston bemerkte meine Blickrichtung, und um seinen Mund zuckte unmerklich ein Grinsen. Dann verabschiedeten wir uns. Als ich vom Hof fuhr, stand er mit dem Beagle im Türrahmen und winkte mir nach.

KAPITEL 4

Dass es viel zu spät war, um den weiten Weg nach Tucson anzutreten, wusste ich selbst. In dem kleinen Laden unten an der Straße brannte immer noch Licht. Rose, die auf mein Klopfen hin öffnete, war so freundlich, mich in der Ranch für die Vogelkundler einzuquartieren. Sie rief dort an und drückte sich so aus: »Ich habe hier einen jungen Mann, der mir Sorgen macht.«

Die Ranch lag kaum fünf Minuten von dem Laden entfernt an der Straße. Ein Mann mit Taschenlampe führte mich durch die Dunkelheit zu einer Reihe alleinstehender Blockhütten und schloss mir auf. Im Inneren der Hütte fand ich eine angenehme kleine Stube mit einer einfachen Küche und zwei Betten mit mexikanischen Überdecken. Statt einer Bibel lag auf dem Nachttischchen ein Vogellexikon. Mit meinem Abendessen, einer Tüte Nachos von Rose, legte ich mich aufs Bett und kritzelte ein wenig in meinem Skizzenbuch herum. Ich musste lachen, als ich das fertige Bild sah. Ich hatte versucht, Livingston und seinen Beagle zu zeichnen. Jetzt plötzlich wurde mir bewusst, dass ich sie beide seit langem kannte: Monsieur Lamarre und sein Hund!

Vor dem Schlafen konnte ich nicht anders, als noch einmal auf die Terrasse zu gehen und zum Himmel zu sehen. Es war ein heilloses Überangebot, das Schwindelgefühle hervorrief. Arkturus als goldenes Signalfeuer, die Vega so hell, dass ich glaubte, sie müsste Schatten werfen. Ich starrte zwanzig Minuten in diesen kalten Taumel aus Lichtern und versuchte die schwächsten sichtbaren Sterne auszumachen, aber es gelang mir nicht. Es wurden immer noch mehr. Danach schlief ich tief.

Am nächsten Morgen war der Himmel erneut wolkenlos und ultramarinfarben. Hinter dem Tresen im Büro der Ranch saß ein älterer Herr in einer beigefarbenen Safariweste, der Ferngläser verlieh. Eine Tafel in seinem Rücken listete die neuesten Sichtungen im Canyon auf: Crissal Thrasher, Montezuma Quail, Black-throated Sparrow. Als ich ihm einen guten Morgen wünschte, wollte er wissen, wie ich meinen Tag verbringen würde. Ich sagte ihm, ich hätte keine Ahnung. Ich dächte über meine Abreise nach Tucson nach.

»Jetzt?«, fragte er mit einem Unterton echten Bedauerns. »Das ist schlechtes Timing.«

»Wieso schlechtes Timing?«

»Wir haben fantastische Tage. Mit etwas Glück können Sie einen eleganten Trogon sehen.«

Ich sagte ihm, dass ich den eleganten Trogon wahrscheinlich nicht einmal sehen würde, wenn er vor meiner Nase einen Paarungstanz aufführte. Er lachte nur. Diese Anfänger.

Portal war auch bei Tag besehen nicht viel größer. Der Ort bestand ausschließlich aus einer Wegkreuzung und dem kleinen Laden. Aufkommender Hunger hatte mich dorthin zurückgeführt. Im Convenience Store wurde ich von Rose freudig begrüßt. Sie schenkte mir ungefragt Kaffee ein und erkundigte sich nach meinen Plänen.

»Was kann man denn tun, außer Vögel sichten. Ich kenne mich hier gar nicht aus.«

»Sie könnten wandern.«

»Wandern? Ich habe nichts dabei …«

Rose verschwand wortlos im Laden. Bei ihrer Rückkehr hatte sie einen kleinen Rucksack, zwei Wasserflaschen, eine Karte und einen breitkrempigen Hut dabei. Die Flaschen und die Karte steckte sie in den Rucksack, den Hut streckte sie mir hin und sagte, er koste elf Dollar.

Wenig später stellte ich den Wagen auf einem Parkplatz neben ein paar Blockhütten der Nationalparkverwaltung ab und machte mich zu Fuß auf den Weg. Die gewaltig vor dem tiefblauen Himmel stehenden Klippen des Canyons waren von jenem gleichen Goldgrün, das ich schon am Tag zuvor bewundert und für einen Effekt der Abendsonne gehalten hatte. Neben Pfaden aus rötlichem Staub saßen kugelförmige Kakteen in ihren Mulden, und andere Kakteen reckten ihre herzförmigen Glieder. Das gelbe Gras am Wegrand war so trocken, dass es bei jedem Schritt raschelte. Livingston hatte mir erzählt, dass es seit Monaten nicht geregnet hatte. Und doch fand ich immer wieder Matten blühender Blumen. Sie wuchsen entlang schmaler Pfade und Furchen, wo einmal Wasser zu Tal geflossen sein musste. Akazien, Eichen und Walnussbäume beugten sich über trockene Bachbetten, die den Geruch von Honig zu transportieren schienen, und durch die Luft wirbelten die Baumwollballen der Pappeln.

Die Natur hier im Canyon hatte überhaupt nichts mit dem Land der Dornbüsche und ausgewaschenen Trockenrinnen draußen zu tun. Entlang des Cave Creeks erstreckte sich sogar ein kleines grünes Flusstal mit reicher Vegetation. Es war wie ein Dschungel mitten in der Wüste. Schlingpflanzen hingen von Ästen herab, und im stärksten Dickicht musste ich mir mit dem Hut in der Hand einen Weg durch Vorhänge klebriger Blätter bahnen, während sich Insektenflügel auf meine schweißbedeckten Arme legten.

Nachdem ich eine Weile am Fluss entlanggewandert war, verließ ich das Tal und wählte einen steileren Pfad, der nach oben führte, zwischen winzigen Bündeln blauer Akeleien hindurch, die direkt aus dem Fels zu entspringen schienen. Ich kletterte so lange, bis ich in das schattige, dunkelgrüne Reich von Wacholder und Kiefern gelangte. Über eine Gruppe flacher Felsen, die eine natürliche Treppe bildeten, versuchte ich von einem Vorsprung zum nächsten zu hüpfen, bis ich schließlich, zu meiner Überraschung, auf einem flachen Sims hoch über dem Canyon landete, der wie eine Aussichtsplattform dalag. Und dort, in einer natürlichen Vertiefung im Stein, lag ein Wasserbecken. Es war groß wie eine Badewanne, das Wasser mochte mehr als knietief sein. Als ich einen Finger hineintauchte, wanderten Sonnenreflektionen über den glatten Grund, und winzige Sandkörner glitzerten in Rot und Grün wie geschliffene Edelsteine. Ich sah Krebstierchen mit zitternder Bewegung durch das Wasser schwimmen, kleine durchsichtige Körper und Köpfe mit Beißwerkzeugen und Zangen. Kaum wandte ich den Kopf wieder der Landschaft zu, da meinte ich ein Summen zu hören, und wirklich war über mir eine Felsspalte, in die Bienen ein- und ausflogen.

Der Kometenjäger Daniel Livingston war zwar überrascht, als ich ihn anrief, aber es verwunderte ihn nicht, dass ich meine Abreise hinauszögerte.

»Also gefällt es Ihnen bei uns?«

»Ja, ich denke, ich bleibe noch bis zum Abend.«

»Haben Sie das Chiricahua Monument gesehen?«

»Nein, was ist das?«

Livingston erzählte mir von einem riesigen Garten aus vierkantigen Felstürmen, der das Land gleich einer alten, zerfallenen Stadt überziehe. Bevor ich ihn nicht gesehen hätte, sei an eine

Abreise nicht zu denken. Ich versprach, den Besuch noch einzuplanen. Wir plauderten eine Weile, und er sagte, wenn ich gerade nichts anderes vorhätte, solle ich zum Tee vorbeikommen.

Am Nachmittag empfing er mich in seinem Arbeitszimmer, das zugleich eine Bibliothek war. Während er in der Küche Tee zubereitete, ging ich an den Regalen entlang.

»Interessieren Sie sich für Philosophie?«, rief ich.

»Wieso?«

»Aristoteles, Plutarch, Seneca. Das sind alles Philosophen, oder?«

»Oh, das auch«, sagte Livingston, der mit zwei Tassen und einem Schälchen Cookies zurückkehrte.

»Das auch?«

Er sah, dass ich nicht verstand, was er meinte, ging an den Regalen entlang und zeigte mit dem Finger auf den Anfang der Reihe: »Hier sind die Griechen. Apollonios von Myndos war der erste Kometenforscher. Er lag mit fast allem richtig, um vierhundert vor Christus, leider hat er keine eigenen Aufzeichnungen hinterlassen. Aristoteles – er hat auch über Kometen geschrieben, lauter Unsinn, aber interessant zu lesen. Dann der Römer Seneca – er hat eine berühmte Abhandlung über Kometen geschrieben, bevor Nero ihn zwang, sich die Pulsadern aufzuschneiden. Wussten Sie das?« Livingston bemerkte mein Kopfschütteln und rief aus: *»Nova stella, novus rex!* Ein neuer Stern, ein neuer König. Die Römer glaubten, dass Kometen Königsmörder seien. Seneca wollte mit diesem Aberglauben aufräumen, aber Nero wollte weiter daran glauben. Wenn ein großer Komet aufgetaucht ist, hat er alle Menschen in seiner Umgebung, die Verschwörer hätten sein können, hinrichten lassen. Auch seine Mutter. Er hat stark übertrieben.«

Ich ging weiter an dem Regal entlang, bis ich in der Neuzeit landete. Livingston hatte auffällig viel Shakespeare im Regal.

»Nun sagen Sie bloß, Shakespeare war auch ein Kometenforscher.«

»Nein, er hat sie nur häufig als dramaturgisches Mittel benutzt«, sagte er. »Um die Spannung zu steigern.«

Seine Teleskope bewahrte Livingston in einer schlichten Garage hinter dem Haus auf, die ihm gleichzeitig als Observatorium diente. Er gewährte mir einen kurzen Rundgang nach dem Tee. Im Dunkel seiner Garage betätigte er irgendeinen Knopf (»Früher konnte ich das von Hand«), woraufhin das elektrische Dach, ein Rollladen aus Metall, langsam den Himmel freigab. Am Ende der Garage entstand so eine kleine Terrasse, die einen Blick über das ganze Tal bot, die Öffnung des Canyons im Westen und die fernen Berge New Mexicos im Osten. Die Teleskope selbst beeindruckten mich nicht. Es waren die gleichen Dinger, die Tom in seiner Werkstatt bastelte, alte Röhren und handelsübliche Geräte aus dem Katalog mit ein paar geringfügigen Modifikationen.

»Das ist Ihre ganze Ausrüstung?«

»Ja. Wundert Sie das?«

»Ich dachte, Sie hätten vielleicht was Größeres.«

Livingston lachte sanftmütig. »Etwas wie das Clark? Das ist für die Kometenjagd ganz ungeeignet. Sie brauchen kleine wendige Geräte. Kommen Sie mit.«

Wir erklommen den kleinen Berg, der sich direkt an Livingstons Hof anschloss. Livingston sagte, er habe dort noch ein weiteres Observatorium mit besserem Rundblick. Als ich ihm über den steinigen Weg nach oben folgte, erwartete ich wohl einen majestätischen Ausguck, mindestens einen Turm wie bei Tom zu Hause. Aber das Observatorium war nicht mehr als ein kleiner Holzverhau. Eine quadratische Box, weniger als mannshoch, mit grauen, verwitterten Planken, die im pfeifenden Wüstenwind stand wie etwas, das vor langer Zeit hier vergessen worden war. Die Konstruktion fußte auf irgendeinem unsichtbaren Fundament, auf jeden Fall berührten die Außenwände den Boden nicht ganz. Livingston zog einen Schlüssel aus der Tasche und steckte ihn in ein Vorhängeschloss. Dann schlüpfte er durch einen schmalen Einlass ins Innere des Verhaus, stemmte sich mit den Schultern gegen das Dach und schob es weg wie den Deckel eines Fasses. Die kleine quadratische Box war nun nach oben offen. In ihrem Inneren warteten ein Sitz, ein Steuerrad und schließlich auch noch ein Teleskop. Es war eine gedrungene Röhre mit starken Gebrauchsspuren, kurz und dick wie die Trommel eines Schlagzeugs. Auf ihrem abgewetzten, grauen Lack konnte ich eine Reihe von Messingplaketten erkennen, wie auf Toms Clark, aber es waren mehr. Auf der untersten las ich: »First Light November 28 1976«. Und dann folgten weitere Daten: »1984t November 14 1984«, »1987a January 5 1987«, »1987y October 11 1987«, »1988e March 19 1988«; neun Plaketten zählte ich insgesamt. Ich studierte eine Weile die Daten und berührte die Plaketten ungläubig mit den Fingerspitzen.

»Sie haben die alle hiermit gefunden?«

»Ja.«

»Ich trat einen Schritt zurück und betrachtete die seltsame Konstruktion noch einmal von außen.

»Wie funktioniert das?«

Livingston bat mich mit einer einladenden Handbewegung, Platz zu nehmen. Ich quetschte mich durch den schmalen Eingang in den Sitz. Dort blieb mir nicht viel zu tun, außer das vor mir liegende eiserne Rad zu ergreifen – ich nahm es in beide Hände wie ein Auto-Lenkrad und warf Livingston einen fragenden Blick zu.

Er nickte mir aufmunternd zu, also fing ich an zu drehen.

Nicht nur das Teleskop bewegte sich. Ich begann auf meinem Stuhl zu rotieren, das Teleskop drehte sich mit, und auch die ganze Hütte drehte sich um die eigene Achse wie ein Karussell auf einem Kinderspielplatz. Ich kurbelte weiter an dem Rad – bis ich meine Pirouette vollendet hatte und den Mann verblüfft durch die Einstiegsluke betrachtete.

»Praktisch, oder? So können Sie den ganzen Himmel untersuchen, ohne aufzustehen«, erklärte er. »Nach ein paar Stunden wissen Sie es zu schätzen.«

»Ach so.«

»Es ist wie Autokino. Sie machen es sich bequem und genießen die Show.«

KAPITEL 5

Wozu musste man Kometen überhaupt jagen? Bisher hatte es mir niemand erklären können, und in den Gesprächen mit Livingston kam ich der Antwort kein Stück näher. Anfangs hatte ich geglaubt, Eitelkeit spiele dabei eine Rolle, Ruhm oder sogar die Hoffnung auf Unsterblichkeit. Musste es nicht verlockend sein, einem Objekt den eigenen Namen einzugravieren, das so alt war wie die Erde selbst? Aber Livingston sagte, die Jagd habe ihn höchstens Demut gelehrt. Oder wie er sich ausdrückte: »Das Universum hat mich oft in den Hintern getreten.«

Um seinen ersten Kometen zu finden, hatte Livingston zwölf Jahre gebraucht. Zwölf Jahre zwischen dem Kauf seines ersten Teleskops in einem Sears-Warenhaus einer Kleinstadt am Michigansee und dem Telegramm, das er im November 1977 an die Internationale Astronomische Union in Cambridge schickte und das zur Benennung von »Livingston 1977y« führte. Dazwischen lagen nach seiner eigenen Schätzung etwa tausend Stunden Beobachtungszeit. Tausend Stunden, die er unter dem freien Himmel verbracht hatte, jeden Morgen zwei Stunden vor Anbruch des Tages und abends zwei Stunden nach Einbruch der Dämmerung. Wie konnte man solche Mühen auf sich nehmen für einen großen Ball, der dabei war, sich in interstellaren Staub aufzulösen? Livingston wusste auch keine Antwort darauf.

Seine Beziehung zu Kometen hatte im September 1965 begonnen, als zwei japanische Amateurbeobachter im südlichen Sternbild Hydra einen »Sungrazer« der Größenklasse acht entdeckten, der sich direkt auf die Sonne zubewegte. Sungrazer sind Kometen, deren Bahn gefährlich nah an der Sonne vorbeiführt, sie streifen sie fast und laufen Gefahr, in sie hineinzufallen – oder durch die gewaltige Gravitation auseinandergerissen zu werden. Ikeya-Seki jedoch umrundete unseren Stern in einer eleganten Haarnadelkurve und kam unbeschadet zurück. Als er im Oktober 1965 hinter der Sonne hervortrat, hatte er die Helligkeit von sechzig Vollmonden. Sein Schweif leuchtete mitten am Tag neben der Sonne.

Der junge Daniel Livingston sah den Kometen morgens auf dem Weg zur Schule eher zufällig. Er hatte bei einem Freund übernachtet und musste früher aufstehen, um seine Sachen für die Schule von zu Hause zu holen. Es war der erste klare Morgen seit Wochen. Im Südosten über dem Michigansee kündigte sich die Sonne an, und – so sagte er mir – es sah aus als steige der helle Kometenschweif aus dem Wasser auf. Als der junge Daniel Livingston wenige Tage später in der Schule einen Aufsatz über sein Berufsziel verfassen musste, schrieb er: »Ich möchte einen Kometen entdecken.«

In den Nächten des folgenden Jahrs waren ein kleines Vierzoll-Warenhaus-Teleskop und die Messier-Objekte Livingstons ständige Begleiter. Er betrachtete Jupiters cremefarbene Bänder und das blaue Licht von Sirius. Oft betrachtete er gar nichts Bestimmtes. Am liebsten richtete er das Teleskop einfach mit niedriger Vergrößerung auf eine »dichte« Gegend des Himmels und tauchte ein in dieses Panorama voller Sterne.

Die Kometen kamen und gingen. Die Sechzigerjahre des 20. Jahrhunderts waren eine glückliche Zeit für die Jäger, vielleicht sogar die beste. In mancher Hinsicht ähnelten die Zeiten wieder der Ära Messiers. An großen Kometen bestand kein Mangel, und Amateure wetteiferten um die besten Funde. Dominiert wurde der Wettbewerb von den Japanern. Die Berge Japans boten Dunkelheit und einen tiefen Einblick in den südlichen Himmel, was den Jägern dort gegenüber den Europäern und Amerikanern einen Wettbewerbsvorteil verschaffte. Minoru Honda fand zwölf Kometen und inspirierte in seiner Heimat eine ganze Generation von Amateuren: Tsutomu Seki, Kaoru Ikeya, Akihiko Tago. Auf japanischen Bergen mit Meerblick waren zeitweise alle Hütten an Kometenjäger vermietet. Neue Schweifsterne wurden, sobald sie am Horizont erschienen, von bis zu acht Jägern gleichzeitig entdeckt. Manchmal gelang es einem einzelnen von ihnen, zwei Kometen in einer Nacht zu finden.

Der Student der englischen Literatur Daniel Livingston hörte diese Geschichten mit einer Mischung aus Neid und Ehrfurcht. In Japan, erfuhr er, bekam jeder erfolgreiche Jäger eine Audienz beim Kaiser. Und der Terminkalender des Kaisers wurde immer voller.

Daniel beschäftigte sich nun tagsüber mit Byron und Shakespeare, nachts beobachtete er Cor Caroli und die Whirlpool-Galaxie mit seinem billigen Sechszöller. Nach zwei Jahren hatte er alles gesehen, was am Himmel über Benton Harbor, Michigan, zu sehen war. Er würde ein größeres Teleskop brauchen und einen dunkleren Himmel. Seine Wahl fiel auf Tucson und die Anglistikabteilung der University of Arizona. Jetzt lagen bis zu tausend Deep-Space-Objekte in seiner Reichweite. Es waren die Siebzigerjahre, und Tucson wurde zum Zentrum der Gegenkultur im Südwesten. Studenten gründeten Rockbands und LSD-WGs. Es gab Polizeirazzien, der Kulturkampf war alles andere als gewaltlos, Soldaten des nahegelegenen Luftwaffenstützpunkts machten Jagd auf Hippies. Nicht nur Tucson, der ganze Südwesten der USA wurde in dieser Zeit zum Fluchtpunkt für alternative Lebensentwürfe. Anhänger des »New Journalism« und hoffnungsvolle Jungliteraten fielen mit VW-Bussen in Arizona ein, um in der Nähe der Wüste »ihre Stimme« zu finden. Livingston bekam all das mit, ohne ein Teil davon zu sein. Er lebte wie ein Polarforscher am Rande einer Pinguinkolonie. Er heiratete eine wissenschaftliche Mitarbeiterin seines Instituts, wurde Vater, wurde ein Mann mit Verantwortung. Er musste sich die Zeit für seine Beobachtungen genau einteilen. Meistens suchte er drei Stunden pro Nacht, zwei in der Abenddämmerung, wenn seine Tochter schlief, und eine in der Morgendämmerung.

»Im Bett findet man keine Kometen«, hatte der Jäger Lewis Swift gesagt – eine grausame Wahrheit, die Livingston zu spüren bekam.

Morgens war er oft übermüdeter als seine Studenten, denen er Henry den IV. nahebringen musste. Nachts sah er elliptische Galaxien, die Kometenschweifen ähnelten. Unregelmäßige Galaxien, die sich als Kometen tarnten. Kleine, dichte Sternhaufen, die Kometen zum Verwechseln ähnlich sahen. Wie einst Messier näherte er sich seinem Gegenstand nach dem Ausschlussverfahren. Und endlich bemerkte er, dass seine Arbeit Früchte trug.

Im Sommer 1975 fand er den Kometen Kobayashi-Berger-Milon mit seinem Fernglas – zwei Wochen nach seiner Entdeckung. Er hatte ihn gesehen, ohne seine Position zu kennen. Den Kometen Kohler fand er genauso unabhängig, aber bei schlechtesten Bedingungen, unter einem lichtverschmutzten Stadthimmel. Manchmal kam er nur noch wenige Tage zu spät. Manchmal eine einzige Nacht. Livingston spürte, dass seine Zeit nahe war.

Am Abend des 24. November 1977, einem Donnerstag, war er zu einem formlosen Thanksgiving-Dinner bei Freunden eingeladen. Livingston war kein besonders guter Partygast. Wie immer an solchen Abenden konnte er sich des Gefühls nicht erwehren, die echte Party, draußen unter dem Himmel, zu verpassen. Der Truthahn ließ im Ofen auf sich warten, und als der Kometenjäger mit einem Blick durchs Dachfenster sah, dass die Wolken sich verzogen, wurde er immer nervöser. Gegen zehn schnitt der Gastgeber den Truthahn an, dem Brauch entsprechend zerbrachen zwei Gäste den »Wishbone«, den Gabelknochen des Tiers. Livingston sah mit einem routinierten Blick, dass der Himmel nahezu perfekt war, im Osten hing ein funkelnder Orion-Gürtel. Er aß ein kleines Stück, zwang eine Ladung Mais-Erbsen-Squash hinunter, verzichtete auf den Kürbiskuchen und entschuldigte sich. Er versuchte gar nicht erst, sich eine Ausrede auszudenken. Die Gastgeber entließen ihn mit freundlichem Spott. »Finden Sie was Schönes!«, sagten sie zu ihm.

Der Himmel war immer noch sternklar, als Livingston die kleine Kuppel am Rande des Gartens öffnete. Er tauchte im Westen ein, wo Cetus, der Wal, gerade unterging, und arbeitete sich senkrecht hinauf in die sternreichen Gebiete der Wintermilchstraße. Seine Augen begannen wieder automatisch zu funktionieren wie die Hände eines Klavierspielers bei einem oft geübten Stück. Eine Mischung aus Konzentration und Routine, bei der es darauf ankam, die Spannung nie zu verlieren. Alle paar Sekunden schob er den Sechszöller ein Stück weiter, immer die gleichen Intervalle, vom Horizont zum Zenit, vom Horizont zum Zenit.

Livingston wusste nicht mehr, wie viel Zeit vergangen war oder woran er gerade dachte, als er zum ersten Mal aus seiner Routine gerissen wurde.

Mit seinen Augen befand er sich im Einhorn, einem unauffälligen Sternbild der Wintermilchstraße auf halber Strecke zwischen Sirius und der Orionschulter. Das Objekt in seinem Ausschnitt kannte er. Es war Hubbles veränderlicher Nebel, der »Santa-Claus-Nebel«, so benannt wegen des langen weißlichen Schleiers, der wie ein Bart aussah. Was den Jäger diesmal innehalten ließ, war aber nicht der Schleier, sondern ein anderes Objekt, etwa fünf Bogensekunden von diesem entfernt. Es war viel unauffälliger, klein, diffus und rund, aber nicht punktförmig.

Zwei falsche Kometen in unmittelbarer Nachbarschaft? Das hätte ihm schon früher auffallen müssen. Livingstons Herz begann schneller zu schlagen. Er kramte in seiner Tasche, fand einen Bleistift, aber keinen Notizblock und kritzelte das Bild der beiden Nebel auf die Unterseite einer Keksschachtel. Für den Rest der Nacht war an Schlaf nicht mehr zu denken. Livingston versuchte, den Bart und seinen Begleiter so lange wie möglich zu beobachten – aber daraus wurde nichts. Gegen null Uhr bemerkte er, dass Wolken heraufzogen. Sein Fund verschwand hinter einem undurchdringlichen grauen Film. Als gegen drei Uhr morgens ein bleicher Mond aufging und Livingston in dem raschen Wolkengetriebe eine Lücke fand, sah er nur noch Hubbles Nebel, das unidentifizierte Objekt war verloren.

An den folgenden Tag hatte Livingston kaum noch Erinnerungen. Er wusste nur, dass es ein langer Tag war. Er teilte seine Beobachtung mit niemandem. Er kannte all die Falschmeldungen, die täglich bei den astronomischen Behörden eingingen. Menschen, die ein Gespenst gesehen hatten oder einen vor zweihundert Jahren entdeckten Kugelsternhaufen. Ohne eine seriöse Folgebeobachtung, ohne Richtung und Geschwindigkeit konnte er den Kometen nicht melden. Was aber, wenn ein anderer Jäger in einer früheren Zeitzone ihm zuvorkam? Was wenn einer der scharfsichtigen Japaner ihn schon im Visier hatte?

Die Dämmerung brach früh herein, aber Livingston musste sich gedulden, bis das ganze Einhorn aus der dunstigen Luft am Horizont in klare Höhen geklettert war. Er machte seinen Zwölfzöller fertig, visierte Prokyon an, den hellen Stern im kleinen Hund, dann dessen Nachbarn Gomeisa, bewegte sich zehn Grad nach Westen und fand Hubbles Nebel – ohne jede Spur eines Kometen. Das hatte Livingston erwartet. Wenn er Recht hatte, dann hatte sich der Komet gestern zwischen null und drei Uhr direkt über den Nebel bewegt und war deshalb unsichtbar gewesen. Er musste das Teleskop also nur etwa ein halbes Grad weiter nach Westen drehen, um etwas Diffuses zu sehen. Livingston wusste, dass dies seine einzige Chance war. Er zwang sich, das Teleskop ruhig zu bewegen und sah, wie die Sterne im Hintergrund durch sein Bild jagten. Dann blieb er stehen. Fast in der Mitte des neuen Ausschnitts befand sich ein unidentifizierter kleiner Staubball, der ihn unschuldig anleuchtete. Sein Staubball. Zwölf Jahre nach dem Auftauchen von Ikeya-Seki über dem Michigan-See war die Suche zu Ende.

»Der erste ist für jeden Jäger der wichtigste« schloss er seinen Bericht. »Wenn Sie den ersten gefunden haben, dann wird es leichter.«

»Haben Sie ihn wiedergesehen seit damals?«

»Nein. Er braucht ein paar tausend Jahre für einen Umlauf.«

Livingston betrachtete schweigend die Reihe der Schildchen

auf dem Teleskop, als wunderte er sich selbst von neuem über seinen Erfolg.

»Es ist seltsam«, sagte er. »Alle meine Kometen haben sehr weite Bahnen. Ich habe wohl kein besonderes Händchen für Rückkehrer.«

»Können Sie sich denn noch an jeden erinnern?«, fragte ich.

»Aber ja, natürlich. Sie finden sie ja nicht nur. Sie begleiten sie auch, so lange Sie können.«

KAPITEL 6

Alles was ich tun musste, um Tom zu finden, war die Nummer von John Loeb zu wählen.

»Ach, der andere Herr aus Deutschland«, rief der Büchsenschmied erstaunt. »Jaja, ihr Freund ist immer noch in Flagstaff. Ich habe ihn mit meinem Wagen aus dem Graben gezogen. Frage mich immer noch, wie er da überhaupt hineingekommen ist. Na, auf jeden Fall haben wir das Auto wieder flottgekriegt. Die ganze Elektrik war hinüber. Es hat ein paar neue Zündkerzen gebraucht. Und einen Scheinwerfer. Wir haben ihn wieder auseinandergezogen und halbwegs ausgebeult.«

»Und, wo ist er jetzt?«, fragte ich.

»Der Wagen?«

»Nein, Tom.«

»Na, wo schon? Bei mir. Mr. Whistler hat ihm angeboten, den Flug nach Los Angeles zu bezahlen, aber er hat abgelehnt. Er will mit dem Wagen zurückfahren. Ihr Freund kann ziemlich stur sein.«

»Ich weiß. Hören Sie, ist Tom irgendwo in der Nähe.«

»Ich glaube, er spielt draußen mit den Kindern. Werde mal nachsehen.«

Tom klang anders am Telefon. Ich erkannte ihn kaum wieder. Er war weder böse auf mich, noch zeigte er irgendeine

Form von Freude oder Überraschung darüber, dass ich mich meldete. Er schien für seine Verhältnisse völlig ruhig, ja, fast ausgeglichen. Ich fragte ihn nach dem Teleskop, und er erklärte mit der Gelassenheit eines Maklers bei seinem zehntausendsten Deal, dass das Geschäft mit Whistler bald über die Bühne sei. Auch über das Auto erteilte er mir Auskunft. Die Sache mit dem Schaden musste er noch regeln, der Wagen war nicht kaskoversichert gewesen – dumm von uns, bei einer kleinen Firma zu mieten, die solche Verträge noch zuließ –, und so wurde die Sache jetzt wohl sehr teuer.

Erst an dieser Stelle verstand ich: Tom blieb gar nichts anderes übrig, als mit Whistler ins Geschäft zu kommen. Er sagte, sobald er wieder zu Hause sei, werde Sid Koenig für die Besichtigung nach Deutschland kommen, und das sei dann wohl das Ende der Geschichte.

So weit Tom. In gewisser Weise hatten sich durch äußere Zwänge die meisten seiner Probleme in Luft aufgelöst. Einen Moment überlegte ich, ob ich ihm überhaupt erzählen sollte, wo ich war. Schließlich sagte ich: »Hör mal, Tom«, und dann erzählte ich ihm die ganze Geschichte – chronologisch, genau wie sie mir passiert war. Als ich endlich zu der entscheidenden Begegnung kam, wurde es still in der Leitung.

»Tom, bist du noch dran?«

»Ja. Erzähl weiter.«

Ich berichtete ihm von Livingstons Haus. Von seiner Wasserstelle. Von den Familienfotos. Von dem Observatorium, das ich gesehen hatte.

»Ich dachte, das würde dich interessieren«, sagte ich abschließend.

Vom anderen Ende der Leitung hörte ich so etwas wie ein ungläubiges Stöhnen.

»Du hast das nicht für mich erfunden, oder?«

»Nein. Aber wo soll ein Kometenjäger schon wohnen, wenn nicht in der hintersten Ecke von Arizona?«

»Und du wolltest einfach nur in die Wüste fahren?«

»Ja, natürlich wusste ich nicht, wo er wohnt.«

Jetzt lachte er plötzlich, und ich lachte mit. Ich erzählte ihm von der Gegend, ich sagte ihm, dass es hier goldene Berge gebe, Canyons und rennende Vögel. Ich weiß nicht, ob er sich wirklich ein Bild machen konnte.

»Und du hast seine Ausrüstung gesehen?«, fragte Tom.

»Ja, es sind nur ganz gewöhnliche Teleskope.«

Ich meinte fast zu sehen, wie Tom den Kopf schüttelte.

»Hast du nicht eine Frage vergessen, Tom?«

»Was denn?«

»Du hast mich gar nicht gefragt, wie der Himmel hier so ist.«

»Ich ... hab nicht gedacht, dass du darauf geachtet hast.«

»Ich hab darauf geachtet.«

»Und?«

»Besser als eine sieben. Livingston sagt, es ist der dunkelste von Arizona.«

Am Ende der Leitung herrschte wieder langes Schweigen.

»Meinst du ...«, begann er stockend. »... Ich muss sowieso aus Flagstaff aufbrechen.«

»Tom, das wollte ich dir vorschlagen. Mach doch einfach einen Abstecher.«

Die Aussicht, einen Fan zu treffen, löste wenig Begeisterung bei Livingston aus, wenn ich die wenigen Worte, die er darüber verlor, richtig deutete. Er sagte nicht direkt, dass er etwas dagegen habe. Er warf nur einen Keks mit Cremefüllung in Richtung des Beagle und erwähnte, dass früher häufig Kollegen und Gleichgesinnte in seinem Haus ein und aus gegangen seien, aber »das ist schon eine Weile her«, und das war alles, was er zu diesem Thema sagte.

Auch Tom schien sich Sorgen zu machen. Als er zwei Nachmittage später wirklich mit dem Bus Tucson-Albuquerque auf einer staubumwehten Haltestelle in San Simon auftauchte, musste ich lachen. Auf dem Rücken trug er immer noch den Rucksack mit seiner ganzen Ausrüstung und im Gesicht das zerknirschteste Lächeln, das ich je an ihm gesehen hatte. Er begrüßte mich mit einem befangenen Winken, als fürchtete er immer noch, von mir die verdiente Abreibung zu bekommen.

»Hey Tom«, sagte ich.

»Hey«, sagte er.

»Kann ich dir was abnehmen?«

»Ja gerne.« Er gab mir das Kleingepäck und folgte mir zu dem älteren umbrafarbenen Pontiac, dessen Kofferraumdeckel ich öffnete.

»Wem gehört das Auto?«

»Mr. L.«, sagte ich.

Er nickte nur und machte einen Ausdruck, als ob er »Oh« sagen wollte, brachte aber keinen Ton hervor. Die Sonne stand hoch am Himmel, und New Mexico lag im gleißenden Mittagsdunst.

»Das ist eine schöne Gegend hier.«

»Du musst erst mal in die Berge reinfahren. So was hast du noch nie gesehen.«

»Was sollen wir jetzt machen?«

»Ich denke, wir fahren direkt rauf zu ihm.«

»Hast du ihm gesagt …«

»Ja, er weiß, dass du kommst.«

Auf der Fahrt versuchte er mir von seinen Tagen bei den Loebs zu erzählen, aber er fiel immer wieder in angespanntes

Schweigen zurück. Wir blieben bis zur Staatengrenze auf dem Freeway und zweigten dann auf den Highway 80 nach Süden ab. Von dort aus gelangten wir im Licht des späten Nachmittags zurück auf arizonisches Gebiet. Als wir uns der Bergkette von Osten aus näherten, bildeten ihre nächsten Ausläufer zu beiden Seiten der Straße ein weit offenes Tor, hinter dem sich ein gestaffelter Grund von Bergen und Granitklippen abzeichnete. Portal. Ich sagte Tom, dies sei der schönste Ort, den ich je gesehen hätte. Er solle sich keine Sorgen machen.

Livingston hatte Pfannkuchen aus Mesquite-Mehl für uns gebacken, eine Spezialität der Gegend. Sie schmeckten wie Fladen aus gepresstem Sägemehl. Trotzdem ließen wir uns gerne verköstigen, während Livingston die Mahlzeit mit sorgenvollen Blicken beaufsichtigte. Er war rührend bemüht, ein guter Gastgeber zu sein. Und Tom war rührend bemüht, ein guter Gast zu sein und nicht alle Fragen auf einmal zu stellen. Ich hatte befürchtet, die beiden würden nur astronomisches Latein reden. Soweit ich mich erinnere, redeten sie aber überhaupt nicht über Kometen. Sie redeten über Kojoten, Livingstons ständige Begleiter und Studienobjekte hier draußen.

»Früher haben sie sich nicht einmal in die Nähe des Hauses gewagt«, erklärte er Tom, der am Küchentisch saß und artig noch einen Pfannkuchen auf seinen Teller lud. »Bald habe ich sie so weit, dass sie mir aus der Hand fressen.«

Natürlich besichtigten wir auch die Teleskope in der Garage, und natürlich gingen wir auch auf den Hügel, und hier musste Tom seine Deckung fallen lassen. Er näherte sich der grauen Röhre mit der Ergriffenheit eines Pilgers, dann strich er mit den Fingerspitzen sacht über die glänzende Reihe der Messingplaketten, genau wie ich es getan hatte.

»Sie sind zu jung für die meisten, nehme ich an?«, sagte Livingston.

»Nein«, sagte Tom und sein Finger suchte eine der Plaketten. »Dieser hier war Ihr bester, nicht?«

»Blieb für ganze tausend Tage sichtbar.«

»Ich hab die Fotos gesehen«, sagte Tom. »Er hatte einen Gegenschweif.«

Livingstons Augenlid zuckte, als er Tom betrachtete, der mit dem Finger schon auf der nächsten Plakette landete.

»Livingston Nummer vier, er hatte einen Schweifabriss«, murmelte Tom. »Und hier ist Livingston-Shulman. Er war dunkel mit einer kompakten Koma, bis zu seinem großen Ausbruch.«

»Ja, er ist explodiert wie ein Leuchtgeschoss«, sagte Livingston.

Ein stiller, verlegener Moment entstand.

»Kann ich …?« Tom wagte einen Vorstoß in Richtung des Sessels.

»Natürlich«, sagte Livingston. »Setzen Sie sich doch.«

Tom ließ sich nieder und drehte das Teleskop auf einen Punkt am Horizont, möglichst weit von der Sonne entfernt. Er warf einen Blick durch den Okularauszug.

»Wie ist es für Planeten?«, fragte er.

»Gut genug. Ich kann ein paar Okulare aus dem Haus holen. Probieren Sie es aus.«

Tom drehte sich auf dem Stuhl und blinzelte ihn an, als wäre der Mann unscharf.

»Sie haben doch ohnehin nichts anderes vor, heute Nacht«, sagte Livingston.

KAPITEL 7

Tom und der Himmel über Portal – das war wie in einem dieser schrecklich kitschigen Tierfilme, in denen der Walfisch, der sein Leben in Gefangenschaft verbracht hat, zum ersten Mal im Meer schwimmt. Natürlich konnte man ihn nicht gleich wieder einfangen. Natürlich blieb es nicht bei einem kurzen Ausflug. Das hätte ich wissen können. Aber ich hatte ja keine Vorstellung davon, was der Himmel von Arizona mit Tom anstellen würde. Der Walfisch begann gerade erst zu schwimmen.

Nachts markierten zwei rote Lichterketten den Weg vom Haus zur Hütte, die hinter der Hügelkuppe verborgen war. Sie liefen parallel nach oben wie eine Startbahn, direkt in diesen makellosen Himmel. Brannten die Lichter, wusste ich, dass Tom oben war, und manchmal wanderte ich in der Abenddämmerung durch diese festliche Beleuchtung hinauf und fand ihn bei voller Konzentration, absorbiert in seiner Tätigkeit. Es war das erste Mal, dass ich einem Kometenjäger bei der Arbeit zusehen konnte. Mit einem leisen Quietschen wie bei einer ungeölten Tür drehte er das Lenkrad jede Sekunde ein Stück weiter, während er sein rechtes Auge gerade lange genug abwandte, um zu blinzeln, und sich dann dem nächsten Ausschnitt zuwandte. Die Regelmäßigkeit dieser Verrichtung unter dem offenen Himmel hatte etwas von einem religiösen Ritual. Und betrachtete man Tom in der kleinen Hütte, die sich Stück für Stück weiterdrehte, so konnte man wirklich meinen, er betete. Er erwies dem Sternenhimmel seine Reverenz – in aller Demut.

Wie ich nun sah, hatte ich immer ein falsches Bild von der Jagd gehabt. Ich hatte das Wort »Jagd« zu wörtlich genommen und dabei an eine Eroberung, an ein stolzes Vordringen gedacht, aber es war im Grunde genau das Gegenteil. Der Jäger näherte sich dem Himmel wie ein Bedürftiger. Er sehnte sich nach einem Blick auf die andere Seite, nach einer Erfahrung, die ihn vervollständigte. Und wie in jede religiöse Verrichtung war auch in diese eine tiefe Sehnsucht eingeschrieben, eine Sehnsucht, die sich nicht abstellen ließ. Warum musste man Kometen jagen? Toms Anblick brachte mir bei, dass es nicht so sehr auf das »warum« ankam, entscheidend war das »müssen«.

Livingston gegenüber hatte ich ein furchtbar schlechtes Gewissen. Er musste denken, er würde uns nie wieder loswerden. Jeden Abend, beim ersten Anzeichen der Dämmerung, verabschiedete sich Tom auf den Hügel, während ich auf der Veranda der Vogelranch ein Bier trank oder meinen Block vollzeichnete. Manchmal studierte ich auch die Buchrücken in der Vogelbibliothek, zog ein paar Bände heraus und legte mich damit ins Bett – um dann gegen drei oder vier in der Nacht von meinem Freund geweckt zu werden, der todmüde und glücklich auf die Matratze neben mir fiel, im Gesicht ein seliges Lächeln, als wäre er nicht mehr bei Trost. Unsere Flüge nach Deutschland waren ohnehin verfallen, das Thema unserer Abreise hatte sich immer mehr im durchsichtigen Äther über Livingstons Hütte verloren. Kein Kojote heulte mehr danach.

»Ich kann nicht mehr ewig in diesem Zimmer schlafen. Das ist verdammt teuer«, klagte ich am vierten oder fünften Nachmittag. Tom blinzelte mich aus kleinen Augen an. Er war erst gegen Mittag in der Vogelranch aufgetaucht – mit Livingstons Auto. »Und sag mal, wo hast du überhaupt geschlafen?«

»Ich hab nicht geschlafen.«

»Und das willst du jetzt jede Nacht so machen?«

»Livingston sagt, er hat einen geräumigen Dachboden. Da können wir schlafen.«

»Wann hat er das gesagt?«

»Heute Morgen. Ich habe ihm den Schlüssel zurückgebracht, und er hat mir Frühstück gemacht.«

»Oh Gott«, sagte ich. »Er wird denken, dass er dich nie mehr loswird!«

»Ich glaube, er kann mich gut leiden.«

»Er ist zivilisiert. Das ist alles.«

»Er kann dich auch gut leiden.«

»Wir sollten seine Gastfreundschaft nicht ausnützen.«

»Dir gefällt es doch auch hier«, sagte Tom.

Ich schüttelte den Kopf und ging auf den Dielen der Veranda auf und ab. »Livingston ist furchtbar nett zu uns. Er kann nicht Nein sagen.«

»Vielleicht will er gar nicht Nein sagen«, erwog Tom.

»Er ist kein Hotel.«

»Und wir sind keine Touristen. Wir sind für ihn wie Verwandte.«

Tom hatte Recht. Livingston konnte mich gut leiden, zum Glück, denn so leistete mir abends jemand Gesellschaft. Anstatt Tom zu begleiten oder sich um seine Teleskope zu kümmern, bewirtete er mich in seiner Wohnstube und verwickelte mich in Gespräche – über Deutschland, über mein zu Hause und meinen Beruf, über meinen Blick auf Amerika. Ich hielt meinen Blick auf Amerika nicht für neu oder wesentlich, aber er erkundigte sich trotzdem, und ich glaube, etwas in meiner kindlichen Begeisterung für die Größe der Canyons und die Weite der Landschaft amüsierte ihn, vielleicht erinnerte es ihn sogar an seine ersten eigenen Eindrücke dieser Gegend.

Mit der Zeit begann er auch, mir von sich und seiner Familie zu erzählen. Seine verstorbene Frau war Grundschullehrerin gewesen und passionierte Malerin. Von ihr stammten die Landschaften in Öl, die viele der Zimmerwände zierten. Seine Tochter hatte früher den Dachboden bewohnt, in dem Tom manchmal schlief. Jetzt lebte sie in Douglas, der einzigen größeren Stadt in der Nähe, direkt an der mexikanischen Grenze, und arbeitete in einem Callcenter – ein für diesen Landstrich durchaus typischer Job: Nach dem Niedergang der Kupferminen, die früher das gesamte Grenzland ernährt hatten, gab es nicht mehr viel zu tun. Man züchtete Wassermelonen auf den Feldern im Norden, man gründete Hotels für die Vogelkundler, oder man schlug sich im schlechtbezahlten Servicesektor von Douglas durch.

Ich hatte selbst die Gelegenheit, Douglas kennenzulernen, als ich mit Tom Besorgungen machte. Es war eine unansehnliche Stadt, deren wenige historische Gebäude an ihre bewegte Vergangenheit als Luftwaffenbasis, Kupferschmelze und Schauplatz mexikanischer Revolutionsscharmützel erinnerten. Nun aalten sich ihre Geschäftsgebäude untätig in der Hitze, die Vergangenheit wirkte vom Müll des späten 20. Jahrhunderts überlagert, ausgetrocknet, stillgelegt. Mitten durch die Stadt führte ein schnurgerader, drei Meter hoher Grenzzaun, der weder Mensch noch Tier passieren ließ und die Mittelstandsfestung mit ihren Callcentern von der wuchernden Siedlung Agua Prieta auf der anderen Seite trennte.

Agua Prieta, erfuhren wir, war ein Zentrum des Drogenschmuggels und die Hauptstadt der »Polleros«, der Schlepper. Früher hatten unter der Stadt geheime Stollen existiert, die auf die US-Seite führten, sie begannen einfach in einem Lagerhaus und endeten in einem anderen – einige der Stollen waren wohl immer noch in Betrieb. Die illegalen Einwanderer aus dem Süden wurden im Volksmund »Pollos« genannt, »Hühnchen«. In der Sprache der Grenzpolizei hießen sie UDAs (»Undocumented Aliens«). Meistens schlugen sie sich in kleinen Gruppen nach Norden durch, entlang der High Lonesome Road, und zu Fuß durch die Canyons, wo manchmal ganze Trecks von ihnen verdursteten. Der Grenzzaun war zwar längst lückenlos, aber noch immer gab es Bürgerwehren, die patrouillierten, um die Illegalen abzufangen. Livingston hatte sich an diesen kriegerischen und frömmelnd patriotischen Aktionen niemals beteiligt. Er gehörte nur zu einer Freiwilligentruppe, die den Müll entfernte, den die Wandertrecks entlang des Highway 80 hinterließen. Tonnenweise Plastikwasserflaschen der Marke »Osmopura«.

An den Nachmittagen waren Tom und ich oft gemeinsam unterwegs. Livingston versorgte uns mit Karten und zeichnete uns Wege auf, und wir erkundeten das neue Land, das Flusstal mit seiner salzig schmeckenden, feuchten Luft, in der sich alle vorstellbaren Schattierungen von Grün drängten, und die großartigen Canyons, in deren Aufwinden sich Habichte umkreisten. Wir liehen uns sogar Ferngläser und machten uns auf die Suche nach dem eleganten Trogon. Er nistete angeblich in abgestorbenen Platanen, den großen amerikanischen »Sycamore Trees«, von denen es rund um den Canyon viele gab. Ausgerüstet mit einem Fahndungsbild des königlichen Vogels – typisch war der blutrote Bauch und das smaragdgrün glänzende Gefieder – durchstreiften wir die steinigen Bachbetten mit ihren Maulbeer- und Mesquite-Bäumen, aber alles, was wir sahen, waren Spatzen und, mit etwas gutem Willen, ein mexikanischer Eichelhäher. Eine Klapperschlange sichteten wir auch, aber sie wollte nichts von uns und zog sich mit einem distanzierten Klappern ins nächste Gebüsch zurück.

Der Name der Berge, Chiricahua Mountains, stammte, wie man uns hier und da erzählte, von einem Indianervolk, das sich in den Apachenkriegen durch besondere Zähigkeit hervorgetan hatte, bevor es besiegt sein Land räumen musste. Und wie ein seltsames Echo dieser früheren Kämpfe wirkte die jüngste Entwicklung in der Gegend. Auf den Wegen rund um Portal stießen Tom und ich immer wieder auf Schilder von Immobilienmaklern aus Tucson. Noch war die Landnahme kaum der Rede wert, nur ein Haus hier, ein umzäuntes Anwesen da. Aber auf der anderen Seite der Berge, sagte Livingston, bauten sie schon Feriensiedlungen für Rentner.

KAPITEL 8

Abends, wenn ich mit Livingston in seiner Stube saß und in meinem Skizzenbuch blätterte, während mein Gastgeber Radio KUAZ-FM aus Tucson hörte oder eine Fernsehserie verfolgte, stellte ich mir immer die gleiche Frage: Warum verbrachte er die Zeit mit mir, anstatt Tom zu begleiten? Was war mit Livingston geschehen? Er schien ja nicht nur die Jagd aufgegeben zu haben. Ich sah ihn seine Teleskope überhaupt nie benutzen. Hatte er genug von den Sternen? Hatten sie ihn enttäuscht?

Manchmal warf ich verstohlene Seitenblicke hin zu den Gesichtern auf seiner Anrichte. Livingstons Frau, die ihm so plötzlich genommen worden war, durch eine Entzündung des Herzmuskels. Seine Tochter, die ganz in der Nähe lebte, die wir aber in ganzen zehn Tagen noch nicht zu Gesicht bekommen hatten. Waren dort die Antworten zu finden?

Vor gar nicht allzu langer Zeit, auf deutschen Kuhwiesen und in Toms Observatorium, hatte ich ja selbst einen Eindruck davon bekommen, wie schwierig es war, sich den Sternen auszusetzen, wie einsam man unter diesen fernen Lichtern werden konnte. Die Sterne waren keine Gesellschaft. Sie bewohnten ein abgehobenes Reich über unseren Köpfen, aus dem sie mitleidlos auf uns herabblickten wie Götter archaischer Religionen. Und wie die Götter antworteten sie niemals, egal was man ihnen anvertraute. Vielleicht, dachte ich, hatten die Menschen in den Bilderrahmen Livingston einst sein einsames Handwerk erst ermöglicht. Jetzt waren sie nicht mehr da, und die selbstgewählte Einsamkeit des Kometenjägers war einer anderen Form von Einsamkeit gewichen, oder er hatte verlernt, die beiden voneinander zu unterscheiden.

Tom konnte es nicht verstehen. Er gehörte ja noch zu den Gläubigen. Oft kehrte er mitten in der Nacht zum Haus zurück, müde und flüchtig wie ein Passagier auf der Durchreise, und berichtete stolz von seinen Eroberungen. Der Jet in der Galaxie M 87! Tom hatte ihn zum ersten Mal mit eigenen Augen gesehen. Er hatte ihn übrigens ganz sicher gesehen!

Livingston lächelte höflich. Vielleicht wusste er, wovon die Rede war, ich nahm es an. Dann flogen noch mehr kosmische Namen und Nummern durch den Raum, und ich zog den Kopf ein, bis die Luft sich wieder beruhigt hatte. Ich fand Tom rücksichtslos. Er war wie eine hängen gebliebene Schallplatte. Er behandelte Livingston wie einen Mentor, ob dieser nun wollte oder nicht. Ich fragte mich, was Livingston über ihn dachte. War Tom mehr für ihn als eine Reminiszenz, eine jüngere Ausgabe seiner selbst, die ihn verfolgte?

Manchmal setzte ich mich selbst nach draußen, auf die Terrasse hinter Livingstons Haus. Nachts schienen Düfte von den grüneren Regionen des Canyons herüberzustreichen, Lavendel und Kreosotbusch. Das Rot der Lichterketten und das dunkle Blau des Himmels bildeten eine schöne Abstraktion. Die Wasserstelle lag still vor mir, und manchmal glaubte ich, in der Ferne die Augen des Luchses zu erkennen, der mich aus dem Dunkel beobachtete, aber das kann nur Einbildung gewesen sein. Er jagte in der Dämmerung, hatte mir Livingston erzählt, frühmorgens und spätabends. Tom und die Luchse, sie hatten den gleichen Rhythmus. Allein, wie ich mit diesen schönen Nächten war, hätte ich mir gewünscht, auch auf irgendeine Jagd gehen zu können.

Am Abend des zehnten oder elften Tages sah mir Livingston an seinem Küchentisch über die Schulter. Auf der aufgeschlagenen Seite meines Skizzenbuchs war ein Porträt von Claire, an dem ich schon seit Stunden arbeitete. Ich hatte versucht, sie aus dem Gedächtnis zu zeichnen, das Ergebnis immer wieder ausradiert und neu angefangen, bis sich aus dem Nebel von verwischten Linien und Graphitschlieren ein Gesicht, ähnlich dem ihren herauskristallisierte.

»Sie sollten mehr daraus machen«, sagte er.

»Wieso, gefällt es Ihnen?«

»Ja. Aber Sie brauchen ein größeres Format«, erklärte er. »Die Ausrüstung meiner Frau steht noch oben. Vielleicht ist noch was davon zu gebrauchen.«

Auf sein Geheiß folgte ich ihm über die Treppe auf den Dachboden, vorbei an dem Matratzenlager und den unordentlichen Kleiderhäufen, die Tom dort hinterlassen hatte. Eine Ecke des Dachbodens war mit einem Leintuch abgehängt, ich hatte bisher nie dahinter geblickt. Nun zog Livingston den Vorhang weg, und eine Staffelei kam zum Vorschein. Auf ihr lehnte ein unfertiges Bild, ein Landschaftsfragment seiner Frau. Gläser mit Pinseln, Spachteln, Rakeln, Zahnbürsten, Malmessern und mehrere Kisten mit Farbdosen und Tuben standen in ordentlichen Reihen am Boden.

»Ich konnte die Sachen nie wegwerfen«, sagte er. »Aber Sie können sich gern bedienen.«

»Ich kann mit Öl und Leinwand nicht viel anfangen«, sagte ich.

»Schade. Aber Sie wissen ja, wo die Sachen stehen, wenn Sie Ihre Meinung ändern.«

Abends in Livingstons Wohnzimmer grenzte die Ruhe an Langeweile. Mein Skizzenblock war gefüllt bis auf die letzte Seite. Das National Public Radio spielte keine Musik für mich. Selbst der Beagle beachtete mich nicht mehr. »Er interessiert sich nur für Fremde«, sagte mir sein Herrchen. Ich hätte ein Buch aus dem Regal der großen Bibliothek ziehen können, aber ich wusste nicht, wo anfangen. Mir fiel auf, dass ich im Leben noch nie so viel Zeit gehabt hatte. Gab es noch irgendeinen Funken in meinem nutzlosen Kopf, der hinauswollte? Den Anschein einer Idee, und wenn sie auch so matt war wie der Stern im Ringnebel?

Ich betrachtete die Bilder von Livingstons Frau jetzt genauer. Sie hingen an fast jeder Wand im Haus. Amerikanische Landschaften in Öl, die Kunstkritiker überladen und kitschig genannt hätten, obwohl sie die Eigenart und Wirkung dieser Landschaften völlig richtig wiedergaben. Kritiker konnten das nicht wissen. Vielleicht hätte man gar nicht versuchen dürfen, so viel Schönheit zu malen, und allein der Versuch war strafbar.

Der Dachboden ging mir nicht mehr aus dem Kopf. Der Vorhang, der unbewegt in einer Ecke hing und die Erinnerung an Livingstons Frau beschützte. Es war, als lebte nicht nur ihr Andenken, sondern auch ihr Geist in diesem Winkel, als arbeitete er unermüdlich hinter dem Vorhang und fügte der unfertigen Leinwand jede Nacht ein paar Pinselstriche hinzu.

Einmal stahl ich mich unbemerkt hinauf durch den Flur auf den Dachboden und betrachtete die Anordnung. Die Staffelei und die neuen Keilrahmen, die auf dem Boden standen. Wie um dem unsichtbaren Geist der Malerin Zeit für einen Einspruch zu geben, blieb ich ein paar Sekunden vor der Staffelei stehen, dann erst nahm ich das unfertige Bild behutsam herunter und lehnte es gegen die Wand. Nebenan lehnten ein paar Keilrahmen in verschiedenen Größen, die noch in Plastikfolie verpackt waren. Ich griff mir den größten heraus, ein billiges Modell, das bereits mit Leinwand bespannt war, schälte ihn aus seiner Hülle, stellte ihn auf die Staffelei und setzte mich davor.

Nichts passierte! Natürlich, es passierte nie etwas dabei – die Albernheit meiner Übung war mir bewusst. Der Künstler, der sich der leeren Leinwand aussetzte und sich von ihr kitzeln ließ, war eine Kamelle aus dem Reich der Künstlermythen. Die Wahrheit war: Die Ideen kamen nicht, nur weil man vor einer Leinwand stand. Sie verschwanden geradezu, wenn man sich ihr aussetzte. Man musste vorher wissen, was man wollte. Oder lag es nur daran, dass ich gar kein Künstler war? Auf der vordersten Kante des Stuhls sitzend, behielt ich die weiße Fläche fest im Blick, so als könnte ich das Bild, das dort entstehen musste, durch bloßes Spähen erkennen. Zu sagen, dass ich gar nichts sah, wäre nicht richtig. Eher verhielt es sich so: Was ich sah, war noch nicht viel. Die Schemen ähnelten den Bildern, die ich aus dem Teleskop kannte – in jenem ersten Stadium der Beobachtung, in dem die Dinge noch nicht ganz sie selbst waren.

In der zweiten Maihälfte wurden die Tage unerträglich heiß. Die Natur des Canyons litt unter der Dürre. Die letzten Pfützen trockneten aus, mitsamt allem, was darin lebte. Selbst die stark riechenden Kreosotbüsche warfen ihre öligen Blätter ab. Livingston sagte mir, es sei die Zeit des »Trockenschlafs«, in der jede Pflanze und jedes Tier die letzten Überlebensreserven mobilisiere. Waschbären und Nasenbären holten sich sterbende Fische aus dem versiegenden Bach. Habichte griffen von oben jedes Tier an. Und auch für die Astronomen waren die

Zeiten schwierig. Die Dunkelheit währte nun nur noch wenige Stunden.

Draußen auf meiner Bank am Teich verwandelte sich die Dämmerung immer langsamer in Nacht. Dank Tom kannte ich alle Phasen und Metamorphosen dieser Stunden zwischen Tag und Nacht. Ich konnte sie beinahe so klar unterscheiden wie Tag und Nacht selbst: die »rechtliche« Dämmerung, die nautische Dämmerung, die astronomische Dämmerung. Ich konnte bewusst erleben, was in dieser Zeit mit meinen Augen geschah, das Umschalten von Farbensicht auf Restlichtverstärkung, von Zapfenzellen auf Stäbchenzellen. Zuerst gingen die Farben an den Enden des Spektrums verloren, die verschiedenen Blau-, Violett- und Rottöne. Gelb und Grün hielten sich länger. Erst wenn die Sonne achtzehn Grad unter dem Horizont stand, begann die Zeit der Nachttiere, in der wir zu hilflosen Statisten wurden. Jetzt verloren auch die Gegenstände ihre Konturen, sie entzogen sich unserer Kontrolle und fingen an, uns zu beherrschen oder uns Angst einzujagen. Das Kräfteverhältnis zwischen uns und der Welt verschob sich. Ein letztes Mal noch versuchten unsere Augen, ihren Zugriff zurückzugewinnen. Die Pupillen überdehnten sich zu großen angestrengt starrenden Scheiben, in der Netzhaut vollzogen sich photochemische Veränderungen, durch die sie noch empfindlicher wurde, aber auch das konnte nicht verhindern, dass die Dinge vor unseren Augen allmählich zu Gespenstern wurden. Sie entflohen, nahmen Abstand und wurden auf seltsame Art unberührbar. Ihre Stofflichkeit war unverändert, aber es bedurfte der Versicherung, und so empfanden wir eine trotzige Zufriedenheit, wenn wir bei Nacht einen vertrauten Gegenstand berührten.

Wie musste der Luchs, der da draußen auf der Lauer lag, die Dämmerung empfinden? Natürlich war seine Nachtsicht eine beneidenswerte Gabe. Aber vielleicht, dachte ich, wurde er dadurch auch bestimmter Empfindungen beraubt, denn die Verwandlung fand für ihn niemals statt. Für ihn blieben die Dinge immer sie selbst. Er sah ihre Umrisse, ihre Oberflächen, ihre gewöhnlichen Bestimmungen und ihre prosaischen Funktionen nachts nahezu ebenso klar wie am helllichten Tag. Die Dämmerung war für ihn nicht mehr als eine gewöhnliche Übergangszone zwischen zwei gleichberechtigten Zuständen, jeder Metaphorik beraubt. Wahrscheinlich empfand er sie als jene Zeit, in der sich ein Teil der Welt grundlos in seine Höhlen zurückzog und den Kampf aufgab.

Über dem Garagendach war ein roter Lichtschein aufgetaucht. An der Wasserstelle vorbei schlenderte ich hinüber, betrat die Garage, und zu meiner Überraschung fand ich das Dach geöffnet. Im Inneren, zwischen den Teleskopen, saß eine dunkle Gestalt, die ich zuerst für Tom hielt, aber die Stimme, die mich begrüßte, gehörte Livingston.

»Selbst auf der Suche?«, fragte ich ihn.

»Nein«, sagte Livingston. »Ich sitze nur hier. Mir war nicht nach Fernsehen zumute.«

Ich umrundete ihn und legte eine Hand auf das blaue Newton-Teleskop. »Darf ich?«

»Gerne.« Livingston rollte mit seinem Stuhl ein Stück zurück. Ich ließ den Reflektor ein wenig auf der Montierung auf und ab gleiten. Dann machte ich einen kleinen Schwenk, so dass das Teleskop und ich in Richtung Süden blickten. Dort wo der Schütze die Milchstraße streifte, waren einige prächtige Nebel zu finden. Es dauerte nicht sehr lange, bis ich den schönsten von ihnen im Bild hatte.

»Wow«, sagte ich.

»Was sehen Sie sich an?«, fragte Livingston.

»Den Trifid-Nebel.«

Livingston seufzte. »Was denken Sie, wie oft ich in meinem Leben den Trifid-Nebel gesehen habe?«

»Ungefähr tausend Mal?«

»Sagen wir lieber zehntausend. Können Sie die dunklen Bahnen erkennen?«

»Natürlich«, sagte ich, was der Wahrheit entsprach, denn sie waren recht deutlich.

Ich schwenkte das Teleskop noch einmal, ohne meine Augen vom Okular zu nehmen. Livingston wartete geduldig im Dunkeln. Ich nahm seine Anwesenheit kaum wahr. Wir waren inzwischen schon so vertraut, dass wir stundenlang gemeinsam schweigen konnten. Bald darauf stieß ich zufällig auf einen schönen aber kleinen Kugelsternhaufen, den ich noch nicht kannte.

»Zufallstreffer!«, rief ich.

»Was haben Sie?«, fragte Livingston.

»Irgendwas ganz in der Nähe des Nebels.«

»Vielleicht M 22.«

Ich räumte den Stuhl und ließ ihn an das Teleskop, um meinen Fund zu verifizieren. Livingston sagte gar nichts. Ich fragte mich, was mit ihm los war – schließlich musste er das Objekt sofort erkennen. Aber Livingston schwieg immer noch, so lang und ausdauernd, dass ich gar nicht anders konnte, als an etwas Bestimmtes zu denken. Mit jeder Sekunde, die still verstrich, wurde die unmögliche Idee in meinem Kopf verführerischer, bis ich mich kaum noch dagegen wehren konnte: Was, wenn das Objekt, das ich gesehen hatte, noch keine Nummer hatte? Was, wenn …

»Ich kann ihn nicht sehen«, sagte Livingston.

»Unmöglich«, sagte ich. »Er ist klein und hell.«

»Ich kann ihn leider …«, sagte Livingston, und seine Stimme wurde schwer, »… gerade … nicht sehen.«

»Ist er aus dem Bild gedriftet?« Wir wechselten noch einmal die Plätze, und ich fand den Haufen leicht wieder. »Da ist er doch.«

Livingston sagte schon wieder nichts. Er hatte sich auf einem Schemel neben dem Dobson niedergelassen und saß dort ganz zusammengekauert.

»Was ist mit Ihnen?«, fragte ich erschrocken.

»Die Ärzte sagen, ich verliere Nervenfasern in den Augen. Deswegen habe ich ... diese Ausfälle. Das kommt manchmal.«

»Ist das eine Krankheit?«

»Der verbreitete Ausdruck ist ›Grüner Star‹. Ein überaus passender Befund für einen Beobachter, was?« Er lachte bitter.

»Kann man das nicht operieren?«, fragte ich.

»Doch, aber es ist zu spät. Ich komme nicht mehr auf hundert Prozent. Und siebzig Prozent reichen mir nicht.«

Ich schwieg so lange, bis er wieder sprach.

»Wissen Sie, es ist ohnehin gleichgültig. Ich muss nicht mehr gut sehen. Ihr Freund Tom, er ist wirklich dafür geboren. In besseren Zeiten wäre er sehr erfolgreich gewesen.«

»Aber Sie haben auch noch eine Chance!«

»Ach, sie bauen schon die nächsten großen Automaten. In Chile, auf Hawaii. So lange, bis das kleinste Fenster für uns geschlossen ist. Gegen die neuesten Teleskope haben wir keine Chance. Das ist die Wahrheit.«

»Aber es wird immer eine Hintertür geben, das haben Sie selbst gesagt.«

»Ein Hintertürchen«, sagte Livingston. »In der Nähe der Sonne gibt es noch ein paar Flecken für uns. Aber wie viele visuelle Entdeckungen wird es noch geben. Eine im Jahr? Eine Maschine kann in einem Jahr tausende von neuen Himmelskörpern entdecken. Tausende! Im Vergleich dazu ist alles, was wir geleistet haben, eine Fußnote.«

»Das glauben Sie wirklich?«

»Ich glaube es nicht. Es passiert schon!«

Livingston schwieg eine Weile und betrachtete die zu beiden Seiten der Milchstraße über uns ausgebreiteten Flügel des Schwans.

»Ich habe alldem so viel Zeit gewidmet. Vielleicht ist das jetzt die gerechte Strafe.«

»Wieso sollten Sie bestraft werden?«

»Ich hätte meine Familie zusammenhalten können, anstatt hierzusitzen. Ich sollte bei meiner Tochter sein oder an der Universität in Tucson. Ich könnte Sozialarbeit leisten oder etwas Ähnliches. Irgendetwas an die Gesellschaft zurückgeben, bevor ich endgültig blind und unnütz werde.«

Ich sah ihn eine Weile entsetzt an.

»Aber Ihre elf Kometen werden immer Ihren Namen tragen«, sagte ich. »Das ist unauslöschlich.«

Livingston lächelte so rücksichtsvoll, als müsste er mich trösten. »Sie irren sich. Sie sind schon jetzt verschwunden.«

KAPITEL 9

In den ausgetrockneten Flussbetten am Fuße der Chiricahua Mountains war die Hitze ein Naturereignis. Tom und ich mussten die Vogelkunde aufgeben. Sämtliches Getier hatte sich in Höhlen, unter die Erde oder an einen der wenigen Schattenplätze unter den Kreosot- und Palo-Verde-Büschen verzogen. Von den wenigen natürlichen Wasserbecken, die Tom und ich vor kurzem noch beobachtet hatten, war nun nichts mehr zu sehen. Wir stolperten über heiße Steine, sahen hier und da das Skelett einer Maus oder eine Klapperschlangenhaut, und einmal konnte ich mich sogar bücken, um von dem weißen glühenden Stein den leeren Panzer einer verendeten Schildkröte aufzulesen. Ich dachte jetzt manchmal an Deutschland. Ich dachte auch an Geld. Ich konnte meine Abreise nicht mehr viel länger hinauszögern. Nach dem Rückflug musste ich ja noch die erste Zeit in Deutschland überstehen, ohne zu verhungern.

Tom dachte überhaupt nicht an Abreise. Er wollte auch nichts davon hören. Nun seien wir schon hier. Wir sollten mindestens so lange bleiben, wie es das Besuchervisum erlaube – volle drei Monate.

Und das Geld?

Ach, sagte Tom. Er lasse sich von Whistler einen Vorschuss oder so etwas auszahlen.

»Das ist doch nicht dein Ernst«, erwiderte ich. »Wir lassen uns hier von Livingston durchfüttern.«

»Ach was«, sagte Tom. »Er mag uns.« Und er wollte nicht mehr darüber sprechen.

Die Wolken bemerkten wir an einem frühen Abend nach einem unserer Ausflüge. Wir saßen mit zwei Flaschen Limonade auf der Vortreppe des Gemischtwarenladens und spürten, wie ein leiser Wind aufkam. Lose Stückchen Wacholderrinde wirbelten vor uns durch den Staub. Und über der nordöstlichen Ebene hinter den Bergen von New Mexico sammelte sich eine Dunkelheit, die nicht die Dunkelheit der Nacht war.

Später, auf dem Weg zu Livingstons Haus, sahen wir Lichter, die geräuschlos über den verfinsterten Himmel zuckten und das aufgetürmte Dunkel von hinten erleuchteten.

Ich schlief jetzt auch auf dem Speicher, da ich mir die Ranch nicht mehr leisten konnte. Während ich wach lag, hörte ich, dass der Wind immer heftiger gegen die Dachfenster drückte. Tom war draußen wie immer. Gegen eins oder zwei waren wieder die zuckenden Lichter zu sehen, und der Donner schien näher zu kommen. Ich wartete so lang, bis ein Donnerschlag die Scheibe über mir zum Zittern brachte. In dem jähen Aufleuchten sah ich Toms leere Matratze. Das Gewitter musste fast über uns sein. Was zum Teufel trieb er noch da draußen? Ich warf die Decke beiseite und zog mich an.

Das gewaltige Unwetter hatte sich bereits über uns zusammengebraut. Der Hügel hinter Livingstons Haus lag im Dunkeln. Tom musste die Lichterkette ausgeschaltet haben. Ich ging eilig hinauf, immer bemüht, in der Mitte des unsichtbaren Wegs zu bleiben. Zeitweilig war es so dunkel, dass ich meine Jacke ausziehen und als Schild vor mir hertragen musste, um nicht ungeschützt in Dornbüsche hineinzulaufen.

Als ich endlich oben angekommen war, saß Tom tatsächlich noch auf seinem Beobachtersessel. Er hatte das Dach der Hütte geöffnet und sah in die brausende Finsternis hinauf.

»Was machst du denn noch hier?«, rief ich.

»Auf den Regen warten. Sieh dir das an.«

Wir blickten beide hinauf. Es war wie in einen großen Abgrund hineinzusehen. Rund um uns hatte sich eine einzige Wolke formiert, die wie eine bösartige Riesenqualle über uns schwebte, und wir sahen direkt in die Mitte, ins schwarze Herz des Gebildes hinein. Außen an ihren Rändern zerfaserte die Wolke, der Sturm riss Fetzen von ihr, die spiralförmig auseinanderdrifteten.

»Mach doch wenigstens das Dach zu«, rief ich. »Du kannst auch unten beim Haus auf den Regen warten.«

»Stimmt«, sagte er, als fiele ihm das erst jetzt ein. Gemeinsam dichteten wir die Hütte ab, und Tom verschloss sie von außen. Es war allerdings schon zu spät. Kaum hatten wir uns in Bewegung gesetzt, begann der Regen. Es war ein Regen, wie ich ihn noch nicht erlebt hatte. Er kam plötzlich über uns herab und fiel so hart, dass der Boden um uns dampfte. Sofort bildeten sich Bäche, die links und rechts von uns den Hügel hinabrannen.

Mit viel Gebrüll rannten wir in Richtung Haus. Der Regen trieb uns in Wellen entgegen, die wie Ozeanbrecher an uns zerbarsten. Meine Angst vor den Dornbüschen vergaß ich, ich wollte mich nur noch vor dem Wasser in Sicherheit bringen. Dann, endlich, standen wir unter dem Vordach des Hauses. Der Teich hinter Livingstons Garten hatte sich schon halb in einen See mit überschwappenden Ufern verwandelt. Tom und ich schauten in das aufgepeitschte Prasseln, und ich zog Dornen aus meinem Bein.

Am Morgen sagte Livingston, die Jahreszeiten seien verrückt geworden. Der Monsun habe viel zu früh begonnen, mitten im Frühsommer. Ich fragte ihn, was das bedeute, und er sagte, dass es sehr viel Wasser bedeute. Wir müssten uns darauf einstellen, dass bald größere Unwetter kämen. Größere Unwetter? Natürlich, sagte Livingston. Was wir gesehen hätten, sei noch nichts.

Schon am Mittag rollte erneut der Donner durch den Canyon. Tom und ich beobachteten, wie die Wolken über die Kanten der Berge jenseits von Portal trieben. Der alte Herr in der Safariweste, bei dem wir die Ferngläser zurückgaben, war in gesprächiger Stimmung. Er bedauerte, dass der Regen nun schon im Frühsommer eingetroffen sei und wir unseren Urlaub leider abbrechen mussten.

Ich verstand ihn nicht ganz. »Wieso abbrechen?«, fragte ich. Es gebe doch nur vereinzelte Unwetter.

Er sah mich neugierig über die Oberkante seiner Brillengläser an. Ja, richtig, es seien nur Unwetter, aber hier von einem Unwetter überrascht zu werden, sei nicht das Gleiche wie in Europa. In der Wüste habe Wasser die Eigenschaft, rasch zu fließen. Es sammle sich in den Trockenrinnen und bewege sich auf die Nadelöhren der Canyons zu, wo es ohne jede Vorwarnung auftauche: als reißende braune Flut, die Felsen, Schutt und Baumstämme mit sich führe. Wer sie aus der Nähe erlebe, der werde niemals davon berichten können. Siebzig, achtzig Meilen weit würden die Leichen fortgespült. Wenn man sie finde, dann trügen sie keine Kleider mehr am Körper und nicht ein Knochen in ihrem Leib sei noch heil. »Wissen Sie«, schloss er seinen kleinen Vortrag, »was in der Wüste die beiden häufigsten Todesarten sind? Verdursten und Ertrinken!« Und damit verstaute er die Ferngläser in seinem Schrank und wünschte uns noch viel Freude bei unserem weiteren Aufenthalt.

Es dürfte niemanden verwundern, dass Tom und ich die nächsten Tage nicht auf ausgedehnten Wanderungen verbrachten. Selbst bei klarem Himmel blieben wir im Haus. In Douglas, hörten wir, seien Straßenabschnitte überschwemmt, die Gullys liefen über, und der Strom war ausgefallen. Es sprach wohl nichts dagegen, den Monsun auszusitzen und das Schauspiel vom Dachboden aus zu genießen.

Über New Mexico bauten sich nun täglich Cumulustürme auf, größer als alles, was ich bisher gesehen hatte. Sie warfen gewaltige Schatten durch die Luft. An den stillen Nachmittagen war es, als wäre jeder Stein mit elektrischer Spannung aufgeladen. Man wartete immer auf den nächsten Sturm. Und mit uns schien die ganze Wüste auf diese gewaltigen Ereignisse zu warten, die neues Wasser in ihre ausgetrockneten Adern pumpten. Gewitterfronten trieben auf die Berge zu und brachen sich an Felskanten, die Unwetter kämpften sich von oben in die Canyons hinein, so lange, bis die Luft endlich explodierte und die Blitze zuckten. Die Mexikaner hatten ein Wort für diese Unwetter: »Chubascos«.

Die ganze Familie rückte in dieser Zeit zwangsläufig etwas enger zusammen. Livingston und Tom begegnete ich nun viel öfter im Haus. Vor allem an Tom schien das schlechte Wetter zu nagen. Morgens, in der Zeit, die er gewöhnlich verschlief, wusste er nichts mit sich anzufangen. Abends verfiel er in ein dumpfes Brüten und studierte den Himmel mit einer Miene, als könnte er es sich nicht leisten, nur eine einzige Nacht zu verlieren.

Nun war er derjenige, der Gesellschaft brauchte. Und während Livingston meinen Freund nach Kräften mit alten Geschichten unterhielt, fühlte ich mich noch überflüssiger. Draußen ergossen sich Sturzfluten auf meine Sitzbank unter dem Dachgiebel. Mein Skizzenbuch blieb zugeschlagen. Der Beagle öffnete kaum noch ein Auge, wenn ich ihn rief.

Oben auf dem Dachboden zog ich erneut den Vorhang beiseite. Diesmal entfernte ich den großen Keilrahmen von der Staffelei und ersetzte ihn durch den kleinsten, den ich finden konnte. Dann trug ich die Staffelei mitsamt Rahmen zum Dachfenster hinüber. Livingston hatte das Licht auf dem Hügel angelassen. Die roten Lämpchen verschwammen hinter dem dunkelgrauen Regenvorhang zu einer impressionistischen Studie. Ich suchte eine rote Farbtube in der Schachtel, fand ein deckendes Zinnober, drückte etwas davon auf die Mischpalette, verstrich es mit einem feinen, runden Borstenpinsel und malte einen winzigen roten Punkt auf die leere Leinwand.

Draußen hatte das Gewitter aufgehört. Ich hörte Tom unten die Tür zuwerfen – er verlor wirklich keine Sekunde. Ich malte auch noch einen zweiten und einen dritten roten Punkt und betrachtete zufrieden die Plastizität und Rundheit der Punkte. Jetzt fiel mir auf: Schon der Anfang war verkehrt! Ich hatte wenig Erfahrung mit Öl – natürlich würden die roten Punkte später von dunkleren Farbschichten überdeckt. Ich ging noch einmal in die Ecke und kramte in den Farben. Nach einigem Suchen fand ich ein Flüssigschwarz, das als Grundierung taugte.

Mit dem breitesten Pinsel, den ich finden konnte, bemalte ich die Leinwand in regelmäßigen Bahnen, so lange, bis sie ganz schwarz war. Dort wo die Punkte gewesen waren, vermischte sich ihr feuchtes Grellrot mit dem Schwarz zu einem unterdrückten Glühen.

Das Haus war still geworden. Nicht einmal der Fernseher schien noch zu laufen. Die Ruhe in dem fremden, leeren Haus war geradezu unheimlich – bis auf ein leises, anhaltendes Winseln, das von unten kam, war nichts zu hören. War Livingston zu Bett gegangen und hatte den Beagle ausgesperrt?

Ich ging über die Treppe nach unten und fand die Couch

leer vor, Schalen mit Crackern und Getränke standen unaufgeräumt vor dem blinden Fernsehgerät. Das wunderte mich. Wenn Livingston zu Bett ging, räumte er immer auf. Der Beagle stand an der Terrassentür und sah mich vorwurfsvoll an. Dann bellte er in meine Richtung, wandte sich wieder der Tür zu und kratzte an dem Glas.

Was zum Teufel trieb Livingston? Und wo war Tom? Es mochte auf eins zugehen, die Mitte der Nacht war eigentlich nicht seine Zeit. Ich öffnete die Verandatür, der Beagle schoss hinaus in Richtung des Hügels und der Lichterketten, die still in der Nacht leuchteten. Über uns war ein großes Fenster offenen Firmaments. Ich folgte dem Hund den Hügel hinauf. Dort, wo Stufen waren, kletterte ich behutsam über die vom Regen glitschigen Steine, so lange, bis ich fast oben war und mich erneut über die Stille wunderte. Normalerweise hörte ich an dieser Stelle ein leises Quietschen, das Geräusch des Teleskops, das alle paar Sekunden weitergeschoben wurde. Diesmal hörte ich gar nichts. Ich ging die letzten paar Schritte und sah statt einer Gestalt in der Hütte zwei Gestalten. Eine saß und eine stand daneben und redete aufgeregt.

Es war Livingston, der auf dem Stuhl saß und gerade durch den Refraktor in Richtung des westlichen Horizonts sah. Und Tom redete in leisen Tönen auf ihn ein, schien ein Bild zu beschreiben, genau wie er es damals bei mir getan hatte.

»Was macht ihr da?«, fragte ich – es rutschte mir heraus wie ein Vorwurf.

»Es ist etwas passiert«, sagte Livingston. Seine Stimme war anders als sonst, heiser und zugleich ausdruckslos. Ich hatte das Gefühl, dass er um Fassung rang. Tom sagte gar nichts. Er rückte nur ein Stück von dem Teleskop ab, was ich als Einladung verstand. Ich drängelte mich neben Livingston in die enge Hütte und schaute durch das Okular.

Was ich sah, glaubte ich bereits zu kennen. Es war ein sehr heller Stern im Zentrum des Bildes. Allerdings war er wie von einem staubigen Mantel umhüllt. Ein normaler Stern war das nicht. Und für einen planetaren Nebel war der Zentralstern viel zu hell, das wusste sogar ich.

»Was ist das?«, fragte ich Livingston.

»Wir wissen es nicht genau. Wir glauben, dass etwas über dem Stern liegt.«

»Ein Komet?«

»Wahrscheinlich.«

»Ist das ein neuer.«

»Wir kennen ihn nicht«, sagte Tom.

»Ist das Bradley?«

»Der steht im Osten.«

Ich ließ meine Augen zwischen den beiden Gestalten im Dunkeln hin- und herwandern.

»Sagt mir nicht, ihr habt einen gefunden.«

Livingston zeigte nur auf Tom. »Er war es. Ich habe damit nichts zu tun.«

»Und, will nicht irgendjemand in Cambridge anrufen?«

»Nein«, sagte Livingston streng. »Wir warten, bis es sich bewegt hat.«

KAPITEL 10

Ich glaube, ich war der Einzige, der eine ruhige Nacht verbrachte. Tom kam in den frühen Morgenstunden auf den Speicher, um sich hinzulegen, und als ich mir später in der Küche ein kleines Frühstück aus Toast und Cornflakes zubereitete, hörte ich Livingston in der Stube telefonieren. Ich warf einen Blick durch die Tür und sah, dass er an seinem Sekretär über einem Stapel ausgedruckter Blätter und Fotografien saß. Das Telefon war auf Lautsprecher gestellt und der Mann am anderen Ende der Leitung hatte einen französischen Akzent. Es ging um Parabeln und Hyperbeln, Umlaufzeit und Inklination. Es schien ein ganz neuer Livingston zu sein, der da telefonierte, ein international anerkannter Experte mit besten Kontakten.

Ich machte mir einen Kaffee und ließ ihn in Ruhe seine Arbeitsgespräche führen. Mit einem Ohr hörte ich zu: Prograd und retrograd, Perihel und Aphel. Einer seiner Gesprächspartner klang japanisch, wenn ich mich nicht täuschte. Nur mit äußerster Vorsicht wagte ich, mich ihm zu nähern.

»Also hat es sich bewegt«, fragte ich ihn zwischen zwei Telefonaten.

Livingston nickte mir zu. »Hat es.«

Als auch noch Tom vom Speicher nach unten kam, wurde es

hektisch. Das Haus verwandelte sich in eine militärische Krisenreaktionszentrale. Tom wollte die Neuigkeiten hören. Tom brauchte den Rechner. Tom musste ins Internet. Tom suchte Karten. Tom klebte wie ein Schatten an Livingston und stand die ganze Zeit neben ihm, wenn er telefonierte. Ich kam mir überflüssig vor und beschloss, die beiden für eine Weile sich selbst zu überlassen und zum Laden hinunterzufahren. Dort aß ich eine Suppe und las die Zeitungen vom Vortag. Erst an der eigenartigen Spannung, mit der ich die Neuigkeiten überflog, bemerkte ich, dass ich mich längst hatte anstecken lassen. Natürlich druckten der Arizona Daily Star und der Tucson Citizen keine astronomischen Meldungen. Aber auf jeder neuen Seite, die ich aufschlug, erwartete ich, einen Hinweis auf das neue Leuchtobjekt zu finden.

»Wie geht es Daniel?«, wollte Rose wissen, die mir Kaffee brachte.

»Er wirkt etwas nervös heute.«

»Ach«, sagte sie und machte ein besorgtes Gesicht.

»Nur die Sterne«, sagte ich und deutete mit einem Finger nach oben. Das beruhigte sie. Nichts Ernstes.

Die Konferenzen nahmen den ganzen Tag in Anspruch. Der internationale Experte, der einst unser freundlicher Hausherr Livingston gewesen war, tauschte sich mit Mr. Marsden vom Kleinplanetenzentrum aus, er stimmte sich mit Mr. McMillan vom Kitt Peak Observatorium ab und holte Meinungen verschiedener Amateur-Astronomen ein, die auch etwas über Parabeln und Hyperbeln zu sagen hatten. Dazwischen machte er sich Unmengen von Tee, ging im Haus auf und ab und brachte sogar den Beagle vor Nervosität zum Bellen.

Am späten Nachmittag wurden mir erste Ergebnisse präsentiert, und schon an Toms Gesicht sah ich, dass eine Enttäuschung bevorstand: Wir waren nicht die Einzigen, die das neue

Objekt am Himmel gesehen hatten. Die erste Meldung war von »Spacewatch« ergangen, dem Überwachungsprogramm des Kitt Peak Observatoriums. Auch andere der hochempfindlichen Kameraaugen, die den Himmel jede Nacht überwachten, hatten es gesehen. Tom war zwar der einzige menschliche Beobachter gewesen, der es frühzeitig entdeckt hatte, aber für eine Namensnennung war der Abstand zu groß. Er war mindestens eine Nacht zu spät dran.

»Eine Nacht«, wiederholte Tom und ließ seine Kiefer mahlen.

Der neue Name des Objekts, den Livingston bekannt gab, klang sehr umständlich: »Spacewatch Linear L1«. Tom mahlte nur weiter mit den Kiefern und starrte betreten aus roten Augen.

»Das ist überhaupt kein Name«, sagte ich.

»Nein«, sagte Livingston und schlug Tom auf die Schulter. »Das ist kein Name. Wir nennen ihn Eisenroth 3.«

Eisenroth 3, es war nicht nur ein Trost. Darin steckte ein großer Teil Wahrheit, und darauf bestand Livingston. Nach den alten Regeln der Jäger war nur eins entscheidend: Tom hatte den Kometen gesehen, noch bevor die erste offizielle Meldung ergangen war. Er hatte ihn ohne fremde Hilfe gefunden. Und Livingston sagte, er werde dafür sorgen, dass die Welt davon Wind bekam.

An diesem Abend öffneten wir eine Flasche Wein und stießen auf den Besucher an. Alles sprach dafür, dass es einer jener Kometen war, die mehrere tausend oder sogar zehntausend Jahre brauchten für einen Umlauf um die Sonne. Livingston bezweifelte, dass dieser hier überhaupt je in ihre Nähe gekommen war. Draußen in der Oort'schen Wolke, im kältesten Weltall, zweihundert Mal weiter von der Sonne entfernt als Neptun, der fernste Planet, schwebten Millionen solcher Bälle aus Eis und Staub. Warum sie überhaupt je von dort aufbrachen, wusste noch niemand. Man nahm an, dass es galaktische Gezeiten waren, die sie antrieben, vorüberfliegende Sterne oder Kollisionen mit interstellaren Materiewolken. So wurden sie aus der ewigen Kälte auf Kurs in Richtung der Sonne geworfen und neu geboren, aus »kometaren Körpern« wurden Kometen. Und was wir sahen, war vielleicht eins dieser jungfräulichen Objekte. Ein Komet, der zum ersten Mal in seinem langen Leben zu leuchten begonnen hatte.

»Meinen Sie, er bekommt noch einen Schweif?«, fragte ich Livingston, als wir an jenem Abend in der Garage die Position von Eisenroth 3 überprüften. Der staubige kleine Ball hatte sich inzwischen um ein halbes Grad weiterbewegt. Er schien Livingston mit Stolz zu erfüllen.

»Er wird wohl nahe genug rankommen. Hoffen wir, dass ihm nicht die Luft ausgeht.«

Ich betrachtete eine Weile stumm den unauffälligen Schneeball. Sehr bald würde er groß und hell werden, und vielleicht würden dann noch mehr Menschen darüber sprechen, und Toms Name wäre untrennbar damit verbunden. Ich wollte Livingston eine Frage stellen, aber ich musste sie im Kopf hin und her wälzen und vorformulieren, bevor ich mich traute: »Glauben Sie, dass das ein Symbol ist?«

Er wandte sich von seinem Teleskop ab und mir zu. »Wie meinen Sie das?«

»Ob sein Auftauchen etwas bedeutet.«

»Das bezweifle ich«, sagte Livingston.

»Aber alles an den Kometen sieht aus, als hätte es eine symbolische Bedeutung.«

Livingston blickte wieder durch sein Okular. Dann sah ich ein mildes Lächeln über sein Gesicht wandern.

»Wissen Sie«, sagte er. »Es ist nicht schwierig, sie als Metapher zu verstehen. Viel schwieriger ist es, sie als Tatsachen zu verstehen.«

Ein neuer Stern, ein neuer König: Für uns bekam der alte Aberglaube eine ganz eigene Bedeutung. Tom war plötzlich ein gefragter Mann. Auch er saß nun ständig am Telefon, um mit Reportern der Wissenschaftsmagazine, ahnungslosen Tageszeitungsschreibern und mit Mr. Marsden vom Kleinplanetenzentrum zu sprechen. Livingston hatte Wort gehalten. Er sorgte dafür, dass die Welt davon erfuhr.

Bradfield übersandte Glückwünsche aus Australien, Murakami meldete sich per E-Mail, der berühmte Mr. Levy und sogar die berühmte Mrs. Shoemaker (Shoemaker-Levy 1 bis 9) riefen direkt an und erkundigten sich nach dem begabten jungen Mann. Das alte Netzwerk der Kometenjäger funktionierte immer noch. Plötzlich nahmen sie Gestalt an, plötzlich kamen sie aus ihren Höhlen, all die Menschen, die ich bislang nur aus Toms Legenden kannte.

Und das bedeutete, Tom war in ihre Reihen aufgenommen.

Er war jetzt einer von ihnen.

Aber auch Livingston hatte sich verändert.

Tagsüber redete er nur noch in Versen und Shakespeare-Zitaten: »Hung be the heavens with black, yield day to night!«, deklamierte er singend. »Comets, importing change of times and states. Brandish your crystal tresses in the sky.« Heinrich der Vierte? Nein, der Sechste! In den hellwach blitzenden Augen hinter seinen Brillengläsern erahnte ich plötzlich den jungen Mr. Livingston, den ich bisher nur aus Erzählungen kannte. Und wie die Kojoten nachts um seine Wasserstelle schlichen, begann Livingston seine Teleskope zu umkreisen.

Der Jagdinstinkt begann sich zu regen. Wir konnten zusehen, wie sein altes Leben langsam wieder Besitz von ihm ergriff.

Abends blieb seine Couch jetzt meistens leer, die Fernsehserien musste ich allein sehen. Ich fand ihn in der Garage im Rotlicht. Zwischen hochgefahrenen Rechnern und ausgebreiteten Sternkarten saß er da und sah mich schuldbewusst an, als hätte ich ihn bei etwas ertappt.

Wenn er und Tom glaubten, unter sich zu sein, redeten sie nur noch über Sonnenwind, Lichtdruck und Fluoreszenz. Wenn sie bemerkten, dass ich ihnen zuhörte, taten sie dasselbe. Ich erkannte Livingston, meinen Freund und umsichtigen Gastgeber, nicht wieder. Unter meinen Augen schien er sich in jemanden zu verwandeln, der Tom verblüffend ähnlich war. In einen Verrückten. Nach dem Abendessen, wenn ich sie ohne Widerrede entließ, stahlen sich die beiden hinaus, in einer exaltierten Stimmung wie Teenager am Samstagabend, und am späten Vormittag saßen sie beide mit roten Augen in der Küche.

Und endlich begriff ich: Unsere gemeinsame Reise war zu Ende. Sie brauchten mich nicht mehr.

Der Canyon sah aus, als hätten wir tausend Jahre verschlafen. Tom und ich erkannten das Land kaum wieder, als wir an einem wolkenfreien Vormittag eine Wanderung unternahmen. Die alte Vegetation war teilweise verschwunden, und dafür hatte sich eine neue gebildet: Farne wuchsen im Schatten der Felsen, und in den ausgewaschenen Bachbetten, durch die die Fluten gegangen waren, lag eine Spur aus Tonscherben, Sand und Steinen. An den bleichen Stämmen der Sykomoren schob sich meterhoch der angespülte Schutt empor, ein paar der mächtigsten Bäume fanden wir bis zu den Wurzeln freigelegt oder umgeknickt. Vom Wasser selbst sahen wir nicht viel. Es war gekommen und wieder gegangen. Hier und da umrundeten wir brackige, braune Tümpel voller Erdreich, das vielleicht aus irgendeinem anderen Teil Arizonas hierhergespült worden war.

Tom kam mir sehr gelöst vor, am Vorabend hatte er zum ersten Mal seit vielen Wochen mit seinem Vater gesprochen und erfahren, dass der Verkauf des Teleskops Fortschritte machte. Nach der Besichtigung, die sehr rasch und ohne viele Worte verlaufen war, hatte Sid Koenig ihm sofort einen Vertragsentwurf ausgehändigt. Whistler machte nur ein einziges Angebot. Über 250.000 Dollar – genügend, um sämtliche Bankschulden und privaten Verbindlichkeiten zu begleichen.

»Mein Vater kann jetzt praktisch von vorn anfangen«, sagte Tom. »Er steht wieder bei null. Jetzt kann er neue Schulden machen.«

Am Eingang des Canyons kletterten wir ein paar Felsvorsprünge hinauf, um die Folgen des Regens von oben zu betrachten. Es musste eine ziemlich große Flut hindurchgegangen sein. Im Blattwerk der Pappeln, die unten am Rande der Felsen standen, hatten sich Wurzeln und fremde Äste verfangen, die fünf oder sechs Meter hoch hingen.

»Wirst du heimfahren?«, fragte ich ihn.

»Nein«, sagte Tom. »Livingston kann hier bestimmt noch etwas Hilfe brauchen. Die Tage werden ja wieder kürzer.«

»Wenn du noch länger bleiben willst, brauchst du ein Visum«, sagte ich zu Tom. »Oder eine Green Card.«

»Ich hab darüber nachgedacht«, sagte Tom.

»Und?«

»Wenn Sid Koenig sagt, dass er mich braucht, könnte ich noch ein befristetes Visum kriegen.«

Ich lachte. »Wieso sollte er das machen?«

»Wir haben es so verabredet«, sagte Tom. »Sonst hätte er das Teleskop nicht bekommen.«

»Ach du meine Güte«, sagte ich und sah ihn verwundert an. Ich hätte ihm alles zugetraut, aber das nicht.

»Und du?«, fragte Tom.

»Ich muss wohl fahren«, sagte ich zu ihm. »Außer ich arbeite auch für Sid Koenig.«

Wir lachten beide. Tom sah zu Boden und kickte losgelöste Stückchen Wacholderrinde durch die Gegend.

»Du könntest an der Green-Card-Lotterie teilnehmen«, sagte er.

»Nein«, sagte ich. »Das werd ich bestimmt nicht.«

»Aber eine bessere Gegend als hier findest du nicht.«

»Ich denke, ich kann überall arbeiten.«

»Und was ist mit deinen Zeichnungen?«

»Zu Hause zeichne ich aus dem Gedächtnis weiter.«

»Tja«, sagte Tom. Und mehr sagte er nicht dazu.

Inzwischen hatten wir die Oberkante des Canyons erreicht und konnten weit über die verwüstete Landschaft blicken. Wir gingen ein Stück über das Plateau und versuchten, auf der anderen Seite hinabzusteigen in einen Nebencanyon. Es war schon später Nachmittag, als wir noch immer zwischen hohen Pinyon-Kiefern in den Bergen herumkletterten. Ich blickte an den glatten steilen Felszinnen hinauf, wo die üblichen Raubvögel über uns kreisten, und sah einen großen Vogel lautlos durch einen Spalt segeln und in unsere Richtung herabsinken. Dann zog er über uns vorbei und schwebte den Hang entlang, wo ich ihn im Sonnenlicht verlor. Es kam mir vor, als hätte ich einen Moment lang ein leuchtendes Rot gesehen.

»Da war ein interessanter Vogel«, sagte ich und blinzelte enttäuscht in Richtung der Sonne, wo er verschwunden war. Tom hatte mich gar nicht gehört. Er war zu weit vorausgegangen.

Plötzlich glaubte ich, über mir einen Flügelschlag zu hören, und sah zu den Baumwipfeln auf.

Kein roter, ein dunkelgrüner Vogel landete gerade in den Ästen einer Kiefer. Ich wollte Tom ein Signal geben, aber hätte ich gerufen, wäre der Vogel bestimmt aufgeflogen. Also nahm ich nur mein Fernglas und versuchte, ihn ins Visier zu bekommen. Durch das raschelnde trockene Gras pirschte ich näher an die Kiefer heran, so lange, bis ich mich genau unter ihm vermutete und einen Blick durch das Glas werfen konnte. Ich zuckte zusammen, denn über mir war ein tiefroter Fleck wie eine reife Tomate. Es war die Brust des Vogels, die derart leuchtete. Seine Kehle und sein Gefieder hatten einen edel schimmernden, phosphoreszierenden Grünton, und über die blutrote Brust lief ein weißes Band. Ich starrte ihn einige Sekunden mit einer kaum zu beschreibenden Verblüffung an, dann senkte er sein Haupt mit einem Zucken, als habe er etwas bemerkt, und flatterte davon.

So kam es, dass ich mich eines Nachmittags auf der staubigen Kreuzung neben dem kleinen Straßenschild mit der Aufschrift »Comet trail« von Livingston verabschieden musste. Er war uns mit dem Beagle nachgekommen, Tom wollte mich mit dem Wagen nach Los Angeles bringen. Wir machten alle keine große Affäre daraus und besprachen lieber Reiserouten und Hotels, Terminals und Gates. All die Nebensächlichkeiten, über die man redet, wenn der Abschied näher rückt. Livingston fragte mich erneut, ob ich die von ihm ausgedruckten Flugpläne eingesteckt hätte (ich hatte sie zwei oder dreifach in der Reisetasche). Er versprach auch, dass er mir die wenigen größeren Skizzen und Zeichnungen, die nicht in meine Tasche passten, nachschicken würde, und wenn es das Letzte sei, was er tue. Ich schüttelte seine Hand und sagte ihm, dass ich eines Tages, sollten Geld und Zeit es erlauben, nichts lieber tun würde, als nach Portal zurückzukehren. Aber als ich es sagte, wusste ich, dass wir uns nicht mehr sehen würden.

Er entließ mich mit einem halbherzigen Schulterklopfen, aus dem schließlich eine Umarmung wurde. Er patschte ein paar Mal mit der Hand gegen meinen Rücken und sagte mir, ich solle niemals zögern, mich bei ihm zu melden, wo auch immer ich sei. Dann war es so weit, und ich stieg zu Tom ins Auto. Als er den Motor startete und anfuhr, rief Livingston mir den Abschiedsgruß der Beobachter nach: »Clear Skies!«

»Nervös?«, fragte mich Tom auf der Straße kurz vor dem Texas Canyon. Es war ein klarer Sommerabend, am Rand des Freeway reckten die Ocotillo-Bäume ihre Oktopusarme in den leeren blauen Himmel.

»Geht so«, sagte ich. »Warum fragst du das?«

»Es ist dein erstes offizielles Date mit einer Frau seit wir uns kennen.«

Tom hatte Recht. Ich hatte Claire geschrieben, dass wir in L.A. sein würden, und für den nächsten Mittag noch ein Treffen vereinbart.

Ich lachte zuerst, aber dann kam ich ins Nachdenken. »Wie lang kennen wir uns jetzt?«

»Seit September … seit deiner Verlobung etwa.«

»Mein Gott«, sagte ich, ohne auf den Spott einzugehen. Ich konnte nicht glauben, dass ich Tom noch nicht einmal ein Jahr kannte. Es kam mir wie eine Ewigkeit vor.

Wir fuhren schweigend weiter. Draußen rauschten Palo-Verde-Büsche vorbei. Ein impressionistisches Bild aus verwischten grünen Farbflecken.

»Lädst du mich das nächste Mal ein?«, fragte er.

»Na klar mach ich das.«

Tom fuhr die ganze Nacht durch, und am Morgen roch ich den Pazifik. Danach fuhren wir noch eine Stunde westwärts durch Vororte. Claire hatte uns als Treffpunkt ein kleines Hotel in Silverlake empfohlen, das Tom für eine Nacht beziehen konnte. Mein Flieger würde zwar schon am Abend starten, aber Tom hatte noch einen weiteren Tag in L.A., um mit Koenig über seinen Visumantrag zu sprechen. Als wir pünktlich gegen elf eintrafen, fanden wir die Lobby und das Café leer vor. Wir fragten an der Rezeption nach Toms Zimmer und erfuhren, dass es noch nicht bezugsfertig war. Das Hotel sprach für Claires guten Geschmack. Es war eine angenehmes kleines Gebäude mit einem grünen Garten und hölzernen Fensterläden.

Wir setzten uns in die tiefen roten Sessel der Lobby. Die wenigen anderen Gäste waren nicht älter als wir, es waren Studenten auf großer Fahrt und abgemagerte Gitarrenkofferträger, die aussahen, als stünde der Durchbruch schon seit einiger Zeit kurz bevor. Ein paar Hipstertypen ließen ihre schwarzen Stirnfransen über Kaffeebecher hängen und tippten Buchstaben in ihre Laptops. Verträumte Möchtegernbeatniks allesamt.

»Was machen wir jetzt?«, fragte Tom.

»Wir warten hier, was sonst?«

Tom lehnte sich müde zurück. »Nicht grade pünktlich.«

»Du kannst ja fahren«, sagte ich. Die Nervosität machte mich schroff.

Wir bestellten Eiskaffee und warteten noch eine geschlagene Stunde. Dann kam Claire endlich durch die große Schwingtür herein.

Meine Aufregung kehrte sofort zurück. Sie trug eine blauschwarz karierte Bluse mit bis zu den Schultern hochgerollten Ärmeln und eine schmale schwarze Jeans, dazu zitronenfarbene Converse Allstars. Ihr Gesicht war gerötet, die Augen müde.

Ich stand auf und ging ihr entgegen. Sie sah mich mit einem

Lächeln an, wie eine Verkäuferin, die kurz vor Ladenschluss ihren schwierigsten Kunden trifft, und ließ ihre Tasche auf den Boden fallen.

»Willst du dich setzen?«, fragte ich.

»Allmächtiger«, sagte Claire mit einem tiefen Seufzer.

»Was ist?«

Sie erzählte irgendetwas von Umleitungen, brennenden Autowracks auf dem Freeway und der verfluchten Klimaanlage. Dann streifte sie meinen Arm im Vorbeigehen mit ihrer Hand und ließ sich in einen Sessel plumpsen, direkt neben Tom, den sie nicht zu bemerken schien.

»Habt ihr schon eingecheckt?«, fragte sie und sah sich angestrengt in der Lobby um.

»Nein«, sagte ich. »Ist egal, wir können es später noch machen.«

»Viel Rot hier.«

»Ich dachte, du kennst das Hotel.«

»Ähm«, sagte Tom aus der Tiefe seines Sessels.

»Du erinnerst dich«, sagte ich und zeigte auf ihn. »Das ist mein Freund Tom.«

Sie drehte ihren Kopf zur Seite. »Oh, hi Tom.«

»Hi«, sagte Tom.

»Vielleicht möchtest du erst mal aufs Zimmer gehen und duschen«, schlug sie vor. »Wir könnten ja dann noch gemeinsam rumziehen. Oder Tom?«

»Ich denke, ich werd mal zu Koenig fahren«, murmelte er auf Deutsch.

»Ach was«, sagte Claire, die ihn wohl verstanden hatte. »Was habt ihr da?« Sie zeigte auf unsere Gläser.

»Eiskaffee.«

»Gut«, sagte sie. »Ich trinke jetzt gleich einen mit euch, und dann ziehen wir los.«

Draußen auf der Straße ging Claire zwischen uns beiden. Sie hatte sich bei mir untergehakt und wollte von Tom hören, was es »Neues in der Galaxis« gebe. Ich glaube, er nahm die Frage wirklich ernst, aber ehe er ihr von eben entdeckten Exoplaneten und Flussbetten auf dem Mars erzählen konnte, wechselte sie schon das Thema und wollte über die Wüste reden.

Ich begann ihr ausführlich von der Wüste in Arizona und ihrer Vegetation zu erzählen.

»Rund um L. A. ist Wüste«, warf sie ein. »Ist nicht so, dass ich noch nie dort war.«

»Aber ihr habt keine Riesenkakteen.«

»Wir haben Joshua Trees.«

»Ihr habt keine Klapperschlangen.«

»Wir haben Klapperschlangen.«

»Ihr habt keine Apachen. Und keine Javelinas.«

»Jave-was?«

»Nabelschweine. Sie laufen in Arizona in den Canyons rum.«

»In Ordnung. Das ist neu«, gab sie zu.

Das Diner, das uns Claire für den Lunch empfahl, hatte eine unprätentiöse amerikanische Speisekarte. Claire bestellte den größten Burger, und während wir warteten, erzählte ich ihr die ganze Geschichte. Ich erzählte ihr von Flagstaff und den Vulkanen. Von Whistler und von Rhada Anand, von Percival Lowell, der Marsstädte gesucht, von John Loeb, der auf uns geschossen, und seinem Hund, der mich Gott sei Dank nicht gebissen hatte. Tom, der meine Version der Geschehnisse zum ersten Mal hörte, musste ebenso oft lachen wie Claire. Hier und da unterbrach er mich mit kurzen Korrekturen: Nicht er hatte das Gewehrfeuer angezogen! Ich hatte mich verdächtig verhalten. Nicht er hatte in dem verlassenen Haus schlafen wollen! Ich sei nicht mehr transportfähig gewesen. Claire wollte meine Verletzungen sehen und ich stand auf, um ihr stolz den immer noch violetten Abdruck oberhalb meines Steißbeins zu zeigen. Dann gelangte ich zum Streit zwischen mir und Tom. Ich erzählte ihr, wie unser Auto in hohem Bogen durch den Canyon geflogen und in einem Bach gelandet war. (Nicht *er* habe das Steuer in der Hand gehabt, erwähnte Tom). Ich übertrieb die Flughöhe keineswegs, weil die Geschichte auch so drastisch genug klang, und tatsächlich sah ich Spuren von Zweifel in Claires Gesicht.

»Aber ihr seid nicht wirklich geflogen«, sagte sie.

»Doch«, bekräftigte Tom nun ausnahmsweise. »Wir waren in der Luft.«

Den Rest des Tages fuhren wir am Pazifik umher. Wir kurvten hinauf in den Pacific Palisades Park, von dem aus man die Klippen von Santa Monica und den dunkelblau bewegten Ozean überblickte. Und wir gingen noch einmal auf den Pier. Abseits des Vergnügungsparks auf dem langen Steg, der weit hinaus ins Wasser führte, war es fast still. An der Balustrade lehnten lange Reihen geparkter Mietfahrräder mit rot-weißen Sätteln und Weißwandreifen. Die Möwen torkelten uns träge entgegen, saßen auf den weißen Betonpapierkörben herum und suchten Reste von Hotdogs, Popcorn und Zuckerwatte. Einige liefen mit herabhängenden weißen Zuckerfäden im Schnabel über die Bohlen des Piers.

Wir gingen bis zum äußersten Ende des Piers, zu dem kleinen Häuschen mit seiner Funkantenne auf dem Dach und dem Beladekran.

In der Ferne kletterten still die gelben und blauen Gondeln des Riesenrads in die Höhe, jede überwölbt von einem kleinen Schirmchen. Ein eigenartiger Friede herrschte hier draußen. Es lief wieder Musik, aber der frühlingshafte Wind schien sie landeinwärts zu wehen, wie um uns mit den Geräuschen der See allein zu lassen. Wir blieben so lange, bis am Riesenrad und an den alten Karussells die Lampen zu brennen begannen, und dann noch länger, bis die gebogenen Laternen am Pier angingen.

Als ich zum Flughafen aufbrechen wollte, hatte Tom plötzlich eine Schachtel in der Hand. Eine quadratische Schachtel, die er in beiden Händen hielt und mir überreichte.

»Was ist das?«, fragte ich.

Die graue Verpackung war mit Kreppband überklebt, so dass ich keine Aufschrift lesen konnte. Ich machte sie auf, entfernte ein Styroporstück, und darunter kam ein Radio zum Vorschein – eine rote Box mit einer großen Skala und einem Plastikdrehknopf für die Sendersuche. Auf dem Radio stand: »High Sensitivity 5 Band AM/FM/SW World Receiver.«

Ich war überrascht und gerührt: »Danke Tom.«

»Du weißt ja, wie es funktioniert.«

Ich legte die Batterien ein, die in einer Tüte dabeilagen, schaltete das Radio an und suchte im UKW-Band herum. Auf den meisten Frequenzen hörte ich nur Stimmen, die über Politik redeten, unterbrochen von der ein oder anderen Rocknummer. Tom schnappte sich das Radio, zog die Antenne zu voller Länge aus und schaltete auf Langwelle. Der Klang war sofort ein anderer, ein vielstimmiges Rauschen und Wispern. Zahlreiche Signale wurden erfasst und gingen sofort wieder verloren. Stimmen erhoben sich, sagten ein paar Worte und fielen in das Rauschen zurück, aus dem sie gekommen waren. Ein paar Mal hörten wir vertraute Lieder.

»Stopp«, rief Claire plötzlich.

Tom und ich betrachteten sie erstaunt. Aus dem Radio kam ein einfaches Lied, eine volkstümliche Weise mit einer slawischen Melodie.

»Ist das Russisch oder so was?«, fragte ich.

»Das ist aus Bulgarien«, sagte Claire und hörte aufmerksam zu. »Meinst du das Signal kommt aus Europa?«, wandte sie sich an Tom.

»Kann schon sein.«

»Vielleicht sind wir die entferntesten Hörer, die das gerade empfangen«, sagte sie feierlich.

Tom drehte den Ton etwas lauter und versuchte, das Signal noch besser hereinzubekommen. Er schwenkte die Antenne, wobei das Lied sofort verschwand und das Rauschen krachend laut wurde.

»Oh nein«, riefen wir alle.

Vorsichtig brachte er die Antenne wieder in die ursprüngliche Position, und das kleine Lied kehrte zurück.

Claire sprang auf, machte ein paar Schritte rückwärts über die hölzernen Bohlen, dann gab sie uns ein Handzeichen. Tom verstand nicht gleich, aber ich stand auf und nahm ihre ausgestreckte Hand. Claire zeigte mir ein paar Tanzschritte. Das heißt, sie begann einfach zu tanzen, mit hoppelnden Schritten, die uns mal in die eine, mal in die andere Richtung führten. Ich vermute, es war ein bulgarischer Volkstanz, den ihre Eltern ihr gezeigt hatten. Ich hielt einfach Schritt, das Lied war nicht sehr schnell, und versuchte mich nicht zu verheddern, während sie die korrekten Schritte ausführte und meine Hand hielt. Es machte Spaß, ihre Hand zu halten, und ich umfasste nun auch ihre Hüfte fester, ein paar Mal gelang mir zufällig eine Schrittfolge, die zu ihrer passte. So bewegten wir uns hin und her über den Platz, in einer bäuerlichen Tapsigkeit, die vielleicht ein richtiger Tanz war, vielleicht auch nicht.

Als das Lied zu Ende war, klatschte Tom Beifall. Claire ließ meine Hand los und forderte ihn auf, an meine Stelle zu treten. Aus dem Radio kam ein neues Lied, das etwas langsamer war und eine andere, bedächtigere Art von Hoppeln erforderte. Ich musste lachen, als ich die beiden sah, Claire, die dem Bäuerlichen einen Rest von Grazie abrang, und Tom, der etwas verzweifelt mal in die eine mal in die andere Richtung ausschlug, anstatt sich mit ihr zu bewegen. Es war ein Zweikampf, den keiner gewinnen konnte. Am Ende des Songs hatte sie ihn kleingekriegt. Tom ergab sich in den Rhythmus und ließ sich von ihr führen, indem er andächtig und stoisch über ihren Kopf hinwegblickte. Manchmal traf ihn ihr vergnügter Blick, dann lachten beide, und Tom konnte nicht anders als rasch wegzusehen.

Auf dem Weg zum Flughafen saß Tom neben mir. Claire, allein im Fond des Wagens, zog uns abwechselnd auf. Es war plötzlich eine seltsame Vertrautheit zwischen den beiden. Als wir am Terminal ausstiegen, lief Claire zwischen uns und bedachte uns beide gleichzeitig mit Berührungen, und als es endlich so weit war und wir uns am Gate vor den Metalldetektoren umarmten und ich weiterging, während Tom mit Claire zurückblieb, beide winkend, fragte ich mich endgültig, ob er das Ganze so eingefädelt hatte. War es mir nicht gleich seltsam vorgekommen, dass er den ganzen Weg bis nach L.A. hatte fahren wollen?

Ich hatte noch viel Zeit, mir darüber Gedanken zu machen.

Nach der Kontrolle ging ich auf in der typischen Langeweile der Flughäfen, in all dem Warten, Nachrichtenschauen, Gatesuchen, nochmals Warten, Zeitschriftenkaufen, Wasserkaufen, Irisches-Bier-Trinken und den vielen kleinen Kontrollen, bis hin zum letzten nochmaligen Vorzeigen der Bordkarte und des Reisepasses, all den Ritualen, die kluge Menschen erfunden haben, um Übergange zu schaffen und uns zurück in die gleichförmigen Rhythmen des Alltags zu wiegen.

Als die Maschine aufstieg und die orangefarbenen Lichter von LAX unter uns in dem großen Lichtermeer aufgingen, musste ich trotzdem wieder an Claire denken. Oder an Tom. Ich weiß es nicht mehr. Und als Los Angeles schließlich hinter uns zu einem gleißenden Streifen wurde und in die Nacht zurückfiel, spürte ich doch Trauer.

Es kam mir vor, als ließe ich mit dem verschwindenden Gürtel aus Lichtern das Leben selbst für immer hinter mir und flöge einer unbekannten Schattenexistenz entgegen.

KAPITEL 11

Mein Gefühl trog mich nicht. Bei meiner Ankunft verspürte ich die gleiche Ernüchterung wie ein Kinobesucher beim Verlassen des Saals – in jenem schrecklichen Moment, wenn man nicht fassen kann, dass die Welt all dem Erlebten zum Trotz unverrichteter Dinge ihren langweiligen Lauf geht. In Deutschland höhlte niemand einen Vulkan aus. Und niemand träumte von Pyramiden auf dem Mars. Stattdessen waren immer noch alle damit beschäftigt, Anträge bei der Bundesanstalt für Arbeit einzureichen oder über den Bahnvorstand zu schimpfen. Die Menschen sahen aus wie Schatten, und das lag nicht nur am fahlen mitteleuropäischen Licht.

Anfangs nahm ich mir vor, irgendwie dagegen anzukämpfen, die letzten Monate als Lektion im Kopf zu behalten gegen die grassierende Trostlosigkeit und Schicksalsergebenheit in diesem seltsamen kleinen Land. Aber die Idee war wahrscheinlich ziemlich naiv. Sollte ich mich für immer dazu zwingen, im Widerspruch zu meinem Alltag zu leben? Besser war es, mich wieder in ihm zurechtzufinden.

Ich fuhr morgens wieder mit dem Fahrrad am Hochufer und am Wehr entlang. Ich ging abends wieder ins »Mahagony«. Ich rief die alten Freunde wieder an. Sie hatten gar nicht mitbekommen, dass ich weggewesen war. Ich rief Ulrich Holstein an. Sein Vater hatte ein Projekt, über das er schon die ganze Zeit mit mir hatte reden wollen: ein illustriertes Buch über die Tiefsee.

Ich fing an, abends in München auszugehen. Es war beschaulich wie immer, aber ich wollte es mir aufregend trinken, am besten mit anderen Leuten, die die gleiche Idee hatten. Schon beim ersten Versuch traf ich auf alte Bekannte. Constanze und Vera standen an einer langen Theke, flankiert von zwei jungen Männern, die ich nicht kannte. Ich erschrak, als ich begriff, dass die vier zusammengehörten. Sie bildeten einen fröhlichen kleinen Zirkel.

Constanzes Begleiter war jung, vielleicht in Toms Gegend, aber im Vergleich zu ihm hatte Tom das Charisma eines wettergegerbten Abenteurers. Die babyblauen Augen, die unschuldige Stirn, die sorgsam geschnittenen und dann wieder in Unordnung gebrachten Rebellenhaare, alles an ihm rührte mich. Wie ein Küken unter einer Wärmelampe. Ich hätte kaum für möglich gehalten, dass Constanzes Geschmack sich noch einmal radikal verjüngt hatte. Veras Begleiter war irgendwie das Gegenteil, aber irgendwie auch das, was ich erwartet hatte: der ältere intellektuelle Typ. Sogar schon ein bisschen angegraut. So ein V-Ausschnitt-Pullunder-Mann mit Hornbrille. In meinem Kopf hieß er Sven.

»Philipp!« Vera sah mich erst, als ich direkt vor ihr stand.
»Hallo Vera.«

Die himmelblauen Augen und die Hornbrille blickten weiter irgendwohin, nahmen keine Unterbrechung im Programm wahr.

Ich zog Vera zur Seite. »Wer sind denn die?«

»Wieso? Freunde. Von Constanze.«

Ich sah ihr in die Augen. Ihr Lächeln löste sich von den Rändern her auf.

»Oh nein, fang jetzt nicht so an!«, rief sie.

»Ich fang doch gar nicht damit an. Was macht deine Promotion?«

»Fertig.«

»Gratuliere, Frau Doktor.« Ich hielt ihr mein Glas hin, und wir stießen an. Meine Augen wanderten zu Constanze, die mir ein unsicheres Lächeln zuwarf. Ich lächelte zurück.

»Wann bist du zurückgekommen«, fragte Vera.

»Vor einer Woche.« Ich begann zu erzählen, von Tom, von seinem Verkaufserfolg, von den Abenteuern mit Livingston. Es klang alles seltsam fade. Die Geschichten zerplatzten wie Seifenblasen, sobald sie meinen Mund verließen. Ob es nur an Vera lag oder der Umgebung, wusste ich nicht. Als wäre es unmöglich, das Erlebte in unsere alte Sprache zu übersetzen. Vera sah sich hilflos nach ihrer Gruppe um. Wir versprachen, uns bald wiederzutreffen.

Beim Abschied musterte ich noch einmal die beiden Männer aus dem Augenwinkel.

»Sag mal …«

»Was?«, fragte Vera.

»Ich wusste gar nicht, dass Constanzes Kinderwunsch so stark ist.«

»Ach hör auf«, rief sie und lachte fast dabei. »Du weißt doch wie es ist. Nur Spaß!«

»Und dein Professor?«

»Er ist nicht mein Professor. Er ist Musiker.«

»Auch nur Spaß?«

Sie drehte sich mit einem Lächeln weg. »Jetzt komm, wir können uns mal zum Frühstück treffen.«

Auszugehen machte mich nicht glücklich. Freunde zu treffen machte mich nicht glücklich. Es dauerte ein paar Tage, bis mir das klar wurde. Ich besorgte mir neue Farben, verschloss die Tür meines Zimmers von innen und begann, wirklich zu arbeiten. Ich fing an, die Skizzen aus meinem Buch auf die Leinwand zu übertragen. Ich leistete Erinnerungsarbeit. Malte Livingston, malte den Cave Creek Canyon, malte Whistlers Vulkan und den blauen Himmel, wie er aus dessen Krater ausgesehen hatte. Ich malte Tom in seiner Kometenhütte, wie ich ihn einmal morgens vorgefunden hatte, eingeschlafen über dem Teleskop, und ich malte noch einmal Claire. Viele Details fehlten mir, ich ergänzte sie einfach aus meiner Vorstellung, ersetzte Erinnerungen durch Erfindungen, mit derselben Freiheit, die ich mir zuvor nur bei meinen Cartoonfiguren geleistet hatte.

Nach ein paar Tagen betrachtete ich meine neuen Bilder und stellte fest, dass sie nicht übel waren. Ungefährer, aber auch lebendiger als die Bilder von mir, die immer noch auf Livingstons Dachboden standen – wahrscheinlich hatten die Figuren und Schauplätze in meiner Erinnerung ein Eigenleben angenommen. Ich begann nun, morgens früher aufzustehen. Vor jeder Auftragsarbeit, die zu erledigen war, malte ich zwei Stunden. Es war mein Ritual, um den Tag zu beginnen. Oft malte ich auch nachts noch ein paar Stunden – in einer konzentrierten Stimmung, die mir ganz neu war und dem, was ich als Zustand des Glücks bezeichnen würde, schon recht nahe kam. Meistens war ich unzufrieden mit dem, was ich malte. Und dennoch hatte ich nicht das Gefühl, etwas falsch machen zu können. Über alle Momente des Zweifels half mir die Einsicht hinweg, dass ich gar kein Künstler war. Ich war und blieb ein Illustrator. Aber wenn schon, sagte ich mir, konnte ich ebenso gut ein mutiger sein wie ein langweiliger.

Wochen vergingen ohne ein Lebenszeichen von Tom. Ich glaubte, dass er irgendwann wieder auftauchen würde, ich rechnete sogar damit, dass er jeden Augenblick durch meine Ateliertür schneien und mir vom Abbruch seines Abenteuers in den USA und seinem nächsten großen Plan erzählen könnte. Aber ich sah und hörte nichts von ihm. Im Internet suchte ich nach Informationen über Komet Eisenroth, oder »C/Spacewatch, LINEAR L1«, wie sie ihn nannten, aber es wurde nicht viel über ihn geschrieben. Stattdessen las ich, dass auf dem Cerro Pachón in Chile nach langen Testreihen das Very Large Panoramic Telescope (VLPT) seinen Dienst aufgenommen habe. Ich sah einen Filmbeitrag dazu: Männer in weißen Reinraum-Uniformen standen im Bild herum, beugten sich über Mikroskope oder bedienten einen Roboterarm, der winzige Platinen auf ein Board setzte. Dazu lief ein Off-Text, der mit Superlativen um sich warf, als gäbe es kein Morgen. Der Off-Text erklärte, dass die Herstellung großer CCD-Chips mit bis zu fünf Milliarden Pixeln Neuland für die optische Industrie sei und in puncto Präzision und Qualität höchste Anforderungen an Mensch, Material und Rechner, also wirklich an alle Beteiligten, stelle.

Dann wurde ein dramatisches Hochgebirgspanorama aus der Luft gezeigt. Die Kamera zoomte an einen Turm von beträchtlicher Größe heran, der nur wenig mit den Observatorien zu tun hatte, wie ich sie bisher kannte. Er sah eher wie eine Geheimwaffe aus, ein achteckiger silbern blitzender Schaft, der aus einem Berggipfel nach oben ragte und an dessen Spitze, wie man jetzt sehen konnte, hinter einem gefährlich geöffneten Schlitz ein spiegelndes robotisches Auge auf der Lauer lag.

Und dann passierte das Unvermeidliche: Eric Tolwyn tauchte auf dem Bildschirm auf. Er war es zweifellos – mit Dreitagebart und lässigem Polohemd, ganz der praktische Chef, der selbst mit anpackte. Wie um die letzte Ungewissheit auszuräumen, stand auch noch ein Namensschild vor ihm. Er saß an einem Pult mit einem Mikrofon vor sich, im Hintergrund des

Bilds war eine Wand mit dem Logo des Teleskops (VLPT) und seinem Firmenlogo aufgebaut.

Tolwyn sagte, er sei stolz, hier sitzen zu können und die Inbetriebnahme des modernsten optischen Teleskops der Welt bekannt geben zu dürfen. Das VLPT werde im ersten Monat seiner Existenz mehr vom Weltraum sehen als alle anderen Teleskope der Erde zusammen. Sobald das Teleskop in Betrieb sei, werde man eine Karte der Milchstraße erstellen, wie es sie noch nie gegeben habe. Einen dreidimensionalen, interaktiven Kosmos, den jeder am Rechner zu Hause bereisen könne. Und nun sprach er direkt in die Kamera wie ein Televermarkter: »Das heißt, jeder kann ein Entdecker sein. *Sie* können ein Entdecker sein.«

Der August und der September vergingen ohne ein Lebenszeichen von Tom. Die Porträts an meiner Atelierwand häuften sich: Dale Hansen, John Loeb und Daniel Livingston. Mr. Jeremiah Whistler und sein Vulkan, Tolwyn und Dreysen, die Herren über Chiles Horizont und Mrs. Anand, die stolze Königin der Umlaufbahn. Hatten wir wirklich mit diesen Leuten auf einem Hügel namens Mars Hill zu Abend gegessen? Vor mir hingen sie als Beweis, sollte ich meine eigene Erinnerung jemals in Zweifel ziehen. Eine ganze Galerie von Menschen, die ich niemals getroffen hätte, hätten sich meine kreisrunde Umlaufbahn und Toms exzentrische Kurve nicht gekreuzt. Fast ein Jahr war das nun her.

Ich begann, die Astronomie zu vermissen. In klaren Nächten glitzerten wieder die Plejaden über dem östlichen Horizont. Wenn ich spät mit dem Auto unterwegs war, konnte ich das große Pegasusquadrat über den Feldern aufgehen sehen. Das kleine Dobson aus Pappe, das Tom mir geschenkt hatte, war immer in meinem Kofferraum. Ich hätte es jederzeit herausholen und aufstellen können. Ein einziges Mal fuhr ich an den Straßenrand und versuchte es, aber nie zuvor hatte ich den Verlust so deutlich gespürt wie an jenem Abend auf einem leeren Feldweg zwischen den Strohballen des Spätsommers und den heraufdämmernden Herbststernbildern. Es war nicht das Gleiche ohne ihn.

Eisenroth 3 näherte sich der Erde unaufhaltsam. Im September nahm seine wahrnehmbare Helligkeit um das Sechsfache zu. Von Magnitudo 8 auf Magnitudo 6. Ich hatte keine Zeit, mich um ihn zu kümmern. Anfang Oktober stellte ich erstmals ein paar Bilder aus. Es war keine große Sache, ich hatte nur einen kleinen Raum im Erdgeschoß eines subventionierten und ständig vom Abriss bedrohten Atelierhauses zur Verfügung. Aber wir veranstalteten eine richtige kleine Vernissage und schenkten, wie sich das gehörte, Bier und billigen Weißwein aus.

Ganz am Ende des Abends, als sich die anderen Gäste ins Nachtleben verzogen und ich gerade die Lichter ausmachen wollte, kam Constanze. Sie verschaffte sich selbst Einlass, zog einen Vorhang in der Mitte des Raums beiseite und sah sich meine Leinwände an, die teils an der Wand hingen, teils aufgereiht dort standen.

Der Schreck fuhr mir durch alle Glieder.

»Sind das deine?«, fragte sie.

Einen Augenblick dachte ich an die Möglichkeit, alles zu leugnen. Aber es war zwecklos, spätestens das Porträt von Tom hätte mich verraten.

»Ich wollte sie dir irgendwann zeigen«, log ich. In Wahrheit hatte ich nie vorgehabt, Constanze die Bilder zu zeigen. Von allen Urteilen fürchtete ich ihres am meisten. Wahrscheinlich, weil ich wusste, dass sie Recht haben würde, egal was sie sagte.

»Komm«, sagte ich. »Wenn du sie schon siehst, dann richtig.«

Ich schaltete alle Lichter an, eins nach dem anderen, dann reihte ich die bereits abgehängten Bilder an der Wandschräge auf, dort wo das meiste Licht hinfiel.

Constanze studierte alle Bilder der Reihe nach: den Berg mit den roten Lichtern, Whistlers Vulkan, den bissigen Hund aus Winona, der uns mit hochgezogenen Lefzen bedrohte, Toms Observatorium in einem Rahmen aus deutschem Fichtenwald, das fahlgraue Glimmen des Ringnebels. Und schließlich Toms Gesicht im Schein des Rotlichts, allein und irgendwie verloren vor schwarzem Hintergrund.

»Wie gefallen sie dir?«, fragte ich endlich.

»Das ist das beste«, sagte sie und zeigte auf Tom.

»Warum gerade das?«, fragte ich.

»Weil es geheimnisvoll ist.«

»Wie gefallen dir die anderen?«

Sie musterte die anderen Bilder noch einmal. Ich glaube, sie hatte ihr Urteil längst gefunden und war damit beschäftigt, die richtigen Worte zu finden.

»Ich finde sie schön«, sagte sie.

»Schön?« Das Wort klang eigenartig, wenn Constanze es sagte. Es schien überhaupt nicht zu ihrem Wortschatz zu gehören.

»Die Bilder sind zusammen eine Geschichte. Wahrscheinlich bist du ein Erzähler, kein Künstler. Aber das ist ja egal.«

»Also sind sie zu dekorativ?«

»Nein, sie sind wirklich schön. Aber es fehlt doch was.«

»Ich weiß, dass noch irgendwas fehlt«, sagte ich.

»Sie sind technisch gut …«, sagte Constanze.

»Jetzt sag bitte nicht, dass das Gefühl fehlt.«

»Nein.« Sie betrachtete die Bilder noch einmal, eins nach dem anderen, und fällte ihr Urteil: »Der Schmerz fehlt.«

Ich musste grinsen über ihren Satz, der mir so typisch weiblich vorkam. Für Frauen bedeutete Kunst immer Leiden.

»Ich bin kein Experte für Schmerzen«, sagte ich bloß.

»Aber da hast du ihn gesehen«, sagte sie und zeigte auf Toms Bild.

Komet Eisenroth überraschte alle. Anders als die vielen widerspenstigen Exemplare seiner Gattung tat er nämlich genau das, was man von ihm erwartete und wurde stetig heller. Anfang November kreuzte er die Bahn des Mars und entwickelte eine fluoreszierende Koma. In der Mitte des Monats hatte er Magnitudo 5 erreicht, hell genug, um am Nachthimmel als winziger Punkt gesichtet zu werden. Wenn ich bei frühabendlicher Dunkelheit aus meinem Zimmer kam, schaute ich manchmal in seine Richtung, nach Norden. Er bewegte sich vom kleinen Wagen aus zur Sonne hin, nach Südwesten. Aber im Norden unseres Hauses verlief die Hauptstraße. Ich konnte den kleinen Wagen gar nicht sehen.

Ende November kratzte der Komet an Magnitudo 4 und bekam einen Schweif. Das Internet brummte vor Sichtungen. Es war von einem gut erkennbaren Staubschweif die Rede, und ein Gasschweif deutete sich an. Man ging davon aus, dass seine Ankunft ein großes Ereignis werden würde. Die Tageszeitungen druckten optimistische Sternkarten ab, die allerdings nicht zu gebrauchen waren, da aus meinem weißgrauen Stadthimmel anhaltender Winterregen fiel. Trotzdem, es musste ja bald wieder aufklaren, und irgendwann drängte sich die Frage auf, wie ich das Ereignis begehen sollte.

Am 20. November fiel mir endlich ein, was ich tun musste.

Der junge Mond stand schon tief im Westen, als ich bei nasskalter Witterung in dem kleinen Gehölz auf der Südwestseite des Ammersees anlangte. Ich fuhr an der Einfahrt vorbei, in der ich ein Licht zu sehen glaubte, und parkte den Wagen einfach am Straßenrand unterhalb des Waldhügels. Mein ursprünglicher Plan war gewesen, direkt hinaufzugehen und zu sehen, ob sich Toms Schlüssel zum Observatorium immer noch in seinem Versteck unter dem Stein befand. Aber als ich querfeldein durch das glitschige Laub stapfte, bedrückte es mich plötzlich, hier herumzuschleichen wie ein Dieb im Dunkeln, also ging ich doch die Einfahrt hinunter, in das verschattete Tal, vorbei an dem kleinen Friedhof mit seinen krummen Eisenkreuzen, genau wie damals, als ich Tom zum ersten Mal besucht hatte. Die Gipsfiguren am Ende des Wegs begrüßten mich mit hohnstarren Gesichtern. Im bleichen Mondlicht sahen sie unheimlicher aus als je zuvor, wie Dickens'sche Geister der vergangenen Weihnacht, kurz davor, zum Leben zu erwachen. Im Haus brannte Licht. Ohne lang nachzudenken, betätigte ich die Türklingel.

Die Überraschung im Gesicht von Toms Vater war diesmal größer als die Wut. Er war schmal geworden, schmal und weiß. Er hatte viel von dem drahtigen grauen Haar auf seinem Kopf eingebüßt, dafür wuchsen noch einige etwas verloren aussehende Büschel auf Wangen, Hals und Kinn.

»Was ist?«, fuhr es mir entgegen. Den zornigen Ton wenigstens hatte er noch.

»Ich bin ein Freund von Tom«, sagte ich. »Ich wollte wissen, wie es Ihnen geht.«

Zusammengekniffene Augen, basses Erstaunen.

»Sie hatten doch eine schwere Operation. Haben Sie sie gut überstanden?«

Ich glaube, dass er mich jetzt erkannte. Er öffnete die Augen wieder ein Stück.

»Wer will das wissen? Tom?«

Ich nickte.

»Die Operation ist ja schon lang her«, sagte er, ohne dass mir recht klar wurde, was er damit ausdrücken wollte. Er trat einen Schritt zur Seite und ließ mich ein. Dann standen wir im Flur bei der Garderobe.

»Den halben Darm rausgeschnitten haben sie mir«, sagte er. »Und dann noch was von der Leber.«

»Und jetzt geht es Ihnen besser?«

»Besser?« Er lachte und klatschte mit der Hand auf seine geschwundene Leibesfülle. »Blutung in der Bauchhöhle, künstlicher Ausgang. Wer weiß, wozu's gut war. Die Hälfte der Operierten kratzt trotzdem innerhalb von fünf Jahren ab.« Seine kleinen Augen fixierten mich. »Wissen's, Tom hat sich nicht drum geschissen. Ein Anruf in der ganzen Zeit, bevor sie seine Maschine geholt haben.«

»Tom ist sehr beschäftigt. Er hat in den USA gearbeitet.«

Er lachte auf.

»Er ist jetzt an einem richtigen Observatorium. Mit den berühmtesten Wissenschaftlern.«

»So?«

»Ja.«

»Dann …«

»Und das Observatorium ist jetzt leer?«, fragte ich.

»Ja, ich denk es wird bald in sich zusammenfallen«, sagte er ohne Bedauern.

»Kann ich es mir ansehen?«

Er kniff wieder die Augen zusammen. Dann öffnete er eine Kellertür, nahm einen Schlüssel von der Wand und gab ihn mir wortlos. Ich verstand: Das Observatorium war ihm gleichgültig. Ich konnte dort tun, was ich wollte.

Der Himmel war schon wieder dabei zuzuziehen, als ich die Treppe in dem kleinen dunklen Wäldchen erklomm. Links und rechts der Stufen war der Waldboden überfroren mit einer dünnen klirrenden Schicht, unter der es weich und glitschig wurde. Oben sah ich den Umriss des Observatoriums vor bewegtem Wolkengestöber. Aber als ich das letzte Stück Wiese erreichte, sah ich noch etwas anderes. Der kleine Turm wurde von hinten angeleuchtet. Drüben auf der nächsten Anhöhe stand ein neues Gebäude.

Das Hotel war bemerkenswert hässlich geraten, einer dieser überdimensionierten Tagungs- und Wellnesstempel, die sich dem Baustil der Gegend annähern wollen und dadurch nur noch bizarrer aussehen. In diesem Fall war es eine Alpenfestung geworden. Die vielen kleinen Türmchen erinnerten mich an die Napola-Trutzburgen aus Nazifilmen. Jemand schien aber sehr stolz darauf zu sein, denn die Fassade war von allen Seiten beleuchtet.

Ich betrachtete das fremde Ding mit fasziniertem Ekel und konnte nicht anders als weiterzugehen. Wie ein aus dem Dunkel herausgesogenes Insekt bewegte ich mich auf die Lichter zu, überquerte den Feldweg zwischen den beiden Anhöhen und näherte mich der grellen Fassade von der Rückseite. Dort wo Dutzende großer Karossen hätten stehen müssen, parkten nur zwei einsame Lieferwagen. Das Hotel konnte noch gar nicht eröffnet sein. Ich hüpfte über eine niedrige Hecke, ging zur Vorderseite und landete auf einer großzügigen Auffahrt. Auch hier war niemand zu sehen, aber die Eingangstüren standen weit offen. Auf der Schwelle sah ich mich verstohlen um. Eine unbesetzte Rezeption, beigelederne Sitzgruppen. Stimmen und gedämpfter Handwerkslärm vom Ende des Saals her. Fast wehrlos, immer noch angezogen von unsichtbaren Kräften, trieb ich zwischen all dem ungenutzten Luxus hindurch auf eine große Flügeltür zu, die sich wie von selbst öffnete, und ich stand in einem protzigen Festsaal mit Marmorsäulen und Kronleuchtern. Ein halbes Dutzend Handwerker in Blaumännern und Latzhosen war gerade dabei, letzte Hand anzulegen. Es wurde geklopft, gehämmert, gesägt, gebohrt. Kabel liefen quer durch den Saal. Niemand nahm Notiz von mir. In der Mitte wurde ein besonders großer Leuchter an einem Drahtseil von der Decke herabgelassen, einer der Männer stand auf einer Leiter und polierte die Glaskristalle. Ein anderer schraubte Stehtischchen zusammen, von denen schon einige in dem Saal verteilt herumstanden. Ich ging durch die Reihen und grüßte die Männer, die mich teils unbeteiligt freundlich zurückgrüßten, bis ich zu einem kam, der gerade nichts zu tun zu haben schien. Er hatte sich auf dem Treppenparkett niedergelassen und rauchte.

»Kann ich was für Sie tun?«

»Wann wird hier eröffnet?«

Er lachte: »Sind Sie ein Gast? Dann sind sie zwei Tage zu früh.«

»Ach schade«, sagte ich. »Das wusste ich nicht.«

»Sind Sie von draußen reingekommen? Sie können hier nicht rumlaufen.«

»Sie haben Recht«, sagte ich. »Ich komme besser in zwei Tagen wieder.« Ich machte auf dem Absatz kehrt und war schon auf der Schwelle der offenen Tür, als mich jemand zurückrief. Ein kleiner Herr mit krausem grauem Haarkranz lief mir nach. Er trug einen Blaumann, der mich an meinen Schulhausmeister erinnerte, und in typischer Hausmeistermanier erkundigte er sich auch, wen und was ich gesucht hätte. Weil mir nichts Besseres einfiel, sagte ich ihm, ich sei auf der Suche nach dem Hotelchef gewesen.

»In welcher Sache?«

»Ich wohne gegenüber auf dem nächsten Hügel. Und die Lichter waren mir zu grell.«

»Oh. Ich glaube, da kommen Sie zu spät.« Er setzte trotzdem ein besorgtes Gesicht auf.

»Ja«, sagte ich, »schade, wissen Sie, drüben gibt es ein Observatorium. Eine kleine Sternwarte.«

»Und Sie sind der Betreiber.«

»Ja, sozusagen. Könnten Sie nicht das Licht eine Weile ausmachen?«

»Das darf ich gar nicht. Die Außenlichter müssen mindestens bis eins brennen.« Er zuckte hilflos lächelnd mit den Achseln und fügte hinzu: »Vorschrift!«

»Wir machen drüben eine Vorführung für Kinder.«

»Ich bin nur der Haustechniker. Sie hätten gleich mit der Verwaltung reden müssen.«

»Es ist eine Vorführung für Stadtkinder. Nur heute Nacht.«

Er zuckte noch einmal die Achseln und sah mich kopfschüttelnd an.

»Vielleicht würden zehn Minuten genügen.«

»Zehn Minuten?«

»Ja. Nur das Außenlicht.«

Er starrte eine Weile seine Füße an. »Ach, wissen Sie, das ist ja wirklich egal«, sagte er plötzlich. »Das könnte ja nur eine Sicherung gewesen sein.« Und damit ließ er lächelnd seine kleinen Eckzähne sehen.

Ich dankte ihm und ließ ihn wissen, dass er den Kindern ein großes Geschenk mache. Bevor wir uns die Hand gaben, vereinbarten wir noch eine feste Uhrzeit. In einer Stunde würde er den Schalter umlegen.

Um zu begreifen, dass sich in Toms Observatorium etwas verändert hatte, brauchte ich kein Licht. Meine Nase bemerkte die erste Veränderung bereits, als ich die Tür aufschloss. Ich roch nur den Staub. Das Werkstattgemisch aus Öl und Altmetall fehlte. Aber ich glaube, auch ohne diese Sinneswahrnehmung wäre mir die Abwesenheit des großen Metallungetüms sofort bewusst geworden. Es war seine hundertjährige Aura, die fehlte. Der Raum war so leer wie das Vakuum zwischen den Sternen.

Natürlich machte meine Ahnung den Moment, in dem ich den Weißlichtschalter umlegte und das Ergebnis der Plünderung sah, nicht weniger schmerzlich. In der Mitte des Raums war nur noch die Mittelsäule des Teleskops, ein dicker, sich nach oben verjüngender Obelisk aus Beton, der aussah, als wäre er der Erinnerung gewidmet und nur deshalb hier zurückgelassen worden. Ich ging einmal um ihn herum, wie um mich zu versichern, dass der Raum tatsächlich leer war, dann holte ich mein eigenes Teleskop aus dem Wagen.

Toms stattlicher Turm und das selbstgebastelte Dobson aus Pappe: Ich gebe zu, es war ein eigenartiges Bild. Zeremoniell geriet die ganze Veranstaltung dadurch in eine Schieflage. Ich glaube aber, Tom hätte mir verziehen. Schließlich hatte auch Sir William Herschel am liebsten mit einem kleinen, selbstgebauten Teleskop gearbeitet anstatt mit dem größten Gerät seiner Zeit. Und dem Kometen tat ich auch kein Unrecht. Kometen, die uns nah genug sind, brauchen keine starke Vergrößerung. Am besten sehen sie in einem einfachen Fernglas aus.

Als das kleine, dicke Dobson also mitten in dem viel zu großen Observatorium stand, ließ ich mit dem üblichen Seilruck das Sternenlicht herein, dann drehte ich die Kuppel so lange, bis Sirius über mir leuchtete. Und dann konnte ich nichts mehr tun, als im Dunkeln zu warten. Irgendwo rechts neben Sirius, zwischen den beiden Hasenpfoten, musste der Komet sein. Ich hatte noch ein wenig Zeit, um meine Augen an die Dunkelheit zu gewöhnen, genau wie Tom es immer vorgeschrieben hatte. Ich dämmerte ein wenig vor mich hin, und als ich schon nicht mehr damit rechnete, veränderte sich etwas. Es war genau wie damals, als wir nachts zum ersten Mal aufs Land hinausgefahren waren. Über meinen Augen wurde ein Vorhang weggezogen, und ich sah das Grau des Himmels: Skyglow. Den Grund für den plötzlichen Wechsel konnte ich mir denken: Der Hausmeister war wohl wirklich so freundlich gewesen, das Außenlicht abzuschalten.

Und jetzt, so wahr mir Gott helfe, tauchten nicht nur die üblichen kleinen Stecknadelköpfe über mir auf. Nein, außerdem war da noch eine kleine Ballung aus diffusem Licht, dritte oder vierte Größenklasse, wie eine fluoreszierende Wolke, wie ein Wischer aus Day-Glo an der Wand eines Kinderzimmers, kaum zu unterscheiden von den Lichtern, die die Füße des Hasen ausmachten, und doch – ich war ja selbst längst geeicht, auf das, was kommen musste – ein bisschen anders. Diffuser, weniger Punkt als Fleck. Kurz: Komet Eisenroth.

Im Teleskop war Eisenroth ein echter Star. Ich sah nicht nur das, was ich erwartete, ich sah viel mehr – was kein Wunder war, denn ich hatte ja noch nie einen sogenannten »großen Kometen« gesehen. Sein Staubschweif krümmte sich von dem schmalen, fast pfeilförmig spitzen Kopf des Kometen weit hinaus ins Dunkel und lief in Fransen aus. Direkt am Kopf glaubte ich gebogene Linien aus weißem Licht erkennen zu können, die Eisenroth wie Bugwellen vor sich herschob. Es waren Jets, Fontänen aus sublimiertem Eis und Staub, die genau in diesem Moment aus seiner schwarzen Schale hervorbrachen und den Kometen jede Sekunde ein paar Tonnen leichter machten. Nach einigen Minuten ließ ich glücklich von dem kleinen Dobson ab, um ein paar Mal zu blinzeln. Als ich endlich wieder an das Teleskop ging, war Eisenroths heller

Kopf mit den Sternen wegrotiert. Nach Westen, in Richtung der Sonne, zeigte auch sein eigener Kurs, so dass ich in dem leeren Ausschnitt nun seine staubige Spur beobachten konnte. Und dort neben all dem Staub und schmutzigen Material, das das weiße Licht der Sonne nur reflektierte, war noch etwas anderes, wirklich kaum zu sehen, ein Eigenleuchten, genauer ein schnurgerader Strahl, fahl und bläulich, der sich wie ein Schleier vor die Sterne schob und dann im Dunkel verlor. Ionisiertes Kohlenmonoxid, Gas, das vom Sonnenwind mitgetragen wurde, und der seltenste aller Anblicke: Ich sah den blauen Plasmaschweif eines Kometen.

Oder ist es möglich, dass ich mir diese letzte Beobachtung nur einbildete? Je mehr Zeit verging, je länger die Begegnung mit dem Kometen zurücklag, desto klarer wurde mir, dass ich alles genau so gesehen hatte, wie Tom es mir beschrieben hätte. Natürlich, es bestand die Möglichkeit, dass meine Augen genauso gut geworden waren wie seine. Vielleicht hörte ich aber auch über ein paar tausend Kilometer hinweg noch seine Stimme.

Immer noch erwartete ich, dass Tom eines Tages durch meine Ateliertür schneien würde. Aber es kam nur ein Lebenszeichen. Mitte Dezember überraschte mich ein gefütterter Umschlag mit Airmail-Stempel. Im Inneren fand ich viele Fotos, die eine fremdartige Berglandschaft zeigten, wie ich sie noch nie gesehen hatte. Die Bilder sahen aus wie auf dem Mars aufgenommen. Je nachdem, wo die Sonne stand, nahmen die geröllübersäten Hänge einen satten dunkelrot glühenden Ton an, der im stärksten Kontrast zu dem wolkenlosen tiefblauen Himmel stand, oder sie leuchteten grell orangefarben wie das Abendrot selbst. Hin und wieder standen ein oder mehrere Kuppeln im Bild, deren glatte silberne oder weiße Oberflächen das grelle Licht spiegelten und der ganzen menschenleeren Szenerie wirklich das Aussehen einer noch nicht existenten, nur ausgedachten Marskolonie verliehen.

Ich kramte weiter in dem Päckchen und fand einen kurzen Brief.

»Lieber Philipp, falls Du dich fragst, was ich auf dem höchsten Berg des Pazifik mache: Frau Anand hat mich nach Hawaii eingeladen. Sie hat erfahren, dass ich noch in Arizona war, und dachte, der Mauna Kea würde mir gefallen. Die Observatorien sind viertausend Meter über dem Meer, leider kann ich nicht gut genug schreiben, um Dir zu erklären, wie die Sonnenuntergänge aussehen. Und wie die Milchstraße aussieht. In der ersten Nacht habe ich ein paar Fotos gemacht. Ich habe nur so lange belichtet, dass die Sterne zu sehen sind, die man auch mit dem Auge sieht. Schau:« – unterhalb der Zeile klebte ein Weitwinkelfoto des Himmels – »das Foto gibt den Eindruck nicht richtig wieder. Mrs. Anand sagt, es ist besser als im Weltraum.

In dem Haus, in dem wir wohnen – auf dreitausend Metern – leben nur Astronomen: Japaner, Kanadier, Franzosen und viele Hawaiianer. Es ist ein Privileg, hier oben wohnen und arbeiten zu dürfen. Der Berg ist den Hawaiianern heilig, die Alten halten ihn für das Zuhause von Poliahu, der Göttin des Schnees. Selbst die wenigen Gebäude, die sie erlaubt haben, sind umstritten, weil sie die Ordnung der Schreine auf dem Berg stören.

Ich kann hier nicht länger bleiben als ein paar Tage, dann werde ich wohl zu Livingston zurückfahren. Es geht ihm gut. Er lässt dich grüßen. Er will seinen Wunsch wahrmachen und in die Nähe von Tucson ziehen. Ich werde ihm beim Umzug helfen. Dann weiß ich noch nicht, wie es weitergeht. Ich könnte ja in Portal bleiben. Aber es ist schwierig zurückzukehren. Jetzt habe ich den Himmel hier gesehen!«

Tom hatte noch ein paar andere Bilder beigelegt, die mit persönlichen Beobachtungen und Anmerkungen versehen waren, einige meteorologischer Art (»Der Mauna Kea ist wirklich allen anderen Berggipfeln der Erde überlegen, wegen einer tropischen Inversionswetterlage ist er fast immer wolkenfrei, kein Vergleich mit Chile!«), andere alltäglich oder sogar komisch. Ich sah den Wekiu-Käfer, einen unauffälligen aber offenbar sehr seltenen Käfer, der auf dem Gipfel lebte und sich ausschließlich von toten Mücken ernährte, die der Wind aus dem Regenwald heraufblies. Das letzte Foto, das ich herausnahm, zeigte einen merkwürdig luxuriösen Fahrstuhl. Die Aufzüge der Sternwarten, schrieb mir Tom, hätten alle gepolsterte Wände, da die Neuankömmlinge in den sauerstoffarmen Kabinen häufig ohnmächtig würden. Und ich sah ein paar Fotos von lachenden Menschen mit Skijacken, Stahlbrillen und Bartstoppeln. Tom schrieb mir, das seien die Teleskoptechniker. Sie hätten den besten Job der Welt. An vier Tagen in der Woche lebten sie auf dem Gipfel, an den restlichen gingen sie surfen. Er konnte sich vorstellen, selbst Teleskoptechniker zu werden.

Die schönsten Fotos hängte ich mir über meinen Zeichentisch. Neben die wenigen Fotos von Tom, die ich besaß.

Komet Eisenroth habe ich nicht wieder gesehen. Mir reichte es zu wissen, wo am Himmel er stand, ab und zu wenigstens in die richtige Richtung zu sehen und seinen Pfad in Gedanken nachzuvollziehen. Mit Tom tat ich übrigens genau dasselbe. Seit es das Internet gibt, ist es einfach, Freunden auf der Spur zu bleiben. Wahrscheinlich hätte ich Tom leicht finden und seinen Weg begleiten können. Aber ich glaube, zwischen uns bestand ein stilles Einvernehmen, dass wir nicht auf diese Art voneinander Abschied nehmen wollten, schrittweise und immer wieder. Zweimal bekam ich noch Post von ihm. Einmal aus Hawaii, wo er sich wohl mehrere Monate lang aufhielt. Und wiederum einige Monate später erhielt ich eine schriftliche Nachricht aus Namibia. Was genau er da machte, musste ich mir vorstellen – ein Leben auf Tafelbergen unter den Magellan'schen Wolken.

Von seinem Kometen hörte ich, dass er noch im Juni des nächsten Jahres immerhin an die 14. Größenklasse heranreichte – Fans und Amateure aus Deutschland, Japan und den USA machten sich die Mühe, täglich seine Helligkeit zu schätzen. Selbst im Dezember war er in einigen der größten Teleskope noch sichtbar.

Er entwickelte so etwas wie ein Eigenleben. Es gibt manche Kometen, die nach ihrem Umlauf noch eine Zeitlang ungewöhnlich hell bleiben. Man kann es Nachglühen nennen – als wären sie von ihrem Umlauf um die Sonne immer noch erregt. Und tatsächlich kühlen die Zentren ihrer Aktivität langsamer ab, als sie brauchen, um sich zu erwärmen. Ich habe es mir so erklärt, dass sie nach dieser winzigen Episode, die nur einen Bruchteil ihres in Kälte und Dunkelheit verbrachten Lebens ausmacht, einfach nicht anders können, als noch eine Weile zu leuchten.

NACHWORT DES AUTORS

In dem vorliegenden Romantext »Die Kometenjäger« sind Fakten und Fiktion miteinander verwoben. Oft ist von Tatsachen und wirklichen Begebenheiten die Rede, es sollte aber vielleicht erwähnt werden, dass die Kometen Livingston, Bradley und Eisenroth 1, 2 und 3 natürlich nicht existieren, ebenso wenig wie ihre Entdecker. Einige wenige reale Personen tauchen als Charaktere im Text auf, allen voran der Teleskoperfinder John Dobson – es wäre schlicht unsinnig gewesen, ihm einen Fantasienamen zu geben, da zu viele Menschen wissen, was ein »Dobson« ist. Die Szene, in der er auftritt, hat aber so nicht stattgefunden.

Andere Personen, denen dieser Text sehr viel verdankt, sind nicht namentlich genannt.

Besonderer Dank gebührt dem »echten« Kometenjäger David Levy. Er entdeckte in den Achtziger- und Neunzigerjahren des letzten Jahrhunderts 21 Kometen, davon acht mit normalen Amateurteleskopen von seinem Hinterhof aus. Über die astronomische Szene hinaus wurde er berühmt, als der von ihm mitentdeckte Komet Shoemaker-Levy 9 1994 spektakulär in den Jupiter stürzte, die erste (und bisher einzige) Kollision dieser Art, die live von der Erde aus beobachtet werden konnte. Danach wurde es stiller um Levy – wie auch um die anderen visuellen Jäger. Die Zeit der automatisierten Suchprogramme brach an. Durch sie sank die Zahl der visuellen Entdeckungen innerhalb des nächsten Jahrzehnts auf ein Minimum von ein bis zwei Kometen pro Jahr. Als ich Levy 2007 in Tucson traf, hatte ich gehört, dass er zwölf erfolglose Jahre hinter sich habe und dabei sei, sich von einer Operation an der Wirbelsäule zu erholen – das erste Treffen mit ihm und seiner Frau Wendee fand in einem Pfannkuchenlokal (»International House of Pancakes«) in Tucson statt. Er kam von einem Untersuchungstermin im nahen Krankenhaus. Levy wunderte sich, dass jemand eigens wegen ihm nach Arizona gefahren war, war jedoch äußerst liebenswürdig und hatte eine Überraschung vorzuweisen: Einen neuen Kometen, sein 22., entdeckt mit seinem bewährten blauen Teleskop »Miranda«. Das Unmögliche war ihm kurz vor der Operation gelungen, ausgerechnet an Yom Kippur. Levy sagte, zuerst habe er sich gefühlt »wie der Rabbi, der an Yom Kippur auf den Golfplatz geht: Er macht das Spiel seines Lebens, aber er kann niemandem davon erzählen.« Der Komet P/2006 Levy fand trotzdem Eingang in den offiziellen Katalog – als der einzige mit den Augen entdeckte Komet des Jahres 2006.